中國古典文學基本叢書

辛棄疾集編年箋注

第三册

〔南宋〕辛棄疾 著

辛更儒 箋注

中華書局

辛棄疾集編年箋注卷八

按：本卷所載詞，共六十六首。起淳熙九年壬寅（一一八二），迄淳熙十三年丙午（一一八六），家居上饒帶湖所作。

長短句

六幺令　再用前韻①

倒冠一笑，華髮玉簪折②。《陽關》自來淒斷，却怪歌聲滑③。放浪兒童歸舍，莫惱比鄰鴨④。水連山接。看君歸興，如醉中醒夢中覺⑤。　江上吴儂問我，一一煩君說⑥。坐客尊酒頻空〔一〕，剩欠真珠壓〔二〕⑦。手把漁竿未穩，長向滄浪學⑧。問愁誰怯？可堪楊柳，先作東風滿城雪⑨！

【校】

〔一〕「坐客」，廣信書院本原闕，此據四卷本甲集補。王詔校刊本、《六十名家詞》本、四印齋本俱作「忍使」。

〔二〕「真」，王詔校刊本、《六十名家詞》本、四印齋本俱作「珍」。

【箋注】

①題，前韻，即同調《用陸氏事送玉山令陸德隆侍親東歸吴中》詞（酒羣花隊鬧），見本書卷七，爲淳熙八年底所作。右詞爲陸德隆東歸吴中後，稼軒再和寄示之作。據詞中下半闋「可堪楊柳，先作東風滿城雪」句，知即作於淳熙九年春寓居帶湖之時。

②「倒冠」二句，倒冠，杜牧《樊川文集》卷一《晚晴賦》：「若予者則謂何如？倒冠落珮兮與世闊疏；敖敖休休兮真徇其愚而隱居者乎？」玉簪折，錢起《送畢侍御謫居》詩：「崇蘭香死玉簪折，志士吞聲甘徇節。忠蓋不爲明主知，悲來莫向時人説。滄浪之水見心清，楚客辭天淚滿纓。」

③「陽關」二句，陽關淒斷，蘇軾《送頓起》詩：「臨行挽衫袖，更賞折殘菊。佳人亦何念？凄斷《陽關》曲。」《陽關》曲，謂王維《送人使安西》詩。歌聲滑，强至《寒食安厚卿具酒饌邀數君子游壓沙寺觀梨花》詩：「林間把盞誰我侑，鳥歌聲滑如溜珠。」

④「放浪」二句，王安石《和惠思歲二日二絶》詩：「爲嫌歸舍兒童聒，故就僧房借榻眠。」杜甫《將赴成都草堂途中有作先寄嚴鄭公五首》詩：「休怪兒童延俗客，不教鵝鴨惱比鄰。」

⑤「如醉」句，蘇軾《東坡全集》卷九四《桂酒賦》：「誰其傳者疑方平，教我常作醉中醒。」《江城子》詞：「夢中了了醉中醒，只淵明，是前生。」

⑥「江上」二句，吴儂，《東坡詩集注》卷二七《書林逋》詩「吴儂生長湖山曲，呼吸湖光飲山緑」句注：「吴儂，吴語也，自稱及彼皆曰儂。」陸德隆爲吴縣人，故煩請其代答近况。稼軒南渡仕宦之初，所任官之處如江陰軍、廣德軍、建康府，莫非吴地，且遊歷吴江頗久，故其仕途之友亦多吴儂，此於稼軒詞中屢次涉及之也。

⑦「坐客」二句，尊酒空，《後漢書》卷一〇〇《孔融傳》：「及退閑職，賓客日盈其門。常歎曰：『坐上客常滿，尊中酒不空，吾無憂矣。』」真珠壓，謂釀酒。羅隱《江南行》：「水國多愁又有情，夜槽壓酒銀船滿。」李賀《將進酒》：「琉璃鍾，琥珀濃，小槽酒滴真珠紅。」本書卷一二《臨江仙》詞（冷雁寒雲渠有恨闋）有「多病近來渾止酒，小槽空壓新醅」句，劉過《寓公坊》詩亦有「小槽壓酒硃紅滴，新飯炊粳雪白香」句。趙彦衛《雲麓漫鈔》卷一〇：「李太白詩：『吴姬壓酒唤客嘗。』説者以謂工在『壓』字上，殊不知乃吴人方言，至今酒家有『旋壓酒子相待』之語。」剩欠，謂屢缺也。

⑧「手把」二句，此言掛冠之初，尚未能習慣於賦閑生涯。手把漁竿，《錦繡萬花谷》前集卷二二：「吕蒙正微時，於洛陽龍門利涉院，與温仲舒讀書，有詩曰：『八灘風急浪花飛，手把漁竿傍釣

磯。』」滄浪，《楚辭・漁父》：「漁父莞爾而笑，鼓枻而去，歌曰：『滄浪之水清兮，可以濯吾纓。滄浪之水濁兮，可以濯吾足。』」

⑨「可堪」二句，滿城雪，謂楊花柳絮也。

水調歌頭　盟鷗①

帶湖吾甚愛，千丈翠奩開。先生杖屨無事〔一〕，一日走千回②。凡我同盟鷗鷺〔二〕，今日既盟之後，來往莫相猜〔三〕③。白鶴在何處？嘗試與偕來。破青萍，排翠藻，立蒼苔④。窺魚笑汝癡計，不解舉吾杯⑤。廢沼荒丘疇昔，明月清風此夜，人世幾歡哀⑥？東岸緑陰少，楊柳更須栽⑦。

【校】

〔一〕「杖屨無事」，《中興絶妙詞選》卷三作「無事杖屨」，此從廣信書院本、四卷本甲集。

〔二〕「鷗鷺」，四卷本作「鷗鳥」。

〔三〕「相」，《中興絶妙詞選》作「嫌」。

【箋注】

①題，盟鷗者，與鷗鷺結盟也。《左傳·隱公元年》：「三月，公及邾儀父盟於蔑。」《正義》：「諸侯俱受王命，各有寰宇，上事天子，旁交鄰國。天子不信諸侯，諸侯自不相信，則盟以要之。凡盟禮，殺牲歃血，告誓神明，若有背違，欲令神加殃咎，使如此牲也。」稼軒以淳熙八年十二月二日爲監察御史王藺論列，罷新浙西提刑，並鐫秘閣修撰之職。其歸信州帶湖新居，當在九年春間。右詞應即初寓帶湖時所作。詞中有「幾歡哀」之句，蓋哀者從此告别做官生涯，喜者，往後可與帶湖之鷗鷺多相親近也。有感於此，故仿春秋會盟，爲作盟鷗詞。黄庭堅《登快閣》詩：「萬里歸船弄長笛，此心吾與白鷗盟。」

②「先生」二句，先生杖屨，蘇軾《寄題刁景純藏春塢》詩：「白首歸來種萬松，待看千尺舞霜風。年抛造物陶甄外，春在先生杖屨中。」一日千回，杜甫《三絶句》詩：「門外鸕鷀久不來，沙頭忽見眼相猜。自今已後知人意，一日須來一百回。」《百憂集行》：「庭前八月梨棗熟，一日上樹能千回。」

③「凡我」三句，《左傳·僖公九年》：「秋，齊侯盟諸侯於葵丘，曰：『凡我同盟之人，既盟之後，言歸於好。』」三句仿此。莫相猜，張元幹《臨江仙·送宇文德和被召赴行在所》詞：「泛宅浮家遊戲去，流行坎止忘懷。江邊鷗鷺莫相猜。」陳鵠《耆舊續聞》卷五：「余謂近日辛幼安作長短句，有用經語者。《水調歌》曰：『凡我同盟鷗鷺，今日既盟之後，來往莫須猜。』亦爲新奇。」

④「破青」三句，以上俱寫鷗鷺窺魚情景。青萍、翠藻、蒼苔等，水邊常見植物也。韓愈《華山女》詩：「廣張罪福資誘協，聽衆狎恰排浮萍。」陸龜蒙《白鷺》詩：「雪然飛下立蒼苔，應伴江鷗拒我來。」

⑤「窺魚」二句，窺魚，白居易《久雨閑悶對酒偶吟》詩：「鷺臨池立窺魚筍，隼傍林飛拂雀羅。」黄庭堅《劉邦直送早梅水仙花三首》詩：「鴛鴦浮弄嬋娟影，白鷺窺魚凝不知。」不解，不能也。

⑥「廢沼」三句，帶湖新居開闢前，原爲上饒北城内之廢沼荒丘。洪邁《稼軒記》：「郡治之北可里所，故有曠土存，三面傅城，前枕澄湖如寶帶。……而前乎相攸者皆莫識其處，天作地藏，擇然後予。」明月清風，白居易《閑卧有所思二首》詩：「偶因明月清風夜，忽想遷臣逐客心。」

⑦「東岸」二句，杜甫《舍弟占歸草堂檢校聊示此詩》：「東林竹影薄，臘月更須栽。」按：稼軒上饒所居，南枕長湖如帶，因有帶湖東岸之稱。

又　湯朝美司諫見和，用韻爲謝〔一〕①

白日射金闕，虎豹九關開②。見君諫疏頻上，談笑挽天回〔二〕③。千古忠肝義膽，萬里蠻煙瘴雨，往事莫驚猜④。政恐不免耳，消息日邊來⑤。笑吾廬，門掩草，徑封苔。未應兩手無用，要把蟹螯杯⑥。説劍論詩餘事〔三〕，醉舞狂歌欲倒，老子頗堪哀⑦。白髮寧有種⑧？一一醒時栽。

【校】

〔一〕題，「湯朝美司諫」，四卷本甲集作「湯坡」，此從廣信書院本。按：宋人以諫議大夫爲大坡，司諫爲小坡。

〔二〕「談笑」，四卷本作「高論」。

〔三〕「餘」，《六十名家詞》本作「余」。

【箋注】

①題，湯朝美司諫，劉宰《京口耆舊傳》卷八：「湯鵬舉字致遠，金壇人。……邦彦，鵬舉孫，字朝美，以祖蔭入官。主崑山簿，未上，中乾道壬辰博學宏詞科。丞相虞允文一見如舊，除樞密院編修官。允文宣撫四川，辟充大使司幹辦公事。明年允文薨。方允文之入蜀也，以恢復自任，所攜賞功之告，自節察防團以下無慮數百，金帛稱是。比其薨也，守護慎密，以達於朝，邦彦實主之。時孝宗鋭意遠略，邦彦自負功名，論議英發，上心傾向之。除秘書丞、起居舍人兼中書舍

人，擢左司諫兼侍講。論事風生，權幸側目。上手書以賜，稱其『以身許國，志若金石；協濟大計，始終不移』。及其他聖意所疑，輒以諏問。御筆具藏於家。使金還，坐貶。淳熙末，復故官，歸鄉里。其才益老，朝廷將收用之，未幾卒。」關於湯邦彦被貶事，《宋史全文》卷二六上詳載云：「初，湯邦彦敢爲大言，虞允文深器之。允文出爲四川宣撫也，辟邦彦以行。允文没，邦彦還朝，爲右司諫，奉詔充申議使使敵，求陵寢地。邦彦至燕，敵人拒不納。既旬餘，乃命引見，夾道皆控絃露刃之士，邦彦大怖，不能措一詞而出。上大怒，詔流新州。……邦彦既一斥不復，自是河南之議始息，不復遣泛使矣。」《宋會要輯稿・職官》五一之二六載：「淳熙二年二月十七日，詔左司諫湯邦彦假翰林學士知制誥、朝議大夫提舉佑神觀兼侍讀，充奉使金國申議使，閤門舍人陳雷假昭信軍承宣使知閤門事兼客省四方館事副之。既而三年四月，詔邦彦送新州，雷永州居住。以臣僚言其奉使虜庭，頗乖使指，驅車亟還，又於虜庭輒有所受。……後詔邦彦、雷並編管。」按：湯邦彦謫居新州之後，當於淳熙六年九月以明堂大赦（宋廷行明堂禮，事見《宋史》卷三五《孝宗紀》三），量移信州居住。韓元吉《南澗甲乙稿》卷一《送湯朝美還金壇》詩有云：「湯公涉南荒，歲月猶轉轂。幾年卧新州，寧肯事雞卜？身安一瓢飲，志大五車讀。朅來靈山隈，跫然慰虚谷。」可證。而劉宰《漫塘集》卷一九《頤堂集序》謂湯邦彦「一謫八年，乃始得歸」。則其自信州歸鎮江，又在淳熙十年矣。右詞爲稼軒淳熙九年歸寓信州帶湖後，以盟鷗詞獲友朋和章，其中即有量移信州之湯邦彦見和之作，故用韻以和之。

②「白日」二句，射金闕，瞿曇悉達《唐開元占經》卷一一三：「《續漢書》云：『靈帝光和中，洛陽男子，以弓箭射闕。北吏收考問辭，居貧負責，無所聊生，因買弓箭以射闕，近射妖也。』」稼軒「白日射金闕」之義，當指其正當行使司諫之權，彈劾不避權幸，非職官術語之選人無出身者參部射闕，以求差遣之法也。虎豹九關，《楚辭·招魂》：「魂兮歸來，君無上天些。虎豹九關，害下人些。」

③「見君」二句，挽天回，謂湯邦彦在諫垣，論事風生，以致天意挽回事。《新唐書》卷一〇三《張玄素傳》：「魏徵名梗挺，聞玄素言，歎曰：『張公論事，有回天之力，可謂仁人之言哉。』」《頤堂集序》：「頤堂先生司諫湯公，……薄舉子業不爲，去試博學宏詞科。一上即中選，同時之士，亦有與公文相軋者，而公意氣激昂，議論忼慨，獨穎脱而出。故貴名之起，如轟雷霆。虞丞相允文又於上前力薦之，即以其年六月擢樞密院編修官，而公之志雅欲以勳業自見，故立朝未幾即出，從虞公於宣幕，既宣帥勞還，公亦復歸舊著。時淳熙甲午秋七月，而以明年秋八月出使，又明年三月以使事謫，中間立螭坳，登諫垣，演綸鳳閣，勸講金華，君臣之間，氣合道同，言聽諫行，僅朞月耳。」餘可參《京口耆舊傳》。

④「萬里」二句，萬里蠻煙瘴雨，指湯邦彦編管新州。《方輿勝覽》卷三七《廣東路》：「新州，新興，古南越之地。……梁武改置新州，立新興縣，屬信安郡。唐又置新州。……國朝因之。」莫驚猜，郭祥正《暗竹園》詩：「網羅無入處，豺虎莫驚猜。」按：稼軒於乾道末寓居鎮江，於時湯邦

彦出佐虞允文。淳熙初，湯邦彦爲左司諫，劾罷宰相葉衡。其後湯邦彦謫居新州，及移信州，始與稼軒相識。乾道間，稼軒曾作《九議》批評虞允文遣使，淳熙初，受葉衡舉薦。至此，虞允文已卒，葉衡已自謫居地自便歸寓金華，恩怨早自泯滅，故有「往事莫驚猜」語也。

⑤「政恐」二句，恐不免耳，《世説新語·排調》：「初，謝安在東山，居布衣時，兄弟已有富貴者，翕集家門，傾動人物。劉夫人戲謂安曰：『大丈夫不當如此乎？』謝乃捉鼻曰：『但恐不免耳。』」消息日邊來，謂召歸之消息當自行在來也。日邊來，《世説新語·夙慧》：「不聞人從日邊來，居然可知。」

⑥要把蟹螯杯，《世説新語·任誕》：「畢茂世云：『一手持蟹螯，一手持酒杯，拍浮酒池中，便足了一生。』」

⑦「説劍」三句，説劍論詩，《周禮·桃氏》注：「《樂記》曰：『武王克商，裨冕搢笏，而虎賁之士説劍。』……彼不言勇力之士用劍，而言勇力士者以《樂記》説劍之事。」又《莊子》有《説劍》篇。蘇軾《與梁左藏會飲傅國博家》詩：「將軍破賊自草檄，論詩説劍俱第一。」醉舞狂歌，白居易《戲問牛司徒》詩：「不知詔下懸車後，醉舞狂歌有例無？」老子頗堪哀，《後漢書》卷二四《馬援傳》：「諸曹時白外事，援輒曰：『此丞掾之任，何足相煩？頗哀老子，使得遨遊。』」

⑧白髮寧有種，黄庭堅《次韻裴仲謀同年》詩：「白髮齊生如有種，青山好去坐無錢。」

蝶戀花

和楊濟翁韻，首句用丘宗卿書中語〔一〕①

點檢笙歌多釀酒〔二〕②。蝴蝶西園，暖日明花柳③。醉倒東風眠永晝〔三〕，覺來小院重攜手④。

可惜春殘風雨又〔四〕。收拾情懷，閑把詩僝僽〔五〕⑤。楊柳見人離別後，腰肢近日和他瘦。

【校】

〔一〕題，四卷本甲集無首句以下語。此從廣信書院本。

〔二〕「點檢」，《六十名家詞》本作「檢點」。

〔三〕「永晝」，廣信書院本原作「晝錦」，此從四卷本改。王詔校刊本作「晝錦」。

〔四〕「雨又」，廣信書院本及王詔校刊本諸本原作「又雨」，此從四卷本。

〔五〕「閑」，四卷本作「長」。

【箋注】

①題，楊濟翁名炎正，江西廬陵人。本書卷七《水調歌頭·舟次揚州和楊濟翁周顯先韻》詞有箋注。淳熙五年秋，稼軒自大理少卿出領湖北漕，楊濟翁即與周顯先隨稼軒前往鄂州到任。楊濟翁之《西樵語業》中《滿江紅·壽稼軒》詞（壽酒如澠闋）有「便御風乘興入京華，班卿棘」句，知其從稼軒遊，蓋自淳熙五年春稼軒入爲大理少卿始。楊炎正詞集中又有《賀新郎·寄辛潭州》詞（夢裏驂鸞馭闋）、《水調歌頭·呈辛隆興》詞（杖屨覓春色闋），知數年間楊炎正多隨稼軒帥幕徙移。至稼軒移居帶湖，炎正除作此闋外，猶有《鵲橋仙·壽稼軒》詞（築成臺榭闋）、《洞仙歌·壽稼軒》詞（帶湖佳處闋）等詞作爲稼軒作壽，故鄧廣銘先生有言：「疑楊氏曾在隆興任帥屬，迨稼軒罷官歸廣信，楊氏亦隨同前往，客居甚久，故得一同餞送范氏並接讀丘宗卿來書也。」丘宗卿名崈，《宋史》卷三九八《丘崈傳》：「丘崈字宗卿，江陰軍人，隆興元年進士。爲建康府觀察推官，丞相虞允文奇其才，奏除國子博士，孝宗諭允文舉自代者，允文首薦崈。……時方遣范成大使金祈請陵寢，崈言泛使亟遣無益大計，徒以驕敵。……遷太常博士，出知秀州華亭縣。……除直秘閣知平江府。……召除户部郎中，遷樞密院檢詳文字，被命接伴金國賀生辰使。……崈不禮金使，予祠，起知鄂州，移江西轉運判官，提點浙東刑獄，進直徽猷閣知平江府。」查稼軒淳熙八年知隆興府時，丘宗卿正在江西轉運判官任上。《寶慶會稽續志》卷二《浙東提刑》：「丘崈，淳熙十年七月以朝奉大夫直秘閣到任，淳熙十一年十二月初二日改知平江

府。」《宋會要輯稿·職官》六一之二九載淳熙九年十二月五日，江西運判兼提刑丘崈請將妻吴氏所得封號回授其母事。知丘崈來書問候時尚在江西運判任上。右詞及以下二闋，均應賦於淳熙九年暮春。

②「點檢」句，柳永《尾犯》詞：「除是恁點檢笙歌，訪尋羅綺消得。」點檢即檢閱、檢查，韓愈《贈劉師服》詩：「丈夫命存百無害，誰能點檢形骸外。」

③「蝴蝶」二句，西園，在帶湖新居之西，稼軒詞中屢見。而洪邁《稼軒記》則僅有「東岡西阜，北墅南麓」語，戴表元《稼軒書院興造記》（見《剡源集》卷一）亦僅有「問湖上門，曰：是舊塗，自西循湖南東來」語，知帶湖在新居之南，而新居臨湖，北墅之西當爲西園也。明花柳，蘇軾《送孔郎中赴陝郊》詩：「十里長亭聞鼓角，一川秀色明花柳。」

④「覺來」句，黄庭堅《兩同心》詞：「記攜手小院，回廊月影花陰。」

⑤「收拾」二句，收拾，拾掇義。把詩僝僽，僝僽本意有折磨、煩惱、擺布等義，此處謂以詩消遣也。

【附録】

楊炎正濟翁原詞

蝶戀花　稼軒坐間作，首句用丘六書中語

點檢笙歌多釀酒。不放東風，獨自迷楊柳。院院翠陰停永晝，曲欄隨處堪垂手。　昨日解醒今夕

又。消得情懷，長被春僝僽。門外馬嘶人去後，亂紅不管花消瘦。（《西樵語業》）

又

繼楊濟翁韻，餞范南伯知縣歸京口〔一〕①

淚眼送君傾似雨。不折垂楊，只倩愁隨去。有底風光留不住？煙波萬頃春江艫②。　老馬臨流癡不渡。應惜障泥，忘了尋春路③。身在稼軒安穩處，書來不用多行數④。

【校】

〔一〕題，「知縣」，范南伯前知瀘溪公安，此時家居，猶以知縣稱之。四卷本無此詞。

【箋注】

①題，范南伯，見本書卷六《西江月·爲范南伯壽》詞（秀骨青松不老閟）箋注。《漫塘集》卷三四《故公安范大夫及夫人張氏行述》：「公諱如山，字南伯，……公以通判蔭入任。本朝視本秩換授，故公墮右選，非志也。……添差監湖州都酒務。……復注監真州都酒務。南軒先生張公帥荊南，志在經理中原，以公北土故家，知其豪傑，熟其形勢，辟差辰州瀘溪令，改攝江陵之公安，

實欲引以自近。公治官猶家，拊民若子，人思之至今。……公歲晚居貧而好客，客至，輒飭家人趣治具，無則典衣繼之。……公以慶元二年五月七日卒，得年六十有七，官終忠訓郎。」知范南伯攝公安縣之後，即家居以待終，故以知縣稱之。右詞應爲范南伯聞知稼軒退閑信州後，自京口來訪，餞别時所賦詞。京口即鎮江。《輿地紀勝》卷七《兩浙西路》：「鎮江府，潤州丹陽郡，鎮江軍節度。……東漢末年，吴王孫權初鎮丹徒，謂之京城，今州是也。後遷建業，於此置京口鎮。」

②「有底」二句，「有底」，如此也。言帶湖風光甚美，然而何以留南伯不得，非要歸去。增訂本《稼軒詞編年箋注》釋作「所有」，意即所有風光留不住，雖亦通，然不如作如許語佳。煙波萬頃，《漁隱叢話》前集卷四八引《冷齋夜話》云：「山谷南遷，與余會於長沙，留碧湘門一月。李子光以官舟借之，爲懀疾者腹誹，因攜十六口買小舟。余以舟迫窄爲言，山谷笑曰：『煙波萬頃，水宿小舟，與大厦千楹，醉眠一榻，何所異？道人繆矣。』即解纜去。」此條十卷本《冷齋夜話》失載。春江，謂玉溪，信江也。

③「老馬」三句，言不能渡水送范南伯也。《世説新語·術解》：「王武子善解馬性，嘗乘一馬，着連錢障泥，前有水，終日不肯渡。王云：『此必是惜障泥。』使人解去，便徑渡。」蘇軾《與周長官李秀才遊徑山二君先以詩見寄次其韻二首》詩：「癡馬惜障泥，臨流不肯渡。」障泥，披於馬鞍旁者，用於蔽泥。《西京雜記》卷二：「後得貳師天馬，帝以玫瑰石爲鞍，鏤以金銀鍮石，以緑地

五色錦爲蔽泥。」按：稼軒乾道八年出守滁州時所賦《滿江紅·再用前韻》詞（照影溪梅闋）有「寶馬嘶歸紅旆動，龍團試水銅瓶泣」句，可證知其馬即自北方南來者，至此又一十年，蓋稼軒南歸已二十年。而稼軒謂之「老馬臨流」，此老馬或即彼時之寶馬者，跟隨稼軒一生之馬也。

④「書來」句，黄庭堅《新喻道中寄元明用觴字韻》詩：「但知家裏俱無恙，不用書來細作行。」

【附録】

楊炎正濟翁原詞

蝶戀花　別范南伯

離恨做成春夜雨。添得春江，剗地東流去。弱柳繫船都不住，爲君愁絶聽嗚艣。　君到南徐芳草渡。想得尋春，依舊當年路。後夜獨憐回首處。亂山遮隔無重數。（《西樵語業》）

又　席上贈楊濟翁侍兒

小小年華才月半〔一〕①。羅幕春風，幸自無人見。剛道羞郎低粉面②，傍人瞥見回嬌盼。　昨夜西池陪女伴③。柳困花慵④，見説歸來晚。勸客持觴渾未慣，未歌先覺花枝顫〔二〕⑤。

【校】

〔一〕「年華」，四卷本甲集作「華年」，此從廣信書院本。

〔二〕「枝」，《六十名家詞》本作「頭」。四卷本同廣信書院本。

【箋注】

①「小小」句，月半謂其年僅十五歲。

②「剛道」句，元稹《元氏長慶集補遺》卷六《鶯鶯傳》：「自從消瘦減容光，萬轉千回懶下牀。不爲傍人羞不起，爲郎憔悴却羞郎。」剛道，纔道也。

③西池，戴表元《剡源集》卷一《稼軒書院興造記》：「岡巒回環，榆柳掩鬱。長湖寶帶横其前，重關華表翼其後。……問桑圃官池，曰：『是稼軒所耕釣，今表而出之也。』」可與此詞西池相參。

④柳困花慵，晁補之《鬥百花》詞：「柳困花慵，盈盈自整羅巾，須勸倒金盞。」

⑤花枝顫，張先《減字木蘭花》詞：「舞徹伊州，頭上花枝顫未休。」《能改齋漫録》卷一七：「此陳濟翁《驀山溪詞》也。舍人張孝祥知潭州，因宴客，妓有歌此，至『金杯酒，君王勸，頭上宮花顫。』

其首自爲之揺動者數四。坐客忍笑，指目者甚多，而張竟不覺也。」

水調歌頭

嚴子文同傅安道和前韻，因再和謝之〔一〕①

寄我五雲字，恰向酒邊開〔二〕②。東風過盡歸雁，不見客星回③。聞道瑣窗風月〔三〕，更着詩翁杖屨，合作雪堂猜。子文作雪齋，寄書云：「近以旱，無以延客。」〔四〕④歲旱莫留客，霖雨要渠來⑤。　短燈檠〔五〕，長劍鋏，欲生苔⑥。雕弓掛壁無用，照影落清杯⑦。多病關心藥餌，小摘親鉏菜甲，老子政須哀⑧。夜雨北窗竹，更倩野人栽⑨。

【校】

〔一〕題，四卷本乙集作「嚴子文同傅安道和盟鷗韻，和以謝之」。此從廣信書院本。

〔二〕「開」，四卷本作「來」。

〔三〕「聞」，廣信書院本原作「均」，此從四卷本。

〔四〕小注，四卷本闕。

〔五〕「燈檠」，四卷本作「檠燈」。

【箋注】

①題，嚴子文，見本書卷六《浣溪沙・贈子文侍人名笑笑》詞箋注。《琴川志》卷八：「嚴煥字子文，縣人，……通判建康府，知江陰軍，遷太常丞，出爲福建市舶。」據〔雍正〕《江南通志》卷四五載：「乾明廣福寺在江陰縣。初本二院，……乾道九年，知軍嚴煥請於朝，始併爲一寺。」〔乾隆〕《福建通志》卷二一《提舉市舶司》：「虞似良、蘇峴、韓康卿、彭椿年、嚴煥、林劭、潘冠英、胡長卿、張遜，俱淳熙間任。」《福建金石志》卷九載司馬伋等《九日山題名》：「淳熙十年，歲在昭陽單閼閏月廿有四日，郡守司馬伋同典宗趙子濤、提舶林劭、統軍韓俊，以遣舶，祈風於延福寺通遠善利廣福王祠下。」據此，林劭提舉市舶司既在淳熙十年，知淳熙九年任福建提舶者必嚴煥也。福建提舶司治所在泉州，故祈風於九日山。傅安道，名自得，泉州人。《朱文公文集》卷九八《朝奉大夫直秘閣主管建寧府武夷山沖佑觀傅公行狀》：「公諱自得，字安道，……定居於泉州。……補承務郎，三監潭州南嶽廟，乃爲福建路提點刑獄司幹辦公事。……今少傅福國陳公入爲吏部尚書，雅知公之爲人，則與侍從官數人露章，薦公事親孝，居官廉，博學能文，興化之政，庭無留訟，而所坐初非其辜，遂再除知興化軍。……改除兩浙西路提點刑獄公事，時公年已六十餘矣。……公性高簡，不妄與人交。居泉五十年，杜門自守，讀書奉親外，無他爲。……居閑益無事，唯讀書不輟。客至觴酒論文道説古今，唱酬詩什，以相娛樂。蒼顔白髮，意氣偉然。……既病，則屏却藥餌，獨飲水以待終。……時淳熙十

年秋八月也,年六十有八。」李心傳《建炎以來朝野雜記》乙集卷八《傅安道不見曾覿》條,亦特載曾覿以節鉞奉内祠,而自得不見之事,謂其性復高簡。按:據《宋會要輯稿·職官》七二之二二,傅自得於淳熙五年八月罷浙東提刑,此後即家居泉州,終老其身。稼軒與傅安道交誼,不見諸書册記載。右詞乃稼軒於淳熙九年春賦盟鷗詞後,寄似在泉州爲官之舊友嚴焕,焕與在泉州寓居之傅安道並有和章,遂再和以謝。既謂再和,其賦詞時當在和湯朝美司諫之後,應已至是年夏季也。

②「寄我」二句,五雲字,《新唐書》卷一二二《韋安石傳》附《韋陟傳》:「常以五采牋爲書記,使侍妾主之以裁答,受意而已。皆有楷法,陟唯署名,自謂所書陟字,若五朵雲,時人慕之,號郇公五雲體。」郇公,韋陟父安石卒所贈,韋陟襲其封號,故稱郇公。恰向酒邊開,張綱《浣溪沙·安人生日》詞:「眼眩豈堪花裏笑,眉攢聊向酒邊開。」

③「東風」二句,過盡歸雁謂春盡。客星,切嚴焕。《後漢書》卷一一三《嚴光傳》:「因共偃卧,光以足加帝腹上。明日,太史奏客星犯御座甚急,帝笑曰:『朕故人嚴子陵共卧耳。』」

④「聞道」三句及小注,詩翁亦指嚴焕。〔雍正〕《江南通志》卷一六五:「繆侃字叔正,常熟人,博雅工書,好蓄法書古器。弟佚,亦能詩善畫。同邑嚴焕字子文,以進士終朝奉大夫,文章整健,詩學尤邃。」焕作雪齋,未見書册記載,僅見於此。《方輿勝覽》卷五〇《湖北路·黄州》:「雪堂在州治東百步,蜀人蘇子瞻謫居黄三年,故人馬正卿爲守,以故營地數十畝與之,是爲東坡。以

大雪中築室，名曰雪堂。繪雪於堂之壁。西有小橋，堂下有暗井。七年移汝州，去黄之日，遂以雪堂付潘大臨兄弟居焉。崇寧壬午，黨禁既興，堂遂毁。」

⑤「歲旱」二句，《尚書・説命》上：「説築傅巖之野，惟肖。爰立作相，王置諸其左右，命之曰：『朝夕納誨，以輔台德。若金，用汝作礪；若濟巨川，用汝作舟楫。若歲大旱，用汝作霖雨。』」按：用傅説事以況傅自得。而歲旱事，見於《宋史》卷三五《孝宗紀》三，淳熙九年七月以後，屢有賑濟江西、兩浙，且蠲諸路旱傷州軍事。知是年大旱，乃爲紀實。渠，其也。王安石《再次前韻寄楊德逢》詩：「渠來那得度，南蕩今已白。」又按：上片所言，蓋邀嚴、傅來信上作客而終不見至也。

⑥「短燈」三句，短燈檠，韓愈《短燈檠歌》：「太學儒生東魯客，二十辭家來射策。夜書細字綴語言，兩目眵昏頭雪白。此時提攜當案前，看書到曉那能眠。一朝富貴還自恣，長檠高張照珠翠。吁嗟世事無不然，牆角君看短檠棄。」長劍鋏，見本書卷七《滿江紅》（漢水東流闋）箋注。生苔，指燈檠長劍生苔。白居易《酬盧秘書二十韻》詩：「杜陵書積蠹，豐獄劍生苔。」

⑦「雕弓」二句，應劭《風俗通義》卷九《世間多有見怪驚怪以自傷者》條：「予之祖父郴爲汲令，以夏至日見主簿杜宣，因賜酒。時北壁上有懸赤弩，照於杯，形如蛇，宣畏惡之，然不敢不飲。其日便得胸腹痛切，妨損飲食，大用羸露。攻治萬端，不爲愈。後郴因事過至宣家闚視，問其變故，云：『畏此蛇，蛇入腹中。』郴還廳事，思惟良久，顧見懸弩，曰：『必是也。』則使門下史將

鈴下侍，徐扶輦載宣於故處設酒，杯中故復有蛇。因謂宣：『此壁上弩影耳，非有他怪。』宣遂解，甚夷懌，由是瘳平。」《晉書》卷四三《樂廣傳》：「嘗有親客，久闊不復來，廣問其故，答曰：『前在坐，蒙賜酒，方欲飲，見杯中有蛇，意甚惡之。既飲而疾。』於時河南廳事壁上有角漆畫作蛇，廣意杯中蛇即角影也，復置酒於前處，謂客曰：『酒中復有所見不？』答曰：『所見如初。』廣乃告其所以，客豁然意解，沉痾頓愈。」蘇轍《書廬山劉顗宫苑屋壁三絶》詩：「雕弓掛壁耻言動，出入樵漁便作羣。」

⑧「多病」三句，關心藥餌，杜甫《酬郭十五判官》詩：「藥裹關心詩總廢，花枝照眼句還成。」小摘菜甲，《有客》詩：「自鋤稀菜甲，小摘爲情親。」老子須哀，見前同調《湯朝美司諫見和用韻爲謝》詞（白日射金闕閿）箋注。

⑨「夜雨」二句，李白《尋陽紫極宫感秋作》詩：「何處聞秋聲，翛翛北窗竹。」白居易《思竹窗》詩：「不憶西省松，不憶南宫菊。惟憶新昌堂，蕭蕭北窗竹。窗間枕簟在，來後何人宿？」葉夢得《避暑録話》卷下：「種竹須當五六月，雖烈日無害。小瘁，久之復蘇。世言五月十三日爲竹醉可移。不必此日，凡夏皆可種也。杜子美詩云：『西窗竹影薄，臘月更須栽。』余舊用其言，每以臘月種，無一竿活者，此亦余信書之弊而見事遲也。」

踏莎行

賦稼軒，集經句①

進退存亡，行藏用舍②。小人請學樊須稼③。衡門之下可棲遲，日之夕矣牛羊下④。　去衛靈公，遭桓司馬⑤。東西南北之人也⑥。長沮桀溺耦而耕，丘何爲是棲棲者⑦？

【箋注】

①題，稼軒，《宋史》卷四〇一《辛棄疾傳》：「嘗謂人生在勤，當以力田爲先。北方之人，養生之具不求於人，是以無甚富甚貧之家，南方多末作以病農，而兼併之患興，貧富斯不侔矣。故以稼名軒。」洪邁《稼軒記》：「既築室百楹，度財占地什四，乃荒左偏以立圃，稻田泱泱，居然衍十弓。意他日釋位而歸，必躬耕於是，故憑高作屋下臨之，是爲稼軒。」右詞集經句以賦稼軒，雖無作年可考，然必在躬耕之初，故附次於淳熙九年夏。

②「進退」二句，進退存亡，《易・乾・文言》：「亢之爲言也，知進而不知退，知存而不知亡，知得而不知喪。其唯聖人乎？知進退存亡而不失其正者，其唯聖人乎？」行藏用舍，《論語・述而》：「子謂顔淵曰：『用之則行，舍之則藏，惟我與爾有是夫！』」

③「小人」句，《論語・子路》：「樊遲請學稼，子曰：『吾不如老農。』請學爲圃，曰：『吾不如老圃。』樊遲出，子曰：『小人哉，樊須也！上好禮，則民莫敢不敬；上好義，則民莫敢不服；上好信，則民莫敢不用情。夫如是，則四方之民，襁負其子而至矣，焉用稼？』」《史記》卷六七《仲尼弟子列傳》：「樊須字子遲，少孔子三十六歲。」

④「衡門」二句，衡門之下可棲遲，《詩・陳風・衡門》：「衡門之下，可以棲遲。泌之洋洋，可以樂饑。」《傳》：「衡門，横木爲門，言淺陋也。棲遲，遊息也。」日之夕矣牛羊下，《詩・王風・君子於役》：「日之夕矣，羊牛下來。」

⑤「去衛」二句，去衛靈公，《論語・衛靈公》：「衛靈公問陳於孔子，孔子對曰：『俎豆之事則嘗聞之矣，軍旅之事未之學也。』明日遂行。在陳絶糧，從者病，莫能興。」遭桓司馬，《孟子・萬章》上：「孔子不悦於魯衛，遭宋桓司馬，將要而殺之，微服而過宋。是時，孔子當阨。」

⑥「東西」句，《禮記・檀弓》上：「孔子既得合葬於防，曰：『吾聞之，古也墓而不墳。今丘也，東西南北之人也，不可以弗識也。』」

⑦「長沮」二句，長沮桀溺耦而耕，《論語・微子》：「長沮、桀溺耦而耕，孔子過之，使子路問津焉。……問於桀溺，桀溺曰：『子爲誰？』曰：『爲仲由。』曰：『是魯孔丘之徒與？』曰：『是也。』曰：『滔滔者天下皆是也，而誰以易之？且而與其從辟人之士也，豈若從辟士之士哉？』耰而不輟。」丘何爲是棲棲者，同書《憲問》：「微生畝謂孔子曰：『丘何爲是棲棲者與？

無乃爲佞乎？」孔子曰：『非敢爲佞也，疾固也。』」

太常引

壽韓南澗尚書〔一〕①

君王着意履聲間②，便合押〔二〕，紫宸班③。今代又尊韓，道吏部文章泰山④。一杯千歲，問公何事，早伴赤松閑⑤？功業後來看，似江左風流謝安⑥。

【校】

〔一〕題，四卷本甲集作「壽南澗」，此從廣信書院本。

〔二〕「合」，四卷本作「令」。

【箋注】

①題，韓南澗，即韓元吉，本爲乾道四年稼軒通判建康府時任江東轉運判官之友人，淳熙改元之七年，先於稼軒寓居於上饒信江南岸之南澗，至此，稼軒於淳熙九年掛冠之後，始爲之作壽詞。元吉《宋史》無傳，生日亦在五月。〔乾隆〕《上饒縣志》卷一一《寓賢》：「韓元吉字無咎，開封人維

之子，仕至吏部尚書、龍圖閣學士，封潁川公。嘗師尹焞，吕祖謙其婿也。師友淵源，爲諸儒所推重。徙居上饒，所居之前有澗水，號南澗。澗南有園，築亭竹間，號蒼筤，與兄元隆俱登甲第，卒葬城東。所著有《愚戇録》、《周易繫辭》等書。」陸心源《宋史翼》卷一四《韓元吉傳》：「韓元吉字無咎，開封雍丘人，門下侍郎維之玄孫。……徙居信州之上饒，所居之前有澗水，號南澗。詞章典麗，議論通明，爲故家翹楚。嘗赴詞科不利，以蔭爲處州龍泉縣主簿。……乾道三年除江東轉運判官。……四年以朝散郎入守大理少卿，權中書舍人，八年權吏部侍郎。……九年權禮部尚書賀金國生辰使。……淳熙元年以待制知婺州，於郡西南隅創貢院，工築方興，明年移知建安。……旋召赴行在，以朝議大夫試吏部尚書，進正奉大夫，除吏部尚書。五年乞州郡，除龍圖閣學士復知婺州，罷爲提舉太平興國宫。爵至潁川郡公。……與葉夢得、陸游、沈明遠、趙蕃、張浚相唱和，政事文章爲一代冠冕。朱子稱其詩有中原和平之舊，無南方啁哳之音。著有《易繫辭解》、《焦尾集》、《南澗甲乙稿》。」按：《縣志》謂韓元吉登第，不確。南澗，當在信江南岸南屏山。據趙蕃《淳熙稿》卷一一之《挽南澗先生三首》詩，其中有「寂寞溪南路，……於今忍重經？……屏山空矗矗，澗水暗泠泠」諸語，屏山，即南屏山。〔乾隆〕《上饒縣志》卷二：「南屏山，在城東南五里，從狼牙山發脈，拱抱府治如屏，又以形如奔騎，一名天馬山。」因知韓元吉之寓居地即所謂南澗，在信江南岸之南屏山。

②「君王」句，《漢書》卷七七《鄭崇傳》：「鄭崇字子游，本高密大族，世與王家相嫁娶。……哀帝

擢爲尚書僕射，數求見諫争，上初納用之，每見曳革履，上笑曰：『我識鄭尚書履聲。』」

③「便合」二句，李攸《宋朝事实》卷一二《儀注》二：「國初，因唐與五代之制，文武官每日赴文明殿（即文德殿）正衙常參，宰相一人押班。五日起居，即崇德、長春二殿（崇德即紫宸，長春即垂拱），中書門下爲班首。」按：宋代宰相執政，多由御史中丞、翰林學士、六部尚書中揀選，故有「便合押」云云，謂其本應位至宰相執政也。

④「今代」二句，石介《徂徠集》卷七有《尊韓》篇，《黄氏日鈔》卷四五讀《諸儒書》之《石徂徠文集》評曰：「《尊韓》略云：孔子爲聖人之至，吏部爲賢人之卓。孔子之《易》、《春秋》，自聖人來未有也。吏部《原道》、《原人》、《原毀》、《行難》、《禹問》、《佛骨表》、《諍臣論》，自諸子以來未有也。」《新唐書》卷一七六《韓愈等傳贊》：「自愈没，其言大行，學者仰之，如泰山北斗云。」歐陽修《贈王介甫》詩：「翰林風月三千首，吏部文章二百年。」韓愈嘗官吏部侍郎。

⑤「一杯」三句，一杯千歲，宋元口語。楊萬里有詩，題爲「七月二十三日南極老人星歌，上叔父十三致政一杯千歲之壽」詩，韓玉《念奴嬌》詞有「壽日稱觴，一杯千歲，應見蟠桃熟」句，本書卷七《臨江仙·爲岳母壽》詞（住世都知菩薩行閟）亦有「一杯千歲酒，重拜太夫人」句。伴赤松，《史記》卷五五《留侯世家》：「留侯乃稱曰：『家世相韓，及韓滅，不愛萬金之資，爲韓報讎彊秦，天下振動。今以三寸舌爲帝者師，封萬户，位列侯，此布衣之極，於良足矣。願棄人間事，欲從赤松子遊耳。』」《唐摭言》卷一〇：「羅隱梁開平中累徵夕郎不起，羅衮以小天倅大秋，姚公使

兩浙，袞以詩贈隱曰：『平日時風好涕流，讒書雖盛一名休。寰區歎屈瞻天問，島嶼聞詩過海求。向夕便思青瑣拜，近年尋伴赤松遊。』」又，宋人魏野亦有《獻王旦》詩句：「西祀東封俱已畢，可能來伴赤松遊？」見《青箱雜記》卷一。

⑥「功業」二句，據《晉書》卷七九《謝安傳》，謝安有仕進意已四十餘，其執國政及淝水破前秦，俱後來之事，卒時年六十六。《南齊書》卷二三《王儉傳》：「儉常謂人曰：『江左風流宰相，惟有謝安。』」

水調歌頭

九日遊雲洞，和韓南澗尚書韻〔一〕①

今日復何日，黃菊爲誰開②？淵明謾愛重九〔二〕，胸次正崔嵬③。酒亦關人何事，政自不能不爾，誰遣白衣來④？醉把西風扇，隨處障塵埃⑤。　爲公飲，須一日，三百杯⑥。此山高處東望〔三〕，雲氣見蓬萊⑦。翳鳳驂鸞公去，落佩倒冠吾事，抱病且登臺⑧。歸路踏明月〔四〕，人影共徘徊⑨。

【校】

〔一〕題，四卷本甲集「尚書」二字闕，此從廣信書院本。

〔二〕「謾」，四卷本作「漫」。

〔三〕「山」，《六十名家詞》本作「心」。

〔四〕「踏」，四卷本作「有」。

【箋注】

①題，韓元吉有同調《雲洞》詞，知爲淳熙九年重九日與韓元吉同遊雲洞時次韻之作。雲洞，〔嘉靖〕《廣信府志》卷三《上饒》：「雲洞，縣西三十里，在開化鄉，天欲雨則興雲，故名雲洞。」清〔乾隆〕、〔同治〕《廣信府志》及《上饒縣志》均同此。按：開化鄉在縣西，其地在今上饒西楓嶺頭鎮西部。今其地有月巖洞，雲洞或在其西。〔乾隆〕《上饒縣志》卷一六《藝文》載韋莊《經月巖山》詩，有序曰：「信州西三十里，山名仙人城，下有月巖山，其狀秀拔，中有石門如滿月之狀，余因行役過其下，聊賦是詩。」詩中有云：「驅車過閩越，路出饒陽西。仙山翠如畫，簇簇生虹蜺。羣峰若侍從，衆阜如嬰提。巖巒互吞吐，嶺岫相追隨。中有月輪滿，皎潔如圓珪。」（按：此詩作者，《全唐詩》作韓翃。）〔嘉靖〕《府志》同卷載洪芻《遊信州巖峒記》載：「信之山大抵皆岫也。出葛溪門二十五里，西遊至月巖，自石梁望之，正如半月形。……巖之背，繚西北而北轉有大山，……由山後口過一大山，其底洞透。……既出穴，循山行又數百步，至一山崦，……又循山同行，深入一源，路窮處得幽巖，余所名也。巖有泉溜，泠泠然。出山循道行二里許，隔大田望

遠巖極峻，上有棺，正猶人間所用匣也。又二里至雲洞，山形截然如城，世謂之仙人城，相傳仙人蜕骨葬於此，有三棺，或壞，因大風雨雷電則復完如初，疑有鬼神云。復出大道十里，稍南至靈巖。」本詞所附韓元吉原詞，有「仙人跨海休問，隨處是蓬萊」句，且注「洞有仙骨巖」。而《輿地紀勝》卷二一《江南東路·信州》之《月巖》條未載雲洞，而另立《雲洞》條，謂在州南二十餘里，然《幽巖》條又記載「幽巖在上饒月巖雲洞側」，則知此雲洞必爲月巖雲洞無疑，蓋與洪芻所述者相符。〔乾隆〕《上饒縣志》卷一二《寺觀》：「雲洞院，在開化鄉三十六都，宋大中祥符間建，巖穴瓌奇，梵宇幽爽，有天泉、九仙、一綫天諸巖，多題詠。」韓元吉《雲洞》詩：「揮策度窮谷，撑空見樓臺。丹崖幾千仞，中有佛寺開。老僧如遠公，應門走蒿萊。下馬問所適，褰衣指崔嵬。飛闌倚石磴，曠蕩無纖埃。坐久意頗愜，爽氣生尊罍。仙棺是何人，蜕骨藏莓苔。舉酒一酹之，慨然興我懷。丹砂固未就，白鶴何時來？不如生前樂，長嘯且銜杯。」（此詩原載《南澗甲乙稿》卷一，謂據《廣信府志》補。首句作「揮策度絶壑」，即據〔嘉靖〕《廣信府志》改。）

②「今日」二句，今日復何日，蘇軾《遊浄居寺》詩：「今日復何日，芒鞋自輕飛。」《和郭主簿二首》詩：「今日復何日，高槐布初陰。」黄菊爲誰開，李嘉祐《答泉州薛播使君重陽日贈酒》詩：「欲强登高無力去，籬邊黄菊爲誰開？」蘇軾《九日尋臻闍黎遂泛小舟至懃師院二首》詩：「白足赤髭迎我笑，拒霜黄菊爲誰開？」

③「淵明」二句，淵明愛重九，《陶淵明集》卷二《九日閑居》詩序：「余閑居，愛重九之名。秋菊盈

園而持醪靡由，空服九華，寄懷於言。」詩有「世短意常多，斯人樂久生。日月依辰至，舉俗愛其名」句。湯漢《陶靖節先生詩注》云：「魏文帝書云：『九爲陽數，而日月並應，俗嘉其名，以爲宜於長久。』」謾，徒然也。胸次崔嵬，黄庭堅《次韻子瞻武昌西山》詩：「平生四海蘇太史，酒澆不下胸崔嵬。」晁補之《次韻蘇公翰林贈同職鄧温伯懷舊作》詩：「漫浪飲處空有跡，無酒可沃胸崔嵬。」崔嵬，本指山巔。此二句謂陶淵明胸次中所積累之嵬磊不平，非其愛生之念所能消除。

④「酒亦」三句，關人何事，黄庭堅《題〈陽關圖〉二首》詩：「渭城柳色關何事，自是離人作許悲。」政自不能不爾，《晉書》卷七九《謝安傳》：「既見温，坦之流汗沾衣，倒執手板，安從容就席。坐定，謂温曰：『安聞諸侯有道，守在四鄰，明公何須壁後置人邪？』温笑曰：『正自不能不爾耳。』遂笑語移日。」遣白衣，《太平御覽》卷三二引《續晉陽秋》：「陶潛九月九日無酒，宅邊東籬下，菊叢中，摘盈把，坐其側。未幾，望見白衣人至，乃王弘送酒也，即便就醉而後歸。」

⑤「醉把」二句，《世説新語·輕詆》：「庾公權重，足傾王公。庾在石頭，王在冶城坐，大風揚塵，王以扇拂塵曰：『元規塵污人。』」《晉書》卷六五《王導傳》：「時亮雖居外鎮，而執朝廷之權，既據上流，擁彊兵，趣向者多歸之。導内不能平，常遇西風塵起，舉扇自蔽，徐曰：『元規塵污人。』」元規，庾亮字。

⑥「須一」二句，李白《襄陽歌》：「百年三萬六千日，一日須傾三百杯。」《將進酒》：「烹羊宰牛且

爲樂，會須一飲三百杯。」《南史》卷六一《陳暄傳》：「鄭康成一飲三百杯，吾不以爲多。」

⑦「雲氣」句，《史記》卷二八《封禪書》：「自威、宣、燕昭使人入海求蓬萊、方丈、瀛州，此三神山者，其傳在勃海中，去人不遠，患且至，則船風引而去。……未至，望之如雲，及到，三神山反居水下。」《漁隱叢話》前集卷五五引《王直方詩話》云：「『壁門金闕倚天開，五見宮花落古槐。明日扁舟滄海去，却將雲氣望蓬萊。』此劉貢甫詩也，自館中出知曹州時作。舊云『雲裏』，荆公改作『雲氣』。」

⑧「翳鳳」三句，翳鳳驂鸞，杜甫《寄韓諫議》詩：「玉京羣帝集北斗，或騎麒麟翳鳳凰。」《送重表侄王砯評事使南海》詩：「或驂鸞騰天，聊作鶴鳴皋。」張孝祥《水調歌頭·舟過金山寺》詞：「揮手從兹去，翳鳳更驂鸞。」落佩倒冠，已見本卷《六幺令·再用前韻》詞（倒冠一笑鬨）箋注。抱病且登臺，杜甫《九日五首》詩：「重陽獨酌杯中酒，抱病起登江上臺。」

⑨「歸路」二句，歸路踏明月，蘇軾《同王勝之遊蔣山》詩：「歸來踏人影，雲細月娟娟。」人影共徘徊，李白《月下獨酌四首》詩：「月既不解飲，影徒隨我身。暫伴月將影，行樂須及春。我歌月徘徊，我舞影淩亂。」

【附録】

韓元吉無咎原詞

水調歌頭　雲洞

今日我重九，莫負菊花開。試尋高處攜手，躡屐上崔嵬。放目蒼巖千仞，雲護曉霜成陣，知我與君來。古寺倚修竹，飛檻絶纖埃。　笑談間，風滿座，酒盈杯。仙人跨海休問，隨處是蓬萊。洞有仙骨巖。落日平原西望，鼓角秋聲悲壯，戲馬但荒臺。細把茱萸看，一醉且徘徊。（《南澗甲乙稿》卷七）

又　再用韻，呈南澗

千古老蟾口，雲洞插天開①。漲痕當日，何事洶湧到崔嵬②？攫土摶沙兒戲，翠谷蒼崖幾變，風雨化人來③。萬里須臾耳，野馬驟空埃④。　笑年來，蕉鹿夢，畫蛇杯⑤。黄花憔悴風露，野碧漲荒萊⑥。此會明年誰健？後日猶今視昔，歌舞只空臺⑦。愛酒陶元亮，無酒正徘徊⑧。

【箋注】

①「千古」二句，老蟾口，蘇軾《留題延生觀後山上小堂》詩：「不慚弄玉騎丹鳳，應逐嫦娥駕老蟾。」《鶴林玉露》丙編卷六：「孫仲益《山居上梁文》云：『老蟾駕月，上千崖紫翠之間；一鳥

呼風，嘯萬木丹青之表。』……奇語也。」杜牧《題壽安縣甘棠館御溝》詩：「水殿半傾蟾口澀，爲誰流下蓼花中。」「插天開」句，謂雲洞在山上。

②「漲痕」二句，此既言雲洞中留有漲水之痕，且斷言昔日高山曾爲川海，則可見稼軒於自然現象多有觀察，有所謂滄海桑田之認識耳。

③「攫土」三句，攫土摶沙，蘇軾《同正輔表兄遊白水山》詩：「偉哉造物真豪縱，攫土摶沙爲此弄。擘開翠峽走雲雷，截破奔流作潭洞。」翠谷蒼崖，杜光庭《廣成集》卷一〇《莫庭乂青城甲申本命周天醮詞》有「丹崖蕩日，翠谷呀雲」語。幾變，用《詩・小雅・十月之交》中「百川沸騰，山冢崒崩。高岸爲谷，深谷爲陵」語意。箋云：「崒者，崔嵬。」化人來，《列子・周穆王》：「周穆王時，西極之國有化人來。」注：「化幻人也。」蘇軾《和黄龍清老三首》詩：「静嘿堂中有相憶，清江或遣化人來。」按：此詩或謂黄庭堅作，見《山谷内集詩注》卷二〇。

④「萬里」二句，萬里須臾，阮籍《詠懷八十二首》詩：「雙翮臨長風，須臾萬里逝。」野馬空埃，《莊子・逍遥遊》：「野馬也，塵埃也，生物之以息相吹也。」《莊子集解》卷一注：「司馬云：野馬，春月澤中遊氣也。成云：青春之時，陽氣發動，遥望藪澤，猶如奔馬，故謂之野馬。成云：揚土曰塵，塵之細者曰埃。」

⑤蕉鹿夢，畫蛇杯，《列子・周穆王》：「鄭人有薪於野者，遇駭鹿，御而擊之，斃之，恐人見之也，遽而藏諸隍中，覆之以蕉，不勝其喜。俄而遺其所藏之處，遂以爲夢焉。順塗而詠其事。傍人

有聞者，用其言而取之。既歸，告其室人曰：『向薪者夢得鹿，而不知其處，吾今得之，彼直真夢者矣。』室人曰：『若將是夢見薪者之得鹿邪？詎有薪者邪？今真得鹿，是若之真夢邪？』夫曰：『吾據得鹿，何用知彼夢我邪夢？』」《戰國策・齊策》二：「楚有祠者，賜其舍人卮酒。舍人相謂曰：『數人飲之不足，一人飲之有餘，請畫地爲蛇，先成者飲酒。』一人蛇先成，引酒且飲之，乃左手持卮，右手畫蛇，曰：『吾能爲之足。』未成，一人之蛇成，奪其卮曰：『蛇固無足，子安能爲之足？』遂飲其酒。爲蛇足者，終亡其酒。……戰無不勝而不知止者，身且死，爵且後歸，猶爲蛇足也。」

⑥「野碧」句，野碧謂野水也。荒萊，荒田也。《三國志・魏志》卷二七《王昶傳》：「昶斫開荒萊，勤勸百姓，墾田特多。」《宋書》卷五《文帝紀》：「自頃農桑惰業，遊食者衆。荒萊不闢，督課無聞。」

⑦「此會」三句，此會明年誰健，杜甫《九日藍田崔氏莊》詩：「明年此會知誰健？醉把茱萸子細看。」《補注杜詩》卷一九注：「阮瞻元日會親友，曰：『人生如風中燭，尊酒何必拒其滿。不知明年今日再開此會，誰是强健。』」後日猶今視昔，《晉書》卷八〇《王羲之傳》引《蘭亭序》：「固知一死生爲虛誕，齊彭殤爲妄作，後之視今，亦猶今之視昔，悲夫！」歌舞空臺，張琰《銅雀臺》詩：「君王冥寞不可見，銅雀歌舞空徘徊。」

⑧「愛酒」二句，愛酒陶元亮，蘇軾《乘舟過賈收水閣收不在見其子三首》詩：「愛酒陶元亮，能詩

張志和。」

又

再用韻，答李子永提幹〔一〕①

君莫賦《幽憤》，一語試相開②。長安車馬道上，平地起崔嵬③。我愧淵明久矣，猶借此翁湔洗〔二〕，素壁寫《歸來》④。斜日透虚隙，一綫萬飛埃⑤。斷吾生，左持蟹，右持杯⑥。買山自種雲樹，山下劚煙萊⑦。百鍊都成繞指，萬事直須稱好，人世幾輿臺⑧？劉郎更堪笑，剛賦看花回⑨。

【校】

〔一〕題，「答」，廣信書院原闕，據四卷本甲集補。四卷本「提幹」二字闕。

〔二〕「猶」，四卷本作「獨」。

【箋注】

①題，趙蕃《淳熙稿》卷一三《贈李子永泳》詩：「漫刺平生不妄投，不知我者謂何求。平生願作李

君御，問事况聞他秩抽。驛舍夜涼陪麈尾，野田風晚從遨頭。可嗟鞅掌催成去，未盡登臨山水幽。」《中興以來絶妙詞選》卷五：「李子大名洪，家世同登桂籍，躋膴仕，號淮甸儒族。子大其弟漳、泳、洤、淛，皆以文鳴，有《李氏花蕚詞》五卷，其姪直倫爲之序，廬陵人。」又載：「李子永名泳。」《直齋書録解題》卷二一：「《李氏花蕚集》五卷，廬陵李氏兄弟五人，洪子大、漳子清、泳子永、洤子召、淛子秀，皆有官閥。」葛萬里《别號録》卷一載：「蘭澤李泳子永。」然既謂之「淮甸儒族」，又以爲廬陵人，豈不有誤？查樓鑰《攻媿集》卷五二《檗庵居士文集序》：「江都李氏，名族也。紹興間名之從民者，尚多俊茂。余生晚，猶及識將作監端民平叔及其子泳，皆有聲詩。」則李泳實即揚州李端民之子，「廬陵」者，蓋廣陵之訛誤。《嘉泰會稽志》卷六《餘姚縣》載：「緒山廟在縣西二百五十步，祀典始於東晉咸康中。有江都李泳者作記，謂徽宗皇帝嘗夢禁中火，有神人撲滅，已雨。奏曰：『臣越之餘姚緒山神。』黎明内廷果火，會雨而止，上異之，有旨下本道訪求，遂賜應夢之號。泳字子永，御史中丞定之曾孫，諸父仕多通顯，其説宜不敢妄云。」據知其確爲揚州人。右題謂之提幹者，蓋坑冶司幹辦公事官之稱。《南澗甲乙稿》卷五有《次韻李子永見慶新居》詩，首聯即爲「旋移桐樹占高岡，更喜松筠翠作行」。韓元吉移居上饒南澗，在淳熙七年。《南澗甲乙稿》卷二三《安人盧氏墓志銘》載：「淳熙改元之七年，予始居南澗。」知李子永爲坑冶司幹官，分局信州，最晚在淳熙七年。趙詩有「驛舍夜涼」、「野田風晚」諸語，此正李氏爲坑冶司屬官之證。淳熙九年稼軒退居帶湖之時，李泳尚未離任，故能借韓元吉《遊雲洞》

詞韻相唱和，而稼軒遂有此作也。

②「君莫」二句，賦《幽憤》，《晉書》卷四九《嵇康傳》：「東平吕安，服康高致，每一相思，輒千里命駕，康友而善之。後安爲兄所枉訴，以事繫獄，辭相證引，遂復收康。康性慎言行，一旦縲紲，乃作《幽憤詩》。」陳策《摸魚兒・仲宣樓賦》詞：「憑高試問。問舊日王郎，依劉有地，何事賦幽憤？」一語試相開，《三國志・吴志》卷三《孫亮傳》：「布拜表叩頭，休答曰：『聊相開悟耳，何至叩頭乎？』」蘇軾《减字木蘭花・送别》詞：「一語相開，匹似當初本不來。」

③「長安」二句，長安車馬道上，孟郊《感别送從叔校書簡再登科東歸》詩：「長安車馬道，高槐結浮陰。下有名利人，一人千萬心。」平地起崔嵬，梅堯臣《疊石》詩：「惟愁作險説，平地起崑崙。」《詩話總龜》卷二四引《唐賢抒情》：「李朱厓平泉莊佳景可愛，洛中士人詫於汪遵。……汪過楊相宅，有詩曰：『倚伏從來事不遥，無何平地起青霄。纔到青霄却平地，門對古槐空寂寥。』」按：此二句喻仕途之意外風波。

④「我愧」三句，愧淵明，蘇轍《追和陶淵明詩引》：「吾真有此病，而不早自知，平生出仕，以犯世患，此所以深愧淵明，欲以晚節師範其萬一也。」湔洗，《新唐書》卷一三六《烏承玼傳》：「有如束身本朝，湔洗前污，此反掌功耳。」素壁寫《歸來》，陶潛之《歸去來兮辭》，見《陶淵明集》卷五。《古今事文類聚别集》卷一三《草堂碑》條：「王子敬過戴安道草堂，飲酣，安道求子敬文。子敬攘臂大言曰：『我詞翰不及古人，與君一掃素壁。』今山陰《草堂碑》是也。」

⑤「斜日」二句，《景德傳燈録》卷一三《終南山圭峰宗密禪師》條：「著《禪源諸詮》，寫録諸家所述，詮表禪門根源道理。……其都序略曰：『……微細習情，起滅彰於静慧；差别法義，羅列現於空心。虚隙日光，纖埃擾擾；清潭水底，影像昭昭。』」蘇軾《和雜詩十一首》詩：「斜日照孤隙，始知空有塵。」

⑥「斷吾」三句，斷吾生，杜甫《曲江三章章五句》：「自斷此生休問天，杜曲幸有桑麻田。」斷，了也。「左持」二句，《晉書》卷四九《畢卓傳》：「右手持酒杯，左手持蟹螯。」餘見本卷《水調歌頭·湯朝美司諫見和用韻爲謝》詞(白日射金闕闋)箋注。

⑦「買山」二句，買山，《世説新語·排調》：「支道林因人就深公買印山，深公答曰：『未聞巢由買山而隱。』」斸煙萊，蘇轍《城南訪張恕》詩：「此中真有醇風在，一畝何年斸草萊。」

⑧「百鍊」三句，百鍊成繞指，《北堂書鈔》卷五八《金蟬右貂》條，注引應劭《漢官儀》：「金取堅剛，百鍊不耗。」劉琨《重贈盧諶》詩：「何意百鍊剛，化爲繞指柔。」萬事稱好，《世説新語·言語》之「南郡龐士元聞司馬德操」條注引《司馬徽别傳》：「徽字德操，潁川陽翟人，有人倫鑑識。居荆州，知劉表性暗，必害善人，乃括囊不談議時人。有以人物問徽者，初不辨其高下，每輒言佳。其婦諫曰：『人質所疑，君宜辨論，而一皆言佳，豈人所以咨君之意乎？』徽曰：『如君所言，亦復佳。』其婉約遜遁如此。」黄庭堅《次韻任道食荔支有感三首》詩：「一錢不直程衛尉，萬事稱好司馬公。」輿臺，《左傳·昭公七年》：「天有十日，人有十等。故王臣公，公臣大夫，大夫臣

士，士臣皂，皂臣輿，輿臣隸，隸臣僚，僚臣僕，僕臣臺。」

⑨「劉郎」二句，見本書卷六《新荷葉·和趙德莊韻》詞（人已歸來闋）箋注。剛，偏也。

又

提幹李君索余賦《秀野》、《緑繞》二詩。余詩尋醫久矣，姑合二榜之意，賦《水調歌頭》以遺之。然君才氣不減流輩，豈求田問舍而獨樂其身耶〔一〕①

文字覷天巧②，亭榭定風流。平生丘壑，歲晚也作稻粱謀③。五畝園中秀野，一水田將緑繞，穲稏不勝秋④。飯飽對花竹〔二〕，可是便忘憂⑤？　吾老矣，探禹穴⑥，欠東遊。君家風月幾許，白鳥去悠悠〔三〕⑦。插架牙籤萬軸，射虎南山一騎，容我攬鬚不⑧？更欲勸君酒，百尺卧高樓⑨。

【校】

〔一〕題，「幹」、「秀野」，《六十名家詞》本作「朝」、「野秀」，此從廣信書院本。「其」，《六十名家詞》本闕。

〔二〕「飯飽」，《六十名家詞》本作「飽飯」。

〔三〕「鳥」，《六十名家詞》本作「馬」。

【箋注】

①題，秀野、緑繞，當爲李泳江都居第内亭名。然查清各年代之《揚州府志》皆未見載。李泳之索求稼軒賦詩，亦應在淳熙九年。自淳熙五年之後，稼軒仕宦於湖北、江西、湖南及行在臨安之四五年間，極少有詩作。可見本書卷一所載各體詩。此即右題中所謂「余詩尋醫久矣」。蘇軾《七月五日二首》詩：「避謗詩尋醫，畏病酒入務。」其何以如此，是否因避謗則無可考知。求田問舍，見本書卷六《水龍吟·登建康賞心亭》詞（楚天千里清秋闊）箋注。李泳本具才氣，却以秀野、緑繞爲亭名，故稼軒謂其不當因求田問舍而獨樂其身。

②「文字」句，韓愈《答孟郊》詩：「規模背時利，文字覷天巧。人皆餘酒肉，子獨不得飽。」天巧，巧奪天工也。

③稻粱謀，杜甫《同諸公登慈恩寺塔》詩：「君看隨陽雁，各有稻粱謀。」

④「五畝」三句，五畝園秀野，蘇軾《司馬君實獨樂園》詩：「青山在屋上，流水在屋下。中有五畝園，花竹秀而野。」《貴耳集》卷上：「獨樂園，司馬公居洛時建。」一水田將緑繞，王安石《書湖陰先生壁二首》詩：「茆簷長掃静無苔，花木成畦手自栽。一水護田將緑繞，兩山排闥送青來。」《詩人玉屑》卷七《不可參以異代》條：「荆公詩用法甚嚴，尤精於對偶。嘗云：『用漢人語，止可以漢人語對，若參以異代語，便不相類。』如『一水護田將緑繞，兩山排闥送青來』之類，皆漢人語也。」穲稏，稻名也。

⑤「飯飽」二句，花竹，已見蘇軾詩句。可是，何至、怎能也。便忘憂，李德裕《思登家山林嶺》詩：「登巒未覺疾，泛水便忘憂。」

⑥探禹穴，《史記》卷一三〇《太史公自序》：「二十而南游江淮，上會稽，探禹穴。」

⑦「君家」二句，君家風月，黄庭堅《從陳季張求竹竿引水入厨》詩：「能令官舍庖厨潔，未減君家風月清。」稼軒此語之君家謂李白。歐陽修《贈王介甫》詩：「翰林風月三千首，吏部文章二百年。」翰林即指李白，故謂之君家風月。白鳥悠悠，切白字。

⑧「插架」三句，插架牙籤萬軸，韓愈《送諸葛覺往隨州讀書》詩：「鄴侯家多書，插架三萬軸。一一懸牙籤，新若手未觸。」此鄴侯即宰相李泌也。射虎南山，見本書卷七《水調歌頭·舟次揚州和楊濟翁周顯先韻》詞（落日塞塵起闋）箋注。容我攬鬚，謝安嘗捋桓伊之鬚，出《晉書》卷八一《桓伊傳》，見本書卷六《念奴嬌·登建康賞心亭呈史留守致道》詞（我來弔古闋）箋注。蘇軾《次韻答邦直子由四首》詩：「瀟灑使君殊不俗，尊前容我攬鬚不？」

⑨「更欲」二句，勸君酒，《太平廣記》卷二一《張生》條引《纂異記》：「有張生者，家在汴州中牟縣東北赤城坂，以饑寒，一旦别妻子遊河朔，五年方還。……忽於草莽中見燈火熒煌，賓客五六人方宴飲次。……見有長鬚者，持杯請措大夫人歌。……於是張妻又歌曰：『勸君酒，君莫辭。落花徒繞枝，流水無返期。莫恃少年時，少年能幾時？』」百尺卧高樓，見本書卷六《水龍吟·登建康賞心亭》詞（楚天千里清秋闋）箋注。

滿江紅

遊南巖，和范廓之韻〔一〕①

笑拍洪崖，問「千丈翠巖誰削」②？依舊是西風白鳥〔二〕，北村南郭。似整復斜僧屋亂③，欲吞還吐林煙薄。覺人間萬事到秋來，都搖落④。　呼斗酒，同君酌。更小隱〔三〕，尋幽約⑤。且丁寧休負，北山猿鶴⑥。有鹿從渠求鹿夢，非魚定未知魚樂⑦。正仰看飛鳥却應人，回頭錯⑧。

【校】

〔一〕題，「廓」，廣信書院本作「先」，蓋宋原刻本避寧宗諱所改。此從四卷本甲集回改。

〔二〕「鳥」，四卷本作「馬」。

〔三〕「更」，四卷本闕。

【箋注】

①題，南巖，《輿地紀勝》卷二一《江南東路·信州》：「南巖，《寰宇記》云：『在上饒縣十餘里，巖

傍巨石，儼然北向，其下寬平，可坐千人，士女遊賞之處。』晁補之、韓無咎皆有詩。」《永樂大典》卷九七六六巖字韻引《廣信府志》：「南巖一在上饒縣南一十里，又名盧家巖。」〔同治〕《廣信府志》卷一之二《上饒》：「南巖，府治西南十里，朱子曾讀書處。谺然空嵌，可容數百人。巖下朱子祠及僧舍十數楹，不假瓦覆，雖大雨無簷漏聲。有文公祠、大義石、一滴泉、千人室、五級峰、百丈壁、開鑑塘、濯纓井八景。名流多題詠焉。」其後即引稼軒此詞。〔光緒〕《江西通志》卷一二四《廣信府》：「南巖院，在上饒開化鄉，又名廣福院，唐有僧名草衣住此，宋宣和間重建。」又引宋陸漸《重建南巖廣福院佛殿記略》：「信上饒南之半舍，有古刹焉，地湧崇岡，旁連翠麓。山之半裂爲邃竇，可容千夫，是爲南巖。據巖而舍，是爲廣福院。」范廓之，即稼軒門下士，淳熙十五年戊申元日爲《稼軒詞》甲集作序之范開。〔民國〕《台州府志》卷九九《寓賢》：「范開字先之，河陽人。爲洪邁、辛棄疾所器重，嘉定中寓居於台。」按：范開當原字廓之，寧宗名擴，即位之後，爲避寧宗嫌名，遂改字爲先之。廣信書院本編刊於寧宗在位期間，故廣信本「廓之」一律作「先之」，而四卷本甲集成書於孝宗淳熙末，於時尚存范開之本字而未改也。河陽宋屬孟州，近洛陽界，唐曾隸河南府洛陽，故《至元嘉禾志》卷二〇載竹洞翁《白龍潭記》，有「洛人范開久客錢門，遠陪東閤，目擊勝事」諸語。鄧廣銘先生嘗作《稼軒詞甲集序文作者范開家世小考》，力證其爲范祖禹之後裔、范沖之曾孫，所考皆有根據可信（見其《鄧廣銘治史叢稿》一書）。右詞據韓淲《訪南巖一滴泉》詩，爲淳熙九年所作。其時與會南巖者，尚有其父韓元吉、辭免江西路提刑南歸之朱熹，以及上饒人徐安國。另據戴表元《剡源文集》卷一〇《遊南巖詩序》所載，知此會爲淳熙九年九月二十八日，可參本詞所附節録及本書《年譜》所附戴氏全文。稼軒右詞之作，亦必在此日或其稍後。

②「笑拍」二句，拍洪崖，郭璞《遊仙詩七首》：「左挹浮丘袖，右拍洪崖肩。」《太平廣記》卷四《衛叔卿》條引《神仙傳》：「衛叔卿者，中山人也，服雲母得仙。……帝即遣使者與度世共之華山，求尋其父。……乃齋戒獨上，未到其嶺，於絶巖之下，望見其父與數人博戲於石上。……度世曰：『不審向與父並坐是誰也？』叔卿曰：『洪崖先生、許由、巢父、火低公、飛黄子、王子晉、薛容耳。』」千丈翠巖誰削，謂此地巖洞誰人削成。

③「似整」句，杜牧《臺城曲二首》：「整整復斜斜，隨旗簇晚沙。」

④「覺人」二句，《楚辭·九辯》：「悲哉秋之爲氣也，蕭瑟兮草木摇落而變衰。」

⑤「更小」二句，小隱，王康琚《反招隱》詩：「小隱隱陵藪，大隱隱朝市。」幽約，陳與義《同楊運幹黄秀才村西買山藥》詩：「屠門幾許快，夜語尋幽約。」

⑥北山猿鶴，見本書卷七《沁園春·帶湖新居將成》詞（三徑初成闋）箋注。

⑦「有鹿」二句，求鹿夢，見本卷《水調歌頭·再用韻呈南澗》詞（千古老蟾口闋）箋注。知魚樂，《莊子·秋水》：「莊子與惠子遊於濠梁之上，莊子曰：『儵魚出游從容，是魚樂也。』惠子曰：『子非魚，安知魚之樂？』莊子曰：『子非我，安知我不知魚之樂？』」

⑧「正仰」二句，杜甫《漫成二首》詩：「江皋已仲春，花下復清晨。仰面貪看鳥，迴頭錯應人。」仇兆鼇《杜詩詳注》卷一〇：「看鳥錯應，寫出應接不暇之意。朱子《或問》引謂心不在焉之證，亦斷章取義耳。」按：朱熹《四書或問》卷二：「惟是此心之靈，既曰一身之主，苟得其正而無不在，是則耳目鼻口四肢百骸，莫不有所聽命以供其事。……如其不然，則心在於此而心馳於彼，血肉之軀無所管攝，其不爲『仰面貪看鳥，回頭錯應人』者，幾希矣。」

【附録】

韓淲仲止詩

訪南巖一滴泉

僧逃寺已摧，惟餘舊堂殿。顛倒但土木，彷彿昔所見。山寒少陽焰，崖冷盡冰綫。曾無五六年，驟覺荒涼變。遺基尚可登，一滴泉自濺。憶昨淳熙秋，諸老所閑燕。晦庵持節歸，行李自畿甸。來訪吾翁廬，翁出成飲餞。因約徐衡仲，西風過遊衍。辛帥倏然至，載酒具殽饍。四人語笑處，識者知歎羨。摩挲題字在，苔蘚忽侵徧。壬寅到庚申，風景過如箭。驚心半存没，歷覽步徐轉。回思勸耕地，嘗着郡侯宴。今亦不能來，草木漫葱蒨。人間之廢壞，物力費營繕。不如姑付之，猿鳥自啼囀。（《澗泉集》卷二）

戴表元帥初文

遊南巖詩序（節録）

余既棄故業，以文學掾至信州。蓋老而遠行，意惻然不自聊。頗聞州之南有危巖空寬，僧廬其中，林泉溜清，禽鳥往來，幸而一遊，得以發鬱積、舒固滯。然至官四閲月，不能遂也。乃季秋二十有八日，高春約朋客出關，駕輕舟西浮，可七八里所，捨舟遵小徑，益南坡，壠高下起伏。又三里所，得巖形如剖瓠，穰實懸綴，飛層仰積，横嶂旁豁。崩湍欲窮，未半倏湧。居者緣其餘隙，甓坐床，斵步道，曲會人意。巖東有泉，時時出一滴石罅中。地宜拒霜花，於時暄晴，光彩穠澤可愛。滿巖鐫來游人名氏，前漫後缺，獨朱晦翁、辛幼安題蹤儼然。數之，適百二十年，歲月日與今游皆相同，良爲奇事。（《剡源文集》卷一〇）

鄭真千之文

游南巖詩序（節録）

洪武乙丑三月初四日，上饒文學掾會稽徐仲告、教導廣信歐陽君暠二先生，招予過巖。遂與周先生宗文出南門，渡浮橋，蛇行十五里，山徑曲折，巖崖峭絶。諸峰羅列，狀如覆盂。一洞深豁，可容千人。仰而盼之，其勢若壓。唐僧大義建寺已數百年，洊經兵難，而殿宇舊制尚存，豈神明護持力耶？宋元豐至景德、咸淳及元大德、至治間諸公，若辛稼軒、朱考亭、韓無咎，暨四明鄉先達宦遊者趙子溎英叟、汪□□□、樓□□□、程先生敬叔，多刻名石上，寤懷先哲，有往者莫作之歎。（《滎陽外史集》卷九一）

賀新郎　賦水仙①

雲卧衣裳冷②。看蕭然風前月下，水邊幽影。羅襪生塵凌波去〔一〕，湯沐煙波萬頃〔二〕③。愛一點嬌黄成暈④。不記相逢曾解佩，甚多情爲我香成陣⑤。待和淚，收殘粉〔三〕。　靈均千古《懷沙》恨。記當時匆匆忘把〔四〕，此仙題品〔五〕⑥。煙雨淒迷僝僽損，翠袂摇摇誰整〔六〕？謾寫入瑶琴《幽憤》⑦。絃斷《招魂》無人賦，但金杯的皪銀臺潤⑧。愁殢酒，又獨醒〔七〕⑨。

【校】

〔一〕「生塵」，四卷本甲集、《全芳備祖》前集卷二一作「塵生」。此從廣信書院本。

〔二〕「波」，四卷本作「江」。

〔三〕「收」，《全芳備祖》作「揾」。

〔四〕「記」，四卷本闕，《全芳備祖》作「恨」。

〔五〕「仙」，《全芳備祖》、《翰墨大全》後戊集卷五引此詞作「花」。

〔六〕「摇摇」，《翰墨大全》作「輕輕」。

〔七〕「獨」，《全芳備祖》作「還」。

【箋注】

①題，右賦水仙，與同調海棠、琵琶三賦，雖作年無確考，然廣信書院本均置於此調詞之前四首（另一首爲賦滕王閣，已見本書卷七），知作年甚早。三賦所詠，皆寄寓身世家國之感，幽怨哀憤，或作於帶湖閑居期内，今姑彙編於淳熙九年諸詞之後。右詞用賦洛神、江妃、屈原諸水中仙子以狀水仙花之形神。

②「雲卧」句，杜甫《遊龍門奉先寺》詩：「天闕象緯逼，雲卧衣裳冷。」

③「羅襪」二句，羅襪生塵凌波，黄庭堅《王充道送水仙花五十枝欣然會心爲之作詠》詩：「凌波仙子生塵襪，水上輕盈步微月。是誰招此斷腸魂，種作寒花寄愁絶。」按：「羅襪生塵，凌波微步」，語出曹植《曹子建集》卷三《洛神賦》。可參本書卷四《南鄉子》詞（隔户語春鶯闋）箋注。湯沐，可參卷七《臨江仙·爲岳母壽》詞（住世都知菩薩行闋）箋注。煙波萬頃，已見本卷《蝶戀花·繼楊濟翁韻餞范南伯知縣歸京口》詞（淚眼送君傾似雨闋）箋注。

④「愛一」句，陳師道《西江月·詠丁香菊》詞：「淺色千重柔葉，深心一點嬌黄。」秦觀《迎春樂》

詞：「雨晴紅粉齊開了，露一點嬌黃小。」《許彦周詩話》：「寫生之句取其形似，故辭多迂弱。趙昌畫黄蜀葵，東坡作詩云：『檀心紫成暈，翠葉森有芒。』揣摸刻骨，造語壯麗，後世莫及。」

⑤「不記」二句，解佩，《列仙傳》卷上《江妃二女》條：「江妃二女者，不知何所人也。出遊於江漢之湄，逢鄭交甫，見而悦之，不知其神人也。……願請子之佩。二女曰：『橘是柚也，我盛之以笞，令附漢水，將流而下，我遵其旁，採其芝而茹之。』遂手解佩與交甫。交甫悦受，而懷之中當心，趨去數十步，視佩，空懷無佩，顧二女，忽然不見。」甚，何以。香成陣，晏幾道《蝶戀花》詞：「卷絮風頭寒欲盡，墜粉飄紅，日日香成陣。」

⑥「靈均」三句，靈均千古《懷沙》恨，《離騷》：「名余曰正則兮，字余曰靈均。」《史記》卷八四《屈原賈生列傳》：「使上官大夫短屈原於頃襄王，頃襄王怒而遷之。屈原至於江濱，被髪行吟澤畔，顔色憔悴，形容枯槁。……乃作《懷沙》之賦。……於是懷石，遂自投汨羅以死。」王嘉《拾遺記》卷一〇：「屈原以忠見斥，隱於沅湘。……被王逼逐，乃赴清泠之淵。楚人思慕，謂之水仙。」屈原所作諸辭，皆未詠及水仙花。

⑦「煙雨」三句，僝僽損，張相《詩詞曲語辭匯釋》卷五：「《梅苑》九，王逐客《浪淘沙》詞《楊梅》：『莫將荔子一般看，色淡香消僝僽損，才到長安。』僝僽損，猶云憔悴煞。辛棄疾《賀新郎》詞《水仙》：『煙雨淒迷僝僽損，翠袂揺揺誰整？』義同上。」誰整，謝逸《臨江仙》詞：「露染宫黄庭菊淺，茱萸煙拂紅輕。尊前誰整醉冠傾？」整，謂整理也。謾，空，徒然，已見。瑶琴《幽憤》，《初學

記》卷一六：「琴操曰古琴曲……又有十二操，……十一曰《水仙操》，伯牙所作。」《晉書》卷四九《嵇康傳》：「康性愼言行，一旦縲紲，乃作《幽憤》詩。」

⑧「紘斷」二句，《招魂》，《漢魏六朝百三家集》卷二〇載漢《王逸集·題詞》：「屈原在楚平王時以忠被疏，作《離騷經》，頃襄王立，放之江南，復作《九歌》、《天問》、《九章》、《遠遊》、《卜居》、《漁父》、《大招》，自沉汨羅。其後楚宋玉作《九辯》、《招魂》。」金杯、銀臺，楊萬里《誠齋集》卷二九《千葉水仙花》詩，有小序：「世以水仙爲金盞銀臺，蓋單葉者，其中眞有一酒盞，深黄而金色。至千葉水仙，其中花片捲皺密蹙，一片之中，下輕黄而上淡白，如染一截者，與酒杯之狀殊不相似，安得以舊日俗名辱之？要之，單葉者當命以舊名，而千葉者乃眞水仙云。」的皪，《漢書》卷五七上《司馬相如傳》注：「皪，音歷，的皪，光貌也。」

⑨殢酒、獨醒，韓偓《寄友人》詩：「夫君亦是多情者，幾處將愁殢酒家。」《楚辭·漁父》：「舉世皆濁我獨清，衆人皆醉我獨醒。」

又

賦海棠

著厭霓裳素。染臙脂苧羅山下，浣沙溪渡①。誰與流霞千古醖，引得東風相誤？從臾入吳宮深處②。鬢亂釵横渾不醒，轉越江剗地迷歸路③！煙艇小，五湖去④。當時倩得春留住。就錦屏一曲種種，斷腸風度⑤。纔是清明三月近⑥，須要詩人妙句。笑援筆殷勤爲賦。十樣蠻牋紋錯綺⑦，粲珠璣淵擲驚風雨⑧。重唤酒，共花語。

【箋注】

①「著厭」三句，霓裳，《楚辭·九歌·東君》：「靈之來兮蔽日，青雲衣兮白霓裳。」染臙脂，《酉陽雜俎》續集卷三：「白衣人送酒歌曰：『絳衣披拂露盈盈，淡染胭脂一朵輕。自恨紅顔留不住，莫怨春風道薄情。』」王安石《木芙蓉》詩：「水邊無數木芙蓉，露染燕脂色未濃。」苧羅山、浣沙溪，《嘉泰會稽志》卷九：「土城山在縣東六里。《吳越春秋》：『越王使相者求美女於國中，得之苧羅山鬻薪之女西施、鄭旦，飾以羅縠，教以行步，習於土城，教於都巷。三年學服而獻吳王。』《舊經》引《州僚記》云：『越王作土城以貯西施即此。山下有浣紗石。』」

②「誰與」三句，流霞，見本書卷六《水調歌頭·壽趙漕介庵》詞（千里渥洼種闋）箋注。從臾，即慫恿。此言西施受人鼓動而入吳宮，故有「東風相誤」語。

③「鬢亂」二句，鬢亂釵横渾不醒，《冷齋夜話》卷一《詩出本事》條：「《太真外傳》曰：上皇登沉香亭，詔太真妃子。妃子時卯醉未醒，命力士從侍兒扶掖而至。妃子醉顔殘妝，鬢亂釵横，不能

再拜。上皇笑曰：『豈是妃子醉？直海棠睡未足耳！』」「轉越江」句，世傳西施自越王平吳後，爲范蠡所取，泛舟五湖而去。姚寬《西溪叢語》卷上：「《吳越春秋》云：『吳國西子被殺。』杜牧之詩云：『西子下姑蘇，一舸逐鴟夷。』東坡詞云：『五湖聞道，扁舟歸去，仍攜西子。』予問王性之，性之云：『西子自下姑蘇，一舸自逐范蠡。遂爲兩義，不可云范蠡將西子去也。』嘗疑之，別無所據，因觀《唐景龍文館記》，宋之問《分題得浣紗篇》云：『越女顔如花，越王聞浣紗。國微不自寵，獻作吳宮娃。山藪半潛匿，苧羅更蒙遮。一行霸勾踐，再笑傾夫差。豔色奪常人，效顰亦相誇。一朝還舊都，靚妝尋若耶。鳥驚入松蘿，魚畏沉荷花。始覺冶容妄，方悮羣心邪。』此詩云復還會稽，又與前不同，當更詳考。」剗地，《稼軒詞編年箋注》謂作無端、反而解，此張相《詩詞曲語辭匯釋》之説也。按：此句上承前句，謂西子雖歸，仍因沉醉未醒，反致迷失歸路，竟遊五湖而不知所終。故此處之「剗地」似應釋爲以致解也。迷歸路，僧靈一《留別忠州故人》詩：「芳草迷歸路，春流滴淚痕。」

④「煙艇」二句，張元幹《水調歌頭·丁卯春與鍾離少翁張元鑑登垂虹》詞：「長羨五湖煙艇，好是秋風鱸鱠，笠澤久蓬蒿。」按：上片皆用西子事，緣花有西府海棠，故以西子爲賦。

⑤斷腸風度，《瑯嬛記》卷中引《採蘭雜志》：「昔有婦人思所歡不見，輒涕泣，恒灑淚於北牆之下，後灑處生草，其花甚媚，色如婦面，其葉正緑反紅，秋開，名曰斷腸花，又名八月春，即今秋海棠也。」

⑥清明三月近，劉子翬《海棠花》詩：「初種直教圍野水，半開長是近清明。」

⑦十樣蠻箋，《益部談資》卷中：「蜀箋，古已有名，至唐而後盛，至薛濤而後精。據《譜》云：箋之名不一，有曰玉版，曰麥光，曰貢餘，曰經屑，或布紋，或繞綺紋，或人物花木蟲魚鼎彝紋。唐韓浦詩云：『十樣蠻箋出益州，寄來新自浣溪頭。』則又倍多矣。濤製更有小而僅可書一詩者，乃今蜀藩所造，僅純白一種，清瑩光細，長餘五六尺，寬僅二三尺，亦無諸花紋，遠讓古昔多矣。十箋者，曰深紅，曰粉紅，曰杏紅，曰明黄，曰深青，曰淺青，曰深緑，曰淺緑，曰銅緑，曰淺雲。」

⑧「粲珠」句，珠璣，擬海棠詩也。粲，明粲也。淵擲，謂詩人之作如珠璣擲於深淵，有驚動風雨鬼神之意。驚風雨，杜甫《寄李十二白二十韻》詩：「筆落驚風雨，詩成泣鬼神。」

又

賦琵琶〔一〕

鳳尾龍香撥①。自開元霓裳曲罷，幾番風月②？最苦潯陽江頭客，畫舸亭亭待發③。記出塞黄雲堆雪④。馬上離愁三萬里，望昭陽宫殿孤鴻没〔二〕⑤。絃解語⑥，恨難説。遼陽驛使音塵絶⑦。瑣窗寒輕攏慢撚〔三〕⑧，淚珠盈睫〔四〕。推手含情還却手，一抹《梁州》哀徹〔五〕⑨。千古事、雲飛煙滅。賀老定場無消息〔六〕，想沉香亭北繁華歇⑩。彈到此，爲嗚咽⑪。

【校】

〔一〕題，「賦」，四卷本乙集作「聽」，此從廣信書院本。

〔二〕「望昭」句，《渚山堂詞話》卷二作「認孤鴻没處分胡越」。

〔三〕「慢」，《六十名家詞》七作「熳」。

〔四〕「淚珠」，王詔校刊本、《六十名家詞》本、四印齋本作「珠淚」。

〔五〕「徹」，廣信書院本作「澈」，此據四卷本改。

〔六〕「場」，《六十名家詞》本作「傷」。

【箋注】

①「鳳尾」句，鄭嵎《津陽門》詩：「玉奴琵琶龍香撥，倚歌促酒聲嬌悲。」自注：「貴妃妙彈琵琶，其樂器聞於人間者，有邏逤檀爲槽，龍香柏爲撥者。」玉奴，楊貴妃太真小字。蘇軾《宋叔達家聽琵琶》詩：「數絃已品龍香撥，半面猶遮鳳尾槽。」

②「自開」二句，開元霓裳，白居易《法曲歌》：「法曲法曲舞霓裳，政和世理音洋洋。開元之人樂

且康。」自注：「《霓裳羽衣曲》，起於開元，盛於天寶也。」《長恨歌》序：「進見之日，奏《霓裳羽衣曲》以導之。」幾番風月，陳舜俞《題碧蘚亭》詩：「十載雪霜林色改，幾番風月酒尊空。」

③「最苦」二句，潯陽江頭客，白居易《琵琶行》序：「元和十年，予左遷九江郡司馬。明年秋，送客湓浦口，聞舟中夜彈琵琶者。聽其音，錚錚然有京都聲。問其人，本長安娼女。嘗學琵琶於穆、曹二善才，年長色衰，委身爲賈人婦。……予出官二年，恬然自安，感斯人言，是夕始覺有遷謫意。」詩云：「潯陽江頭夜送客，楓葉荻花秋瑟瑟。……忽聞水上琵琶聲，主人忘歸客不發。」畫舸亭亭，《漁隱叢話》前集卷二四《唐人雜記》：「《蔡寬夫詩話》云：『亭亭畫舸繫寒潭，直到行人酒半酣。不管煙波與風雨，載將離恨過江南。』嘗有人客舍壁間見此詩，莫知誰作，或云鄭兵部仲賢也，然集中無有。」

④出塞黃雲堆雪，權德輿《送張閣老中丞持節册弔回鶻》詩：「金章玉節鳴騶遠，白草黃雲出塞寒。」歐陽修《明妃曲和王介甫作》詩：「纖纖女手生洞房，學得琵琶不下堂。不識黃雲出塞路，豈知此聲能斷腸。」朱敦儒《醉落魄·泊舟津頭有感》詞：「海山翠疊，夕陽殷雨雲堆雪。」

⑤「馬上」二句，馬上離愁，《西晉文集》卷一〇傅玄《琵琶賦序》：「世本不載作者，聞之故老云：漢遣烏孫公主嫁昆彌，念其行道思慕，使工人知音者載琴箏筑箜篌之屬，作馬上之樂。觀其器，……以方語目之，故云琵琶。」《文选》卷二七石崇《王明君辭》序：「昔公主嫁烏孫，令琵琶馬上作樂，以慰其道路之思。其送明君，亦必爾也。」李商隱《王昭君》詩：「馬上琵琶行萬里，

漢宮長有隔生春。」昭陽宮殿孤鴻没，《三輔黄圖》卷二：「未央宮有增城、昭陽殿。」黄庭堅《秋懷二首》詩：「湖水無端浸白雲，故人書斷孤鴻没。」

⑥絃解語，解語，能語也。杜甫《詠懷古跡五首》詩：「千載琵琶作胡語，分明怨恨曲中論。」

⑦「遼陽」句，遼陽，《太平寰宇記》卷四四《遼州》：「遼州樂平郡，今理遼山縣。……漢於此置陽阿縣，屬上黨郡，晉改爲轑陽。……隋開皇十年置遼山縣，屬并州，十六年屬遼州。」唐人樂府以爲極北戍邊之地。沈佺期《獨不見》詩：「九月寒砧催木葉，十年征戍憶遼陽。白狼河北音書斷，丹鳳城南秋夜長。」李益《送遼陽使還軍》詩：「征人歌且行，北上遼陽城。」司空圖《偶題三首》詩：「遼陽音信近來稀，縱有虚傳逼節歸。」江總《折楊柳》詩：「萬里音塵絶，千條楊柳結。」

⑧「瑣窗」句，《琵琶行》：「低眉信手續續彈，説盡心中無限事。輕攏慢撚抹復挑，初爲《霓裳》後《六么》。」

⑨「推手」二句，推手、却手，劉熙《釋名》卷七《釋樂器》：「枇杷本出於胡中，馬上所鼓也。推手前曰枇，引手却曰杷，象其鼓時，因以爲名也。」歐陽修《明妃曲和王介甫作》詩：「推手爲琵却手琶，胡人共聽亦咨嗟。」一抹《梁州》哀徹，王灼《碧雞漫志》：「《涼州曲》，《唐史》及傳載，稱天寶樂曲，皆以邊地爲名，若《涼州》、《甘州》之類，曲遍聲絲名入破，又詔道調法曲，與胡部深聲合作。明年，安禄山反，涼伊甘皆陷。……元微之詩云：『逡巡大遍梁州徹。』又云：『梁大遍最

豪嘈。』」元稹詩即《連昌宫詞》。一抹，亦琵琶彈奏手法。蘇軾《約公擇飲是日大風》詩：「紫衫玉帶兩部全，琵琶一抹四十絃。」

⑩「賀老」二句，賀老定場，元稹《連昌宫詞》：「夜半月高絃索鳴，賀老琵琶定場屋。」自注：「唐開元中，賀懷智善琵琶。」沉香亭北，李白《清平調詞三首》：「解釋春風無限恨，沉香亭北倚闌干。」《長安志》卷九：「南内興慶宫，距外郭城東垣宫之正門，……西南隅曰勤政務本樓，……北有龍池，池東有沉香亭。」

⑪「彈到」二句，陳霆《渚山堂詞話》卷二：「辛稼軒詞，或議其多用事，而欠流便。予覽其琵琶一詞，則此論未足憑也。《賀新郎》詞云：『鳳尾龍香撥。……』此篇用事最多，然圓轉流麗，不爲事所使，稱是妙手。」按：右詞多用典以抒幽憤，固也。賦體於堆砌若干典故之後，曲終奏雅。此篇結句以盛唐繁華雲飛煙滅爲言，頗與北宋滅亡情景相近，但如直言哀傷徽、欽北狩，如陳廷焯《白雨齋詞話》卷八所謂「發二帝之幽怨」者，則恐傷於索解過深矣。

滿江紅

送湯朝美司諫自便歸金壇〔一〕①

瘴雨蠻煙，十年夢尊前休説②。春正好、故園桃李，待君花發③。兒女燈前和淚拜，雞豚社裏歸時節④。看依然舌在齒牙牢⑤，心如鐵。　活國手〔二〕，封侯骨⑥。騰汗漫，排閶闔⑦。待十分做了⑧，詩書勳業。當日念君歸去好〔三〕，而今却恨中年别⑨。笑江頭明月更多情，今宵缺。

【校】

〔一〕題，四卷本甲集作「送湯朝美自便歸」，此從廣信書院本。

〔二〕「活」，四卷本作「治」。

〔三〕「當」，四卷本作「常」。

【箋注】

①題，左司諫湯邦彦朝美，於淳熙三年四月以出使辱命，送新州編管，數年後量移信州。淳熙九年，稼軒爲作《水調歌頭·湯朝美司諫見和用韻爲謝》詞（白日射金闕闋），其事跡見本卷該詞之箋注。其再遇赦自便歸其金壇寓所，當在淳熙九年以後。《宋史》卷三五《孝宗紀》三：「淳熙九年九月辛巳，大享明堂，大赦。」右詞作於淳熙十年春，知即其遇明堂大赦還家之時也。劉宰《頤堂集序》亦有「一謫八年，乃始得歸」語。《輿地紀勝》卷七《兩浙西路·鎮江府》：「金壇縣，在府東南一百三十里。」

②「瘴雨」二句，湯邦彦所謫新州，爲古南越之地，在廣州西南，爲廣南東路州郡，即今廣東新興，故謂之瘴雨蠻煙。然邦彦在新州僅數年，非詞中「十年夢」所得形容，蓋籠統舉其被謫歲月而言也。

③「春正」二句，《唐語林》卷六《補遺》：「韓退之有二妾，一曰絳桃，一曰柳枝，皆能歌舞。初使王庭湊，至壽陽驛絶句云：『風光欲動別長安，春半邊城特地寒。不見園花兼巷柳，馬頭惟有月團團。』蓋有所屬也。柳枝後踰垣遁去，家人追獲。及鎮州初歸詩曰：『別來楊柳街頭樹，擺弄春風只欲飛。還有小園桃李在，留花不放待郎歸。』自是專寵絳桃矣。」

④「兒女」二句，兒女燈前拜，范公偁《過庭録》：「謝景武師直，與王存正仲友善。謝仕褒陽，王遠至，夜叫門見之，師直屣履出迎，率子侄行家人禮，慷慨道舊，喜而有詩，云：『倒著衣裳迎户外，盡呼兒女拜燈前。』」按：《後山集》卷二三《詩話》：「謝師厚廢居於鄧，王左丞存，其妹婿也，奉使荆湖，便道過之。夜至其家，師厚有詩云：『倒著衣裳迎户外，盡呼兒女拜燈前。』」作謝師厚。雞豚社，韓愈《南溪始泛三首》詩：「願爲同社人，雞豚燕春秋。」陳師道《若拙弟説汝州可居已約卜一丘用韻寄元東》詩：「盍簪共結雞豚社，一笑相從萬事休。」

⑤舌在齒牙牢，《説苑・敬慎》：「常摐有疾，老子往問焉，……摐曰：『過喬木而趨，子知之乎？』老子曰：『過喬木而趨，非謂敬老耶？』常摐曰：『嘻，是已。』張其口而示老子，曰：『吾舌存乎？』老子曰：『然。』『吾齒存乎？』老子曰：『亡。』常摐曰：『子知之乎？』老子

曰：『夫舌之存也，豈非以其柔耶？ 齒之亡也，豈非以其剛耶？』常摐曰：『嘻，是已，天下之事已盡矣，無以復語子哉！』」蘇軾《送劉攽倅海陵》詩：「君不見阮嗣宗臧否不掛口，莫誇舌在齒牙牢。」

⑥「活國」二句，活國手，《南史》卷四六《王廣之傳》：「子珍國字德重，仕齊爲南譙太守，有能名。時郡境苦饑，乃發米散財，以賑窮之。高帝手敕云：『卿愛人活國，甚副吾意。』」郭印《再用前韻》詩：「一展活國手，疾危救在肓。」《京口耆舊傳》卷八《湯邦彦傳》：「邦彦性開爽，善談論，樂施與。少時頗有積穀，盡散以拯鄉黨之饑。平時周人之急，惟力是視。南歸坐貧，自譬乾義井云。」封侯骨，《漢書》卷八四《翟方進傳》：「方進年十二三失父，孤學，給事太守府爲小史，號遲頓不及事，數爲掾史所詈辱。方進自傷，乃從汝南蔡父相問己能所宜，蔡父大奇其形貌，謂曰：『小史有封侯骨，當以經術進。』」

⑦「騰汗」二句，《淮南子·道應訓》：「若士者齤然而笑曰：『……吾與汗漫期於九垓之外，吾不可以久駐。』若士舉臂而竦身，遂入雲中。」同書《原道訓》：「昔者馮夷，大丙之御也。乘雲車，入雲蜺，游微霧，騖怳忽，……經紀山川，蹈騰崑崙，排閶闔，鑰天門。」

⑧十分做了，謂完全做成。十分，全部也。

⑨中年別，用《世說新語》中年傷於哀樂意，見本書卷七《水調歌頭·淳熙己亥自湖北漕移湖南》詞（折盡武昌柳闋）箋注。李益《贈内兄盧綸》詩：「世故中年別，餘生此會同。」陳師道《送杜擇

之》詩：「曠懷亦苦中年别，歸翼仍愁行路難。」

【附録】

韓元吉無咎詩

送湯朝美還金壇

騰駒輕臥駝，野蔓欺落木。舉頭便干霄，春至亦重緑。人生百年内，萬事紛過目。得爲蠖步伸，失作蠨頸縮。古來曠達士，一視等蠻觸。功名本時命，用舍豈榮辱。湯公涉南荒，歲月猶轉轂。幾年卧新州，寧肯事雞卜。身安一瓢飲，志大五車讀。揭來靈山隈，跫然慰虚谷。濯足山下泉，愛我泉上竹。相從一長笑，忍效阮生哭。胸中經濟略，欲語動驚俗。誰知天意回，歸櫂如許速！春風正浩蕩，江水清可掬。海濤拍千峰，掛席下浮玉。遥欣倚門念，三徑歡僮僕。送君得無恨，我步嗟局促。要看萬里途，更試籋雲足。家山幸毋留，吾皇思陳牘。（《南澗甲乙稿》卷一）

小重山

席上和人韻，送李子永提幹〔一〕①

旋製離歌唱未成，《陽關》先畫出，柳邊亭②。中年懷抱管絃聲。難忘處，風月此時情③。　夜雨共誰聽？儘教清夢去，兩三程④。商量詩價重連城⑤。相如老，漢殿舊知名⑥。

【校】

〔一〕題，四卷本甲集「提幹」二字闕，此從廣信書院本。

【箋注】

①題，李泳既以淳熙七年爲坑冶司提幹官，分局信州，至淳熙九年底當任滿去。《南澗甲乙稿》卷五有《送李子永赴調改秩》詩云：「晚驥騫騰十二閑，追風那復駐轅間。向來官況誠留滯，此去詩情記往還。會課未妨更美秩，趣班聊喜近天顔。荆雞莫費千牛刃，奏賦金門入道山。」知李泳別信上，蓋入行在改秩赴調也。宋人所謂改秩，乃以選人官階，入行在，同班入對，授以京秩，再赴吏部改差遣也。鄧廣銘先生謂「子永離信後蓋即入爲朝官也」，非是。李泳入朝改秩當在淳熙十年春，改秩後授知建康府溧水縣。《景定建康志》卷二七《溧水縣廳壁記》：「李泳，淳熙十四年三月初六日到。」是其改官後即返揚州舊居待闕，四年後方到知縣任上。趙蕃《淳熙稿》卷一四《挽李子永二首》詩云：「靈山山下初逢處，溧水水邊重見時。草草猶傳出山句，勤勤更枉送行詩。……半世作官纔六考，他年垂世有千篇。篋中酬唱都無恙，天外音書不復傳。」知其一

生仕途坎壈，故稼軒於《水調歌頭》詞中頗致其不平也。

②「旋製」二句，離歌唱，强至《送人還闕》詩：「莫辭別酒傾秦地，且聽離歌唱渭城。」《陽關》畫出，蘇軾《書林次中所得李伯時歸去來陽關二圖後二首》詩：「不見何戡唱渭城，舊人空數米嘉榮。龍眠獨識慇懃處，畫出陽關意外聲。」《蘇詩補注》卷三〇：「附李伯時原作一首：『畫出離筵已愴神，那堪真別渭城春。渭城柳色休相惱，西出陽關有故人。』此詩從《聲畫集》采出，原題云：『小詩並畫卷，奉送汾叟同年機宜奉議赴熙河幕府。』」餘參本書卷七《鷓鴣天·送人》詞（唱徹陽關淚未乾闋）箋注。

③「中年」三句，「中年」句，見本書卷七《水調歌頭·淳熙己亥自湖北漕移湖南周總領王漕趙守置酒南樓席上留別》詞（折盡武昌柳闋）箋注。風月此時情，蔡伸《南歌子》詞：「此時風月此時情，擬倩藍橋，歸夢見雲英。」

④「夜雨」三句，夜雨共誰聽，蘇軾《送劉寺丞赴餘姚》詩：「中和堂後石楠樹，與君對牀聽夜雨。」兩三程，尤袤《台州秩滿而歸》：「送客漸稀城漸遠，歸途應減兩三程。」

⑤「商量」句，楊傑《余卿新第》詩：「章水營居不日成，皇華詩價敵連城。」晁以道《通叟年兄視以柳侯廟詩三首輒亦有作所謂增來章之美也》詩：「高文興舊學，詩價重東坡。」王之道《再和董令升雪二首》詩：「新詩價重連城璧，敢比靈犀獨駭雞。」《史記》卷八一《廉頗藺相如列傳》：「趙惠文王時，得楚和氏璧，秦昭王聞之，使人遺趙王書，願以十五城請易璧。」商量，估計、準備

也。

⑥「相如」二句，《史記》卷一一七《司馬相如列傳》：「相如既奏《大人》之頌，天子大説，飄飄有淩雲之氣，似游天地之間意。相如既病免，家居茂陵，天子曰：『司馬相如病甚，可往從悉取其書，若不然，後失之矣。』使所忠往。」

臨江仙

即席和韓南澗韻〔一〕①

風雨催春寒食近，平原一片丹青。溪頭唤渡柳邊行〔二〕。花飛蝴蝶亂，桑嫩野蠶生②。　緑野先生閑袖手③，却尋詩酒功名。未知明日定陰晴。今宵成獨醉，却笑衆人醒④。

【校】

〔一〕題，四卷本乙集作「和南澗韻」，此從廣信書院本。

〔二〕「頭」，四卷本作「邊」。

【箋注】

①題，右詞所和韓南澗原韻未見，作年亦難考。以其有「風雨催春」句，姑次於淳熙十年春送李泳詞作之後。

②「花飛」二句，蝴蝶亂，韓琦《登廣教院閣》詩：「花去春叢蝴蝶亂，雨匀朝圃桔槔閑。」野蠶生，《唐開元占經》卷一二〇《野蠶成蠒》：「《後漢書》曰：『光武建武元年六月己未，即皇帝位，大赦天下。野蠶生麻尤盛，野蠶成蠒，被於山阜，民獲其利非一。』」

③「緑野」句，《舊唐書》卷一七〇《裴度傳》：「度以年及懸輿，王綱版蕩，不復以出處爲意。東都立第於集賢里，築山穿池，竹木叢萃，有風亭水榭、梯橋架閣、島嶼迴環，極都城之勝概。又於午橋創別墅，花木萬株，中起涼臺暑館，名曰緑野堂，引甘水貫其中，釃引脉分，映帶左右。度視事之隙，與詩人白居易、劉禹錫酣晏終日，高歌放言，以詩酒琴書自樂。」《昌黎集》卷二三《祭柳子厚文》：「不善爲斲，血指汗顔。巧匠旁觀，縮手袖間。」

④「今宵」二句，《楚辭·漁父》：「舉世皆濁我獨清，衆人皆醉我獨醒，是以見放。」

洞仙歌　開南溪初成賦〔一〕①

婆娑欲舞，怪青山歡喜，所居伎山，爲仙人舞袖形。分得清溪半篙水②。記平沙鷗鷺，落日漁樵，湘江上，風景依然如此。東籬多種菊③，待學淵明，飲酒詩情不相似。十里漲春波，一棹歸來，只做箇五湖范蠡。是則是一般弄扁舟，争知道他家，有箇西子④。

【校】

〔一〕題，四卷本丁集作「所居伎山爲仙人舞袖形」，今移至第二句後，爲小注。題從廣信書院本。

【箋注】

①題，南溪，當是在稼軒新居之南，流向帶湖之溪。四卷本之題具有極高考證價值。「伎」，原作「伎」，字書無載，當是伎之別寫。稼軒謂所居山名伎山，有仙人舞袖形。仙人舞袖，當謂山形如浪，宛轉起伏之勢。而今上饒舊北門（即原靈山門）之北，有古城嶺坡地，岡巒宛然。又有村名龍牙，龍牙之名如狀山巒起伏多齒，似與仙人舞袖形之伎山相近，稼軒於此建集山樓，取其同音也。稼軒所開之南溪或在其南，入帶湖。右詞有「湘江上風景」、「東籬多種菊」諸語，《稼軒詞編年箋注》謂此詞爲閑居帶湖初年所作。「其時離湘未久，故湘江風景猶依稀未忘。今兹定爲淳熙十年者，以其有東籬種菊句，是必已曾於帶湖度一春秋矣。」今依此考，編次右詞於淳熙十年春。

②「婆娑」三句及小注，婆娑欲舞，《詩・陳風・東門之枌》：「子仲之子，婆娑其下。」《正義》：「歌舞於市井者，婆娑是也。」餘參本書卷二《鶴鳴亭絶句四首》詩箋注。半篙水，蘇軾《和鮮于子駿鄆州新堂月夜二首》詩：「池中半篙水，池上千尺柳。」

③「東籬」句，陶潛《飲酒二十首》詩：「採菊東籬下，悠然見南山。」

④「一櫂」句至此，一櫂歸來，五湖范蠡，可參本卷《賀新郎・賦海棠》詞（莫厭霓裳素闋）箋注。是則是，猶謂雖則是。争知道，怎知道也。

唐河傳

效花間體〔一〕①

春水，千里，孤舟浪起。夢攜西子②。覺來村巷夕陽斜。幾家，短牆紅杏花。　晚雲做造些兒雨③。折花去，岸上誰家女？太狂顛〔二〕，那邊〔三〕，柳綿〔四〕，被風吹上天。

【校】

〔一〕題，「體」，四卷本丙集作「集」，此從廣信書院本。

〔二〕「狂顛」，廣信書院本原作「顛狂」，據四卷本改。

〔三〕「那邊」，四卷本作「那岸邊」。

〔四〕「綿」，《六十名家詞》本作「綫」。

【箋注】

①題，花間體，謂《花間集》之詞體也。《直齋書録解題》卷二一：「《花間集》十卷，蜀歐陽炯作序，稱衛尉少卿字宏基者所集，未詳何人。其詞自温飛卿而下十八人，凡五百首，此近世倚聲填詞之祖也。詩至晚唐五季，氣格卑陋，千人一律，而長短句獨精巧高麗，後世莫及，此事之不可曉者，放翁陸務觀之言云爾。」《四庫全書總目》卷一九九《花間集提要》則載：「《花間集》十卷，後蜀趙崇祚編。」右詞作年莫考，以與開南溪初成詞意近，故附次於淳熙十年春。

②「春水」四句，孤舟浪起，蘇軾《次韻王定國南遷回見寄》詩：「相逢爲我話留滯，桃花春漲孤舟起。」夢攜西子，王銍《黄州棲霞樓蘇翰林所賦小舟横截春江是也曾竑父罷郡畫爲圖求詩》：「銅雀不得鎖二喬，春江亦夢攜西子。」

③些兒雨，張德瀛《詞徵》卷三：「兒，少意也。……辛稼軒詞：『晚雲造做些兒雨。』」

水調歌頭　席上用王德和推官韻，壽南澗〔一〕①

上界足官府，公是地行仙②。青氈劍履舊物，玉立近天顔〔二〕③。莫怪新來白髮，恐是當年柱下，《道德》五千言④。南澗舊活計，猿鶴且相安⑤。　歌秦缶，寶康瓠⑥，世皆然。不知清廟鐘磬，零落有誰編⑦？莫問行藏用舍〔三〕，畢竟山林鐘鼎〔四〕，底事有虧全⑧。再拜荷公賜，雙鶴一千年。公以雙鶴見壽〔五〕⑨。

【校】

〔一〕題，四卷本乙集作「和德和上南澗韻」，此從廣信書院本。廣信書院本「王」原作「黄」，徑改。

〔二〕「近」，四卷本作「待」。

〔三〕「莫問」，四卷本作「堪笑」。

〔四〕「畢竟」，四卷本作「試問」。

〔五〕小注，四卷本闕。

【箋注】

①題，右詞步信州推官王寧詞韻，爲南澗祝壽者。《建炎以來朝野雜記》乙集卷二〇《龍州蕃部寇邊》條載「慶元二年、六年，連寇清川、平郊二寨，興州都統制郭杲調大軍擊之，則已去矣。會杲與總賦官王寧德和不叶，徒久戍以困之」。知王德和名寧。《兩朝綱目備要》卷六亦載「慶元末，司農少卿江陰王寧總領四川財賦」，知爲江陰人。〔乾隆〕《上饒縣志》卷一三載王寧《修學記》：「淳熙癸卯，吴越錢侯象祖爲廣信且代矣，一日，下令大新學宮。兵馬都監趙善執治其役，上饒主簿江徹司其計，而以軍事推官王寧總其凡。」癸卯爲淳熙十年。此王寧爲信州推官之具證也。韓元吉有《送王德和赴調改秩》詩：「尊酒盤蔬語夜闌，三年猶得幾追歡。海棠半折春方好，楊柳都青社正寒。籌畫定應瞻武帳，文華端合待金鑾。割雞底用磨天刃，遲日湖山滿意看。」則淳熙十一年春王寧以改秩赴闕時，當其信州推官三年任期已滿。右詞淳熙十年所作也。王寧改秩後，嘗任縣令。袁説友《東塘集》卷一有《和王德和知縣謁蕭東巖韻二首》詩，又嘗任淮東提舉，見《白石道人詩集》卷下。《止齋集》卷一四有紹熙四年十二月《大理寺主簿王寧除太府寺丞制》。〔光緒〕《江陰縣志》卷一六《鄉賢》：「王寧字德和，三魁鄉薦，乾道丙戌中乙科，終中奉大夫直徽猷閣。逮事三朝，凡所敭歷，綽有休聞。有《笑庵集》十卷。」

②「上界」二句，上界足官府，韓愈《奉酬盧給事雲夫四兄曲江荷花行見寄並呈上錢七兄閣老張十八助教》詩：「上界真人足官府，豈如散仙鞭笞鸞鳳終日相追陪？」地行仙，蘇軾《樂全先生生

日以鐵拄杖爲壽二首》詩：「先生真是地行仙，住世因循五百年。」《大佛頂首楞嚴經》卷八：「復有從人，不依正覺修三摩地，別修妄念，存想固形，遊於山林人不及處，有十種仙。阿難，彼諸衆生，堅固服餌而不休息，食道圓成，名地行仙。」

③「青氈」二句，青氈劍履舊物，《晉書》卷八〇《王獻之傳》：「夜卧齋中，而有偷人入其室，盜物都盡。獻之徐曰：『偷兒，青氈我家故物，可特置之。』羣偷驚走。」《史記》卷五三《蕭相國世家》：「乃令蕭何賜帶劍履上殿，入朝不趨。」玉立，《藝文類聚》卷四八：「山濤《啓事》曰：『尚書令李胤遷處缺，宜得其人。征南將軍羊祜，體儀玉立，可以肅整朝廷。』」《册府元龜》卷七四《命相》：「至於玉立巖廊，風行號令，端若植表，爲時指南，開予胸襟，廣我視聽，實賴人傑。」按：王寧家世無考，故此二句所寓事跡亦皆不詳。

④「恐是」二句，《史記》卷九六《張丞相列傳》：「秦時爲御史，主柱下方書。」《索隱》：「周秦皆有柱下史，爲御史也，所掌及侍立，恒在殿柱之下，故老聃爲周柱下史。」《道德》五千言，即《老子》是也。

⑤「南澗」二句，南澗，韓元吉自號。據《南澗甲乙稿》卷一，元吉知建寧府時，城南鄭氏居南澗，山水甚幽，元吉愛之，爲賦五詩。後居上饒，卜宅玉溪之南，前有澗水，後有蒼筤亭，因自號南澗。見〔乾隆〕《上饒縣志》卷一二。然信江以南近城有琅琊山、南屏山、道觀山，韓元吉《悼老瓊》詩：「南屏山下風吹土，猶作蕭蕭暮雨垂。」其子淲《對雪思山居之時》詩：「煙迷南屏山，凍壓

竹落澗。」南澗當在南屏山。活計，宋人口語，猶言生計也。饒節《和不愚兄庵頌三首》詩：「年來活計渾成就，猿鶴安棲定不驚。」

⑥「歌秦」二句，歌秦缶，《史記》卷八七《李斯列傳》：「夫擊甕叩缶，彈箏搏髀，而歌呼嗚嗚快耳者，真秦之聲也。」《索隱》：「缶，瓦器也，秦人鼓之以節樂。」同書卷八一《廉頗藺相如列傳》：「藺相如前曰：『趙王竊聞秦王善爲秦聲，請奉盆缶秦王，以相娛樂。』……秦王不懌，爲一擊缶。」《集解》：「《風俗通義》曰：『缶者，瓦器，所以盛酒漿。』秦人鼓之以節歌也。」寶康瓠，同書卷八四《屈原賈生列傳》：「斡棄周鼎兮，而寶康瓠。」《索隱》：「康謂大瓠，瓢也。」

⑦「不知」二句，《稼軒詞編年箋注》原無注，余增訂時據《宋史》卷一二六《樂志》一補如下語：「北宋之樂凡六改作，至徽宗時製大晟樂，金部樂器有景鐘鑄鐘編鐘等，石部有特磬編磬。迨靖康之難，樂器皆亡。南渡之後，大抵用先朝之舊，而不詳古今製作之本原。」故稼軒有「零落」語。蘇軾《和田國博喜雪》詩：「歲豐君不樂，鐘磬幾時編？」張孝祥《龜齡攜具同景盧嘉叟餞別於薦福即席再用韻賦四客》詩：「一笑番陽逢歲熟，問公鐘磬幾時編？」

⑧「莫問」三句，行藏用舍，本卷《踏莎行·賦稼軒集經句》詞（進退存亡闋）有箋注。山林鐘鼎，杜甫《清明二首》詩：「鐘鼎山林各天性，濁醪麤飯任吾年。」張綱《綠頭鴨·次韻陳季明》詞：「細追想山林鐘鼎，從古罕兼全。」底事，此事也。此句不作問語。

⑨「再拜」二句及小注，稼軒與韓元吉生日相去一日，見右詞後《水龍吟》（玉皇殿閣微涼闋）詞題。

故稼軒賦此詞時，元吉以雙鶴爲壽。

【附録】

韓元吉無咎和詞

水調歌頭　席上次韻王德和

世事不須問，我老但宜仙。南溪一曲，獨對蒼翠與孱顔。月白風清長夏，醉裏相逢林下，欲辯已忘言。無客問生死，有竹報平安。　少年期，功名事，覓燕然。如今憔悴，蕭蕭華髮抱塵編。萬里蓬萊歸路，一醉瑶臺風路，因酒得全天。笑指雲階夢，今夕是何年？（《南澗甲乙稿》卷七）

鷓鴣天

送范廓之秋試〔一〕①

白苧新袍入嫩涼，春蠶食葉響迴廊②。禹門已準桃花浪，月殿先收桂子香③。　鵬北海，鳳朝陽。又攜書劍路茫茫④。明年此日青雲上，却笑人間舉子忙⑤。

【校】

〔一〕題，「范廓之」，廣信書院本「廓」作「先」，此從四卷本乙集。又，「范」字亦據廣信書院本補。

【箋注】

①題，右詞送范開應秋試而作。范開既於稼軒退居帶湖之後即從其遊，則應秋試當在淳熙十年八月。以淳熙十一年爲禮部試之年，其年四月賜禮部進士衛涇以下進士及第出身，見《宋史》卷三五《孝宗紀》三。

②「白苧」二句，白苧新袍入嫩涼，梅堯臣《二月五日雪》詩：「二月狂風雪，寒威曉更加。省闈輕妒粉，苑樹暗添花。有夢皆蝴蝶，逢袍只紵麻。凍吟誰料我，相與賭流霞（聞永叔謂子華曰：明日聖俞若無詩，修輸一杯酒）。」《漁隱叢話》前集卷三一：「《王直方詩話》云：『聖俞在禮部考校，時和歐公春雪詩云：有夢皆蝴蝶，逢袍只紵麻。諸人不復措手，蓋韻惡而能用事如此，可貴也。』《苕溪漁隱》曰：『余閱《宛陵集》，聖俞此《雪》詩，即非和歐公韻，乃是倡首此詩。聖俞自注云：聞永叔謂子華曰：明日聖俞若無詩，修輸一杯酒。歐公集中亦有《和聖俞春雪》詩，皆在禮部時唱和，以此可見矣。王直方不切術審細，遂妄有韻惡而能用事之語，蓋其《詩話》中似此者甚衆，吾故辨證之。』」宋代舉子所服白襴袍皆苧麻。廖行之《如新牆宿於劉叟逆旅》詩：「一雨洗殘暑，初秋生嫩涼。」春蠶食葉響迴廊，歐陽修《禮部貢院閱進士就試》詩：「無譁戰士銜枚勇，下筆春蠶食葉聲。」

③「禹門」二句，禹門桃花浪，《埤雅》卷一：「河津一名龍門，兩傍有山，魚莫能上。大魚薄集龍門，上則爲龍，不得上輒暴鰓水次，故曰暴鰓龍門，垂耳轅下。善爲魚者不求爲龍，望禹門輒逝，

是以無暴鰓點額之患。」《歲時廣記》卷一《桃花水》：「《水衡記》：『黄河水二月三月名桃花水。』」月殿桂子香，米芾《送大郎尹仁應舉》詩：「緒餘驚世須魁選，歸帶蟾宫桂子香。」按：宋代秋試例於八月中舉行，得解亦正木犀飄香時節。

④「鵬北」三句，鵬北海，《莊子·逍遥遊》：「北冥有魚，其名爲鯤，鯤之大，不知其幾千里也，化而爲鳥，其名爲鵬。」注：「北冥，海也。」鳳朝陽，《詩·大雅·卷阿》：「鳳凰鳴矣，於彼高岡。梧桐生矣，於彼朝陽。」攜書劍，許渾《别劉秀才》詩：「三獻無功玉有瑕，更攜書劍客天涯。」龍袞《江南野史》卷八：「孟賓于，湖湘連上人。……遷淦陽令，因黷貨，以贓罪當死，會昉還翰林學士，聞其縲絏，以詩寄賓于云：『幼攜書劍别湘潭，金榜標名第十三。昔日聲名喧洛下，近年詩價滿江南。』」

⑤「明年」二句，青雲上，《史記》卷七九《范睢蔡澤列傳》：「不意君能自致於青雲之上。」舉子忙，《南部新書》卷二：「長安舉子，自六月以後落第者不出京，謂之過夏，多借静坊廟院及閑宅居住，作新文章，謂之夏課。亦有十人五人醵率酒饌，請題目於知己，朝達，謂之私試。七月後，投獻新課，並於諸州府拔解，人爲語曰：『槐花黄，舉人忙。』」

又

鵝湖寺道中〔一〕①

一榻清風殿影涼，涓涓流水響回廊〔二〕②。千章雲木鈎輈叫，十里溪風穲稏香③。衝急雨，趁斜陽，山園細路轉微茫④。倦途却被行人笑：只爲林泉有底忙⑤？

【校】

〔一〕題，廣信書院本「寺」字闕，此從四卷本甲集補。

〔二〕「響」，四卷本作「嚮」。

【箋注】

①題，鵝湖寺，《輿地紀勝》卷二一《江南東路·信州》：「鵝湖在鉛山縣西南十五里。《鄱陽記》云：山上有湖，多生蓮荷，同名荷湖山，今以鵝湖著。按《舊經》謂昔有龔氏居山傍，所蓄鵝逸於山，長育成羣，復飛而下，因謂之鵝湖。俗傳唐僧大義禪師結庵，仙鵝自波而出者妄矣。道傍長松參翠，枝幹權奇，延袤十餘里，大義所種。有仁壽院。淳熙初年，東萊呂公、晦庵朱公、象山陸公曾相會講道於此院，謂之鵝湖之會。」按：〔同治〕《鉛山縣志》卷三《山川》載：「鵝湖山，在縣東北，周回四十餘里，其影入於縣南。西湖諸峰聯絡若獅象犀猊，最高者峰頂三峰挺秀，……唐大曆中，大義智浮禪師植錫山中，雙鵝復還。山麓有仁壽院，禪師所建，今名鵝湖寺」。其餘〔康熙〕、〔乾隆〕《鉛山縣志》及各本《廣信府志》所載均同，未有謂鵝湖在鉛山西南十

五里者。宋代鉛山縣治即今鉛山永平鎮，鵝湖山在鎮東北，其仁壽院後改爲鵝湖書院，在山之東北麓，其間有十里山路，即此題所謂鵝湖寺道。喻良能《香山集》卷八有《鵝湖寺》詩，題下自注：「在鉛山縣，舊名仁壽院，以鵝湖山得名。」詩云：「長松夾道摇蒼煙，十里絶如靈隱前。不見素鵝青嶂裏，空餘碧水白雲邊。氛埃斗脱三千界，瀟灑疑通十九泉。五月人間正炎熱，清涼一覺北窗眠。」可與右詞相參。右詞與送范廓之秋試詞同韻，據「穲稏香」句，知爲同時所作。稼軒首次遊鵝湖，在於何時，稼軒詞集無考。《稼軒詞編年箋注》次於淳熙十三年。且考證右二詞作年云：「右同韻《鷓鴣天》二首，次闋既收入甲集，知均作於淳熙十五年前。查宋代科舉，例以子午卯酉爲解試年分，辰戌丑未爲省試年分，據知此二詞非淳熙十年癸卯所作，定即十三年丙午之作。范廓之於九年方來從遊，距十年解試之期過近，其與試當在次舉，因推定二詞作年如右。」然查稼軒《題鵝湖壁》詩：「昔年留此苦思歸，爲憶啼門玉雪兒。鸞鵠飛殘梧竹冷，只今歸興却遲遲。」此詩作於淳熙十五年，爲懷念辛巔夭折所作。辛巔卒於淳熙十一年，詩中既有「昔年留此苦思歸」語，則所憶必爲淳熙十年初遊鵝湖事，其正辛巔尚無事之時。因知稼軒之送范廓之秋試，亦必在淳熙十年秋，而非淳熙十三年。

②「一榻」二句，一榻清風，蘇軾《佛日山榮長老方丈五絶》詩：「食罷茶甌未要深，清風一榻抵千金。」涓涓流水響回廊，李彭《遊雲居四首》詩：「冉冉山雲低度牆，涓涓流水響長廊。」張嵲《自鉛山如鵝湖》詩：「長松十里曉冥冥，行盡松林到法城。悄悄虛廊無客語，陰陰衆緑有鶯聲。」

③「千章」二句，雲木鉤輈叫，歐陽修《歸田録》卷下：「處士林逋，居於杭州西湖之孤山。逋工筆畫，善爲詩，如『草泥行郭索，雲木叫鉤輈』，頗爲士大夫所稱。」沈括《夢溪筆談》卷一四《藝文》：「歐陽文忠嘗愛林逋詩『草泥行郭索，雲木叫鉤輈』之句。文忠以爲語新而屬對親切。鉤輈，鷓鴣聲也。李羣玉詩云：『方穿詰曲崎嶇路，又聽鉤輈格磔聲。』」十里溪風，鵝湖山下有小溪東北匯入一大溪，西北流，自鵝湖鎮入信江。與鵝湖山路相並。稼軒《壽趙茂嘉郎中》詩有「鵝湖山下湛溪湄」之句，陳文蔚《賀趙及卿黄定甫主賓聯名登第》詩亦有「人傑須知本地靈，鵝峰挺拔湛溪清」之句，不知即指此溪否。穲稏香，杜牧《郡齋獨酌》詩：「罷亞百頃稻，西風吹半黄。尚可活鄉里，豈惟滿囷倉？」自注：「稻名。」

④「衝急」三句，衝急雨，范純仁《君實邀遊南園雨止》詩：「名園選勝許參陪，游騎俄衝急雨回。」山園細路，杜甫《山寺》詩：「野寺殘僧少，山園細路高。」

⑤有底忙，杜甫《寄邛州崔録事》詩：「久待無消息，終朝有底忙？」李彭《遊雲居四首》詩：「不緣抱病關鬲冷，早賦式微緣底忙？」

破陣子

爲陳同甫賦壯詞以寄之〔一〕①

醉裏挑燈看劍，夢回吹角連營②。八百里分麾下炙〔二〕，五十絃翻塞外聲③。沙場秋點兵。　馬作的盧飛快，弓如霹靂絃驚④。了却君王天下事，贏得生前身後名。可憐白髮生⑤！

【校】

〔一〕題，四卷本丁集作「爲陳同父賦壯語以寄」，此從廣信書院本。

〔二〕「炙」，原作「炰」，據四卷本改。二字同。

【箋注】

①題，陳同甫名亮，婺州永康人，才氣超邁，喜談兵，論議風生，下筆數千言立就。隆興初，與金人約和，天下忻然幸得蘇息，獨亮持不可。婺州方以解頭薦，因上《中興五論》，奏入不報。已而退修於家，學者多歸之，益力學著書者十年。嘗六上孝宗皇帝書，皆不報。光宗策進士，問以禮樂刑政之要，亮以君道師道對。奏名第三，御筆擢第一。授簽書建康府判官廳公事，未至官，一夕卒。《宋史》卷四三六《儒林》六有傳。陳亮淳熙十年春嘗致稼軒書，除慰相思之情外，亦問起居，且言「往往寄詞與錢仲耕，豈不能以一紙見分乎」？見增訂本《陳亮集》卷二九《與辛幼安殿撰書》，可知稼軒與陳亮友誼之篤也。右詞《稼軒詞編年箋注》附於淳熙十五年送陳亮相訪之

《賀新郎》諸詞後。今既考二人交往甚久，陳亮書來求詞，能無以答乎？乃以爲淳熙十年春夏接奉陳亮來函之後所寄奉，故編次於是年詞作之後。

②「醉裏」二句，挑燈看劍，劉斧《青瑣高議》前集卷三《高言》條：「高言字明道，京師人。好學，倜儻豪傑，不守小節。……遊中牟，干友人，作詩曰：『昨夜陰風透膽寒，地爐無火酒瓶乾。男兒慷慨平生事，時復挑燈把劍看。』」吹角，《武經總要》前集卷六《漏刻》條：「法曰：行軍於外，日出日没時，撾鼓吹角爲嚴警。凡鼓三百六十五槌爲一通，角一十二變爲一疊。鼓音止，角音動，凡鼓三通，角三疊，晝夜足矣。」《虎鈐經》卷七《蠡角》：「黄帝戰蚩尤，吹角，長六尺，聲甚鳴。後有涿鹿之敗，帝問曰：『所吹何物？』蚩尤曰：『角也。吹之則風霧俱集。』後以六尺曰角，五尺曰蠡。」

③「八百」三句，八百里，《世説新語·汰侈》：「王君夫有牛，名八百里駁，常瑩其蹄角。王武子語君夫：『我射不如卿，今指賭卿牛，以千萬對之。』君夫既恃手快，且謂駿物無有殺理，便相然可，令武子先射。武子一起便破的，却據胡牀，叱左右：『速探牛心來。』須臾炙至，一臠便去。」蘇軾《約公擇飲是日大風》詩：「要當啖公八百里，豪氣一洗儒生酸。」陳師道《秋懷十首》詩：「壯哉八百里，一割探其心。」謝薖《次韻李成德謝人惠墨牛》詩：「君不見八百里誇王氏駁，常敕家童瑩蹄角。」皆以八百里謂牛。程大昌《演繁露》卷一《牛車》條：「八百里駁，駁亦牛也。言其色駁而行速，日可八百里也。」《晉書》卷八〇《王羲之傳》謂「時重牛心炙」。五十絃，《史記》

卷一二《孝武本紀》："泰帝使素女鼓五十絃瑟，悲，帝禁不止，故破其瑟爲二十五絃。"李賀《上雲樂》詩："三千宫女列金屋，五十絃瑟海上聞。"點兵，謂集兵也。《北史》卷五四《斛律金傳》："張華原以簿帳歷營點兵，莫有應者。"《續資治通鑑長編》卷一三六："數年以來，點兵不絶，諸路之民半爲兵矣。"

④"馬作"二句，的盧，《太平御覽》卷一八六引《襄沔記》："蜀先主之依劉表，起至厠，見髀裏生肉，慨然流涕。還坐，表怪問之，對曰：'平常身不離鞍，髀肉皆消，今不復騎，髀裏肉生，日月若馳，老將至矣，而功業不建，是以悲耳。'表雖重先主，因此欲害之。先主覺，僞如厠，潛遁出，所乘馬名的盧，從襄陽城西檀溪水中而渡，被溺不出。備既急，乃曰：'的盧，今日危矣，可不努力乎？'的盧乃一踴三丈，遂得過溪而去。"《世説新語·德行》之"庾公乘馬有的盧"條注引《相馬經》："馬白額入口至齒者，名曰榆雁，一名的盧。奴乘客死，主乘棄市，凶馬也。"霹靂，《梁書》卷九《曹景宗傳》："景宗謂所親曰：'我昔鄉里，騎快馬如龍，與年少輩數十騎，拓弓絃作霹靂聲，箭如餓鴟叫，平澤中逐麞，數肋射之，渴飲其血，饑食其肉，甜如甘露漿，覺耳後風生，鼻頭出火，此樂使人忘死，不知老之將至。'"

⑤"了却"三句，了却君王天下事，劉禹錫《送唐舍人出鎮閩中》詩："了却人間婚嫁事，復歸朝右作公卿。"身後名，陶潛《怨詩楚調示龐主簿鄧治中》詩："吁嗟身後名，於我若浮煙。"

清平樂　爲兒鐵柱作①

靈皇醮罷，福禄都來也②。試引鵷鶵花樹下〔一〕，斷了驚驚怕怕③。　從今日日聰明，更有潭妹嵩兄。看取辛家鐵柱，無災無難公卿④。

【校】

〔一〕「鵷」，《中興絶妙詞選》卷三作「鶴」。

【箋注】

①題，兒鐵柱，應即稼軒第三子之乳名。本書卷一載稼軒《哭𥳇十五章》詩，其中有「汝方遊浩蕩，萬里挾雄鐵」句，用楚王夫人抱鐵柱而産一鐵之典故，知鐵柱即辛𥳇是也。右詞謂鐵柱「更宜潭妹嵩兄」，嵩、𥳇、潭皆當爲稼軒少年時期及仕宦東南期間所得子女。查《菱湖辛氏族譜》之《濟南派下支分期思世系》，辛嵩必即稼軒第二子辛秬。而辛秬生於紹興二十九年，即稼軒二十歲時。是年下距稼軒祖父辛贊卒於開封尹任上僅一年而已，則其時稼軒必隨其祖父在開封，嵩山

則在開封西二百五十里河南府登封境内，其因事而至嵩洛，生子遂名嵩，應是情理中事。稼軒南渡前僅有稹、秬二子，其妻趙氏則卒於南渡之初江陰。而所謂潭妹，蓋稼軒續娶之范氏夫人所生，以稼軒淳熙六七兩年居官湖南，遂以潭而命名也。辛釐居於嵩、潭之間，必淳熙二三年稼軒任江西提刑時所得之第三子，蓋亦范夫人所生。稼軒第四子辛稏生於淳熙八年四月。是年底，稼軒罷官，退居上饒帶湖，以稼名軒，所生子當不能再以地爲名，遂以禾字爲偏旁，以示爲稼軒之子女。而其長次子及辛稏以下亦俱改從禾字，潭妹則亦改名辛稳。辛釐則因早夭，未及改從一律也。《菱湖譜》録自舊譜，未詳其故，遂謂辛釐爲稼軒第九子，早卒，蓋沿襲舊誤也。右詞作於淳熙十一年辛釐病卒之前，當在淳熙十年，乃病中爲其祈福禳災而作也。錢大昕《十駕齋養新録》卷一九《小名鐵柱》：「北方小兒乳名多稱柱兒，或稱鐵柱兒。予讀辛稼軒《清平樂》詞爲兒鐵柱作，……則鐵柱之名，宋時已有之矣。」

②「靈皇」二句，靈皇，元周南瑞《天下同文集》卷一一盧摯《華陰清華觀碑銘》有「醮靈皇玄祖，奠師真也」語。范梈《鍾陵夜宿聞鐘》詩亦有「中年江海夢靈皇，夜半聞鐘似上陽」句。皆用靈皇事。疑靈皇即《雲笈七籤》卷一〇一《金門皓靈皇老君紀》所載之靈皇，爲靈鳳之子，開光元年，元始天尊錫西方七寶金門皓靈皇老君號。宋人爲兒童祈福醮靈皇，僅見此語。

③「試引」二句，《爾雅翼》卷一三《鳳》：「鳳有五多，赤色者乃鳳，多黄色者鵷雛。」按鳳非梧桐不棲，非竹實不食，則所謂花樹，謂竹花桐樹也。元人郝經《新館春日書懷》詩：「鵷雛繞竹花，翡

翠巢蘭苕。」王惲《題筠菊亭》詩：「餐菊制頽齡，種竹來鵷雛。」然如何引鵷雛於花樹之下，以爲兒童祛除驚恐之症，其法無考。稼軒《哭𩓥十五章》詩亦有「昨宵北窗下，不敢高聲語。悲深意顛倒，尚疑驚著汝」語，蓋辛𩓥由驚嚇而至疾，其早夭或亦因此。

④「無災」句，蘇軾《洗兒》詩：「人皆養子望聰明，我被聰明誤一生。惟願孩兒愚且魯，無災無難到公卿。」

水龍吟

甲辰歲，壽韓南澗尚書〔一〕①

渡江天馬南來，幾人真是經綸手②？長安父老，新亭風景③，可憐依舊。夷甫諸人，神州沉陸④，幾曾回首？算平戎萬里，功名本是，真儒事⑤，公知否〔二〕？況有文章山斗，對桐陰滿庭清晝⑥。當年墮地，而今試看，風雲奔走⑦。緑野風煙，平泉草木，東山歌酒⑧。待他年整頓，乾坤事了⑨，爲先生壽！

【校】

〔一〕題，四卷本甲集作「爲韓南澗尚書壽甲辰歲」，《中興絶妙詞選》卷三、《花草粹編》卷二一作「壽韓南澗」，此從廣信書院本。

〔二〕「公」，四卷本、《中興絶妙詞選》、《草堂詩餘》卷四、《花草粹編》卷二一作「君」。

【箋注】

①題，甲辰，淳熙十一年，時韓元吉六十七歲，稼軒四十五歲。黄蓼園《蓼園詞評》評此詞：「幼安忠義之氣，由山東間道歸來，見有同心者，即鼓其義勇。辭以頌美，實句句是規勵，豈可以尋常壽詞例之？」

②「渡江」二句，渡江天馬南來，《晉書》卷六《元帝紀》：「始秦時，望氣者云五百年後，金陵有天子氣。……孫盛以爲始皇逮於孫氏四百三十七載，考其曆數，猶爲未及元帝之渡江也，乃五百二十六年，真人之應，在於此矣。……天意人事，又符中興之兆。太安之際，童謡云：『五馬浮渡江，一馬化爲龍。』……是歲王室淪覆，帝與西陽、汝南、南頓、彭城五王獲濟，而帝竟登大位焉。」張耒《于湖曲》：「浮江天馬是龍兒，蹙踏揚州開帝里。」張孝祥《滿江紅·于湖懷古》詞：「蹙踏揚州開帝里，渡江天馬龍爲匹。」楊冠卿《水龍吟·金陵作》詞：「渡江天馬龍飛，翠華小駐興王地。」經綸手，葉夢得《題萬象亭》詩：「元戎小試經綸手，萬象都歸指顧中。」

③「長安」二句，長安父老，《晉書》卷九八《桓温傳》：「温遂統步騎四萬發江陵，水軍自襄陽入均口，至南鄉，步自淅川，以征關中。……温進至霸上，健以五千人深溝自固，居人皆安堵復業，持

牛酒迎温於路者十八九。耆老感泣曰：『不圖今日復見官軍！』」新亭風景，《世説新語·言語》：「過江諸人，每至美日，輒相邀新亭，藉卉飲宴。周侯中坐而歎曰：『風景不殊，正自有山河之異。』皆相視流淚。唯王丞相愀然變色曰：『當共戮力王室，克復神州，何至作楚囚相對？』」周侯即周顗，王丞相即王導。新亭，《景定建康志》卷二二：「新亭，亦曰中興亭，去城西南十五里，近江渚。」注：「洛陽四山圍伊洛，瀍澗在中。建康亦四山圍秦淮，直瀆在中，故云風景不殊，舉目有江河之異。」

④「夷甫」二句，夷甫，王衍字。《晉書》卷九八《桓温傳》：「温自江陵北伐，行經金城，……於是過淮泗，踐北境，與諸寮屬登平乘樓，眺矚中原，慨然曰：『遂使神州陸沉，百年丘墟，王夷甫諸人不得不任其責。』」平乘樓，大船之樓，見《資治通鑑》卷一〇〇小注。王夷甫當國家危急之際，思自全之計，不恤國事，以至毀家亡國，爲國家罪人。《晉書》卷四三《王衍傳》：「衍既有盛才美貌，明悟若神，常自比子貢。兼聲名藉甚，傾動當世，妙善玄言，唯談老莊爲事。……拜尚書令、司空、司徒。衍雖居宰輔之重，不以經國爲念，而思自全之計。……及石勒、王彌寇京師，以衍都督征討諸軍事，持節假黄鉞以拒之。……時洛陽危逼，多欲遷都以避其難，而衍獨賣牛車以安衆心。……俄而舉軍爲石勒所破。勒呼王公，與之相見，問衍以晉故，……衍自説少不豫事，欲求自免，因勸勒稱尊號。勒怒曰：『君名蓋四海，身居重任，少壯登朝，至於白首，何得言不豫世事邪？破壞天下，正是君罪。』……使人夜排牆填殺之。」

⑤「算平」三句，算，此用於句首之語詞，如蓋、殆之類。真儒，宋人謂熟知道義學術之儒，惟真儒能了功名之事。語出揚子《法言·問明》：「孔子用於魯，齊人章章，歸其侵疆。魯不用真儒故也，如用真儒，無敵於天下，安得削？」《宋史》卷三九一《周必大傳》：「除秘書少監兼直學士院，兼領史職。鄭聞草必大制，上改竄其末，引漢宣帝事。必大因奏曰：『陛下取漢宣帝之言，親制贊書，明示好惡。臣觀西漢，……至於公孫弘、蔡義、韋賢，號曰儒者，而持禄保位，故宣帝謂俗儒不達時宜。使宣帝知真儒，何至雜伯哉？願平心察之，不可有輕儒名。』上喜其精洽。」卷四二七《道學》一《程顥傳》：「其弟頤序之曰：『周公没，聖人之道不行。孟軻死，聖人之學不傳。道不行，百世無善治；學不傳，千載無真儒。』」

⑥「况有」二句，文章山斗，見本卷《太常引·壽韓南澗尚書》詞（君王着意履聲間闕）箋注。桐陰，《直齋書録解題》卷七：「《桐陰舊話》十卷，吏部尚書潁川韓元吉無咎撰，記其家世舊事。以京師第門有桐木，故云。元吉，門下侍郎維之四世孫也。」《四庫全書總目》卷六一：「《桐陰舊話》一卷，宋韓元吉撰。元吉字無咎，宰相維之玄孫。……蓋全書久佚，從諸書鈔撮成編也。書中所記韓億、韓綜、韓絳、韓繹、韓維、韓縝雜事共存十三條，皆其家世舊聞。以京師第門有桐木，故云《桐陰舊話》。蓋北宋兩韓氏並盛，世以桐木韓家别於魏國韓琦云。」

⑦「當年」三句，墮地，謂出生也。《後漢書》卷二七《五行志》有「西門外女子生兒，……墮地棄之」語。風雲奔走，《後漢書》卷四一《劉玄傳》：「聖公靡聞，假我風雲。」注：「言聖公初起，無所

聞知，借我中興風雲之便。」聖公，劉玄字。同書卷五二《傳論》曰：「中興二十八將，前世以爲上應二十八宿，未之詳也。然咸能感會風雲，奮其智勇。」蘇軾《和張昌言喜雨》詩：「二聖憂勤忘寢食，百神奔走會風雲。」葛勝仲《次韻林茂南祀喜雪二首》詩：「膜拜同祈海岸仙，風雲奔走會諸天。」

⑧「緑野」三句，緑野風煙，見本卷《臨江仙・即席和韓南澗韻》詞（風雨催春寒食近關）箋注。平泉草木，《唐語林》卷七：「平泉莊在洛城三十里，卉木榭臺甚佳，有虚檻引泉水，縈迴穿鑿，像巴峽、洞庭十二峰，九派迄於海門。……平泉即徵士韋楚老拾遺別墅。楚老風韻高邈，好山水，衛公爲丞相，以白衣擢升諫官，後歸平泉，造門訪之，楚老避於山谷。衛公題詩云：『昔日徵黄綺，余慚在鳳池。今來招隱逸，恨不見瓊枝。』莊周圍十餘里，臺榭百餘所，四方奇花異草與松石靡不置。」按：衛公即李德裕。《舊唐書》卷一七四《李德裕傳》：「東都於伊闕南置平泉別墅，清流翠篠，樹石幽奇。初未仕時，講學其中。及從官藩服，出將入相三十年，不復重遊，而題寄歌詩，皆銘之於石，今有花木記、歌詩篇録二石存焉。」東山歌酒，《晉書》卷七九《謝安傳》：「寓居會稽……雖放情丘壑，然每游賞，必以妓女從。……中丞高崧戲之曰：『卿累違朝旨，高卧東山，諸人每相與言：安石不肯出，將如蒼生何？』」

⑨「待他」二句，整頓乾坤，見本書卷六《千秋歲・金陵壽史帥致道》詞（塞垣秋草關）箋注。

滿江紅　送李正之提刑入蜀〔一〕①

蜀道登天，一杯送繡衣行客②。還自歎中年多病，不堪離別③。東北看驚諸葛表〔二〕，西南更草相如檄④。把功名收拾付君侯，如椽筆⑤。　兒女淚，君休滴。荆楚路，吾能識⑥。要新詩準備⑦，廬山山色〔三〕。赤壁磯頭千古浪，銅鞮陌上三更月⑧。正梅花萬里雪深時，須相憶⑨。

【校】

〔一〕題，四卷本甲集「入蜀」二字闕，此據廣信書院本。

〔二〕「驚」，《六十名家詞》本作「膽」。

〔三〕「山色」，四卷本作「江色」。

【箋注】

①題，李正之，名大正，建安人。〔民國〕《建甌縣志》卷二六載：「李大正字正之，乾道中尉遂昌，

去爲會稽令。念遂民不忘，求知其邑事。既至，判滯案，均賦稅。淳熙中由提點知南安軍，理賦稅，計利害，皆窮源別末，所涖事判決如流，毫髮快人心。」建甌、建安均建寧府附郭邑，故二縣志均載李大正事跡，然亦均此數語而不加詳。今查王明清《玉照新志》卷四載：「紹興乙卯，張安國爲右史，明清與仲信兄在，左鄗舉善、郭世模從范、李大正正之、李泳子永多館於安國家。」乙卯爲紹興二十九年，時張孝祥安國爲中書舍人，李大正爲安國之客。紹興三十一年李大正爲遂昌尉，見《揮麈餘話》卷一《辛巳歲顏亮寇淮》條。洪适乾道初帥浙東，舉薦會稽令李大正「吏材治績爲八邑之冠」，見《盤洲集》卷四六《自劾札子》。乾道八年十二月二十六日，其以右宣教郎除江淮荆浙福建廣南路提點坑冶鑄錢公事，見《宋會要輯稿・職官》四三之一六七。淳熙元年至廣西巡歷，見《夷堅志》丙卷八《希韓大正》條及《桂勝》卷二《壺天觀題名》。淳熙五年知南安軍，見〔雍正〕《江西通志》卷一三。淳熙八年復爲提點諸路坑冶鑄錢公事，見〔乾隆〕《鉛山縣志》卷一二韓元吉《膽泉銘》：「淳熙之八年，天子復命建安李公大正爲諸道坑冶鑄錢使。」此文《南澗甲乙稿》失收。李大正既於淳熙八年復爲諸路鑄錢司提舉，其除利州路提刑當在其任滿之後。《南澗甲乙稿》卷一九有《右朝請大夫知虔州贈通議大夫李公墓碑》，所志墓主即李大正之父李文淵，碑文謂李文淵於紹興十六年九月己酉卒於嘉禾之寓舍。而墓碑之作，則在後四十年，即淳熙十二年，碑文載：「蓋其年十二月甲申也。二子，大正，今爲朝散郎知澧州。大正，朝散郎潼州府路提點刑獄。」潼州府路（當是潼川府路）或爲誤書，或命爲潼川路之後，又改爲利州路。周必大《益國文忠公集》卷一九七有《與利路李憲大正書》，題下注爲淳熙十二年，内有「某竊以霜冬晴凜，共惟提刑判院，按部雍容」諸語，知李大正必爲淳熙十一年冬始自信州赴利路提刑任。《宋會要輯稿·職官》七二之四四亦載淳熙十三年三月二十四日利州路提刑李大正劾罷知洋州李師夔一事。是則稼軒之送其入蜀，自當在淳熙十一年冬，右詞有「梅花萬里雪深時」句，正其時之事也。

②「蜀道」二句，蜀道登天，李白《蜀道難》：「蜀道之難，難於上青天。」繡衣，指李大正所任提刑官。提刑，見本書卷七《水調歌頭·淳熙己亥自湖北漕移湖南周總領王漕趙守置酒南樓席上留別》詞（折盡武昌柳闋）箋注。

③「還自」二句，亦見本書卷七《水調歌頭·淳熙己亥自湖北漕移湖南》詞（折盡武昌柳闋）箋注。

④「東北」二句，看驚諸葛表，諸葛亮北伐曹魏，臨行上表。《三國志·蜀志》卷五《諸葛亮傳》：「三年春，亮率衆南征，其秋悉平，軍資所出，國以富饒。乃治講武，以俟大舉。五年，率諸軍北駐漢中，臨發上疏。」按：疏末云：「臨表涕零，不知所言。」故名之爲《出師表》。李大正仕宦東南期間有何涉及北伐中原之上疏，不詳。相如檄，司馬相如有《喻巴蜀檄》。《史記》卷一一七《司馬相如列傳》：「相如爲郎數歲。會唐蒙使略通夜郎西僰中，發巴蜀吏卒千人，郡又多爲發轉漕萬餘人，用興法誅其渠帥，巴蜀民大驚恐。上聞之，乃使相如責唐蒙，因喻告巴蜀民，以非上意。」其所爲檄見於傳中。

⑤「把功」二句，收拾，蘇軾《單同年求德興俞氏聚遠樓詩三首》：「賴有高樓能聚遠，一時收拾與閑人。」如椽筆，《晉書》卷六五《王恂傳》：「珣夢人以大筆如椽與之，既覺，語人曰：『此當有大手筆事。』俄而帝崩，哀册謚議皆珣所草。」

⑥「荆楚」二句，韓愈《題臨瀧寺》詩：「潮陽未到吾能説，海氣昏昏水拍天。」陸游《紫溪驛》詩：「嘉陵棧道吾能説，略似黄亭到紫溪。」（按：《紫溪驛》二首，見載《劍南詩稿》卷一一。〔嘉靖〕《鉛山縣志》卷一三《藝文志》引録，誤爲稼軒作。近人亦有以爲稼軒作者。）又，《題廬陵蕭彦毓秀才詩卷後》詩：「君詩妙處吾能識，正在山程水驛中。」按：荆楚路皆稼軒仕宦期所至之地，故有此句。

⑦新詩準備，蘇軾《和張昌言喜雨》詩：「秋來定有豐年喜，剩作新詩準備君。」

⑧「赤壁」二句，赤壁磯，即蘇東坡所賦前後《赤壁賦》之湖北黄岡地，又賦《念奴嬌·赤壁懷古》詞，有「大江東去，浪淘盡，千古風流人物」語。銅鞮陌，《隋書》卷一三《樂志》：「初，武帝之在雍鎮，有童謡云：『襄陽白銅蹄，反縛揚州兒。』識者言白銅蹄謂馬也，白金色也，及義師之興，實以鐵騎，揚州之士皆面縛，果如謡言，故即位之後，更造新聲，帝自爲之詞三曲。」〔雍正〕《湖廣通志》卷七七《襄陽府·襄陽縣》：「銅鞮坊在縣山南東道樓左，楚人好唱《白銅鞮》詞，因以名坊。李太白詩：『襄陽行樂處，歌舞白銅鞮。江城回緑水，花月使人迷。』」雍陶《送客歸襄陽舊居》詩：「惟有白銅鞮上月，水樓閑處待君歸。」張耒《于湖曲》：「君不見銅駝陌上塵沙起，鐵騎春

來飲瀍水。」

⑨「正梅」二句，杜甫《寄楊五桂州譚》詩：「五嶺皆炎熱，宜人獨桂林。梅花萬里外，雪片一冬深。聞此寬相憶，爲邦復好音。」

蝶戀花　用趙文鼎提舉送李正之提刑韻，送鄭元英〔一〕①

莫向樓頭聽漏點〔二〕，説與行人，默默情千萬②。總是離愁無近遠，人間兒女空悲怨③。　錦繡心胸冰雪面④，舊日詩名，曾道空梁燕⑤。傾蓋未償平日願，一杯早唱《陽關》勸⑥。

【校】

〔一〕題，四卷本乙集作「送鄭元英」，《中興絶妙詞選》卷三作「别意」，此從廣信書院本。

〔二〕「樓」，四卷本、《中興絶妙詞選》作「城」。

【箋注】

①題，趙文鼎提舉，《中興絶妙詞選》卷四：「趙文鼎名善扛，號解林居士，詩詞甚富，蓋趙德莊之流也。」按：趙善扛寓居上饒，然各《廣信府志》及《上饒縣志》均不載其事跡出處，故今所能補充者極少。據《宋史》卷二三一《宗室世系表》一七，趙善扛爲商王份六世孫，武德郎不陵之子。有詞作一卷，見《中興絶妙詞選》卷四，其中《感皇恩》詞云：「七十古來稀，吾生已半。」自注：「乙未生朝作。」乙未淳熙二年，則可推知其生於紹興十一年，至淳熙二年三十五歲。寓居信州之韓元吉、趙蕃多與其唱和。趙蕃三稿涉及其人詩作尤多。有《呈趙蘄州善扛》、《奉寄斯遠兼屬文鼎處州子永提屬五首》詩，《寄趙文鼎》詩有「殷勤寄謝湖州牧，五馬誰能鬢未斑」句，知其嘗守蘄州、處州、湖州。然蘄州、處州地方志未載，不知曾到任否。《懷趙蘄州文鼎》詩云：「李令作州大如斗，公更蘄春方待守。幾宵春雨落連明，南池水滿春草生。」疑其未嘗到任。《南澗甲乙稿》卷二三《安人盧氏墓志銘》載：「淳熙改元之七年，予始居南澗。有腰絰候於門而以書見者，徐姓文卿。……而處州趙使君文鼎，嘗與俱來，道其力學習文之善。」知趙善扛知處州，淳熙七年尚未到任。而《嘉泰吴興志》卷一四載趙善扛以朝散郎於淳熙九年二月知湖州，八月以憂去職（扛原誤作杜）。則淳熙十一年冬稼軒送李正之赴利路提刑任時，趙善扛尚居憂閑住上饒家中。至其何時何路任提舉，已不可考。趙蕃《章泉稿》卷四有《哀文鼎》詩：「晦日書來四月收，報余新失趙湖州。祇今交友如渠幾，一展來書一淚流。」知趙善扛此後未再出仕，一生終於

湖州守臣矣。而其何年病卒則無考。鄧廣銘先生於《虞美人・送趙達夫》詞之編年中有云：「韓元吉卒於淳熙十四年夏，而《南澗甲乙稿》卷五有《挽趙文鼎》之七律一首，知趙文鼎之卒必在十四年之前。」查《甲乙稿》原文，其詩題作《挽主奉路分趙公詞（文鼎公）》。「文鼎公」三字爲小字注於題下。而同卷又有《挽故鈐轄趙公彦遠詞（子直父）》詩、《故致政宣義葉公挽詞（葉山父）》詩，皆於題下標明某人之父，知「文鼎公」，必文鼎父之誤書，而所謂主奉路分，正趙善扛父武德郎不陵之武官，而非善扛之文官職務名稱，此詩所哀挽者非趙善扛，乃其父也，因知鄧先生據此考證趙善扛卒於淳熙十四年前已全誤矣。鄭元英，本書卷五有《歸朝歡》詞，題爲「寄題三山鄭元英巢經樓。樓之仙有尚友齋，欲借書者就齋中取讀，書不借出」。又有《玉樓春・寄題文山鄭元英巢經樓》詞。據知其人爲福州懷安縣文山人。而其名則無考。據右詞推考，鄭元英當係從李大正同行赴蜀中仕宦者，故稼軒順便賦詞以相送也。

②「默默」句，李之儀《蝶戀花》詞：「覓得歸來臨几硯，盡日相看，默默情無限。」

③「總是」二句，無近遠，錢易《夢越州小江》詩：「精魂渡江水，適去無近遠。」兒女空悲怨，韓愈《聽潁師彈琴》詩：「昵昵兒女語，恩怨相爾汝。」

④「錦繡」句，《太白文集》卷二六《冬日於龍門送從弟京兆參軍令問之淮南覲省序》：「兄心肝五藏皆錦繡耶？不然何開口成文，揮翰霧散。」李彌遜《小重山・學士生日》詞：「星斗心胸錦綉腸，厭隨塵土，客逐炎涼。」謝薖《雨中漫成四首》詩：「當時一笑冰雪面，曾動揚州詩興來。」

⑤「舊日」二句，薛道衡《昔昔鹽》詩：「暗牖懸蛛網，空梁落燕泥。」劉餗《隋唐嘉話》卷上：「煬帝善屬文，而不欲人出其右。司隸薛道衡由是得罪，後因事誅之，曰：『更能作空梁燕泥否？』」

⑥「傾蓋」二句，傾蓋，《説苑·尊賢》：「孔子之郯，遭程子於塗，傾蓋而語，終日有間。顧子路曰：『取束帛一以贈先生。』子路不對，……孔子曰：『由，《詩》不云乎：野有蔓草，零露漙兮。有美一人，清揚婉兮。邂逅相遇，適我願兮。今程子天下之賢士也，於是不贈，終身不見也。大德毋踰閑，小德出入可也。』」《陽關》，屢見。

鷓鴣天

徐衡仲惠琴，不受〔一〕①

千丈陰崖百丈溪，孤桐枝上鳳偏宜②。玉音落落雖難合〔二〕，横理庚庚定自奇。山谷《聽摘阮歌》云：「玄璧庚庚有横理。」〔三〕③

人散後，月明時，試彈《幽憤》淚空垂④。不如却付騷人手，留和《南風》解慍詩⑤。

【校】

〔一〕題，廣信書院本名下有「撫幹」二字，四卷本乙集無。按：徐衡仲任撫幹，乃後來之事。

〔二〕「音」，廣信書院本、《六十名家詞》本原作「香」，此從四卷本。

〔三〕小注，四卷本闕。

【箋注】

①題，徐衡仲，名安國。〔同治〕《廣信府志》卷九之五《孝友》：「上饒徐安國字衡仲，號西窗。紹興壬子進士，榜姓龔，幼育於龔，後事龔氏父母，養生送死，克供子職。年逾五十，爲岳州學官，遷連山令。有感於正本明宗之義，言於朝，願歸徐姓，詔可，遂別爲龔氏立後，而身歸於徐。時徐氏之父母俱存，兄安仁、安蹈、弟安通皆無故，相與孝養二老，名所居之堂曰一樂，張南軒爲之記，以爲義正而恩得焉。」按：〔同治〕《上饒縣志》所載與此全同。兩志皆謂徐安國爲紹興二年壬子進士，大誤。〔雍正〕《江西通志》卷五〇《選舉表》中，既載其爲紹興二年壬子張九成榜進士，上饒人，又載其爲隆興元年癸未木待問榜進士，貴溪人。貴溪亦爲信州屬縣。查紹興二年徐安國年僅數歲，其非是年進士極爲明顯。《稼軒詞編年箋注》疑紹興爲紹熙，益誤，徐安國仕宦皆在孝宗朝，焉得在光宗朝登第？今考呂祖謙《東萊集》附録三有「持服徐安國」之哀詩二首，其尾聯爲「續燈身後事，先是有同年」。呂祖謙爲隆興元年進士，見是書附録一所載其弟祖儉所作《年譜》。是則徐安國與呂祖謙皆爲隆興元年進士，此既證實《通志》載其以貴溪人登隆興元年第信息之正確，亦可糾正《府志》、《縣志》之誤。張栻《南軒集》卷一三《一樂堂記》載：

「上饒徐衡仲，幼育於龔氏，爲龔氏後，長讀書取科第，事龔氏父母，養生送終，克共其子事。年踰五十矣，遊宦四方，求友訪道，有感於昔人正本明宗之義，惕懼不敢寧，乃言於朝，願歸徐姓。詔可其請。方是時，衡仲之父母俱存，合百有五十六春秋，而其伯氏某仲氏某及其季某亦皆無故。……它日，伯氏取《孟子》所謂一樂者以名其居之堂，而衡仲求予爲記。予惟念往歲道岳陽，衡仲適爲其州學官，相與語於洞庭之野，愴然及兹事。予蓋嘉其志，贊其決而憂其爲世俗之論所移也。今衡仲中誠懇惻，卒能成就其志，又爲龔氏調護，立之後人，所以處之者蓋有餘味，義正而恩得，天實相之。……衡仲名安國，今爲連山令。」徐安國爲岳州學官在乾道八年。《永樂大典》卷三五二五門字韻引《岳陽志》，載王樞《重建譙門記》一文，署名：「乾道八年正月庚辰，……左迪功郎充岳州州學教授龔安國書。」《朱子語類》卷一二六《釋氏》有「信州人新鄂州教官龔安國，聞李德遠過郡，見之」語，惟在何時無考。其任廣東連州連山令，則應在淳熙中。蓋張栻卒於淳熙七年，吕祖謙卒於淳熙八年，徐安國在連山令任上遇親喪，故有居艱之事，其事當在淳熙八年。此後徐安國即家居於上饒。李復《潏水集》書後，載錢端禮於乾道九年癸巳所作跋文，其後又載錢端禮孫錢象祖所作跋文，有云：「先祖帥會稽時，欲刊先生之集，期以行遠。未幾奉祠歸，不克就。象祖今於上饒郡齋刊之，從先志也。淳熙癸卯十月既望，郡守錢象祖書。」癸卯即淳熙十年。此文之後又載徐衡仲《題潏水集後》詩一首：「潏水先生道可宗，清詩華藻亦云工。欲知派別從何出，具載邦君大集中。」蓋《潏水集》之刊成，必徐安國受錢象祖委託，總成其事也。至淳熙十一年底稼軒賦此詞時，徐安國或在持服中，或持服已了而尚未入闕謀求差遣，故與稼軒有所來往，惠琴於稼軒也。又，南宋當時人，有一富陽人，亦名徐安國，仕宦比此徐安國較優，嘗知廣西横州，慶元間爲廣東提舉，非同一人也。

②「千丈」二句，千丈陰崖百丈溪，岑參《天山雪歌送蕭治歸京》詩：「晻靄寒氛萬里凝，闌干陰崖千丈冰。」蘇轍《荆門惠泉》詩：「下爲百丈溪，冷不受魚鼈。」孤桐、鳳，《詩·大雅·卷阿》：「鳳凰鳴矣，於彼高岡。梧桐生矣，於彼朝陽。」《箋》：「鳳凰之性，非梧桐不棲，非竹實不食。」《尚書·禹貢》：「羽畎夏翟，嶧陽孤桐。」《傳》：「嶧山之陽，特生桐，中琴瑟。」

③「玉音」二句及小注，落落難合，《後漢書》卷四九《耿弇傳》：「羣臣大會，帝謂弇曰：『……將軍前在南陽，建此大策，常以爲落落難合，有志者事竟成也。』」横理庚庚，《史記》卷一〇《孝文本紀》：「代王報太后，計之，猶與未定。卜之龜卦，兆得大横，占曰：『大横庚庚，余爲天王，夏啓以光。』」注：「庚，横貌也。」黄庭堅《聽宋宗儒摘阮歌》：「君言此物傳數姓，玄璧庚庚有横理。」定自奇，張孝祥《贈王茂升》詩：「句法能如此，胸中定自奇。」

④「試彈」句，《幽憤》詩，見本卷《水調歌頭·再用韻答李子永提幹》詞（君莫賦《幽憤》闋）箋注。

⑤「不如」二句，騷人，謂徐安國。徐安國有《西窗集》。《誠齋集》卷二三《題徐衡仲西窗詩編》詩：「江東詩老有徐郎，語帶江西句子香。秋月春花入牙頰，松風澗水出肝腸。居仁衣鉢新分似，吉甫波瀾併取將。嶺表舊遊君記否，荔枝林裏折桄榔。」右詩作於淳熙十四年，時楊萬里居官行在

爲秘書少監，必其時徐安國赴闕求差遣，得與楊萬里會於臨安也。可參拙作《楊萬里集箋校》。徐安國爲詩應屬江西詩派，與楊萬里出於同派也。《南風》解愠詩，《文選》卷一八嵇康《琴賦》並序引《尸子》：「舜作五絃之琴，以歌南風：『南風之薰兮，可解吾民之愠。』是舜歌也。」《孔子家語》卷八《辯樂》：「昔者舜彈五絃之琴，造《南風》之詩。其詩曰：『南風之薰兮，可以解吾民之愠兮。南風之時兮，可以阜吾民之財兮。』」此解字，消解也。

又

用前韻，和趙文鼎提舉賦雪〔一〕①

莫上扁舟訪剡溪〔二〕，淺斟低唱正相宜②。從教犬吠千家白，且與梅成一段奇③。香暖處，酒醒時，畫簷玉筯已偷垂〔三〕④。笑君解釋春風恨，倩拂蠻牋只費詩⑤。

【校】

〔一〕題，四卷本乙集作「和趙文鼎雪」，此從廣信書院本。

〔二〕「訪」，四卷本作「向」。

〔三〕「筯」，廣信書院本原作「筋」，此據四卷本改。

【箋注】

①題，前韻，指同調《徐衡仲惠琴不受》詞（千丈陰崖百丈溪閡），作於淳熙十一年底，此則十二年之正月所賦也。

②「莫上」二句，扁舟訪剡溪，《世説新語·任誕》：「王子猷居山陰，夜大雪，眠覺開室，命酌酒，四望皎然。因起彷徨，詠左思《招隱詩》，忽憶戴安道。時戴在剡，即便夜乘小船就之，經宿方至。造門，不前而返。人問其故，王曰：『吾本乘興而行，興盡而返，何必見戴？』」淺斟低唱，柳永《鶴沖天》詞：「忍把浮名，換了淺斟低唱？」蘇軾《趙成伯家有姝麗僕忝鄉人不肯開尊徒吟春雪謹依元韻以當一笑》詩：「試問高吟三十韻，何如低唱兩三杯。」自注：「世傳陶穀學士買得党太尉家故妓，遇雪，陶取雪水烹團茶，謂妓曰：『党家應不識此。』妓曰：『彼麄人，安有此景？但能於銷金暖帳下淺斟低唱，喫羊羔兒酒耳。』陶默然，媿其言。」

③「從教」二句，從教，自使，能讓也。犬吠千家白，柳宗元《河東集》卷三四《答韋中立論師道書》：「屈子賦曰：『邑犬羣吠，吠所怪也。』……前六七年，僕來南，二年冬，幸大雪，踰嶺，被南越中數州。數州之犬，皆蒼黄吠噬，狂走者累日，至無雪乃已。」一段奇，段，表示種類之量詞，謂一種奇觀也。

④「畫簷」句，《錦繡萬花谷》後集卷一五：「魏甄后面白，淚雙垂如玉筯也。《六帖》。」按此條今本《白孔六帖》未見。此玉筯，未知指簷下冰溜抑或指佳人之淚。

⑤「笑君」二句，李白《清平調詞三首》：「解釋春風無限恨，沉香亭北倚闌干。」蠻牋，見本卷《賀新郎》詞（著厭霓裳素闋）箋注。陳耀文《天中記》卷三八《紙》：「蠻紙，唐中國未備，多取於外夷，故唐人詩中多用蠻箋字。」解釋，化解也。

蝶戀花

客有「燕語鶯啼人乍遠」之句，用爲首句①

燕語鶯啼人乍遠，却恨西園，依舊鶯和燕。笑語十分愁一半，翠圍特地春光暖②。　只道書來無過雁，不道柔腸，近日無腸斷③。柄玉莫摇湘淚點，怕君喚作秋風扇④。

【箋注】

①題，朱敦儒《念奴嬌》詞：「別離情緒，奈一番好景，一番悲戚。燕語鶯啼人乍遠，還是他鄉寒食。」稼軒之客蓋用朱敦儒詞句於詞中，稼軒以爲其自作，故用爲首句。右詞寫作時次與前詞相去不遠，或作於淳熙十二年春，故附於其後。

②「笑語」二句，笑語十分愁一半，謂所有笑語中，當有一半爲愁懷也。翠圍，文同《成都楊氏江亭》

詩：「汀洲煙雨卷輕霏，遥望軒窗隱翠闈。」楊炎正《謝周益公》詩：「翠闈侍女擁紅幢，霞臉調朱笑額黄。」特地，特别也。

③「只道」三句，書來無過雁，杜甫《贈王二十四侍御契四十韻》詩：「書成無過雁，衣故有懸鶉。」無腸斷，蘇軾《臨江仙·送王緘》詞：「坐上别愁君未見，歸來欲斷無腸。」秦觀《題郴陽道中一古寺壁二絶》詩：「行人到此無腸斷，問爾黄花知不知？」

④「柄玉」二句，柄玉，趙彦端《謁金門·題扇》詞：「鵝溪涼意足，手香霑柄玉。」湘淚，《述異記》卷上：「湘水去岸三十里許，有相思宫、望帝臺。昔舜南巡，而葬於蒼梧之野。堯之二女，娥皇女英，追之不及，相與慟哭，淚下沾竹，竹文上爲之斑斑然。」秋風扇，《文選》卷二七班婕妤《怨歌行》：「裁爲合歡扇，團團似明月。出入君懷袖，動摇微風發。常恐秋節至，涼風奪炎熱。棄捐篋笥中，恩情中道絶。」李益《雜曲》：「愛如寒爐火，棄若秋風扇。」

出塞〔一〕　春寒有感①

鶯未老，花謝東風掃②。鞦韆人倦綵繩閑，又被清明過了。　日長減破夜長眠，别聽笙簫吹曉。錦箋封與怨春詩，寄與歸雲縹緲③。

【校】

〔一〕調，《稼軒集抄存》原作《謁金門・出塞》，朱孝臧《稼軒詞補遺》改爲「□□□出塞」，並作校語：「原作謁金門，誤。」查《全唐詩》卷八九二於韋莊《謁金門》詞調下注：「一名花自落，一名垂楊碧，一名出塞。」《花草粹編》卷六所注亦有「謁金門 一名出塞」語，知《出塞》即《謁金門》之別名，故單用《出塞》爲調名。

【箋注】

①題，右詞與以下三詞，皆《稼軒集抄存》録自《永樂大典》者，他本無載，作年亦無所考證。然詳各詞詞意，不外春日遊冶之旨。故彙總於淳熙十二年春諸作中。

②「鶯未」二句，黄庭堅《憶帝京・黔州張倅生日》詞：「更莫問，鶯老花謝。」

③「寄與」句，范祖禹《望朝元閣》詩：「鶴駕不歸雲縹緲，鳳簫空斷目分明。」

踏莎行

春日有感

萱草齊階①，芭蕉弄葉，亂紅點點團香蝶。過牆一陣海棠風，隔簾幾處梨花雪？ 愁滿芳心，酒嘲紅頰，年年此際傷離別。不妨橫管小樓中，夜闌吹斷千山月！

【箋注】

①「萱草」句，黄庭堅《考試局與孫元忠博士竹間對窗夜聞元忠誦書聲調悲壯戲作竹枝歌三章和之》詩：「去時燈火正月半，階前雪消萱草齊。」

好事近　春日郊遊

春動酒旗風，野店芳醪留客。繫馬水邊幽寺，有梨花如雪。　山僧欲看醉魂醒，茗椀泛香白。微記碧苔歸路，裊一鞭春色①。

【箋注】

①「裊一」句，王之道《和子厚弟春日見寄三首》詩：「一鞭春色去迢迢，溪上紅妝笑語嬌。」《詩人玉屑》卷六《一字用意》條：「錢内翰希白《晝景》詩云：『雙蜂上簾額，獨鵲裊庭柯。』裊一字，最其所用意處，然韋蘇州《聽鶯曲》：『有時斷續聽不了，飛去花枝猶裊裊。』已落第二矣。」

又

花月賞心天，抬舉多情詩客①。取次錦袍須貰②，愛春醅浮雪。　黄鸝何處故飛來？點破野雲白。一點暗紅猶在，正不禁風色。

【箋注】

①「抬舉」句，程大昌《演繁露》續集卷六《李娟》條：「李義山詩曰：『隨宜教李娟。』《樂天集》二十《霓裳》詩曰：『妍媸優劣寧相遠，大都只在人抬舉。李娟張態君莫嫌，亦擬隨宜教歌舞。』注：『娟、態，蘇妓也。』」

②「取次」句，李白《送韓侍御之廣德令》詩：「昔日繡衣何足榮，今宵貰酒與君傾。」按：司馬相如嘗以所著鸘鸘裘就市人陽昌貰酒，見《西京雜記》卷二。取次，隨便也。

江神子　和人韻[1]

梅梅柳柳鬥纖穠。亂山中，爲誰容[2]？試着春衫，依舊怯東風。何處踏青人未去，呼女伴，認驕驄。　兒家門户幾重重[3]？記相逢，畫樓東[一]。明日重來，風雨暗殘紅。可惜行雲春不管，裙帶褪，鬢雲鬆。

【校】

〔一〕「樓」，四卷本甲集作「橋」，此從廣信書院本。

【箋注】

[1] 題，右詞與其後二首題皆相同，不知所和何人之韻。且前兩首收入四卷本甲集，第三首與第二首又用同韻，知爲同時所作。後二首於廣信書院本均編於博山道中書壁詞之前，因據以編年，次於淳熙十二年春遊博山寺諸詞之先。此詞乃寫山鄉風情，涉及相約重逢及歡愛情景也。

[2] 「梅梅」三句，梅梅柳柳，雙指，既謂山間梅柳，又稱山鄉少女也。鬥，争也，比也。爲誰容，王勃

《銅雀妓二首》詩：「君王歡愛盡，歌舞爲誰容。」蘇軾《和王晉卿送梅花次韻》詩：「江梅山杏爲誰容，獨笑依依臨野水。」《戰國策·趙策》一有「士爲知己者死，女爲悦己者容」之語。

③「兒家」句，蔣維翰《春女怨》：「白玉堂前一樹梅，今朝忽見數花開。兒家門户重重閉，春色因何入得來。」

又

和人韻

剩雲殘日弄陰晴①。晚山明，小溪横。枝上綿蠻，休作斷腸聲②。但是青山山下路③，春到處〔一〕，總堪行。　當年彩筆賦《蕪城》。憶平生，若爲情④？試把靈槎〔二〕，歸路問君平⑤。花底夜深寒較甚〔三〕，須拚却，玉山傾⑥。

【校】

〔一〕「春」，廣信書院本、《六十名家詞》本原作「青」，據四卷本甲集改。

〔二〕「把」，四卷本作「取」。

〔三〕「較甚」，四卷本作「色重」。

【箋注】

①弄陰晴，蘇舜欽《初晴遊滄浪亭》詩：「夜雨連明春水生，嬌雲濃暖弄陰晴。」

②「枝上」二句，綿蠻，《詩・小雅・緜蠻》：「緜蠻黄鳥，止於丘阿。」《傳》：「緜蠻，小鳥貌。」休作斷腸聲，釋文珦《時當末伏暑氣愈隆老者殊不能堪而舊業荒殘清涼石室無由歸隱因賦是詩》：「東鄰弄羌管，休作斷腸聲。」

③但是，只要是。

④「當年」三句，賦《蕪城》，《六臣注文選》卷一一鮑照《蕪城賦》題下注：「沈約《宋書》云：『鮑照，東海人也。至宋孝武帝時，臨海王子頊鎮荆州，明遠爲其下參軍，隨至廣陵。子頊叛逆，照見廣陵故城荒蕪，乃漢吴王濞所都，濞亦叛逆，爲漢所滅，照以子頊事同於濞，遂感爲此賦以諷之。』」若爲情，言是何情。

⑤「試把」二句，《博物志》卷一〇：「天河與海通，近世有人居海濱者，年年八月有浮槎去來不失期。人有奇志，立飛閣於槎上，多齎糧，乘槎而去。十餘日中，猶觀星月日辰，自後芒芒忽忽，亦不覺晝夜。去十餘日，奄至一處，有城郭狀，屋舍甚嚴。遥望宫中，多織婦，見一丈夫牽牛渚次飲之，牽牛人乃驚問曰：『何由至此？』此人具説來意，並問此是何處，答曰：『君還至蜀郡，訪嚴君平則知之。』」

⑥「花底」三句，寒較甚，言甚寒冷也。楊萬里《霰》詩：「方訝一冬暄較甚，今宵敢歎卧如弓。」玉

山傾，《世説新語・容止》：「嵇叔夜之爲人也，巖巖若孤松之獨立。其醉也，傀俄若玉山之將崩。」

又 和人韻〔一〕

梨花着雨晚來晴。月朧明〔二〕①，淚縱橫。繡閣香濃，深鎖鳳簫聲②。未必人知春意思，還獨自，繞花行。　酒兵昨夜壓愁城。太狂生③，轉關情。寫盡胸中，磈磊未全平④。却與平章珠玉價，看醉裏，錦囊傾⑤。

【校】

〔一〕題，廣信書院本原闕，此從四卷本乙集補。

〔二〕「朧」，原作「籠」，此據四卷本改。

【箋注】

①月朧明，元稹《嘉陵驛二首篇末有懷》詩：「仍對牆南滿山樹，野花撩亂月朧明。」

②鳳簫聲，見本書卷七《滿江紅·席間和洪景盧舍人兼簡司馬漢章大卿》詞（天與文章關）箋注。

③「酒兵」二句，酒兵，《南史》卷六一《陳暄傳》：「酒猶兵也，兵可千日而不用，不可一日而不備；酒可千日而不飲，不可一飲而不醉。」蘇軾《景既履常屢有詩督叔弼季默唱和已許諾矣復以此句挑之》詩：「君家文律冠西京，旋築詩壇按酒兵。」壓愁城，李覯《夏日雨中》詩：「酒退愁城外，吟興憤涌中。」周邦彦《滿路花·冬景》詞：「簾烘淚雨乾，酒壓愁城破。」太狂生，謂太狂也，生爲語助。

④「寫盡」二句，寫同瀉。《世説新語·任誕》：「阮籍胸中壘塊，故須酒澆之。」磈磊未平，《册府元龜》卷五九六《謚法》：「房式卒，左散騎常侍博士陸亘請謚曰傾，吏部郎中韋乾度駁曰：『詳觀貞元之末，西蜀之事，逆豎劉闢搆難之初，凶邪叶謀，嗷嘯相聚，年深事遠，十不記一。然而磈磊不平，鋒刺釁深者藏在骨髓，請舉其梗概一二焉。』」《爾雅注疏》卷九《釋木》：「枹遒木魁瘣。」注：「謂樹木叢生，根枝節目，盤結磈磊。」疏：「魁瘣讀若磈磊，謂根節盤結處也。」黄庭堅《次韻答張沙河》詩：「胸中磈磊政須酒，東海可攬北斗斟。」

⑤錦囊，李賀《昌谷集》書後附李商隱《李長吉小傳》：「恒從小奚奴，騎蹇驢，背一古破錦囊，遇有所得，即書投囊中。及暮歸，太夫人使婢探囊出之，見所書多，輒曰：『是兒要當嘔出心乃已爾。』」

又

博山道中書王氏壁①

一川松竹任横斜②。有人家，被雲遮。雪後疏梅，時見兩三花③。比着桃源溪上路，風景好，不争些〔一〕④。　旗亭有酒徑須賒⑤。晚寒咱〔二〕，怎禁他⑥？醉裏匆匆，歸騎自隨車⑦。白髮蒼顔吾老矣，只此地，是生涯。

【校】

〔一〕「些」，四卷本甲集作「多」，不叶韻，此從廣信書院本。

〔二〕「咱」，四卷本作「些」。

【箋注】

①題，博山，〔同治〕《廣豐縣志》卷一之四《山川》：「博山在縣西北二十餘里，與鶴山對峙，古名通元峰。唐天台韶國禪師建寺於此。」卷二《寺觀》：「博山寺在邑西崇善鄉。本名能仁寺，五代時天台韶國師開山，有繡佛羅漢留傳寺中。宋紹興間悟本禪師奉詔開堂。辛稼軒爲記。明萬

曆間大戲禪師重興殿宇，莊嚴叢席，爲天下甲觀。大天曹洞宗風，如靈山法會，少師張瑞圖題曰天下第二叢林。」〔光緒〕《江西通志》卷五三：「博山在廣豐縣西北三十餘里，南臨溪流，遠望如廬山之香爐峰。」按：「三十」當爲二十之誤。按：本卷《清平樂》詞爲獨宿博山王氏庵所賦，本書卷一二《江神子·送元濟之歸豫章》詞有句：「更覺桃源，人去隔仙凡。」自注：「桃源乃王氏酒壚，與濟之作別處。」知王氏庵、王氏酒壚皆以桃源爲名，蓋其地頗似陶淵明《桃花源記》所描寫者。右詞或稼軒尋得博山書舍之初所賦寫者，今姑定爲淳熙十二年之作。

②「一川」句，川，地也，一川，猶一地，滿地。

③兩三花，皮日休《友人許惠酒以詩徵之》詩：「野客蕭然訪我家，霜威白菊兩三花。」吕本中《寧遠道中》詩：「路轉寒松日欲斜，野梅初吐兩三花。」

④「比着」三句，桃源溪，《陶淵明集》卷五《桃花源記》：「晉太元中，武陵人捕魚爲業，緣溪行，忘路之遠近。忽逢桃花林，夾岸數百步，中無雜樹，芳草鮮美，落英繽紛，漁人甚異之。復前行，欲窮其林，林盡水源，便得一山，山有小口，髣髴若有光，便捨船從口入。」按：博山南即永豐溪，溪上之路有似桃花源者，王氏酒壚因名曰桃源酒壚。不争些，謂不差些。

⑤「旗亭」句，楊萬里《除夕絶句》詩：「紫陌相逢誰不疏，青燈作伴未爲孤。何須家裏作時節，只問旗亭有酒無。」《史記》卷一三《三代世表》：「霍將軍者，本居平陽白燕，臣爲郎時，與方士考功會旗亭下。」注：「《西京賦》曰：『旗亭五里。』薛綜曰：『旗亭，市樓也，立旗於上，故取名

焉。』」

⑥「晚寒」二句，咱，附語尾之詞。又，或自稱，以咱聯下句讀，言不耐晚寒。

⑦「醉裏」二句，韓愈《嘲少年》詩：「直把春償酒，都將命乞花。祇知閑信馬，不覺誤隨車。」

醜奴兒[一]　書博山道中壁

煙蕪露麥荒池柳[二]，洗雨烘晴①。洗雨烘晴，一樣春風幾樣青？　提壺脱袴催歸去②，萬恨千情。萬恨千情，各自無聊各自鳴③。

【校】

[一]調，四卷本甲集作「採桑子」，此從廣信書院本。

[二]「麥」，《六十名家詞》本作「芠」。

【箋注】

①「煙蕪」二句，露麥，《拾遺記》卷六：「宣帝地節元年，樂浪之東有背明之國，來貢其方物，言其

鄉在扶桑之東，見日出於西方。其國昏昏常闇，宜種百穀。……有含露麥，穟中有露，味甘如飴。」烘晴，宋璟《梅花賦》：「愛日烘晴，明蟾照夜。又如神人，來自姑射。」

②「提壺」句，提壺、脱袴、催歸去，均爲鳥名，以其鳴聲而命名者。提壺，見本書卷八《南歌子·獨坐蔗庵》詞（玄入參同契闋）箋注。脱袴，蘇軾《五禽言》詩：「南山昨夜雨，西溪不可渡。溪邊布穀兒，勸我脱破袴。」自注：「土人謂布穀爲脱却破袴。」催歸去，杜鵑也。彭乘《墨客揮犀》卷七：「退之有詩贈同遊者：『唤起窗全曙，催歸日未西。……』魯直曰：『余兒時，每哦此詩而了不解其意。自出陜右，吾年五十八矣。時春晚，偶憶此詩，方悟唤起、催歸，二禽名也。……催歸，子規也。唤起，聲如絡緯，圓轉清亮，偏於春晚鳴，江南謂之春唤。』」

③「各自」句，韓愈《送孟東野序》：「大凡物不得其平則鳴。草木之無聲，風撓之鳴。水之無聲，風蕩之鳴。……是故以鳥鳴春，以雷鳴夏，以蟲鳴秋，以風鳴冬。」

點絳唇

留博山寺，聞光風主人微恙而歸，時春漲斷橋①

隱隱輕雷，雨聲不受春回護。落梅如許，吹盡牆邊去。　春水無情，礙斷溪南路。憑誰訴？寄聲傳語，没箇人知處。

【箋注】

①題，光風主人，不詳。據詞題「微恙而歸」語，或爲與稼軒同居於博山寺之寓客，因疾病而早歸者也。

又

身後虚名〔一〕，古來不换生前醉①。青鞋自喜，不踏長安市②。竹外僧歸，路指霜鐘寺③。孤鴻起，丹青手裏，剪破松江水④。

【校】

〔一〕「虚」，四卷本丁集作「功」，此據廣信書院本。

【箋注】

①「身後」二句，稼軒此類語甚多，可參本卷《水龍吟·次年南澗用前韻爲僕壽》詞（玉皇殿閣微涼闋）箋注。

②「青鞋」二句，晁補之《過大安寺》詩：「君不見少陵翁，昔時亦厭在泥滓。青鞋布襪翁自喜，上關流水入城來。」葛勝仲《疊前韻三首》詩：「却把青鞋踏城市，赤欄山色帶慚看。」

③霜鐘寺，張繼《楓橋夜泊》詩：「月落烏啼霜滿天，江楓漁火對愁眠。姑蘇城外寒山寺，夜半鐘聲到客船。」

④「丹青」二句，杜甫《戲題王宰畫山水圖歌》：「焉得并州快剪刀，剪取吴松半江水。」

水龍吟

次年，南澗用前韻爲僕壽，僕與公生日相去一日，再和以壽南澗〔一〕①

玉皇殿閣微涼〔二〕，看公重試薰風手〔三〕②。高門畫戟，桐陰閬道〔四〕，青青如舊③。蘭佩空芳，蛾眉誰妒？無言搔首④。甚年年却有，呼韓塞上，人争問，公安否⑤？　金印明年如斗。向中州錦衣行晝〔五〕⑥。依然盛事，貂蟬前後，鳳麟飛走⑦。富貴浮雲，我評軒冕，不如杯酒⑧。待從公痛飲〔六〕，八千餘歲，伴莊椿壽〔七〕⑨。

【校】

〔一〕題，《中興絶妙詞選》卷三作「再壽韓南澗」，此從廣信書院本。

〔二〕「殿閣」，《中興絶妙詞選》作「金殿」。
〔三〕「重」，《中興絶妙詞選》作「一」。
〔四〕「聞」，四卷本甲集作「閤」。
〔五〕「行」，《中興絶妙詞選》作「如」。
〔六〕「公」，《中興絶妙詞選》作「今」。
〔七〕「椿」，《中興絶妙詞選》作「松」。

【箋注】

①題，次年，謂淳熙十二年。上年，稼軒曾於五月十一日前後爲韓元吉賦同調詞（渡江天馬南來闋）作壽，翌年此月韓元吉和前韻爲稼軒壽，因次韻再和。題謂韓元吉生日相去一日，不知爲五月十日抑五月十二日。

②「玉皇」二句，《舊唐書》卷一六五《柳公權傳》：「文宗夏日與學士聯句，帝曰：『人皆苦炎熱，我愛夏日長。』公權續曰：『薰風自南來，殿閣生微涼。』時丁袁五學士皆屬繼，帝獨諷公權兩句，曰：『辭清意足，不可多得。』乃令公權題於殿壁。」道教謂太清九宮，皆有僚屬，其最高者稱太皇、紫皇、玉皇。見《太平御覽》卷六五九《道》。薰風，可參見本卷《鷓鴣天・徐衡仲惠琴不

受》詞（千丈陰崖百丈溪闋）箋注。趙彦端《鷓鴣天・爲韓漕無咎壽》詞：「幾時一試薰風手？今日桐陰又滿庭。」

③「高門」三句，高門畫戟，《舊唐書》卷八三《張儉傳》：「唐制，三品已上，門列棨戟。儉兄弟三院門皆立戟，時人榮之，號爲三戟張家。」「桐陰」二句，見本卷同調《甲辰歲壽韓南澗尚書》詞箋注。

④「蘭佩」三句，蘭佩芳，《李義山文集》卷六《爲裴懿無私祭薛郎中衮文》：「冀桂旌之不遠，降蘭佩之餘芳。」《離騷》：「扈江離與辟芷兮，紉秋蘭以爲佩。」蛾眉妒，見本書卷七《摸魚兒・淳熙己亥自湖北漕移湖南同官王正之置酒小山亭爲賦》詞（更能消幾番風雨闋）箋注。搔首，《詩・邶風・静女》：「愛而不見，搔首踟躕。」

⑤「甚年」四句，呼韓塞，《漢書》卷八《宣帝紀》：「甘露二年冬十二月，匈奴呼韓邪單于款五原塞，願奉國珍朝。」公安否，《宋朝事實類苑》卷八《韓魏公》：「虜人每見漢使，必起立，致恭以問曰：『韓公安否，今在何處？』」按：韓魏公謂韓琦。韓元吉亦於乾道九年權禮部尚書爲賀金主生辰使，故比之韓琦。

⑥「金印」二句，金印如斗，見本書卷七《西江月・爲范南伯壽》詞（秀骨青松不老闋）箋注。錦衣行晝，《史記》卷七《項羽本紀》：「心懷思欲東歸，曰：『富貴不歸故鄉，如衣繡夜行，誰知之者？』」故富貴歸鄉謂之繡衣晝行。歐陽修有爲韓琦作《相州晝錦堂記》，見《文忠集》卷四〇。韓元吉家在潁川，欲錦衣晝行，必恢復河南中州之地方可也。

⑦「貂蟬」二句，貂蟬見本書卷六《洞仙歌·壽葉丞相》詞（江頭父老闋）箋注。鳳麟飛走，《舊唐書》卷一八八《孝友傳贊》：「麒麟鳳凰，飛走之類。惟孝與悌，亦爲人瑞。」此三句言韓元吉亦必將光大韓氏門第。

⑧「富貴」三句，富貴浮雲，《論語·述而》：「不義而富且貴，於我如浮雲。」軒冕，《漢書》卷二一下《律曆志》：「黄帝氏作火生土，故爲土德。與炎帝之後戰於阪泉，遂王天下，始垂衣裳，有軒冕之服。」注：「軒軒車也，冕冕服也。《春秋左氏傳》曰：服冕乘軒。」不如杯酒，《世説新語·任誕》：「張季鷹縱任不拘，時人號爲江東步兵。或謂之曰：『卿乃可縱適一時，獨不爲身後名耶？』答曰：『使我有身後名，不如即時一杯酒。』」

⑨「八千」二句，大椿以八千歲爲春，八千歲爲秋，見《莊子·逍遥遊》，參本書卷六《八聲甘州·壽建康師胡長文給事》詞（把江山好處付公來闋）箋注。

【附録】

韓元吉無咎原詞

水龍吟　壽辛侍郎

南風五月江波，使君莫袖平戎手。燕然未勒，渡瀘聲在，宸衷懷舊。卧占湖山，樓横百尺，詩成千首。正菖蒲葉老，芙蕖香嫩，高門瑞，人知否？　涼夜光躔牛斗。夢初回、長庚如晝。明年看取，纛旗

南下，六贏西走。功畫凌煙，萬釘寶帶，百壺清酒。便留下剩馥，蟠桃分我，作歸來壽。（《南澗詩餘》）

醜奴兒

此生自斷天休問，獨倚危樓①。獨倚危樓，不信人間別有愁。　君來正是眠時節，君且歸休②。君且歸休，說與西風一任秋③。

【箋注】

①「此生」二句，此生自斷天休問，見本卷《水調歌頭·再用韻答李子永提幹》詞（君莫賦幽憤闋）箋注。獨倚危樓，許渾《送別》詩：「多緣去櫂將愁遠，猶倚危樓欲下遲。」韋莊《三堂早春》詩：「獨倚危樓四望遥，杏花春陌馬聲驕。」

②「君來」二句，《南史》卷七五《隱逸·陶潛傳》：「貴賤造之者，有酒輒設。潛若先醉，便語客：『我醉欲眠，卿可去。』其真率如此。」

③一任，全憑，全聽也。

又 書博山道中壁〔一〕

少年不識愁滋味①，愛上層樓。愛上層樓，爲賦新詞强説愁。　而今識盡愁滋味，欲説還休②。欲説還休，却道「天涼好箇秋」③！

【校】

〔一〕題，廣信書院本闕，此從四卷本丙集補。

【箋注】

①「少年」句，晏幾道《兩同心》詞：「好意思曾同明月，愁滋味最是黄昏。」黄公度《菩薩蠻》詞：「眉尖早識愁滋味，嬌羞未解論心事。」

②欲説還休，李清照《鳳凰臺上憶吹簫》詞：「生怕離懷别苦，多少事欲説還休。」

③「欲説」二句，上片强説愁，下片不説愁。且王顧左右而言他，蓋推開之辭也。

菩薩蠻

乙巳冬，南澗舉似前作，因和之[一]①

錦書誰寄相思語？天邊數徧飛鴻數②。一夜夢千回，梅花入夢來。　漲痕紛樹髮③，霜落沙洲白[二]。心事莫驚鷗，人間千萬愁④。

【校】

[一]題，廣信書院本原作「用前韻」，此據四卷本乙集改。「南澗」，四卷本原作「前間」，此據《稼軒詞編年箋注》徑改。

[二]「沙洲」，廣信書院本、《六十名家詞》本作「瀟湘」，據四卷本改。

【箋注】

①題，乙巳，淳熙十二年。廣信書院本題作「用前韻」，四卷本作「前作」，所指乃同調《金陵賞心亭爲丞相賦》詞（青山欲共高人語闋）。當稼軒乾道四年通判建康府時，葉衡爲淮西江東總領，韓元吉爲江南東路轉運判官。三人同官於建康府。至淳熙十二年冬，則稼軒與韓元吉同寓居於上饒，而葉衡於淳熙二年九月罷右丞相，明年責郴州安置，六年八月特與叙復中大夫，在外宫觀。十年四月，依前提舉洞霄宫。五月卒。見《宋宰輔編年録》卷一八。右詞蓋葉衡卒後二年，

與韓元吉憶念舊友而賦。舉似，舉以示人也。

②「錦書」二句，此追述與葉衡之友誼，謂自一別之後，屢盼其書信之至。

③漲痕紛樹髮，蘇軾《書李世南所畫秋景》詩：「野水參差落漲痕，疏林攲倒出霜根。」葛郯《水調歌頭·回舟烏戍值雨復晴》詞：「帆腹飽天際，樹髮渺雲頭。」按：石苔謂之石髮，樹髮或指樹葉也。紛，亂也。

④「心事」二句，莫驚鷗，杜甫《題玄武禪師屋壁》詩：「錫飛常近鶴，杯注不驚鷗。」盧象《家叔徵君東溪草堂二首》詩：「已到仙人家，莫驚鷗鳥飛。」千萬愁，曾鞏《一晝千萬思》詩：「一晝千萬思，一夜千萬愁。」

水調歌頭

和信守鄭舜舉蔗庵韻〔一〕①

萬事到白髮，日月幾西東②？羊腸九折岐路，我老慣經從③。竹樹前溪風月，雞酒東家父老，一笑偶相逢④。此樂竟誰覺？天外有冥鴻⑤。　味平生，公與我，定無同⑥。玉堂金馬⑦，自有佳處着詩翁。好鎖雲煙窗户，怕入丹青圖畫，飛去了無蹤⑧。此語更癡絶，真有虎頭風⑨。

【校】

〔一〕題，四卷本甲集「信守」二字闕，此從廣信書院本。

【箋注】

①題，鄭舜舉，〔光緒〕《青田縣志》卷一〇《儒林》：「鄭汝諧字舜舉，紹興丁丑進士，穎悟貫洽，出入五經，權衡諸史。辛稼軒見之，曰：『老子胸中兵百萬。』丞相洪景伯薦於朝，孝宗書於御屏，曰：『鄭汝諧威而能惠。』授兩浙轉運判官。時浙東苦旱，舉行荒政，轉江西轉運副使。時知袁州黄劭丁母憂不肯離任，倍支棺櫬喪服官錢，汝諧奏鐫一級。入爲大理少卿，持公論釋陳亮。歷官吏部侍郎。既老，以徽猷閣待制致仕。自號東谷居士。居鄉多惠愛，邑人生祠之。卒贈開國伯，祀鄉賢。」鄭汝諧曾孫鄭陶孫《跋論語意原》：「曾大父東谷先生，宋紹熙初，由江南西路提點刑獄遷轉運副使，會帥府諸臺適皆闕官，躬佩五司之印，而總聽之，曾不知其爲煩劇也。暇則詣學，親爲諸生講析疑義。未幾被召，取所著《論語意原》，捐金畀學官鋟板，以便學者之玩繹，蓋豫章此書之自始也。」見朱彝尊《經義考》卷二一九。鄭汝諧之知信州，在淳熙十二年。《宋會要輯稿·食貨》七〇之七四：「淳熙十二年三月二十五日，辛執進呈權發遣信州鄭汝諧，奏前知袁州宜春縣許及之陳述户長之弊。……王淮等奏，鄭汝諧行之信州，百姓甚利。……上曰：『可依户部勘當到事理，並下路州軍仿此隨宜施行。』」趙蕃《章泉稿》卷五亦載余鑄《重修

廣信郡學記》，有「淳熙十二年知州事鄭汝諧再撥下新收莊」語，據知鄭汝諧知信州當自淳熙十一年底爲始，而所建居第成，或已至淳熙十二年也。蔗庵，據右詞中「前溪」句，知建在信江溪南之一小山上。稼軒有《和鄭舜舉蔗庵韻》詩，據詩中「當年倒食蔗，笑者空齒冷」句及韓元吉詩中「豈知郡守宅，跬步閟清景」句意（韓詩見《南澗甲乙稿》卷一，本書卷一《和鄭舜舉蔗庵韻》詩已附録收入），所以建此庵於山上，且名蔗庵，蓋謂自山下至山庵，可逐步領略佳風景，殆取其漸至佳境義也。杜斿《癖齋小稿》有《蔗境庵二絶》詩云：「世事多端好備嘗，未能悦口勿輕忘。結交莫厭初年淡，晚節相看味更長。（其一）美惡初終自不同，新人那念舊人容。君知食蔗逢佳境，不念人間有菲葑。（其二）」不知所詠爲此庵否，然所賦命名之意，殆可爲參考。右詞無季節可考，姑次於淳熙十二年冬所作《菩薩蠻》詞之後。

②「萬事」二句，萬事到白髮，王安石《愁臺》詩：「萬事因循今白髮，一年容易即黄花。」日月幾西東，《大戴禮記·哀公問於孔子》：「公曰：『敢問君子何貴乎天道也？』孔子對曰：『貴其不已，如日月西東，相從而不已也。』」

③「羊腸」二句，《列子·説符》：「楊子之鄰人亡羊，既率其黨，又請楊子之豎追之。楊子曰：『嘻，亡一羊，何追者之衆？』鄰人曰：『多岐路。』既反，問：『獲羊乎？』曰：『亡之矣。』曰：『奚亡之？』曰：『岐路之中又有岐焉，吾不知所之，所以反也。』」《晉書》卷六五《王珣傳》：「其崎嶇九折，風霜備經，雖賴明公神鑑，亦識會居之故也。」

④「雞酒」二句，東家父老，李紳《閭里謡》：「鄉里兒，東家父老爲爾言。」一笑偶相逢，蘇軾《與毛令方尉遊西菩提寺二首》詩：「一笑相逢那易得，數詩狂語不須删。」李之儀《送人》詩：「一笑偶相逢，擊節聊送君。」

⑤冥鴻，《揚子雲集》卷一《法言・問明》：「鴻飛冥冥，弋人何篡焉？」

⑥定無同，《世説新語・文學》：「阮宣子有令聞，太尉王夷甫見而問曰：『老莊與聖教同異？』對曰：『將無同。』太尉善其言，辟之爲掾，世謂三語掾。」

⑦玉堂金馬，《史記》卷一二六《滑稽列傳》：「朔曰：『如朔等，所謂避世於朝廷間者也。古之人乃避世於深山中。』時坐席中，酒酣，據地，歌曰：『陸沉於俗，避世金馬門。宫殿中可以避世全身，何必深山之中，蒿廬之下？』金馬門者，宦署門也，門傍有銅馬，故謂之曰金馬門。」《漢書》卷八七下《揚雄傳》：「今子幸得遭明盛之世，處不諱之朝，與羣賢同行，歷金門、上玉堂有日矣。」

⑧「好鎖」三句，疑爲鄭汝諧語，稼軒用於詞中者。「飛去」句，用顧愷之事。《世説新語・巧藝》：「説謝太傅云：『顧長康畫，有蒼生來所無。』」注引《續晉陽秋》：「愷之尤好丹青，妙絶於時。曾以一厨畫寄桓玄，皆其絶者，深所珍惜，悉糊題其前。桓乃發厨後取之，好加理復。愷之見封題如初，而畫並不存，直云：『妙畫通靈，變化而去，如人之登仙矣。』」

⑨「此語」二句，《六藝之一録》卷三二〇《顧愷之》：「愷之字長康，善書，小字虎頭，三絶：癡、書、畫也。」

千年調

蔗庵小閣名曰巵言，作此詞嘲之〔一〕①

巵酒向人時，和氣先傾倒。最要然然可可，萬事稱好②。滑稽坐上，更對鴟夷笑③。寒與熱，總隨人，甘國老④。

少年使酒，出口人嫌拗⑤。此箇和合道理，近日方曉。學人言語，未會十分巧。看他們，得人憐，秦吉了⑥。

【校】

〔一〕題，廣信書院本「蔗」原作「庶」，據前詞改。王詔校刊本、《六十名家詞》本、四印齋本俱作「蔗」。按：鄭守作蔗庵之意義，已見前詞題箋注揭示，應無可疑，廣信本兩作「庶」字，皆刻本誤也。

【箋注】

①題，巵言，《莊子·寓言》：「寓言十九，重言十七，巵言日出，和以天倪。」郭象注：「巵，圓酒器也。巵器滿即傾，空則仰，隨物而變，非執一守故者也。施之於言，而隨人從變，已無常主者也。」又注：「日出謂日新也，日新則盡其自然之分，自然之分盡則和也。」右詞爲蔗庵巵言閣作

賦,蓋嘲其名,亦自嘲也。與後一詞獨坐蔗庵者作年無確考,因匯録於《水調歌頭》之後。

②「最要」二句,然然可可,《莊子·寓言》:「言無言,終身言未嘗言。終身不言,未嘗不言。有自也而可,有自也而不可。有自也而然,有自也而不然。惡乎然?然於然。惡乎不然?不然於不然。惡乎可?可於可。惡乎不可?不可於不可。物固有所然,物固有所可。無物不然,無物不可。」萬事稱好,見本卷《水調歌頭·再用韻答李子永提幹》詞(君莫賦幽憤閡)箋注。

③「滑稽」二句,《漢書》卷九二《游俠傳》:「黄門郎揚雄作《酒箴》以諷諫成帝,其文爲酒客難法度士,譬之於物,曰:『子猶瓶矣,觀瓶之居。……自用如此,不如鴟夷。鴟夷滑稽,腹如大壺。盡日盛酒,人復借酤。』」注:「鴟夷,韋囊,以盛酒。……滑稽,圜轉縱捨無窮之狀。」按:《猗覺寮雜記》卷下謂「崔浩《漢記音義》云:『滑稽,酒器也,轉注吐酒,終日不已。』」

④甘國老,《神農本草經》卷一:「甘草,味甘平,主五臟六府寒熱邪氣,堅筋骨,長肌肉,倍力,金創尰,解毒,久服輕力延年。」《埤雅》卷一八《苓》:「《本草》云:『一名國老,解百藥毒,安和七十二種石,一千二百種草,故號國老之名。國老者,賓師之稱,蓋藥有一君二臣三佐四使,苓者又其賓師也,故藥罕不用者。』」

⑤「少年」二句,少年使酒,張邦基《墨莊漫録》卷八:「政和間,汴都平康之盛,而李師師、崔念月二妓名著一時。晁沖之叔用每會飲,多召侑席。其後十許年,再來京師,二人尚在,而聲名溢於中國。李生者,門第尤峻。叔用追往昔,成二詩以示江子之。其一云:『少年使酒來京華,縱

步曾游小小家。看舞霓裳羽衣曲，聽歌玉樹後庭花。』」嫌拗，嫌其執拗也。

⑥秦吉了，劉恂《嶺表異録》卷中：「容管廉白州産秦吉了，大約似鸚鵡，嘴腳皆紅，兩眼後夾腦有黄肉冠，善效人言語，音雄大分明於鸚鵡，以熟雞子和飯如棗飼之。或云容州有純白色者，俱未見也。」白居易《秦吉了》詩：「秦吉了，出南中，彩毛青黑花頸紅。耳聰心慧舌端巧，鳥語人言無不通。」范成大《桂海虞衡志》：「秦吉了如鸜鵒，紺黑色，丹咮黄距，目上連頂有深黄文，頂毛有縫，如人分髮。能人言，比鸚鵡尤慧。大抵鸚鵡聲如兒女，吉了聲則如丈夫。出邕州溪洞中。《唐書》：『林邑出結遼鳥。』林邑今占城，去邕、欽州但隔交趾，疑即吉了也。」

南歌子

獨坐蔗庵〔一〕①

玄入《參同契》，禪依不二門②。細看斜日隙中塵〔二〕③，始覺人間何處不紛紛？　病笑春先到〔三〕，閑知懶是真〔四〕④。百般啼鳥苦撩人，除却提壺此外不堪聞⑤。

【校】

〔一〕題，「蔗」，廣信書院本作「庶」，此從四卷本乙集改。

〔二〕「細」，四卷本作「静」。

〔三〕「到」，四卷本作「老」。

〔四〕「知」，四卷本作「憐」。

【箋注】

①題，右詞亦詠蔗庵者，據詞中「病笑春先到」句，疑已至淳熙十三年春。

②「玄入」二句，《參同契》，《郡齋讀書志》後志卷二：「《參同契》三卷，右漢魏伯陽撰。按《神仙傳》，伯陽會稽上虞人，通貫詩律，文辭贍博，修真養志，約《周易》作此書，凡九十篇。徐氏箋注，桓帝時以授同郡淳于叔通，因行於世。彭曉爲之解。隋唐書目皆不載。按唐陸德明解『易』字云：虞翻注《參同契》，言字從日下月，今此書有日月爲易之文，則其爲古書明矣。」不二門，《維摩詰經·入不二法門品》：「如我意者，於一切法無言無説，無示無識，離諸問答，是爲入不二法門。」餘參本書卷二《丙寅九月二十八日作明年將告老》詩箋注。

③隙中塵，劉禹錫《有僧言羅浮事因爲詩以寫之》詩：「下視生物息，霏如隙中塵。」

④「病笑」二句，病笑春先到，劉攽《五行王相詩》：「病笑留侯晚，妙許成子賢。」白居易《何處春先到》詩：「何處春先到，橋東水北頭。」嬾是真，杜甫《漫成二首》詩：「近識峨眉老，知余嬾是

真。」

⑤提壺，鳥名，鳴若提壺盧。王禹偁《初入山聞提壺鳥（時秋暖此鳥忽聞）》詩：「遷客由來長合醉，不煩幽鳥道提壺。商州未是無人境，一路山村有酒沽。」

杏花天

無題〔一〕①

病來自是於春嬾，但別院笙歌一片②。蛛絲網遍玻瓈盞，更問舞裙歌扇③！　有多少鶯愁蝶怨，甚夢裏春歸不管④。楊花也笑人情淺，故故沾衣撲面⑤。

【校】

〔一〕題，廣信書院本原闕，據四卷本甲集補。

【箋注】

①題，右詞乃閑居帶湖期間所賦，以首二句即與《南歌子·獨坐蔗庵》詞（玄入參同契闋）「病笑春先到，閑知嬾是真」句意相合，因附次於是詞之後。本首以下，如《臨江仙》、《醜奴兒》、《一剪梅》

諸詞，多無題，或有題目，亦不過歌酒賞月等尋常生活情景而已，皆此一時期閑適之作，因酌情彙録於淳熙十三年春諸作中。

②「病來」二句，於春嬾，吕本中《虞美人》詞：「梅花自是於春嬾，不是春來晚。」別院笙歌，秦觀《海棠春·春晚》詞：「宿醒未解宫娥報，道別院笙歌宴早。」

③「蛛絲」二句，蛛絲網遍，吕本中《又作二絶》詩：「蛛絲網遍常行處，猶道奔逃未肯歸。」更問，豈問。晁補之《南歌子·譙園作》詞：「東園搥鼓賞新醅，唤取舞裙歌扇探春回。」

④「有多」二句，趙鼎《醉桃園·春晚》詞：「鶯愁蝶怨春知否，欲問春歸何處。」

⑤故故，頻頻，或作故意、特意。

臨江仙

小靨人憐都惡瘦，曲眉天與長顰①。沉思歡事惜腰身。枕添離別淚，粉落却深匀②。　翠袖盈盈渾力薄，玉笙嫋嫋愁新。夕陽依舊倚窗塵。葉紅苔蘚碧，深院斷無人③。

【箋注】

①「小曆」二句，《研北雜志》卷下：「周美成有『曲裏長眉翠淺』之句。近讀李長吉《許公子鄭姬歌》中有云：『自從小曆來東道，曲裏長眉少見人。』乃知古人不容易下字也。」按：周邦彦詞調名《秋蕊香》。惡瘦，好瘦。天與，謂天生也。

②「沉思」三句，惜腰身，王淑英妻劉氏《暮寒》詩：「梅花自爛熳，百舌早迎春。逾寒衣逾薄，未肯惜腰身。」粉落深勻，張先《醉垂鞭》詞：「東池宴，初相見，朱粉不深勻。」

③「深院」句，李商隱《訪人不遇留別館》詩：「閑倚繡簾吹柳絮，日高深院斷無人。」斷，定也。

又

逗曉鶯啼聲昵昵，掩關高樹冥冥①。小渠春浪細無聲。井牀聽夜雨，出蘚轆轤青②。　碧草旋荒金谷路，烏絲重記《蘭亭》③。彊扶殘醉繞雲屏。一枝風露濕，花重入疏櫺④。

【箋注】

①「逗曉」二句，逗曉，唐宋人常見語，謂到曉也。聲昵昵，韓愈《聽穎師彈琴》詩：「昵昵兒女語，

恩怨相爾汝。」《五百家注昌黎文集》卷五注：「《玉篇》：『呢喃，小聲多言也。』」掩關，關門。樹冥冥，秦觀《德清道中還寄子瞻》詩：「夢長天杳杳，人遠樹冥冥。」

②「小渠」三句，細無聲，杜甫《春夜喜雨》詩：「隨風潛入夜，潤物細無聲。」陸游《開東園路北至山腳因治路傍隙地雜植花草》詩：「春近野梅香欲動，雨餘溝水細無聲。」井牀，井欄。轆轤青，李涉《六歎》詩：「深院梧桐夾金井，上有轆轤青絲索。」戴表元《剡源集》卷一《稼軒書院興造記》：「問新井，曰：『是舊鑿，今得諸涯莽中，修浚而汲之，非新井也。』」按：據今上饒人士介紹，一九五八年在帶湖龍牙村西田野中曾發掘出七八個由磚石砌成之汲水井。見一九九〇年上饒《紀念辛棄疾誕辰八五〇周年國際學術研討會論文集》所收之林友鶴、陳啓典《帶湖考略》一文。惜原文記載簡略，未能確定此即稼軒於帶湖所作右詞提及之井也。

③「碧草」二句，金谷路，韋應物《雪中聞李儋過門不訪聊以寄贈》詩：「乍迷金谷路，稍變上陽宫。」烏絲記《蘭亭》，陳櫄《負暄野録》卷下《論紙品》：「《蘭亭序》用鼠鬚筆書烏絲欄璽紙，所謂璽紙，蓋實絹帛也。烏絲欄即是以墨間白，識其界行耳。」

④「彊扶」三句，扶殘醉，《武林舊事》卷三《西湖遊幸》：「一日，御舟經斷橋，橋旁有小酒肆，頗雅潔，中飾素屏風，書《風入松》一詞於上，光堯駐目稱賞久之。宣問何人所作，乃太學生俞國寶醉筆也。其詞云：『……明日重攜殘酒，來尋陌上花鈿。』上笑曰：『此詞甚好，但末句未免儒酸。』因爲改定云：『明日重扶殘醉。』則迥不同矣。」風露濕、花重，杜甫《春夜喜雨》詩：「曉看紅濕

處，花重錦官城。」

又

春色饒君白髮了，不妨倚緑偎紅①。翠鬟催喚出房櫳。垂肩金縷窄，蘸甲寶杯濃②。　睡起鴛鴦飛燕子，門前沙暖泥融③。畫樓人把玉西東。舞低花外月，唱徹柳邊風④。

【箋注】

①「春色」二句，饒君白髮了，白居易《戲答諸少年》詩：「顧我長年頭似雪，饒君壯歲氣如雲。朱顏今日雖欺我，白髮他時不放君。」饒，任也。

②「翠鬟」三句，出房櫳，梁元帝《巫山高》詩：「無因謝神女，一爲出房櫳。」黄庭堅《清人怨戲效徐庾慢體三首》詩：「主人敬愛客，催喚出房櫳。」垂肩，《續資治通鑑》卷一六七：「先是，宫中尚白角冠梳，人争效之，謂之内樣。其冠名曰垂肩，至有長三尺者，梳長亦踰尺。」蘸甲，《猗覺寮雜記》卷上：「酒斟滿，捧觴必蘸指甲。牧之云：『爲君蘸甲十分飲。』夢得云：『蘸甲須歡便到

來。』」

③「睡起」二句，杜甫《絶句二首》詩：「泥融飛燕子，沙暖睡鴛鴦。」

④「畫樓」三句，玉西東同玉東西，酒杯也。爲叶韻，故作玉西東。葛勝仲《次韻子充九日建天寧道場罷遂遊堯祠》詩：「悒悒無聊坐學宮，銜杯阻共玉西東。」吴儆《浣溪沙・和前次范石湖韻》詞：「簾額風微紫燕通，樓頭柳暗碧雲重。玉人争勸玉西東。」舞低月、唱徹風，晏幾道《鷓鴣天》詞：「舞低楊柳樓心月，歌盡桃花扇影風。」

又

金谷無煙宮樹緑，嫩寒生怕春風①。博山微透暖薰籠。小樓春色裏，幽夢雨聲中②。　別浦鯉魚何日到？錦書封恨重重③。海棠花下去年逢。也應隨分瘦，忍淚覓殘紅④。

【箋注】

①「金谷」二句，無煙宮樹緑，《資治通鑑》卷一八〇：「大業元年五月，築西苑，周二百里。其内爲

海，周十餘里，爲蓬萊、方丈、瀛洲諸山。……作十六院，門皆臨渠，每院以四品夫人主之。堂殿樓觀，窮極華麗。宮樹秋冬彫落，則剪綵爲華葉，綴於枝條。」元稹《連昌宮詞》：「初過寒食一百六，店舍無煙宮樹緑。」嫩寒怕春風，汪遵《楊柳》詩：「攀折贈君還有意，翠眉輕嫩怕春風。」生怕，只怕。

②「博山」三句，博山，薰籠，《西京雜記》卷一：「長安巧工丁緩者，……又作九層博山香鑪，鏤爲奇禽怪獸，窮諸靈異，皆自然運動。」方以智《通雅》卷三四《器用》：「牆居，薰籠也，即篝也。篝一名笿，笿音落，《楚辭》：『秦篝齊縷鄭綿絡。』注：『篝，落也，又籠也，可薰衣。』《方言》：『陳楚宋衛謂之牆居。』……《説文》：『篝，笿也，可薰衣。』《史記》篝火注：『以籠覆火也。』」小樓，雨聲，陸游《臨安春雨初霽》詩：「小樓一夜聽春雨，深巷明朝賣杏花。」

③「別浦」二句，別浦，《杜詩詳注》卷二〇《奉送卿二翁統節度鎮軍還江陵》詩「蕭條別浦清」句注：「別浦用『送別南浦』語。」然鄭谷《登杭州城》詩有句：「潮來無別浦，木落見他山。」「別浦」與「他山」對舉，恐非離別之別浦也，或即某浦之謂。鯉魚、錦書，《飲馬長城窟行》：「客從遠方來，遺我雙鯉魚。呼兒烹鯉魚，中有尺素書。」

④「也應」二句，隨分，常語，有隨時、相應、經常之義。白居易《重答劉和州》詩：「隨分笙歌聊自樂，等閑篇詠被人知。」王安石《謝郟亶秘校見訪於鍾山之廬》詩：「世事何時逢坦蕩，人情隨分值猜嫌。」此處可作仍舊解。覓殘紅，王建《宮詞一百首》：「樹頭樹底覓殘紅，一片西飛一片

東。」

朝中措

綠萍池沼絮飛忙，花入蜜脾香①。長怪春歸何處，誰知箇裏迷藏②？　殘雲剩雨，些兒意思，直恁思量③。不是流鶯驚覺〔一〕，夢中啼損紅妝。

【校】

〔一〕「流鶯」，四卷本甲集作「鶯聲」，此從廣信書院本。

【箋注】

①「綠萍」二句，綠萍池沼，劉攽《還王平甫秀才詩稿》詩：「白雪關山來騕褭，綠萍池沼秀芙渠。」蜜脾，《埤雅》卷一〇：「採取百芳釀蜜，其房如脾，今謂之蜜脾。」

②迷藏，見本書卷一《哭𠌥十五章》詩箋注。

③「些兒」二句，些兒，一點兒。直恁，竟如此。

醜奴兒

醉中有歌此詩以勸酒者，聊隱括之①

晚來雲淡秋光薄，落日晴天。落日晴天，堂上風斜畫燭煙。　從渠去買人間恨，字字都圓。字字都圓，腸斷西風十四絃②。

【箋注】

①題，所謂歌此詩，蓋去掉詞中「落日晴天」及「字字都圓」四句，即一首絶句，當爲席上佐酒者所唱也。

②「從渠」四句，渠，渠儂之渠，從渠，任其也。十四絃謂箜篌。陸游《長歌行》：「人歸華表三千歲，春入箜篌十四絃。」樓鑰《戲題十四絃》詩：「曲終勸客杯無算，一吐空喉醉不知。」元黄玠《薄薄酒奉别吴季良》詩：「赤手欲探蛟龍淵，曲中箜篌十四絃。」

又

尋常中酒扶頭後①，歌舞支持。歌舞支持，誰把新詞喚住伊？　臨岐也有傍人笑，笑己爭知〔一〕？笑己爭知，明月樓空燕子飛②。

【校】

〔一〕「己」，廣信書院本原作「巳」。四卷本無此詞。按：古「巳」、「已」、「己」通用。《稼軒詞編年箋注》作「已」，非是。《六十名家詞》本、《全宋詞》作「己」，從之。下同。

【箋注】

①「尋常」句，《史記》卷九五《樊酈滕灌列傳》：「項羽既饗軍士中酒。」注：「酒酣也。」扶頭，酒也。白居易《早飲湖州酒寄崔使君》詩：「一榼扶頭酒，泓澄瀉玉壺。」王禹偁《回襄陽周奉禮同年因題紙尾》詩：「扶頭酒好無辭醉，縮項魚多且放饞。」

②「明月」句，見卷七《念奴嬌·書東流村壁》詞（野棠花落閿）箋注。

醜奴兒近〔一〕　博山道中，效李易安體①

千峰雲起，驟雨一霎兒價〔二〕②。更遠樹斜陽，風景怎生圖畫？青旗賣酒，山那畔别有人家〔三〕③。只消山水光中，無事過這一夏〔四〕④。　午睡醒時，松窗竹户，萬千瀟灑。野鳥飛來，又是一般閑暇。觑着人欲下未下⑤。舊盟都在，新來莫是，别有説話⑥？

【校】

〔一〕調，四卷本甲集「近」字闕，此據廣信書院本。

〔二〕「兒」，四卷本作「時」。

〔三〕「家」，四卷本作「間」。

〔四〕「這一夏」，王詔校刊本、《六十名家詞》本作「者一霎」，四印齋本作「者一夏」。

【箋注】

①題，李易安，名清照，易安居士其號也。濟南諸城人，禮部郎中李格非之女，知建康府趙明誠之

妻。趙明誠著《金石録》，清照筆削其間。明誠病故後，清照坎坷流落江南以終。李易安爲宋詞南渡大家，張端義《貴耳集》卷上：「易安居士李氏，趙明誠之妻，《金石録》亦筆削其間。南渡以來，常懷京洛舊事，晚年賦元宵《永遇樂》詞云：『落日鎔金，暮雲合璧。』已自工緻。至於『染柳煙輕，吹梅笛怨，春意知幾許？』氣象更好。後疊云：『於今憔悴，風鬟霜鬢，怕見夜間出去。』皆以尋常語度入音律。鍊句精巧則易，平淡入調者難。且秋詞《聲聲慢》：『尋尋覓覓，冷冷清清，凄凄慘慘戚戚。』此乃公孫大娘舞劍手。本朝非無能詞之士，未曾有一下十四疊字者。用《文選》諸賦格。後疊又云：『梧桐更兼細雨，到黄昏點點滴滴。』又使疊字，俱無斧鑿痕。更有一奇字云：『守定窗兒，獨自怎生得黑？』黑字不許第二人押。婦人中有此文筆，殆間氣也。有《易安文集》。」稼軒來往於博山道中賦詞效易安體，據詞中所賦夏季景物，與淳熙十一年冬賦博山道諸詞必當又易一二年時光矣。因所賦詞季節之不同，故將右詞及所賦博山道中詞彙録於淳熙十三年夏秋諸詞之中。

②「千峰」二句，千峰雲起，王維《康陵陪祀》詩：「千峰雲起旌旗影，萬木風多劍槊聲。」一霎兒價，《詩詞曲語辭匯釋》釋價，謂爲估量某種光景之辭，猶云這般或那般，這個樣兒或那個樣兒，且舉此句爲例。按：價同家，俗語，疑當作語助詞。

③「青旗」二句，王明清《揮麈後録》卷二載宋徽宗宣和間命李質、曹組作《艮嶽百詠》詩，其《杏岫》詩有「分明自有神仙種，不是青旗賣酒村」句。本書卷九有稼軒所作《鷓鴣天》詞（陌上柔桑破嫩

芽闋)，其中一句即「青旗沽酒有人家」。《容齋續筆》卷一六《酒肆旗望》條：「今都城與郡縣酒務，及凡鬻酒之肆，皆揭大簾於外，以青白布數幅爲之，微者隨其高卑小大，村店或掛瓶瓢，標箒秆，唐人多詠於詩。然其制蓋自古以然矣，《韓非子》云：『宋人有酤酒者，斗概甚平，遇客甚謹，爲酒甚美，懸幟甚高，而酒不售，遂至於酸。』所謂懸幟者，此也。」

④「無事」句，《景德傳燈録》卷二七：「有僧親附老宿，一夏不蒙言誨，僧歎曰：『只恁麽空過一夏，不聞佛法。』」

⑤欲下未下，曹勛《松隱集》卷三六《記施逵事》：「建人施逵字必達，頃在上庠，小才無所成。建炎間，賊葉濃陸梁閩部，逵密佐之。後官兵獲濃，而朝廷以逵書生，偶然相從，宥其死，只從編置。後逃入燕中，改名宜生，就燕登第。……後進用至翰林待制，曾將命本朝，小人之態，方有得色，不愧也。余被旨入金議事，逵又爲館伴，亦不相唯阿，可見賊心。逵少年時，題人《平沙落雁》畫云：『塞鴻横天三兩行，欲下未下先悠揚。平田到處菰蒲美，託身何必來瀟湘。』則南北之意，固已夙萌。」按：陳鵠《耆舊續聞》卷六所載施詩爲六句，與右載不同，「欲下」句作「欲下未下風悠揚」。

⑥「舊盟」三句，稼軒寓居帶湖之初，賦《水調歌頭·盟鷗》詞(帶湖吾甚愛闋)，有「凡我同盟鷗鷺，今日既盟之後，來往莫相猜」諸語。莫是，應是也。

清平樂　博山道中即事

柳邊飛鞚，露濕征衣重〔一〕①。宿鷺窺沙孤影動〔二〕，應有魚鰕入夢。　一川明月疏星〔三〕，浣紗人影娉婷〔四〕。笑背行人歸去，門前稚子啼聲②。

【校】

〔一〕「露」，王詔校刊本、《六十名家詞》本、四印齋本作「霧」，此從廣信書院本。

〔二〕「窺沙孤影」，四卷本甲集作「驚窺沙影」。

〔三〕「明」，四卷本作「淡」。

〔四〕「紗」，廣信書院本原作「沙」，據四印齋本改。

【箋注】

①「柳邊」二句，飛鞚，鞚爲馬勒。鮑照《擬古三首》詩：「獸肥春草短，飛鞚越平陸。」杜甫《麗人行》：「黄門飛鞚不動塵，御厨絲絡送八珍。」露濕征衣，孟浩然《高陽池送朱二》詩：「意氣豪

華何處在，空餘草露濕征衣。」

②門前稚子，吕本中《庵居》詩：「堂上老親雙白髮，門前稚子舊青衿。」

又

獨宿博山王氏庵①

繞牀饑鼠，蝙蝠翻燈舞②。屋上松風吹急雨③，破紙窗間自語。　平生塞北江南，歸來華髮蒼顔④。布被秋宵夢覺，眼前萬里江山。

【箋注】

①題，博山王氏庵，本卷有《江神子·博山道中書王氏壁》詞，句云：「比着桃源溪上路，風景好，不争些。」又有「旗亭有酒徑須賒」句。而本書卷一二同調《送元濟之歸豫章》詞有句：「更覺桃源，人去隔仙凡。」自注：「桃源乃王氏酒壚，與濟之作别處。」綜合以上所述，知所謂王氏庵，乃博山寺雨巖之某王姓酒家，本卷《山鬼謡》詞有注：「石浪，庵外巨石也，長三十餘丈。」其所在有溪山之勝，頗似陶淵明筆下桃花源，故以桃源酒家命名。此王氏庵，乃酒家廢屋，以久失修繕，殘破已甚矣。

②「繞牀」二句，李商隱《夜半》詩：「鬥鼠上牀蝙蝠出，玉琴時動倚窗絃。」

③松風吹急雨，盧肇《題清遠峽觀音院二首》詩：「風入古松添急雨，月臨虛檻背殘燈。」

④「平生」二句，塞北江南，郭祥正《芳草渡》詩：「客行無盡草相隨，塞北江南同一色。」稼軒晚年嘗自言：「北方之地，皆棄疾少年所經行者。」見《洺水集》卷二《丙子輪對札子》二。其所至最北之地，爲兩赴燕京，此外，中州、山東皆爲其所經行者。而南歸之後，則歷官兩浙、兩湖、兩江之地，最後寓居江南東路之信州，謂之塞北江南不誣也。華髮蒼顏，周紫芝《太倉稊米集》卷五四《爲人謝同官惠生日詩啓》：「華髮蒼顏，迫衰年之既晚；陽春白雪，顧妙製之難酬。」

鷓鴣天　博山寺作①

不向長安路上行，却教山寺厭逢迎②。味無味處求吾樂，材不材間過此生③。寧作我，豈其卿④？人間走遍却歸耕⑤。一松一竹真朋友，山鳥山花好弟兄⑥。

【箋注】

①題，〔乾隆〕《廣豐縣志》卷一〇《寓賢》：「辛棄疾，……嘗讀書於永豐西南之博山寺，舊有稼軒

書堂。寺中碑記，其手撰也，今尚存。」

②「不向」二句，長安路上行，王勃《王子安集》卷四《守歲序》：「京兆天中，竦樓臺而徹漢；長安路上，亂車馬而飛塵。」唐無名氏《賀聖朝》詞：「長安道上行客，依舊利深名切。」厭逢迎，梁簡文帝《蒙華林園戒》詩：「非爲樂肥遁，特是厭逢迎。」

③「味無」二句，味無味，《老子》：「爲無爲，事無事，味無味。」《晉書》卷九四《索襲傳》：「先生棄衆人之所收，收衆人之所棄。味無味於慌惚之際，兼重玄於衆妙之内。」材不材，《莊子·山木》：「明日，弟子問於莊子曰：『昨日山中之木，以不材得終其天年。今主人之雁，以不材死。先生將何處？』莊子笑曰：『周將處夫材與不材之間。材與不材之間，似之而非也，故未免乎累。』」

④「寧作」二句，寧作我，《世説新語·品藻》：「桓公少與殷侯齊名，常有競心。桓問殷：『卿何如我？』殷云：『我與我周旋久，寧作我。』」豈其卿，揚子《法言·問神》：「或曰：『君子病沒世而無名，盍勢諸名卿，可幾也。』曰：『君子德名爲幾，梁、齊、趙、楚之君，非不富且貴也，惡乎成名。谷口鄭子真，不屈其志，而耕乎巖石之下，名震於京師，豈其卿？豈其卿？』」

⑤「人間」句，蘇軾《江城子·陶淵明以正月五日遊斜川……乃作長短句以〈江城子〉歌之》詞：「夢中了了醉中醒，只淵明，是前生。走遍人間，依舊却躬耕。」

⑥「山鳥」句，杜甫《岳麓山道林二寺行》：「一重一掩吾肺腑，山鳥山花共友于。」友于，兄弟也。

一剪梅　中秋無月

憶對中秋月桂叢，花在杯中，月在杯中。今宵樓上一尊同①。雲濕紗窗，雨濕紗窗。　渾欲乘風問化工，路也難通，信也難通。滿堂惟有燭花紅②。杯且從容，歌且從容。

【箋注】

①一尊同，皇甫曾《過劉員外長卿別墅》詩：「江湖千里別，衰老一尊同。」蘇軾《與秦太虚參寥會於松江而關彦長徐安中適至分韻得風字二首》詩：「人笑年來三黜慣，天教我輩一尊同。」

②「滿堂」句，朱翌《喜雪》詩：「客坐暖浮茶乳白，夜堂春動燭花紅。」

又

記得同燒此夜香，人在回廊，月在回廊。而今獨自睚昏黄，行也思量，坐也思量。　錦字都來三兩行①，千斷人腸，萬斷人腸。雁兒何處是仙鄉？來也悽惶，去也悽惶。

【箋注】

①「錦字」句，《晉書》卷九六《列女傳》：「竇滔妻蘇氏，始平人也。名蕙，字若蘭，善屬文。滔苻堅時爲秦州刺史，被徙流沙，蘇氏思之，織錦爲回文旋圖詩以贈滔，宛轉循環以讀之，詞甚悽惋，凡八百四十字。」都來，僅僅也。《稼軒詞編年箋注》釋作總共，亦可。

念奴嬌

和韓南澗載酒見過雪樓，觀雪〔一〕①

兔園舊賞，悵遺蹤，飛鳥千山都絶②。縞帶銀杯江上路，惟有南枝香別③。萬事新奇，青山一夜，對我頭先白④。倚巖千樹，玉龍飛上瓊闕⑤。　莫惜霧鬢雲鬟〔二〕，試教騎鶴，去約尊前月。自與詩翁磨凍硯，看掃《幽蘭》新闋⑥。便擬明年〔三〕，人間揮汗，留取層冰潔〔四〕⑦。此君何事，晚來曾爲腰折〔五〕⑧？

【校】

〔一〕題，四卷本甲集「韓」字闕，此據廣信書院本。

〔二〕「雲」，四卷本作「風」。

〔三〕「明年」，四卷本闕此二字。

〔四〕「取」，《六十名家詞》本作「斫」。

〔五〕「曾爲」，四卷本作「還易」。

【箋注】

①雪樓，或即洪邁《稼軒記》中所謂「集山有樓」者。按：稼軒在帶湖，所居有伎山，如仙人舞袖形，故以伎山之名命樓爲集山，後來殆又改爲雪樓，雪樓之名遂盛於一時。韓元吉載酒雪樓觀雪，不知爲何時事，然必在淳熙十四年夏病歿之前，故次於淳熙十三年冬。

②「兔園」三句，兔園舊賞，《西京雜記》卷二：「梁孝王好營宮室苑囿之樂，作曜華之宮，築兔園。園中有百靈山，山有膚寸石、落猿巖、棲龍岫，又有雁池，池間有鶴洲、鳧渚，其諸宮觀相連延亘數十里，奇果異樹，瓌禽怪獸畢備。王日與宮人賓客弋釣其中。」《文選》卷一三謝惠連《雪賦》：「歲將暮，時既昏，寒風積，愁雲繁。梁王不悦，遊於兔園。乃置旨酒，命賓友，召鄒生，延枚叟。相如末至，居客之右。俄而微霰零，密雪下，王乃歌《北風》於《衛詩》，詠《南山》於《周雅》。」遺踪飛鳥千山都絶，柳宗元《江雪》詩：「千山鳥飛絶，萬徑人蹤滅。孤舟蓑笠翁，獨釣寒江雪。」

③「縞帶」二句，縞帶銀杯，韓愈《詠雪贈張籍》詩：「隨車翻縞帶，逐馬散銀杯。」南枝，《白孔六帖》卷九九《梅》：「南枝，大庾嶺上梅，南枝落，北枝開。」香別，謂別樣香也。

④「青山」二句，陳瓘《青玉案・雪》詞：「珠簾纔捲，美人驚報，一夜青山老。」劉禹錫《蘇州白舍人寄新詩有歎早白無兒之句因以贈之》詩：「雪裏高山頭白早，海中仙果子生遲。」餘參本書卷七《滿江紅・江行簡楊濟翁周顯先》詞（過眼溪山闋）箋注。

⑤玉龍，《耆舊續聞》卷六：「華山狂子張元，天聖間坐累終身，嘗作《雪》詩云：『七星仗劍攪天池，倒捲銀河落地機。戰退玉龍三百萬，斷鱗殘甲滿天飛。』」

⑥「看掃」句，《漢魏六朝百三家集》卷二司馬相如《美人賦》：「臣之東鄰，有一女子，雲髮豐豔，蛾眉皓齒。顔盛色茂，景曜光起。恒翹翹而西顧，欲留臣而共止。登垣而望臣，三年於茲矣。……臣排其户而造其堂，芳香芬烈，黼帳高張。有女獨處，婉然在牀。奇葩逸麗，淑質豔光。……遂設旨酒，進鳴琴，臣遂撫琴，爲《幽蘭白雪》之曲。女歌曰：『日獨處室兮廓無依，思佳人兮情傷悲。有美人兮來何遲，日既暮兮華色衰，敢託身兮長自私。』」杜甫《醉歌行》：「詞源倒流三峽水，筆陣獨掃千人軍。」《九家集注杜詩》卷一：「掃千人軍，謂筆之快利也。」

⑦「便擬」三句，言藏此冰雪以待明年揮汗時節也。蘇轍《詩集傳》卷八：「古者藏冰發冰以節陽氣之盛。陽氣之在天地，譬猶火之著於物也，故常有以解之。十二月陽氣藴伏，錮而未發，其盛在下，則納冰於地中，故曰日在北陸而藏冰。」北宋建隆二年置藏冰署，見《宋史》卷一〇三《禮

志》六。其在民間亦然。《寶真齋法書贊》卷二二載蘇養直《與四僧簡帖》：「乳香、藏冰，併荷走寄，感怍何已。極暑，遂得飲冰一快，何喜如之！」《甕牖閑評》卷八則有藏雪之説：「自古藏冰，蓋有用也，見於《周禮》並《詩》。至本朝，始藏雪。唐高宗朝，方士明崇儼取以進，云自山陰得來，蓋是時未知藏雪也。今余鄉亦能藏雪，見説初無甚難，藏雪之處，其中亦可藏酒及柤梨橘柚諸果，久爲寒氣所浸，夏取出，光彩燦然如新，而酒尤香冽。余性喜食果，近得此方，可以娱老，若酒則非余所嗜也。」《楚辭·招魂》：「層冰峨峨，飛雪千里。」

⑧「此君」二句，此君謂竹。《世説新語·任誕》：「王子猷嘗暫寄人空宅住，便令種竹。或問：『暫住，何煩爾？』王嘯詠良久，直指竹曰：『何可一日無此君？』」晚來腰折，謂大雪壓竹，使之彎腰也。

辛棄疾集編年箋注卷九

按：本卷所載詞，共八十八首。起淳熙十四年丁未（一一八七），迄淳熙十五年戊申（一一八八），家居上饒帶湖所作。

長短句

滿江紅

送信守鄭舜舉被召〔一〕①

湖海平生，算不負蒼髯如戟②。聞道是君王着意〔二〕，太平長策③。此老自當兵十萬，長安正在天西北④。便鳳凰飛詔下天來⑤，催歸急。　車馬路，兒童泣。風雨暗，旌旗濕⑥。看野梅官柳，東風消息〔三〕⑦。莫向蔗庵追語笑〔四〕，只今松竹無顔色⑧。問人間誰管別離愁？杯中物⑨。

【校】

〔一〕題，四卷本甲集作「送鄭舜舉郎中赴召」，此從廣信書院本。《中興絶妙詞選》卷三無「信守」二字。

〔二〕「君王」，《六十名家詞》本作「使君」。

〔三〕「東」，《中興絶妙詞選》、《六十名家詞》本作「春」。

〔四〕「語笑」，《中興絶妙詞選》、王詔校刊本、《六十名家詞》本作「笑語」。

【箋注】

①題，鄭舜舉，見本書卷八《水調歌頭・和信守鄭舜舉蔗庵韻》詞（萬事到白髮闋）箋注。鄭汝諧於淳熙十二年知州，十三年底被召。《宋會要輯稿・職官》一〇之三九載：「淳熙十四年三月十五日，吏刑部言，令大理寺結絶公案批報，以革留滯之弊。以考功員外郎鄭汝諧申請吏部注擬磨勘陞改等事。」可知其到闕後即除考功員外郎。韓元吉卒於淳熙十四年五月，《南澗甲乙稿》卷七有《菩薩蠻・鄭舜舉别席侑觴》詞：「詔書昨夜先春到，留公一共梅花笑。青瑣鳳凰池，十年歸已遲。靈溪霜後水，的的清無比。比似使君清，要知清更明。」楊萬里《誠齋集》卷二有《立春後一日和張功父園梅未花之韻》詩，編於《丁未元日大慶殿拜表賀正》詩之前，知淳熙十四年丁未之立春在元日之前。鄭汝諧被召既在立春之前，韓詞又有「留公一共梅花笑」語，而稼軒送

鄭氏赴召時，已是「野梅官柳」，透露「東風消息」之時，據此，知鄭氏被召之命，必在淳熙十三年底，而稼軒送別詞則作於淳熙十四年春正月矣。

②「湖海」二句，湖海平生，陳元龍湖海之士，語出《三國志·魏志》卷七《陳登傳》，見本書卷七《水調歌頭·淳熙丁酉自江陵移帥隆興》詞（我飲不須勸闋）箋注。張孝祥《清平樂·壽叔父》詞：「英姿慷慨，獨立風塵外。湖海平生豪氣在。」蒼髯如戟，《南史》卷二八《褚彦回傳》：「帝召彦回西上閤宿十日，公主夜就之，備見逼迫。彦回整身而立，從夕至曉，不爲移志。公主謂曰：『君鬚髯如戟，何無丈夫意？』」

③「聞道」二句，張孝祥《滿江紅·于湖懷古》詞：「邊書靜，烽煙息。通軺傳，銷鋒鏑。仰太平天子，坐收長策。」

④「此老」二句，此老自當兵十萬，馬令《南唐書》卷二〇《黨與傳》：「俗説江南堅甲精兵雖數十萬，而長江天塹，險過湯池，可當十萬。國老宋齊丘，機變如神，可當十萬。周世宗欲取江表，故齊丘以反間死。斯言殆非君子之説，閭巷小人之語也。」陸游《南唐書》卷四《宋齊丘傳》所載同。前《水調歌頭·和信守鄭舜舉蔗庵韻》詞箋注引〔光緒〕《青田縣志》卷一〇《儒林》亦云：「辛稼軒見之，曰：『老子胸中兵百萬。』」長安正在天西北，《文獻通考》卷七六《郊社考》：「崇寧二年，禮部員外郎陳暘奏：『……地示之祭，先儒之説有二。或繫於崑崙，或繫於神州，皆有所經見。惟《爾雅》曰：西北之美者有崑崙之球，琳琅玕焉。《河圖括象》曰：崑崙東南萬五千里，

曰神州。是崑崙不過域於西北，神州不過域於東南也。……欲望明推神考詔旨，列崑崙、神州於從享之位。』」張方平《縣齋懷京都》詩：「東南古縣介江皋，西北神州倚斗杓。」本書卷六《菩薩蠻·書江西造口壁》詞有「西北望長安」語。

⑤鳳凰飛詔，《白孔六帖》卷三八《鳳詔》：「丹鳳封五色詔。」高承《事物紀原》卷二《鳳詔》：「後趙石季龍置戲馬觀，觀上安詔書，用五色紙，銜於木鳳口而頒之。今大禮、御樓肆赦亦用其事，自石季龍始也。」餘可參本書卷七《滿庭芳·遊豫章東湖再用韻》詞（柳外尋春閿）箋注。鄒浩《次韻和答稷臣見貽之句》詩：「瘴癘侵淩鬢欲華，鳳凰飛詔下天涯。」

⑥「車馬」四句，車馬路，白居易《過駱山人野居小池》詩：「門前車馬路，奔走無昏曉。」風雨暗，杜甫《遠遊》詩：「塵沙連越嶲，風雨暗荆蠻。」旌旗濕，杜甫《對雨》詩：「不愁巴道路，恐濕漢旌旗。」

⑦「看野」二句，野梅官柳，杜甫《西郊》詩：「市橋官柳細，江路野梅香。」東風消息，張孝祥《鵲橋仙·以酒果爲黃子默壽》詞：「東風消息，西山爽氣，總聚君家户牖。」

⑧「莫向」二句，蔗庵，見本書卷一《和鄭舜舉蔗庵韻》詩、本書卷八《水調歌頭·和信守鄭舜舉蔗庵韻》詞箋注。追語笑，陳師道《春懷示鄰里》詩：「剩欲出門追語笑，却嫌歸鬢著塵沙。」無顔色，《史記》卷一一〇《匈奴列傳》注引《西河故事》：「匈奴失祁連、焉支二山，乃歌曰：『亡我祁連山，使我六畜不蕃息。失我焉支山，使我婦女無顔色。』」

⑨杯中物，陶潛《責子》詩：「天運苟如此，且進杯中物。」

又

病中，俞山甫教授訪別，病起寄之①

曲几團蒲〔一〕，記方丈君來問疾〔二〕②。更夜雨匆匆別去，一杯南北。萬事莫侵閑鬢髮，百年正要佳眠食。最難忘，此語重殷勤，千金值③。西崦路，東巖石。攜手處，今塵跡〔三〕。望重來猶有〔四〕，舊盟如日④。莫信蓬萊風浪隔，垂天自有扶摇力⑤。對梅花一夜苦相思，無消息⑥。

【校】

〔一〕「團蒲」，四卷本甲集作「蒲團」，此從廣信書院本。

〔二〕「記方丈」，四卷本作「方丈裏」。

〔三〕「塵」，四卷本作「陳」。

〔四〕「重」，《六十名家詞》本作「東」。

【箋注】

①題，俞山甫，名南仲。《朱文公別集》卷三《與程沙隨可久迥書》：「廣西鹽法，近得詹丈書，極以爲便。……又蒙別紙垂喻俞廣文立二公祠之意，使爲記文，尤荷不鄙。但此事今日老丈在彼，晚學小生，豈當僭取而妄爲之？此決不敢承命。若廣文有請於門下，他日文成，區區得以題額，附名左方，亦云幸矣。幸達此意於廣文，敬泚筆以俟命也。」《朱文公續集》卷一《答黄直卿書》：「致仕文字，爲衆楚所咻，費了無限口頰，今方得州府判押。但求保官，更無人肯作。只有伯崇一員，或者以爲俞山甫必肯，近以書扣之，乃漠然不應。」詹丈即詹儀之，自淳熙十年始知廣西静江府兼廣西經略安撫使，任至十五年止。朱熹筆下之俞廣文，疑即任静江府教授之俞山甫。《淳熙三山志》卷三〇載：「淳熙八年辛丑黄由榜：俞南仲字山甫，福清人。」（萬曆）《福州府志》卷一六所載同。樓鑰《攻媿集》卷三四有《從政郎賀正使書狀官俞南仲循兩資》制詞：「敕具官某，朝廷選修聘之使，而使之自選其屬。爾以庠校之彦爲之少從，禮成而歸，賞可後乎？」據《金史》卷六二《交聘表》下，紹熙五年正月癸亥，宋翰林學士倪思、知閤門事王知新賀正旦。俞南仲使金爲書狀官應即此時。稼軒作病中俞山甫教授訪別詞，或值俞山甫自福州赴静江府教授任，途經信州，訪別稼軒。而南仲別去，久無消息，故稼軒病起而賦此詞。其時當在淳熙十四年，蓋已由冬入春矣。

②「曲几」二句，曲几團蒲，黄庭堅《以小團龍及半挺贈無咎並詩用前韻爲戲》詩：「曲几團蒲聽煮

湯，煎成車聲繞羊腸。」方丈君來問疾，《維摩詰所説經·文殊師利問疾品》：「爾時，佛告文殊師利：汝行良師維摩詰問疾。……於是，衆中諸菩薩大弟子、釋梵四天王等，咸作是念：今二大士文殊師利、維摩詰共談，必説妙法。即時八千菩薩、五百聲聞、百千天人，皆欲隨從。於是文殊師利與諸菩薩大弟子衆及諸天人恭敬圍繞，入毗耶離大城。」白居易《齋戒滿夜戲招夢得》詩：「方丈若能來問疾，不妨兼有散花天。」

③「萬事」句至此，「萬事莫侵閑鬢髮，百年正要佳眠食」，此二語當是俞南仲留言，故謂之價值千金。重殷勤，胡鳴玉《訂譌雜録》卷三《鄭重》條：「鄭重有頻煩、殷勤二義，不作珍重、不敢輕忽解。」白居易《贈别崔五》詩：「平生已不淺，是日重殷勤。」

④舊盟如日，《詩·王風·大車》：「謂予不信，有如皦日。」注謂「我言之信如白日也」。《左傳·襄公二十三年》：「欒氏之力臣曰督戎，國人懼之。斐豹謂宣子曰：『苟焚丹書，我殺督戎。』宣子喜曰：『而殺之，所不請於君。焚丹書者，有如日。』」注：「言不負要盟如日。」《南齊書》卷三八《蕭穎胄傳》：「賞罰之信，有如皦日。」

⑤「莫信」二句，蓬萊風浪，《史記》卷二八《封禪書》：「自威、宣、燕昭使人入海求蓬萊、方丈、瀛州，此三神山者，其傳在勃海中，去人不遠，患且至，則船風引而去。……未至，望之如雲，及到三神山，反居水下，臨之，風輒引去，終莫能至云。」垂天、扶摇，《莊子·逍遥遊》：「鵬之背，不知其幾千里也。怒而飛，其翼若垂天之雲。……鵬之徙於南冥也，水擊三千里，摶扶摇而上者

九萬里。」

⑥「對梅」二句，盧仝《有所思》詩：「美人兮美人，不知爲暮雨兮爲朝雲。相思一夜梅花發，忽到窗前疑是君。」

又

和廓之雪〔一〕①

天上飛瓊，畢竟向人間情薄②。還又跨玉龍歸去③，萬花摇落。雲破林梢添遠岫，月臨屋角分層閣〔二〕。記少年駿馬走韓盧，掀東郭④。　吟凍雁，嘲饑鵲。人已老，歡猶昨。對瓊瑶滿地〔三〕，與君酬酢⑤。最愛霏霏迷遠近，都收擾擾還空廓〔四〕。待羔兒飲罷又烹茶，揚州鶴⑥。

【校】

〔一〕題，廣信書院本「廓」作「范先」，此據四卷本甲集改。文淵閣《四庫全書》本「雪」前有「詠」字。

〔二〕「臨」，廣信書院本原作「明」，據四卷本、《六十名家詞》本改。

〔三〕「瓊瑶」，《六十名家詞》本作「瑶華」。

〔四〕「廓」，廣信書院本、《六十名家詞》本作「闊」。

【箋注】

①題，右詞爲和范廓之詠雪之作，廣信書院本次於同調《遊南巖和范廓之韻》詞（笑拍洪崖闌）之後，又同載四卷本甲集，知作年相近。今編該詞於同調淳熙十四年送鄭舜舉赴召詞之後，雖不中，亦不遠矣。

②「天上」二句，飛瓊，許飛瓊乃西王母之侍女。《漢武帝内傳》：「王母乃命諸侍女王子登彈八琅之璈，又命侍女董雙成吹雲和之笙，石公子擊昆庭之金，許飛瓊鼓震靈之簧。」《太平廣記》卷七〇《許飛瓊》條，載唐進士許瀍詩：「曉入瑶臺露氣清，坐中惟有許飛瓊。塵心未盡俗緣在，十里下山空月明。」此謂飛瓊情薄，故降雪於人間也。

③玉龍，見本書卷八《念奴嬌・和韓南澗載酒見過雪樓觀雪》詞（兔園舊賞闌）箋注。

④「記少」二句，《戰國策・齊策》三：「韓子盧者，天下之疾犬也。東郭逡者，海内之狡兔也。韓子盧逐東郭逡，環山者三，騰山者五，兔極於前，犬廢於後，犬兔俱罷，各死其處。田父見之，無勞勸之苦，而擅其功。」按：此二句蓋自紀其少年時期乘雪狩獵生涯。

⑤「對瓊」二句，瓊瑶滿地，陳與義《秋夜獨酌》詩：「瓊瑶滿地我影横，添酒賦詩何可失。」酬酢，

《古今事文類聚》續集卷一五《欲言即飲》條：「唐陽城爲諫議大夫，八年未肯去。方日夜劇飲，客欲諫止者，城揣知其情，强飲客，客辭，即自飲滿，客不得已與酬酢。或醉仆席中，或先醉卧客懷中，不能聽客語。」

⑥「待羔」二句，羔兒，酒也。《壽親養老新書》卷三《羊羔酒》：「米一石，如常法浸漿。肥羊肉七斤，麴十四兩，諸麴皆可。將羊肉切作四方塊，爛煮，杏仁一斤同煮，留汁七斗許，拌米飯麴，更用木香一兩同醖，不得犯水。十日熟，味極甘滑。此宣和化成殿方。」餘參本書卷八《鷓鴣天·用前韻和趙文鼎提舉賦雪》詞（莫上扁舟訪剡溪閬）箋注。騎鶴上揚州，典出殷芸《小説》，見本書卷二《丙寅歲山間競傳諸將有下棘寺者》詩箋注。蘇軾《於潛僧緑筠軒》詩：「若對此君仍大嚼，世間那有揚州鶴？」

洞仙歌

紅梅①

冰姿玉骨，自是清涼態〔一〕②。此度濃妝爲誰改？向竹籬茅舍③，幾誤佳期，招伊怪，滿臉顔紅微帶。　壽陽妝鑑裏④，應是承恩，纖手重匀異香在。怕等閑春未到，雪裏先開；風流噉，説與羣芳不解⑤。更總做北人未識伊，據品調難作，杏花看待⑥。

【校】

〔一〕「態」，原闕，《稼軒詞編年箋注》以臆徑補。

【箋注】

①題，右《洞仙歌》詠紅梅詞，廣信書院本置於訪得鉛山周氏泉同調詞之前，應即淳熙十四年所作，故次於此。

②「冰姿」二句，冰姿玉骨，《錦繡萬花谷》後集卷三八《梅世外佳人》條：「袁豐之居宅後，有六株梅，開時曾爲鄰屋煙氣所爍，乃團泥塞竈，張幕蔽風，久而又拆其屋，曰：『冰姿玉骨，世外佳人，但恨無傾城笑耳。』出《桂林記》。」清涼態，蘇軾《洞仙歌・僕七歲時見眉山老尼姓朱忘其名……乃爲足之》詞：「冰肌玉骨，自清涼無汗。」陸龜蒙佚詩句：「溪山自是清涼國，松竹合封蕭灑侯。」

③竹籬茅舍，謝逸《梅》詩：「城中桃李休相笑，林下清風汝未知。本是前村深處物，竹籬茅舍却相宜。」

④壽陽妝，《太平御覽》卷三〇《人日》條引《雜五行書》：「宋武帝女壽陽公主，人日卧於含章殿簷下，梅花落公主額上，成五出花，拂之不去。皇后留之，看得幾時，經三日洗之，乃落。宮女奇其

異，競效之，今梅花妝是也。」

⑤「風流」二句，噉，同煞、殺，甚也。不解，不能也。

⑥「更總」三句，《詩話總龜》後集卷二七引《西清詩話》：「紅梅清豔兩絶，昔獨盛於姑蘇，晏元獻始移植西岡第中，特珍賞之。一日，貴游賂園吏，得一枝分接，由是都下有二本。公嘗與客飲花下，賦詩曰：『若更遲開三二月，北人應作杏花看。』客曰：『公詩固佳，特比擬何淺也？』公笑曰：『顧傖父安得不然？』一坐絶倒。王君玉聞盜花事，以詩遺公云：『館娃宫裏舊精神，粉瘦瓊寒露蕊新。園吏無端偷折去，鳳城從此有雙身。』自爾名園事培接遍都城矣。《苕溪漁隱》曰：王介甫《紅梅》詩云：『春半花纔發，多應不奈寒。北人初未識，渾作杏花看。』與元獻之詩暗合，然介甫句意俱工，勝元獻遠矣。」范成大《范村梅譜》：「紅梅，粉紅色，標格猶是梅，而繁密則如杏，香亦類杏。詩人有『北人全未識，渾作杏花看』之句。」總，縱使。此三句蓋反荆公詩意，謂縱然作爲北人有所不識，然據其品調，亦難作杏花看待也。

鷓鴣天　元溪不見梅①

千丈冰溪百步雷〔一〕，柴門都向水邊開②。亂雲剩帶炊煙去，野水閑將日影來③。穿窈窕，過崔嵬〔二〕④，東林試問幾時栽？動揺意態雖多竹，點綴風流却欠梅〔三〕。

【校】

〔一〕「冰」，四卷本乙集作「清」，此從廣信書院本。

〔二〕「過」，四卷本作「歷」。

〔三〕「欠」，四卷本作「少」。

【箋注】

①題，元溪，應即源溪，在今黄沙鄉西北六里。元溪南流，入瀘溪。稼軒黄沙書院即在瀘溪南岸塔底。右詞乃春日即事諸作，姑次於淳熙十四年春初。

②「千丈」二句，步，周制，十步爲畝。張説《春雨早雷》詩：「河魚未上凍，江蟄已聞雷。」疑百步雷指江上聞雷也。水邊開，魏野《書潤師白蓮堂》詩：「猶恨東郊西寺遠，閉門難並水邊開。」

③「野水」句，王昌齡《長信秋詞五首》：「玉顔不及寒鴉色，猶帶朝陽日影來。」

④「穿窈」二句，陶潛《歸去來兮辭》：「既窈窕以尋壑，亦崎嶇而經丘。」杜牧《題茶山》詩：「柳村穿窈窕，松澗渡喧豗。」崔嵬，高山也。

水龍吟

題雨巖，巖類今所畫觀音補陀。巖中有泉飛出，如風雨聲〔一〕①

補陀大士虛空②，翠巖誰記飛來處〔二〕？蜂房萬點，似穿如礙，玲瓏窗户。石髓千年，已垂未落，嶙峋冰柱③。有怒濤聲遠，落花香在，人疑是，桃源路④。又說春雷鼻息，是卧龍彎環如許⑤。不然應是，洞庭張樂，湘靈來去⑥。我意長松，倒生陰壑，細吟風雨⑦。竟茫茫未曉，只應白髮，是開山祖⑧。

【校】

〔一〕題，「補」，王詔校刊本、《六十名家詞》本、四印齋本俱作「普」。詞首句並同。

〔二〕「誰記」，王詔校刊本、《六十名家詞》本、四印齋本俱作「記取」。

【箋注】

①題，博山雨巖，今尚在。在博山寺西南，山巖隆起，下有洞，内有天窗，山雨噴薄而下。稼軒友人韓淲涉及雨巖詩多首，《澗泉集》卷一二《朱卿入雨巖本約同遊一詩呈之》詩云：「雨巖只在博

山限，往往能令俗駕回。挈杖失從賢者去，住庵應喜謫仙來。中林卧壑先藏野，盤石鳴泉上有梅。蚤夕金華鹿田寺，斯遊重省又遐哉。」卷五《和韻趙十》詩：「能爲博山遊，想度丁公嶺。風乎雨巖幽，泉石景逾静。人誰無雅識，每每痼俗境。書傳所興起，更復史集訂。於其遊息間，趣味必雋永。」卷一四《十二月初九日雪尹子潛來》詩：「九峰庵上雪中眠，夜半寒枝落枕前。虚曠益知身老大，静深惟覺夢清圓。山圍漠漠無通路，田缺幽幽有暗泉。雅志能來得同榻，雨巖人必爲吟傳。」可與稼軒博山雨巖詞相參。觀音補陀，觀音菩薩之説法道場爲補陀落迦山。山在明州昌國縣，今名普陀山。《雲麓漫鈔》卷二：「補陀落迦山，自明州定海縣招寶山泛海東南行，兩潮至昌國縣。自昌國縣泛海到沈家門，過鹿獅山，亦兩潮至山下。正南一山曰翫月巖，循山而東，曰善財洞，又東曰菩薩泉，又東曰潮音洞，即觀音示現之處。又東曰仙人跡，又東曰甘露潭，東即大海。南逾海曰善射醮，南亦大海。自翫月峰之上過一山，中有平地，四山包之，即補陁寺。……循翫月巖北至善財洞及觀音巖寺前路，循東到古寺基，過圜通嶺，即山之北，亦大海。此山在海中。初，高麗使王舜封船至山下，見一龜浮海面，大如山，風大作，船不能行。忽夢觀音，龜没浪浄，中奏朝廷，得旨建寺，乃元豐三年也。《華嚴經》云：『補陀洛迦山亦云小白花山，今此山皆白丁香花。』東南天水混合無邊際，自東即入遼東渤海、日本毛人、高麗、扶桑諸國，自南即入漳、泉、福建路云。觀音多現於洞中或於巖上，及山峰，變化不一，甚著靈驗。」《普陀洛迦山新志》卷二：「普陀洛迦山，在浙江定海陸空縣治東里許海中，爲《華嚴經・善財》第二十八參觀世音菩薩説法處。……按普陀洛迦，梵語也，有作補陀洛迦、補陁洛伽、補怛洛伽、補陀羅伽者，當爲翻譯梵語之異文，在華言爲小白華。」雨巖形類觀音。稼軒於淳熙十二年訪問博山寺，來往其間，爲時頗久，且在寺中設讀書堂。其於博山寺西南發現雨巖，自應在留寺中既久之後。右詞雖無確切作年可考，然以常理推之，必在淳熙十三年十四年之頃，以是詞作於春季，故將右詞與詠雨巖石浪詞次於淳熙十四年春諸作中。

②「補陀」句，補陀大士，即觀世音菩薩，阿彌陀佛侍者。唐避太宗李世民諱，省稱觀音菩薩。《妙法蓮花經·觀世音菩薩普門品》：「佛告無盡意菩薩：善男子，若有無量百千萬億衆生，受諸苦惱，聞是觀世音菩薩，一心稱名觀世音菩薩，即時觀其音聲，皆得解脱，以是名觀世音菩薩。」大士，即菩薩之稱。《華嚴經·入法界品》、《千手千眼觀世音菩薩廣大圓滿無礙大悲心陀羅尼經》皆謂補陀落迦山爲觀世音道場。按：鄧廣銘先生在《稼軒詞編年箋注》中，謂「稼軒此詞題中所稱之『觀音補陀』及首句所稱之『補陀大士』，當均指觀音菩薩而言。稼軒另有賦石中觀音像之《玉樓春》（琵琶亭畔芳草路闋）一首，其中亦有『補陀大士神通妙』句。合此數者觀之，稼軒蓋誤以補陀大士爲觀音菩薩之另一稱號也」。今查宋人著作，皆以補陀爲觀音之另一稱號。鄧先生所言實不然也。如《寶慶會稽續志》卷七：「明州定海縣補陀洛迦山，蓋觀音大士示現處，遠近致禱，或見善財童子、金剛神、達磨等相。」范成大《石湖詩集》卷九《晝錦行送陳福公判信州》詩：「君不見補陀大士海復山，隨喜却來觀世間。」又，《山堂肆考》卷一六六《長帶觀音像》

條載：「長帶觀音，宋龍眠居士李公麟所作。……又補陀觀音像，蜀勾龍爽所作。具天人種種殊相，使人瞻之，敬心自起。」皆是也。虚空，謂有巖洞也。

③「蜂房」六句，蜂房、石髓，皆雨巖洞内外景觀，皆寫實也。釋覺範《石門文字禪》卷二一《信州天寧寺記》：「寺以羣居，而自爲户牖，犬牙相接，如蜂房螘穴，非相臣所以建請，集禪衲，演祖道，上延睿算之意。於是蟬蜕其卑陋而一新之也。」黄庭堅《題落星寺四首》詩：「蜂房各自開户牖，處處煮茶藤一枝。」洪适《雜詠上·蜂房》詩有「不須開户牖，薜荔爲穿房」語。

④「人疑」二句，《陶淵明集》卷五《桃花源記》：「晉太元中，武陵人捕魚爲業，緣溪行，忘路之遠近。忽逢桃花林，夾岸數百步，中無雜樹，芳草鮮美，落英繽紛，漁人甚異之。復前行，欲窮其林，林盡水源，便得一山，山有小口，髣髴若有光，便捨船從口入。初極狹，纔通人，復行數十步，豁然開朗，土地平曠，屋舍儼然，有良田美池桑竹之屬，阡陌交通，雞犬相聞。」雨巖外有王氏桃源酒壚，故有此語。

⑤「又説」二句，春雷鼻息，《昌黎集》卷二一《石鼎聯句詩序》：「道士倚牆睡，鼻息如雷鳴。」元稹《八駿圖詩》：「鼻息吼春雷，蹄聲裂寒瓦。」卧龍彎環，楊筠松《疑龍經·衛龍篇》：「有隨龍小溪澗，彎環抱體，常低佪。」

⑥「洞庭」二句，洞庭張樂，《莊子·天運》：「北門成問於黄帝曰：『帝張咸池之樂於洞庭之野，吾始聞之懼，復聞之怠，卒聞之而惑，蕩蕩默默，乃不自得。』帝曰：『女殆其然哉？吾奏之以

人，徵之以天，行之以禮義，建之以太清。』」湘靈，《楚辭·遠遊》：「使湘靈鼓瑟兮，令海若舞馮夷。」

⑦「倒生」二句，陰壑，杜甫《遊龍門奉先寺》詩：「陰壑生虚籟，月林散清影。」細吟風雨，蘇軾《自普照遊二庵》詩：「長松吟風晚雨細，東庵半掩西庵閉。」

⑧開山祖，寺院之建，多擇山間，故以爲開山始創者爲開山祖師。

山鬼謡

雨巖有石，狀怪甚，取《離騷·九歌》，名曰山鬼，因賦《摸魚兒》，改今名〔一〕①

問何年此山來此？西風落日無語。看君似是羲皇上，直作太初名汝〔二〕②。溪上路〔三〕，算只有紅塵不到今猶古③。一杯誰舉？笑我醉呼君，崔嵬未起，山鳥覆杯去④。　須記取，昨夜龍湫風雨。門前石浪掀舞⑤。四更山鬼吹燈嘯，驚倒世間兒女⑥。依約處〔四〕，還問我清遊杖屨公良苦。神交心許。待萬里攜君，鞭笞鸞鳳，誦我《遠遊賦》〔五〕⑦。石浪，庵外巨石也，長三十餘丈。

【校】

〔一〕調，廣信書院本原作「摸魚兒」，此從四卷本甲集改。題，「怪甚」，廣信書院本原作「甚怪」，據四卷本改。「改今名」，原作「改名山鬼謡」，亦據四卷本改。

〔二〕「初」，《六十名家詞》本作「虚」。

〔三〕「路」，《六十名家詞》本闕，文淵閣《四庫全書》本《稼軒詞》作「住」。

〔四〕「約」，《六十名家詞》本作「然」。

〔五〕「誦」，《六十名家詞》本作「送」。

【箋注】

①題，右詞詠雨巖石浪，自注有「庵外巨石，長三十餘丈」語。庵者，王氏庵也，地接雨巖。今雨巖至王氏庵山間之巨石，即爲稼軒名爲山鬼及石浪、石龍之長石尚存。自雨巖洞外，即有巨石迤邐盤折而下，卧於山中。稼軒謂爲三十餘丈，不誣也。形狀奇特瓌異，青碧可愛。稼軒因此石爲他處所未有，故名之石浪、石龍，又命之山鬼，均見其賦詠雨巖諸詞。查《楚辭·九歌·山鬼》有云：「若有人兮山之阿，被薜荔兮帶女蘿。……路險難兮獨後來，表獨立兮山之上。……石磊磊兮葛蔓蔓，怨公子兮悵忘歸。」總言山鬼幽處山林一隅，以狀其石之不遇於世。《永樂大典》卷九七六三巖字韻引徐安國《西窗集》之《遊雨巖有感》詩：「山鬼挽留堅不動，雷師驅策病難禁。何如穩卧寒巖底，一任蒼生屬意深。」爲現存詩文中，稼軒命名山鬼之後，惟一詠此石浪者。

②「看君」二句，羲皇上，見後《念奴嬌·賦雨巖效朱希真體》詞（近來何處闋）箋注。太初，周程本

《子華子》卷上《陽城胥渠問》：「陽城胥渠因北宫子以見子華子，曰：『胥渠願有所謁也。夫太初胚胎，萬有權輿，風轉誰轉，三三六六，誰究誰使？』……子華子曰：『噫嘻，本何足以識之？請以嘗試言之，而子亦嘗試而聽之。夫混茫之中，是名太初，實生三氣。』」

③「溪上」二句，溪上，（光緒）《江西通志》卷五三謂博山「南臨溪流」。此溪謂永豐溪。（同治）《廣豐縣志》卷一之四載：「西行層疊起伏，至大王山、鶴山，與博山對峙，爲縣治左水口。」另據（乾隆）《廣豐縣志》卷二，「縣境之水清而駃，磷磷多石，總名永豐溪，一名乾豐。」博山既與鶴山隔溪相對，則此溪及《生查子》詞之「溪邊照影行」句，所指皆永豐溪也。紅塵不到，蘇紳《題膠山寺》詩：「紅塵不到處，青嶂此忘歸。」

④「笑我」三句，崔嵬，謂石浪。山鳥覆杯，謂酒杯爲山鳥撞翻。

⑤「昨夜」二句，龍湫，謂泉池也。（乾隆）《廣豐縣志》卷二所載，有松峰龍湫、巾石峰龍湫、黄尖山龍湫等。不知此地何名。掀舞，葉夢得《避暑録話》卷下：「翌日，忽大雨震電，暴風驟至。坐間草木掀舞，池水震蕩。」《墨莊漫録》卷八：「鎮江府兵火之餘，有石一株，在瓦礫中，勢如掀舞。色紺而澤，奇物也。」

⑥「四更」二句，山鬼吹燈，杜甫《山館》詩：「山鬼吹燈滅，厨人夜語闌。」驚倒兒女，蘇軾《送陳伯修察院赴闕》詩：「一日喧萬口，驚倒同舍兒。」

⑦「依約」句至此，依約，猶隱約也。鞭笞鸞鳳，見《水調歌頭·席上用王德和推官韻壽南澗》詞（上

界足官府闕)箋注。《遠遊》,《楚辭》有《遠遊》篇。

生查子

獨遊雨巖〔一〕

溪邊照影行,天在清溪底。天上有行雲,人在行雲裏。　高歌誰和余?空谷清音起。非鬼亦非仙,一曲桃花水①。

【校】

〔一〕題,「獨」,四卷本乙集闕,此從廣信書院本。「雨」,《六十名家詞》本作「西」。

【箋注】

①「非鬼」二句,非鬼亦非仙,蘇軾《夜泛西湖五絶》詩:「湖光非鬼亦非仙,風恬浪静光滿川。」桃花水,《歲時廣記》卷一《桃花水》:「《水衡記》:『黄河水,二月三月名桃花水。』又顔師古《漢書音義》云:『《月令》:仲春之月,始雨水,桃始華。蓋桃方華時,既有雨水,川谷漲泮,衆流盛長,故謂之桃花水。』老杜詩云:『春岸桃花水。』」

蝶戀花

月下醉書雨巖石浪

九畹芳菲蘭佩好①。空谷無人，自怨蛾眉巧②。寶瑟泠泠千古調，朱絲絃斷知音少③。　冉冉年華吾自老④。水滿汀洲，何處尋芳草？喚起湘纍歌未了，石龍舞罷松風曉⑤。

【箋注】

①「九畹」句，《離騷》：「余既滋蘭之九畹兮，又樹蕙之百畝。」又：「扈江離與辟芷兮，紉秋蘭以爲佩。……户服艾以盈要兮，謂幽蘭其不可佩。」按：二百四十步爲畝，十二畝爲畹。

②「空谷」二句，空谷無人，杜甫《佳人》詩：「絶代有佳人，幽居在空谷。」自怨蛾眉，《離騷》：「衆女嫉余之娥眉兮，謡諑謂余以善淫。」

③「寶瑟」二句，千古調，《藝文類聚》卷八一引《琴操》：「《猗蘭操》者，孔子所作也。孔子聘諸侯，莫能任，自衛反魯，隱谷之中，見香蘭獨秀，喟然歎曰：『夫蘭當爲王者香，今乃獨茂，與衆草爲伍。』乃止車援琴鼓之，自傷不逢時，託辭於香蘭云。」千古調者，當指此也。朱絲絃斷知音少，杜

甫《寄岳州賈司馬六丈巴州嚴八使君兩閣老五十韻》詩：「貝錦無停織，朱絲有斷絃。」岳飛《小重山》詞：「欲將心事付瑶琴，知音少，絃斷有誰聽？」

④「冉冉」句，《離騷》：「老冉冉其將至兮，恐修名之不立。」張方平《都官紓葉郎中歸三衢》詩：「冉冉年華成老態，紛紛時事作閑愁。」

⑤「喚起」二句，湘纍，《揚子雲集》卷五《反離騷》：「因江潭而往記兮，欽弔楚之湘纍。」《漢書》卷八七上《揚雄傳》引此文，注：「諸不以罪死曰纍。荀息、仇牧皆是也。屈原赴湘死，故曰湘纍也。」石龍，謂石浪，以其形似長龍。

又

用前韻，送人行〔一〕①

意態憨生元自好。學畫鴉兒，舊日偏他巧②。蜂蝶不禁花引調，西園人去春風少③。　春已無情秋又老〔二〕。誰管閑愁？千里青青草④。今夜倩簪黄菊了〔三〕，斷腸明日霜天曉。

【校】

〔一〕題，四卷本乙集無「用前韻」三字，此從廣信書院本。

〔二〕「已」，《六十名家詞》本作「色」。

〔三〕「倩」，《六十名家詞》本作「情」。

【箋注】

①題，前韻詞，謂本卷《蝶戀花・月下醉書雨巖石浪》詞（九畹芳菲蘭佩好闋）。右詞既和賦雨巖石浪闋，則所作當亦在淳熙十四年。所送何人，已不可考。據詞意，當爲一女子。《稼軒詞編年箋注》：「疑稼軒此詞，爲送董姓侍者而賦」，可參。

②「意態」三句，意態憨生，《説郛》卷一三〇引顏師古《大業拾遺記》：「長安貢御車女袁寶兒，年十五，腰肢纖墮，騃憨多態，帝寵愛之特厚。時洛陽進合蔕迎輦花，云得之嵩山塢中，人不知名，採者異而貢之。會帝駕適至，因以迎輦名之。……其香氣穠芬馥，或惹襟袖，移日不散，嗅之令人不多睡。帝令寶兒持之，號曰司花女。時詔虞世南草《征遼指揮德音敕》於帝側，寶兒注視久之。帝謂世南曰：『昔傳飛燕可掌上舞，朕常謂儒生飾於文字，豈人能若是乎？及今得寶兒，方昭前事，然多憨態，今注目於卿，卿才人，可便嘲之。』世南應詔爲絶句曰：『學畫鴉黄半未成，垂肩嚲袖太憨生。緣憨却得君王惜，長把花枝傍輦行。』上大悦。」憨生，生爲語助詞。學畫鴉兒，蘇軾《浣溪沙・贈楚守田待制小鬟》詞：「學畫鴉兒正妙年，陽城下蔡困嫣然。」

③「蜂蝶」二句，蜂蝶不禁花引調，不禁，不耐。引調，引逗，調教。楊傑《和穆父待制竹堂》詩：

「莫夾桃花引蜂蝶，實成須與鳳凰期。」《愛日齋叢鈔》卷四：「陳無咎題趙國一詞，曠達可喜，予記其文云：『一年一度，春來何時是了？花落花開渾是夢，只解把人引調。……』無咎號龍壇居士，越人目之爲仙，其詞氣頗不凡俗也。」西園，稼軒帶湖新居屢見西園之稱。此贈行之女子，或即西園侍女也。

④千里青青草，《後漢書》卷一三《五行志》：「獻帝踐阼之初，京師童謡曰：『千里草，何青青？十日卜，不得生。』」按：千里草爲董，十日卜爲卓。民謡射董卓二字。此所指或董姓侍女。

又

洗盡機心隨法喜①。看取尊前，秋思如春意②。誰與先生寬髮齒？醉時惟有歌而已③。　歲月何須溪上記？千古黄花，自有淵明比。高卧石龍呼不起，微風不動天如醉④。

【箋注】

①「洗盡」句，《莊子·天地》：「吾聞之吾師，有機械者必有機事，有機事者必有機心。機心存於

胸中，則純白不備，純白不備則神生不定，神生不定者，道之所不載也。」《維摩詰所説經·佛道品》：「於是維摩詰以偈答曰：智度菩薩母，方便以爲父，一切衆導師，無不由是生。法喜以爲妻，慈悲心爲女。」蘇軾《和止酒》詩：「子室有孟光，我室惟法喜。」法喜，習法所生歡喜。

②秋思如春意，趙德麟《侯鯖録》卷四：「元祐七年正月，東坡先生在汝陰，州堂前梅花大開，明色鮮霽。先生王夫人曰：『春月色勝如秋月色。秋月色令人悽慘，春月色令人和悦，何如召趙德麟輩來飲此花下？』先生大喜曰：『吾不知子能詩耶，此真詩家語耳。』遂相召，與二歐飲，用是語作《減字木蘭》詞云：『春庭月午，搖落春醪光欲舞。步轉回廊，半落梅花婉娩香。輕風薄霧，都是少年行樂處。不似秋光，只共離人照斷腸。』」

③「誰與」二句，寬髮齒，鄧廣銘先生注云：「人老則齒落髮白，故多用齒髮爲年齡徵象。寬髮齒即寬延齒落髮白之期，亦即延年益壽之意。」醉時惟有歌，杜甫有《醉時歌》贈廣文館博士鄭虔。

④「高卧」二句，石龍，即雨巖石浪，見前《蝶戀花·月下醉書雨巖石浪》詞（九畹芳菲蘭佩好閲）箋注。呼不起，蘇軾《寄吴德仁兼簡陳季常》詩：「門前羅稏十頃田，清溪繞屋花連天。溪堂醉卧呼不醒，落花如雪春風顛。」微風不動天如醉，黄庭堅《二月丁卯喜雨吴體爲北門留守文潞公作》詩：「微風不動天如醉，潤物無聲春有功。」

又

何物能令公怒喜①？山要人來，人要山無意。恰似哀箏絃下齒，千情萬意無時已。自要溪堂韓作記②。今代機雲〔一〕，好語花難比③。老眼狂花空亂處，銀鈎未見心先醉④。

【校】

〔一〕「機雲」，《六十名家詞》本作「雲梯」，此從廣信書院本。

【箋注】

①「何物」句，《世説新語·寵禮》：「王珣、郄超並有奇才，爲大司馬所眷拔。珣爲主簿，超爲記室參軍。超爲人多鬚，珣狀短小。於時荆州爲之語曰：『髯參軍，短主簿，能令公喜，能令公怒。』」何物，什麽，什麽人。余嘉錫《世説新語箋疏》卷下之上《賢媛》載賈充語：「語卿道何物？」《箋疏》引吴承仕語：「何物即什麽，麽即物之聲轉。」按：《青瑣高議》後集卷二《王荆

公》條載云：「吴夫人爲買一妾，荆公見之曰：『何物女子？』」此語猶今言：女子是什麽人。

②「自要」句，《稼軒詞編年箋注》有云：「韓愈有《鄆州溪堂》詩，見卷一《滿庭芳》（柳外尋春闋）『溪堂、韓碑』注。此處蓋兼指韓南澗。南澗從兄名元龍字子雲，仕終直龍圖閣，浙西提刑，與南澗俱以文學顯名當世，故下句擬之陸機、陸雲。」又於《編年》謂：「右《蝶戀花》二首，作年難考定。據後闋語意，疑是帶湖居第落成之後，賦此向南澗求作記文者。」所釋韓南澗及機、雲所擬皆甚是。然謂此二首詞皆求作帶湖新居記文，則所猜測應誤。蓋前闋已有「石龍高卧」語，而《山鬼謡·雨巖有石狀怪甚取〈離騷·九歌〉名曰山鬼因賦〈摸魚兒〉改今名》詞（問何年此山來此闋）已賦雨巖石浪形甚怪異，《蝶戀花·月下醉書雨巖石浪》詞（九畹芳菲蘭佩好闋）又有「唤起湘纍歌未了，石龍舞罷松風曉」語，山鬼、石浪、石龍皆指雨巖附近怪石，則此處之溪堂，决非帶湖新居某近水之堂，乃位於博山雨巖之前永豐溪上之堂，其名當爲巃嵸，見本書《玉樓春·席上贈别上饒黄倅》詞（往年巃嵸堂前路闋）題下小注：「巃嵸，雨巖堂名。」前闋詞所謂「溪上」，指永豐溪，稼軒所求作溪堂之記，當指《巃嵸堂記》也。

③「今代」二句，機雲，《晉書》卷五四《陸機傳》載：「陸機字士衡，吴郡人也，祖遜，吴丞相；父抗，吴大司馬。機身長七尺，其聲如鐘，少有異才，文章冠世。……機天才秀逸，辭藻宏麗。張華嘗謂之曰：『人之爲文，常恨才少。而子更患其多。』弟雲。……字士龍，六歲能屬文，性清正，有才理。少與兄機齊名，雖文章不及機，而持論過之，號曰二陸。」花難比，洪适《憶城東來禽

爲景孫弟》詩：「隱園野處花難比，祇恐人評棣萼圖。」

④「老眼」二句，老眼狂花，《海録碎事》卷六《狂花病葉》條引《醉鄉日月》：「或有勇於牛飲者，以巨觥沃之，既撼狂花，復凋病葉。飲流謂睚眦者爲狂花，謂目睡者爲病葉。」銀鈎，張彦遠《法書要録》卷一：「索靖字幼安，燉煌人，散騎常侍張芝姊之孫也。傳芝草而形異，甚矜其書，名其字勢曰銀鈎蠆尾。」心先醉，陶潛《擬古》詩：「未言心相醉，不在接杯酒。」劉禹錫《酬令狐相公杏花園下飲有懷見寄》詩：「未飲心先醉，臨風思倍多。」

鷓鴣天

春日即事，題毛村酒壚〔一〕①

春入平原薺菜花〔二〕②，新耕雨後落羣鴉。多情白髮春無奈，晚日青簾酒易賒③。閑意態，細生涯，牛欄西畔有桑麻。青裙縞袂誰家女？去趁蠶生看外家④。

【校】

〔一〕題，四卷本乙集作「遊鵝湖醉書酒家壁」，此從廣信書院本。《中興絶妙詞選》卷三作「春日即事」。按：廣信本詞題可從。四卷本題或可作詞注。此乃稼軒遊鵝湖歸，書春事於毛村酒家壁時之作，非書於鵝湖明矣。

〔二〕「入」，廣信書院本原作「日」，此從四卷本。「薺」，《六十名家詞》本作「蒿」。

【箋注】

①題，毛村，〔同治〕《廣信府志》卷一之一《地理》載上饒至鉛山所經：「正南出府南門（陸路），轉西，由白鶴渡過信河，經汪家園三港渡、何葉街上宜橋（石橋）、毛村鋪、石溪（居民店鋪六十餘家），過木橋，抵鉛山界（五十里鉛山石溪，商民二百餘家，有塘汛），由太平橋（石橋），經鵝湖（石橋）雙頭抵鉛山縣。」因知毛村即在上饒前往鉛山鵝湖之山路上，其地在今上饒縣南茶亭鎮白沙周家村南四里。自此往南，入石馬廟而至鉛山石溪鄉。右詞與同調以下三詞，作年相接，當爲淳熙十四年春遊鵝湖歸途所作。

②薺菜，野生菜。〔雍正〕《浙江通志》卷一〇二：「薺菜，……薺和肝氣，明目，夜則血歸於肝，肝氣和則血脈流通，津液暢潤。東坡與徐十三薺羹書，以爲天然之珍，雖不甘於五味，而有味外之美。天生此物，以爲幽人山居之祿。」

③酒易賒，杜甫《對雪》詩：「金錯囊徒罄，銀壺酒易賒。」

④「青裙」二句，蘇軾《於潛女》詩：「青裙縞袂於潛女，兩足如霜不穿屨。」劉瞻《春郊》詩：「桑芽粒粒破春青，小葉迎風未展成。寒食歸寧紅袖女，外家紙上看蠶生。」

又〔一〕

著意尋梅嬾便回，何如信步兩三杯？山纔好處行還倦，詩未成時雨早去聲。催①。擕竹杖，更芒鞋②，朱朱粉粉野蒿開。誰家寒食歸寧女？笑語柔桑陌上來③。

【校】

〔一〕題，四卷本乙集作「鵝湖歸病起作」，此從廣信書院本。《中興絶妙詞選》卷三作「春行即事」。按：廣信本題作「鵝湖歸病起作」之同調詞，僅「枕簟溪堂」一闋，餘皆無題。四卷本題目皆誤。以右詞詞意推尋，無病起内容，故《絶妙詞選》詞題亦可從也。

【箋注】

①「詩未」句，杜甫《陪諸貴公子丈八溝擕妓納涼晚際遇雨》詩：「片雲頭上黑，應是雨催詩。」

②「擕竹」二句，蘇軾《與舒教授張山人參寥師同遊戲馬臺書西軒壁兼簡顔長道二首》詩：「竹杖芒鞋取次行，下臨官道見人情。」

③「誰家」二句，歸寧女，劉瞻《春郊》詩：「寒食歸寧紅袖女，外家紙上看蠶生。」柔桑陌上，蔡襄《四月清明西湖》詩：「芳草堤邊裙帶短，柔桑陌上髻鬟高。」

又〔一〕

翠木千尋上薜蘿〔二〕，東湖經雨又增波①。只因買得青山好，却恨歸來白髮多。　明畫燭，洗金荷②，主人起舞客高歌。醉中只恨歡娛少，無奈明朝酒醒何〔三〕。

【校】

〔一〕題，四卷本甲集作「鵝湖歸病起作」，此從廣信書院本無題。

〔二〕「木」，四卷本作「竹」。

〔三〕「無奈」句，四卷本作「明日醒時奈病何」。

【箋注】

①「翠木」二句，上薜蘿，洪朋《和答駒父見寄二首》詩：「竹落護松菊，疏村上薜蘿。」東湖，稼軒所

居伎山，在帶湖之北，並不在所居之東，其稱爲東湖者，或其東段耶？ 增波，杜甫《贈李十五丈別》詩：「山深水增波，解榻秋露懸。」

②金荷，黄庭堅《八音歌贈晁堯民》詩：「金荷酌美酒，夫子莫留殘。」《戲答龍泉余尉問禪二小詩》：「重簾複幕鎖蛾眉，銀燭金荷醉舞衣。」《念奴嬌》詞有題：「八月十七日，同諸生步自永安城樓，過張氏小園待月，偶有名酒，因以金荷酌衆客。」《清平樂》詞：「冰堂酒好，只恨銀杯小。新作金荷工獻巧，圖要連臺拗倒。」據知所謂金荷，蓋酒杯也。

又

敗棋，罰賦梅雨〔一〕

漠漠輕陰撥不開〔二〕，江南細雨熟黄梅①。有情無意東邊日〔三〕②，已怒重驚忽地雷。雲柱礎③，水樓臺〔四〕，羅衣費盡博山灰④。當時一識和羹味，便道爲霖消息來⑤。

【校】

〔一〕題，四卷本乙集「罰」字闕，此從廣信書院本。

〔二〕「陰」，汲古閣影鈔四卷本原作「此」字，又塗去不補。

〔三〕「意」，《六十名家詞》本作「道」。

〔四〕「樓」，《六十名家詞》本作「接」，文淵閣《四庫全書》本作「侵」。

【箋注】

①「漠漠」二句，漠漠輕陰撥不開，韓愈《同張水部籍遊曲江寄白二十二舍人》詩：「漠漠輕陰晚自開，青春白日映樓臺。」蘇軾《有美堂暴雨》詩：「遊人腳底一聲雷，滿座頑雲撥不開。」江南細雨熟黃梅，杜甫《梅雨》詩：「南京西浦道，四月熟黃梅。湛湛長江去，冥冥細雨來。」蘇軾《贈嶺上梅》詩：「不趁青梅嘗煮酒，要看細雨熟黃梅。」晁補之《贈楊景平》詩：「揚州行矣勿濡滯，江南細雨收黃梅。」

②「有情」句，劉禹錫《竹枝詞二首》：「楊柳青青江水平，聞郎江上唱歌聲。東邊日出西邊雨，道是無晴還有晴。」

③雲柱礎，《古今合璧事類備要》別集卷四一：「夏至前雨名黃梅，沾衣裳皆敗黦。又《埤雅》載云：『今江湘二浙，四五月間，梅又黃落，則水潤土溽，柱礎皆汗，蒸鬱成雨，謂之梅雨。』」按：今本《埤雅》無此條。

④「羅衣」句，呂大臨《考古圖》卷一〇：「按《漢朝故事》，諸王出閣則賜博山香爐。《晉東宮舊事》

曰：『太子服用，則有博山香爐，象海中博山，下有槃貯湯，使潤氣蒸香，以象海之回環。』此器世多有之，形制大小不一。」徐競《宣和奉使高麗圖經》卷三〇《博山爐》：「博山爐，本漢器也。海中有山，名博山，形如蓮花，故香爐取象。下有一盆，作山海波濤魚龍出没之狀，以備貯湯薰衣之用。蓋欲其濕氣相著，煙不散耳。」周邦彦《滿庭芳·夏日溧水無想山作》詞：「地卑山近，衣潤費爐煙。」

⑤「當時」二句，《尚書·說命》上：「若歲大旱，用汝作霖雨。」《說命》下：「若作和羹，爾惟鹽梅。」

又

戲題村舍①

雞鴨成羣晚未收〔一〕，桑麻長過屋山頭②。有何不可吾方羨，要底都無飽便休③。新柳樹，舊沙洲，去年溪打那邊流。自言此地生兒女，不嫁余家即聘周〔二〕。

【校】

〔一〕「未」，四卷本丙集作「不」，此從廣信書院本。

〔二〕「余」，四卷本作「金」。

【箋注】

①題，右詞爲帶湖閑居時所作，作年無考。姑附於帶湖晚期諸作之間。周與余皆上饒大姓。

②「桑麻」句，陶潛《歸園田居六首》詩：「相見無雜言，但道桑麻長。」韓愈《寄盧仝》詩：「每騎屋山下窺瞰，渾含驚怕走折趾。」《五百家注昌黎文集》卷五：「屋山，屋危也。」黄庭堅《汴岸置酒贈黄十七》詩：「誰倚柁樓吹玉笛，斗杓寒掛屋山頭。」范成大《顔橋道中》詩：「一段農家好風景，稻堆高出屋山頭。」

③「有何」二句，有何不可，《世説新語·德行》：「陳仲舉……爲豫章太守，至，便問徐孺子所在，欲先看之。主簿白：『羣情欲府君先入廨。』陳曰：『武王式商容之閭，席不暇煖。吾之禮賢，有何不可？』」飽便休，黄庭堅《四休居士》詩並序：「太醫孫君昉字景初，爲士大夫發藥，多不受謝。自號四休居士。山谷問其説四休，笑曰：『麤茶淡飯飽即休，補破遮寒暖即休，三平二滿過即休，不貪不妬老即休。』山谷曰：『此安樂法也。』」

清平樂〔一〕①

斷崖修竹〔二〕，竹裏藏冰玉。路轉清溪三百曲，香滿黄昏雪屋②。　行人繫馬疏籬，折殘猶有高枝。留得東風數點，只緣嬌嬾春遲〔三〕③。

【校】

〔一〕題，四卷本甲集作「檢校山園書所見」，此從廣信書院本無題。

〔二〕「修」，廣信書院本、《六十名家詞》本作「松」，《歷代詩餘》卷一三作「疏」。

〔三〕「嬾」，廣信書院本、《六十名家詞》本、《歷代詩餘》作「嫩」。

【箋注】

①題，《清平樂》三首，四卷本或作「檢校山園書所見」，或無題，必皆帶湖寓居期間爲山鄉生活所作，姑彙集於此。

②「路轉」二句，蘇軾《梅花二首》詩：「幸有清溪三百曲，不辭相送到黄州。」雪屋，疑指雪樓。

③「留得」二句，柳枝低處已被行人折殘，則東風數點，謂春在柳枝高處。

又〔一〕

茅簷低小，溪上青青草①。醉裏吴音相媚好〔二〕②，白髮誰家翁媪？　大兒鋤豆溪東，中兒正織雞籠〔三〕。最喜小兒亡賴，溪頭卧剥蓮蓬〔四〕③。

【校】

〔一〕題，《中興絶妙詞選》卷三作「村居」，此從四卷本、廣信書院本無題。

〔二〕「吴」，四卷本甲集作「蠻」。

〔三〕「兒」，《中興絶妙詞選》作「男」。

〔四〕「卧」，廣信書院本作「看」。

【箋注】

①「茅簷」二句，杜甫《絶句漫興九首》詩：「熟知茅齋絶低小，江上燕子故來頻。」李膺《送蘇伯達

之官西安七首》詩：「静看河畔青青草，應有池塘春夢篇。」

②「醉裏」句，《隋書》卷二二《五行志》：「煬帝……又言習吴音，其後竟終於江都。」《姑蘇志》卷一三《風俗》：「吴音清柔，歌則窈窕洞徹，沉沉綿綿，切於感慕，故樂府有《吴趨行》、《吴音子》。又曰吴歈，皆以音擅於天下，他郡雖習之，不及也。」

③「大兒」四句，王融《三婦豔》詩：「大婦織縑綺，中婦織流黄。小婦獨無事，攜琴上高堂。」按：六朝人樂府詩以《三婦豔》爲題，所賦甚多。如陳後主所作有《三婦豔》詞十一首，謂「大婦正當壚，中婦裁羅襦。小婦獨無事，淇上待吴姝」。稼軒此四句仿此。《漢書》卷一下《高帝紀》：「始大人常以臣亡賴，不能治産業，不如仲力。」注：「江淮之間，謂小兒多詐狡獪爲亡賴。」又作無聊，見吴玉搢《别雅》卷四：「《漢書·季布傳贊》：『其畫無俚之至耳。』……許慎曰：『賴也，此爲其計畫無所聊賴。』」後一釋義應是。

西江月

春晚①

剩欲讀書已嬾，只今多病長閑。聽風聽雨小窗眠，過了春光太半〔一〕②。往事如尋去鳥〔二〕，清愁難解連環〔三〕③。流鶯不肯入西園，去唤畫梁飛燕〔四〕。

【校】

〔一〕「太」，四庫全書本《稼軒詞》作「大」。

〔二〕「如」，《六十名家詞》本作「數」，此從廣信書院本。

〔三〕「清」，《六十名家詞》本作「消」。

〔四〕「去喚」，王詔校刊本、《六十名家詞》本、四印齋本作「喚起」。

【箋注】

①題，《稼軒詞編年箋注》次此詞於瓢泉之什中。然此詞有「西園」云云，顯爲淳熙帶湖之作。又有「多病長閑」語，與《最高樓》賦四時歌之「多病勝遊稀」語合，因附次於此。且《最高樓》詞賦牡丹，與右詞之作於春晚，於時序亦合也。

②「剩欲」四句，剩欲讀書，頗欲、還欲也。《後漢書》卷一一〇上《邊韶傳》：「邊韶字孝先，陳留浚儀人也。以文學知名，教授數百人。韶口辯，曾晝日假卧，弟子私謿之曰：『邊孝先，腹便便。嬾讀書，但欲眠。』」聽風聽雨，曾幾《發宜興》詩：「觀水觀山都廢食，聽風聽雨不妨眠。」

③「往事」二句，去鳥，謝朓《宣城集》卷一《遊後園賦》：「孤蟬已散，去鳥成行。」劉長卿《會稽王處士草堂壁畫衡霍諸山》詩：「歸雲無處滅，去鳥何時還。」解連環，見本書卷六《漢宮春·立春

日》詞（春已歸來閿）箋注。

定風波

用藥名，招婺源馬荀仲遊雨巖。馬善醫〔一〕①

山路風來草木香，雨餘涼意到胡牀②。泉石膏肓吾已甚③，多病。隄防風月費篇章。

孤負尋常山簡醉〔二〕④，獨自。故應知子草《玄》忙〔三〕⑤。湖海早知身汗漫⑥，誰伴？只甘松竹共淒涼。

【校】

〔一〕題，「婺源」，四卷本乙集闕，此從廣信書院本。

〔二〕「簡」，《六十名家詞》本作「間」。

〔三〕「故應知」，《六十名家詞》本作「應知揚」。

【箋注】

①題，用藥名，右詞每句嵌一中藥名，乃木香、禹餘糧（雨餘涼）、石膏、防風、常山、梔子（知子）、海

棗(海早)、甘松也。馬荀仲,《名醫類案》卷一〇:「程約字孟博,婺源人。世攻醫,精針法。同邑馬荀仲,自許齊名,約不然也。太守韓瑗嘗有疾,馬爲右脇下針之半入而針折,馬失色,曰:『是非程孟博不可。』約至,乃爲左脇下一針,須臾而折針出,疾亦愈,由是優劣始定。」〔道光〕《徽州府志》卷一四《方伎》引〔嘉靖〕《府志》所載同上,又引〔康熙〕《府志》云:「荀仲亦名醫,爲辛稼軒客,嘗贈之詞。」而其名及其他事歷,各志均不見載。

②「山路」二句,山路風來草木香,白居易《早夏遊平原回》詩:「夏早日初長,南風草木香。」劉攽《秋盡野次》詩:「丹椒結子菊花黄,山路秋高草木香。」到胡牀,趙長卿《鷓鴣天·深秋悲感》詞:「亭樹蕭蕭生莫涼,安排清夢到胡牀。」《晉書》卷二七《五行志》上:「泰始之後,中國相尚用胡牀、貊槃,及爲羌煮貊炙,貴人富室,必畜其器。」《資治通鑑》卷九七注:「胡牀,蓋今交椅之類。」

③泉石膏肓,《舊唐書》卷一九二《田遊巖傳》:「田遊巖,京兆三原人也。……後入箕山,就許由廟東築室而居,自稱許由東鄰。調露中,高宗幸嵩山,遣中書侍郎薛元超就問其母,遊巖山衣田冠出拜,帝令左右扶止之,謂曰:『先生養道山中,比得佳否?』遊巖曰:『臣泉石膏肓,煙霞痼疾。既逢聖代,幸得逍遥。』帝曰:『朕今得卿,何異漢獲四皓乎!』」

④尋常山簡醉,《世説新語·任誕》:「山季倫爲荆州,時出酣暢。人爲之歌曰:『山公時一醉,徑造高陽池。日莫倒載歸,酩酊無所知。復能乘駿馬,倒箸白接䍦。舉手問葛彊,何如并州

兒？』高陽池在襄陽，彊是其愛將，并州人也。」山季倫名簡。崔峒《贈元秘書》詩：「也聞阮籍尋常醉，見説陳平不久貧。」

⑤「故應」句，蘇軾《張先生》詩：「熟視空堂竟不言，故應知我未天全。」吕南公《曉陪内翰步至北園曉風吹雨北園》詩：「花不能言草成恨，故應知我偶然來。」揚雄撰《太玄經》十卷。

⑥身汗漫，見本書卷八《滿江紅·送湯朝美司諫自便歸金壇》詞（瘴雨蠻煙闋）箋注。

又

再和前韻，藥名〔一〕①

仄月高寒水石鄉②，倚空青碧對禪房〔二〕。白髮自憐心似鐵，風月。使君子細與平章〔三〕③。　平昔生涯筇竹杖〔四〕，來往。却慚沙鳥笑人忙。便好剩留黄卷句，誰賦？銀鈎小草晚天涼④。

【校】

〔一〕題，廣信書院本「再和前韻」四字闕，此從四卷本乙集補。

〔二〕「房」，四卷本作「牀」。

〔三〕「使」，廣信書院本原作「史」，此據四卷本改。

〔四〕「平昔」，四卷本作「已判」。

【箋注】

①題，右詞所用藥名有：寒水石、空青、法子（髮自，即半夏）、蓮心（憐心）、使君子、笻竹、蠶砂（慚沙）、硫黄（留黄）、小草等。

②仄月，《管子·白心》：「日極則仄，月滿則虧。極之徒仄，滿之徒虧。」仄，側也。《漁隱叢話》前集卷四八引《冷齋夜話》，謂黄庭堅和釋惠洪《清平樂》詞有云：「月仄金盆墮水，雁回醉墨書空。君詩秀絶雨園葱，想見衲衣寒擁。」《山谷詞》正作「月側」。

③「使君」句，王安石《和微之藥名勸酒》詩：「史君子細看流光，莫惜覓醉衣淋浪。」平章，見本書卷七《水調歌頭·淳熙己亥自湖北漕移湖南……席上留别》詞（折盡武昌柳闋）箋注。

④「便好」二句，剩留，多留，總留也。黄絹句，《世説新語·捷悟》：「魏武嘗過曹娥碑下，楊修從，碑背上見題作『黄絹幼婦外孫齏臼』八字，魏武謂修曰：『解不？』答曰：『解。』魏武曰：『卿未可言，待我思之。』行三十里，魏武乃曰：『吾已得。』令修别記所知。修曰：『黄絹，色絲也，於字爲絶。幼婦，少女也，於字爲妙。外孫，女子也，於字爲好。齏臼，受辛也，於字爲辤。』所謂

絶妙好辭也。』魏武亦記之，與修同，乃歎曰：『我才不及卿，乃覺三十里。』」銀鈎，草書之筆勢，見本卷《蝶戀花》詞（何物能令公怒喜闋）箋注。

最高樓

醉中，有索四時歌者，爲賦〔一〕①

長安道，投老倦遊歸②。七十古來稀。藕花雨濕前湖夜，桂枝風澹小山時③。怎消除？須殢酒，更吟詩。　也莫向竹邊辜負雪，也莫向柳邊辜負月〔二〕。閑過了，總成癡④。種花事業無人問，惜花情緒只天知〔三〕。笑山中，雲出早，鳥歸遲⑤。

【校】

〔一〕題，廣信書院本「者」字原闕，據四卷本甲集補。

〔二〕兩「辜」字，四卷本皆作「孤」。

〔三〕「惜花情緒」，四卷本作「對花風味」。

【箋注】

①題，右詞爲帶湖宴席上所作，所謂四時歌，蓋上片詠夏秋，下片詠春冬。據下闋賦牡丹詞，當作於淳熙十五年前，故一併彙録於此。

②「長安」二句，長安道，見卷八《鷓鴣天・博山寺作》詞（不向長安路上行闋）箋注。投老，謂到老也。《漢書》卷一〇六《仇覽傳》：「母守寡養孤，苦身投老，奈何肆忿於一朝，欲致子以不義乎？」倦遊，《史記》卷一一七《司馬相如列傳》：「今文君已失身於司馬長卿，長卿故倦遊。」《集解》：「厭遊宦也。」

③「藕花」二句，前湖，謂帶湖。稼軒所居伎山，在帶湖之北，山之北即州城靈山門，故謂之前湖。小山應即伎山。

④總成，總，自也。

⑤「笑山」三句，《陶淵明集》卷五《歸去來兮辭》：「雲無心而出岫，鳥倦飛而知還。」

又

和楊民瞻，席上用前韻，賦牡丹〔一〕①

西園買，誰載萬金歸②？多病勝遊稀。風斜畫燭天香夜，涼生翠蓋酒酣時③。待重尋，居士譜，謫仙詩④。　看黄底御袍元自貴，看紅底狀元新得意⑤。如斗大，笑花癡〔二〕⑥。漢妃翠被嬌無奈，吴姬粉陣恨誰知⑦？　但紛紛，蜂蝶亂⑧，送春遲〔三〕。

【校】

〔一〕題，廣信書院本無「前」字，據四卷本甲集補。

〔二〕「笑」，四卷本作「只」。

〔三〕「送」，廣信書院本原作「笑」，此據四卷本改。

【箋注】

①題，楊民瞻，其姓字僅見於稼軒詞及韓淲《澗泉集》中。《澗泉集》卷六《聞民瞻久歸一詩寄之》詩：「我居溪南望城北，最高園臺竹樹碧。眼前帶湖歌舞空，耳畔茶山陸子宅。知君纔自天竺歸，那得緇塵染客衣。日攜研席過阿連，怡神散髮思采薇。」卷七《趙簿留飲望城裏海棠因思履道且寄民瞻》詩：「相望海棠思故人，最高臺是北城闉。看來先自花饒笑，興到從他酒入脣。語燕既歸鶯作社，盟鷗何在且行春。妙年秀發如君少，桃李紛紛只世塵。」卷一三《次韻民瞻》詩：「獨酌梅花醉似泥，市塵何敢近園扉。孤香藉雨知幽眇，冷豔排風與世違。燈火麗譙新氣

象，琴尊高隱久光輝。隔江相望空華髮，燕子將來雁欲歸。」同卷《和民瞻所寄》詩：「老覺從遊易寂寥，夢思江海耿寒宵。元來冉冉乾坤裏，大抵悠悠歲月飄。南北一峰高可仰，東西二館隱誰招。園居好在帶湖水，冰雪春須積漸消。」右四詩大抵皆作於稼軒放棄帶湖新居之後，而帶湖故址尚仰民瞻不至蕪廢。趙蕃《淳熙稿》卷五《以歸來後與斯遠倡酬詩卷寄辛卿》詩亦載：「人家饋歲何所爲，紛紛酒肉相攜持。我曹餽歲復何有，酬倡之詩十餘首。緘封寄槀玄英方，從人笑癡我自狂。狂餘更欲誰送似，咫尺知音稼軒是。公乎比復何所作，想亦高吟動清酌。賓朋雜遝孰爲佳，咸推楊范工詞華。我曹所樂雖小技，歷古更今不能廢。歲云暮矣勿歎窮，梅花爛漫行春風。」據其中「賓朋雜遝」二句，知趙詩確作於淳熙間，故其所稱道稼軒座上之客曰楊、范，范必指范廓之，而楊則爲楊民瞻也。二人皆一併從遊於稼軒，雖相提並論，范寓居於浙東，而楊疑爲上饒人，惜其名無考耳。

②「西園」二句，萬金指牡丹。李肇《唐國史補》卷中：「京城貴遊，尚牡丹三十餘年矣。每春莫，車馬若狂，以不耽玩爲恥。執金吾鋪官圍外寺觀，種以求利，一本有直數萬者。元和末，韓令始至長安，居第有之，遽命斸去，曰：『吾豈效兒女子耶？』」西園已見。

③「風斜」二句，李濬《松窗雜録》：「太和開成中，有程修己者，以善畫得進謁。修己始以孝廉召入籍，故上不甚禮，以畫者流視之。會春暮，内殿賞牡丹花。上頗好詩，因問修己曰：『今京邑傳唱牡丹花詩，誰爲首出？』修己對曰：『臣嘗聞公卿間，多吟賞中書舍人李正封詩曰：國色

朝酣酒，天香夜染衣。』上聞之，嗟賞移時。楊妃方恃恩寵，上笑謂賢妃曰：『妝鏡臺前，宜飲以一紫金盞酒，則正封之詩見矣。』」

④居士譜，謫仙詩，六一居士歐陽修著有《洛陽牡丹記》，李謫仙白曾作《清平調》三章。

⑤「看黄」二句，牡丹有御袍黄、狀元紅兩種。《説郛》卷一〇四載鄞江周氏《洛陽牡丹記》：「御袍黄，千葉黄花也。色與開頭大率類女真黄。元豐時，應天院神御花圃中，植山篦數百，忽於其中變化一種，因目之爲御袍黄。狀元紅，千葉深紅花也。色類丹砂而淺，葉杪微淡，近萼漸深，有紫檀心，開頭可七八寸，其色甚美，迥出衆花之上，故洛人以狀元呼之。惜乎開頭差小於魏花，而色深過之遠甚，其花出安國寺張氏家，熙寧初方有之，俗謂之張八花。」按：此乃周氏《牡丹記》，歐陽修所著者無此記載。

⑥如斗大，吴處厚《青箱雜記》卷七：「王文康公賦性質實重厚，作詩曰：『棗花至小能成實，桑葉惟柔解吐絲。堪笑牡丹如斗大，不成一事只空枝。』此亦質實重厚之詞也。」文康公即王溥也。

⑦「漢妃」二句，漢妃翠被疑爲遮花之翠幕。《漢書》卷九六下《西域傳贊》：「孝武之世，……興造甲乙之帳，落以隨珠和璧，天子負黼依，襲翠被，馮玉几而處其中。」吴姬粉陣，《史記》卷六五《孫子吴起列傳》：「孫子武者，齊人也，以兵法見於吴王闔廬。闔廬曰：『子之十三篇，吾盡觀之矣，可以小試勒兵乎？』對曰：『可。』闔廬曰：『可試以婦人乎？』曰：『可。』於是許之，出宮中美女得百八十人，孫子分爲二隊，以王之寵姬二人各爲隊長，皆令持戟。……婦人復大笑。

孫子曰：『約束不明，申令不熟，將之罪也。既已明而不如法者，吏士之罪也。』……遂斬隊長二人以徇，用其次爲隊長，於是復鼓之。婦人左右前後跪起，皆中規矩繩墨，無敢出聲。於是孫子使使報王曰：『兵既整齊，王可試下觀之，惟王所欲用之，雖赴水火猶可也。』吴王曰：『將軍罷休就舍，寡人不願下觀。』」恨誰知，謂孫子斬其愛姬也。

⑧「但紛」二句，《漁隱叢話》後集卷二五：「王駕《晴景》云：『雨前初見花間蕊，雨後兼無葉底花。蛺蝶飛來過牆去，應疑春色在鄰家。』此《唐百家詩選》中詩也。余因閱荆公《臨川集》亦有此詩云：『雨來未見花間蕊，雨後全無葉底花。蜂蝶紛紛過牆去，却疑春色在鄰家。』《百家詩選》是荆公所選，想愛此詩，因爲改七字，使一篇語工而意足，了無鑱斧之跡，真削鐻手也。」李廌《春日即事九首》詩：「藹藹花絮亂，紛紛蜂蝶多。今年春復爾，不飲奈愁何。」

菩薩蠻

雪樓賞牡丹席上，用楊民瞻韻①

紅牙籤上羣仙格〔一〕，翠羅蓋底傾城色②。和雨淚闌干，沉香亭北看③。　東風休放去，怕有流鶯訴④。試問賞花人，曉妝匀未匀？

【校】

〔一〕「格」，《六十名家詞》本作「客」，此從廣信書院本。

【箋注】

①題，右雪樓賞牡丹詞，及下詞，皆席上用楊民瞻、范廓之韻所賦，故附次於《最高樓》賦牡丹詞之後。雪樓，或即仗山所創集山樓，稼軒移居帶湖新居之後改名。

②「紅牙」二句，牙籤，韓愈《送諸葛覺往隨州讀書》詩：「鄴侯家多書，插架三萬軸。一一懸牙籤，新若手未觸。」按：自韓詩以後，歷來皆以牙籤指架上圖書。而宋人始以其作花之標簽。葛勝仲《浣溪沙·木芍藥三首》詞：「鬥鴨欄邊曉露沾，華堂醉賞軸珠簾。插花人好手纖纖。遮護輕寒施翠幄，標題仙品露牙籤。詞人遺恨獨江淹。」即以牙籤詠牡丹。《武林舊事》卷七《德壽宮起居注》條：「淳熙六年三月十五日，車駕過宮，恭請太上太后幸聚景園。……遂至錦壁賞大花，三面漫坡，牡丹約千餘叢，各有牙牌金字，上張碧油絹幕。」羣仙格當指牡丹花名。翠羅蓋，即翠幕。《武林舊事》之「上張碧油絹幕」即此也。陸友仁《吴中舊事》卷中：「吴俗好花，與洛中不異。其地土亦宜花，古稱長洲茂苑，以苑目之，蓋有由矣。吴中花木不可殫述，而獨牡丹芍藥爲好尚之最，而牡丹尤貴重焉。……至穀雨爲花開之候，置酒招賓就壇，多以小青蓋或青幕覆之，以障風日。」

③「和雨」二句，和雨淚闌干，白居易《長恨歌》：「玉容寂寞淚闌干，梨花一枝春帶雨。」沉香亭北，李白《清平調三章》：「解釋春風無限恨，沉香亭北倚闌干。」餘參本書卷八《賀新郎·賦琵琶》詞(鳳尾龍香撥鬨)箋注。

④「東風」二句，放，教也。流鶯訴，釋覺範《和余慶長老春十首》詩：「葉雲誰剪芘花身，花底何人笑語頻？應是流鶯訴心事，窺牆欲見恨無因。」

念奴嬌

賦白牡丹，和范廓之韻〔一〕①

對花何似？似吴宮初教，翠圍紅陣②。欲笑還愁羞不語，惟有傾城嬌韻。翠蓋風流，牙籤名字，舊賞那堪省③！天香染露，曉來衣潤誰整④？最愛弄玉團酥⑤，就中一朵，曾入揚州詠⑥。華屋金盤人未醒⑦，燕子飛來春盡。最憶當年，沉香亭北，無限春風恨⑧。醉中休問，夜深花睡香冷⑨。

【校】

〔一〕題，「廓」，廣信書院本原作「先」，據四卷本甲集改。

【箋注】

①題，右賦牡丹詞，四卷本甲集收之，當作於淳熙末，故次於和楊民瞻牡丹詞之後，以楊、范同著名於時也。

②「對花」三句，吴宫教陣，事見前《最高樓·和楊民瞻席上用前韻賦牡丹》詞箋注。

③「翠蓋」三句，翠蓋牙籤，見前《菩薩蠻·雪樓賞牡丹席上用楊民瞻韻》詞箋注。本卷《鷓鴣天·賦牡丹》詞（翠蓋牙籤幾百株闋）亦以此詠牡丹。翠蓋即翠幕也。省，記也。

④「天香」二句，天香，李正封詩，見前《最高樓》詞箋注。衣潤誰整，白居易《酬鄭侍御多雨春空過詩三十韻》詩：「鏡昏鸞滅影，衣潤麝消香。」周邦彦《滿庭芳·夏日溧水無想山作》詞：「地卑山近，衣潤費爐煙。」誰整，已見。

⑤弄玉團酥，《中華古今注》卷中：「粉自三代，以鉛爲粉。秦穆公女弄玉，有容德，感仙人蕭史，爲燒水銀，作粉與塗，亦名飛雲丹，傳以簫曲終而同上昇。」《事物紀原》卷三《輕粉》條：「《實録》曰，蕭史與秦穆公鍊飛雲丹，第二轉，與弄玉塗之，名曰粉，即輕粉也，此蓋其始也。」《全芳備祖》前集卷二五《茉莉花》：「風流不肯逐春光，削玉團酥素淡妝。疑是化人天上至，毗那一夜滿城香。《白氏集》。」按：此詩白集未見。

⑥「就中」二句，范攄《雲溪友議》卷中《辭雍氏》條：「崔涯者，吴楚之狂生也，與張祜齊名。每題

一詩於倡肆，無不誦之於衢路。譽之則車馬繼來，毁之則杯盤失錯。……又嘲李端端：『黄昏不語不知行，鼻似煙窗耳似鐺。獨把象牙梳插鬢，崑崙山上月初生。』端端得此詩，憂之，候涯使院飲回，遥見二子，躡屐而行，乃道傍再拜戰惕，曰：『端端祗候三郎、六郎，伏望哀之。』又重贈一絶句粉飾之，於是大賈居豪，競臻其户。或戲之曰：『李家娘子纔出墨池，便登雪嶺，何期一日黑白不均？』紅樓以爲笑樂，無不畏其嘲謔也。祜、涯久在維揚，天下晏清，篇詞縱逸，貴達欽憚，呼吸風生，頗暢此時之意也。贈詩曰：『覓得黄騮被繡鞍，善和坊裏取端端。揚州近日渾成差，一朵能行白牡丹。』」

⑦華屋金盤，蘇軾《寓居定惠院之東雜花滿山有海棠一株土人不知貴也》詩：「自然富貴出天姿，不待金盤薦華屋。」蔡松年《念奴嬌・次許丹房韻時將赴鎮陽聞北潭雜花已盡獨木芍藥方開》詞：「華屋金盤，哀絃清瑟，一曲春風坼。」

⑧「最憶」三句，李濬《松窗雜録》：「開元中，禁中初重木芍藥，即今牡丹也，得四本，紅紫淺紅通白者，上因移植興慶池東沉香亭前。會花方繁開，上乘月夜，召太真妃，以步輦從，詔特選梨園子弟中尤者，……上曰：『賞名花，對妃子，焉用舊樂詞爲？』遂命龜年持金花箋，宣賜翰林學士李白進《清平調》詞三章。白欣承詔旨，猶苦宿酲未解，因援筆賦之：『雲想衣裳花想容，春風拂檻露華濃。……解釋春風無限恨，沉香亭北倚闌干。』」

⑨「夜深」句，蘇軾《海棠》詩：「只恐夜深花睡去，高燒銀燭照紅妝。」

水調歌頭

慶韓南澗尚書七十〔一〕①

上古八千歲，纔是一春秋②。不應此日，剛把七十壽君侯③。看取垂天雲翼，九萬里風在下，與造物同游④。君欲計歲月⑤，嘗試問莊周〔二〕。醉淋浪，歌窈窕，舞温柔⑥。從今杖屨南澗，白日爲君留⑦。聞道鈞天帝所，頻上玉卮春酒，冠蓋擁龍樓〔三〕⑧。快上星辰去，名姓動金甌⑨。

【校】

〔一〕題，四卷本「尚書」二字闕，此從廣信書院本。

〔二〕「嘗」，四卷本作「當」。

〔三〕「蓋」，四卷本作「珮」。

【箋注】

①題，韓元吉七十歲爲淳熙十四年。查《南澗甲乙稿》卷一四《繫辭解序》：「予生嘗有誓，年至六

十，乃敢著書。淳熙戊戌歲，既六十有一，始志其自得者，作《繫辭解》。」戊戌爲淳熙五年，上推得知其生於北宋徽宗重和元年，至淳熙十四年則爲七十歲。另考陸游《劍南詩稿》卷一九有《聞韓無咎下世》詩，次於淳熙十四年夏諸詩間，知韓元吉之卒，必在稼軒賦此詞之後不久。

②「上古」二句，大椿以八千歲爲一春秋，出《莊子・逍遥遊》，見本書卷六《八聲甘州・壽建康師胡長文給事》詞（把江山好處付公來關）箋注。

③剛把，剛，只也。

④「看取」三句，垂天雲翼、九萬里風在下，《莊子・逍遥遊》：「鵬之背，不知其幾千里也。怒而飛，其翼若垂天之雲。……鵬之徙於南冥也，水擊三千里，摶扶摇而上者九萬里，去以六月息者也。……風之積也不厚，則其負大翼也無力，故九萬里則風斯在下矣。」與造物同游，《莊子・天下》：「彼其充實不可以已，上與造物者遊，而下與外死生無終始者爲友。」

⑤計歲月，王希明《太乙金鏡式經》卷一：「歲計者，歲星之使也，謂計歲月日時之事也。」

⑥「醉淋」三句，醉淋浪，韓愈《醉後》詩：「淋浪身上衣，顛倒筆下字。」蘇軾《捕蝗至浮雲嶺山行疲苦有懷子由弟二首》詩：「久廢山行疲犖确，尚能村醉舞淋浪。」《和張子野見寄三絶句》詩：「狂吟跌宕無風雅，醉墨淋浪不整齊。」歌窈窕，歐陽修《定風波》詞：「粉面麗姝歌窈窕，清妙樽前，信任醉醺醺。」《東坡全集》卷三三《赤壁賦》：「舉酒屬客，誦明月之詩，歌窈窕之章。」窈窕之章，謂《詩・陳風・月出》有句：「月出皎兮，佼人僚兮，舒窈糾兮。」舞温柔，趙飛燕善舞，女

弟合德得寵，漢成帝謂之温柔鄉。按：韓元吉晚年之風流如許，可參《劍南詩稿》卷一九《聞韓無咎下世》詩：「吴波漲緑迎桃葉，穠燭堆紅按柘枝。」

⑦白日爲君留，蘇軾《再用前韻賦》詩：「羅浮道人一傾蓋，欲繫白日留君顔。」留白日，即勿使時光流逝意。

⑧「聞道」三句，鈞天帝所，見本書卷六《八聲甘州・壽建康帥胡長文給事》詞（把江山好處付公來闋）箋注。頻上玉巵春酒，《漢書》卷一下《高帝紀》：「九年冬十月，淮南王、梁王、趙王、楚王朝未央宫，置酒前殿，上奉玉巵，爲太上皇壽。」《詩・豳風・七月》：「爲此春酒，以介眉壽。」擁龍樓，《漢書》卷一〇《成帝紀》：「初居桂宫，上嘗急召，太子出龍樓門，不敢絶馳道。」注：「《三輔黄圖》：桂宫在城中，近北宫，非太子宫。門樓上有銅龍，若白鶴飛廉之爲名也。」《稼軒詞編年箋注》謂：「宋孝宗本太祖之後，高宗無嗣，選入，遂得以外藩承大統。而能始終奉身以盡宫庭之孝，父子怡愉，同享高壽，最爲一時稱頌。稼軒詞中『聞道鈞天』以下三語，當亦指此。」所注甚確。

⑨「快上」二句，上星辰，戴埴《鼠璞》卷上《星履曳履》條：「六曹尚書用星履曳履，熟事也，二出處皆不可用。漢鄭崇爲尚書僕射，曳革履，上曰：『我識鄭尚書履聲。』乃僕射事。唐韋見素爲吏部侍郎，杜甫詩曰：『持衡留藻鑑，聽履上星辰。』乃吏部侍郎事。」韓元吉嘗爲吏部尚書，故用此典。杜詩題爲《上韋左相二十韻》。金甌，《新唐書》卷一〇九《崔琳傳》：「初，玄宗每命相，

皆先書其名。一日，書琳等名，覆以金甌。會太子入，帝謂曰：『此宰相名，若自意之，誰乎？即中，且賜酒。』太子曰：『非崔琳、盧從愿乎？』帝曰：『然。』

鷓鴣天

鵝湖歸，病起作〔一〕①

枕簟溪堂冷欲秋，斷雲依水晚來收②。紅蓮相倚渾如醉〔二〕，白鳥無言定自愁〔三〕③。　書咄咄，且休休④，一丘一壑也風流⑤。不知筋力衰多少，但覺新來嬾上樓⑥。

【校】

〔一〕題，《中興絶妙詞選》卷三作「秋意」，此從廣信書院本。

〔二〕「渾如醉」，《草堂詩餘》卷一作「深如怨」，《中興絶妙詞選》作「渾如怨」。

〔三〕「自」，《草堂詩餘》作「是」。

【箋注】

①題，右詞當作於淳熙十四年夏。

②「枕簟」二句，枕簟，《遼史》卷一〇六《卓行傳》：「官奴與歐里部人蕭哇友善。哇謂官奴曰：『仕不能致主澤民，成大功烈，何屑屑爲也？吾與若居林下，以枕簟自隨，觴詠自樂，雖不官無慊焉。』官奴然之。」枕簟爲古人枕席之具，亦可作枕卧解。陸游《老學庵筆記》卷三：「瀘州自州治東出芙蕖橋，……有亭，蓋梁子輔作守時所創也。正面南，下臨大江，名曰來風亭。亭成，子輔日枕簟其上。」王珪《夏夜宿江亭有懷》詩：「枕上月華清到曉，簟間風意冷如秋。」斷雲依水，鄭克己有《飄轉》詩：「斷雲依水定，薄月帶沙流。」陸游《夜還驛舍》詩亦云：「樓上鼕鼕初發更，斷雲收雨旋成晴。」

③「紅蓮」二句，渾如醉，皮日休《櫻桃花》詩：「晚來嵬峨渾如醉，惟有春風獨自扶。」白鳥，陸璣《毛詩草木鳥獸蟲魚疏》卷下《振鷺于飛》：「鷺，水鳥也，好而潔白，故謂之白鳥。……大小如鴟，青脚，高尺七八寸，尾如鷹尾，喙長三寸所，頭上有毛十數枚，長尺餘，毵毵然與衆毛異，甚好。將欲取魚時則弭之。」按：稼軒初歸帶湖，有盟鷗之《水調歌頭》詞，謂「既盟之後，來往莫相猜」，此言久疏舊盟，定知白鷺之愁怨也。

④「書咄」二句，書咄咄，《世説新語·黜免》：「殷中軍被廢，在信安，終日恒書空作字。揚州吏民尋義逐之，竊視，唯作『咄咄怪事』四字而已。」注引《晉陽秋》：「初，浩以中軍將軍鎮壽陽，羌姚襄上書歸降，後有罪，浩陰圖誅之。會關中有變，苻健死，浩僞率軍而行，云修復山陵，襄前驅，恐，遂反。軍至山桑，聞襄將至，棄輜重，馳保譙。襄至，據山桑，焚其舟實，至壽陽，略流民而

還。浩士卒多叛。征西温乃上表黜浩，撫軍大將軍奏免浩，除名爲民。浩馳還謝罪，既而遷於東陽信安縣。」咄咄，歎詫聲。且休休，《舊唐書》卷一九〇下《文苑傳》下：「司空圖字表聖，本臨淄人。……圖有先人別墅在中條山之王官谷，泉石林亭，頗稱幽棲之趣。……晚年爲文，尤事放達。嘗擬白居易《醉吟傳》爲《休休亭記》，曰：『司空氏禎貽溪之休休亭，本名濯纓亭，爲陝軍所焚，天復癸亥歲復葺於壞垣之中，乃更名曰休休。休休也，美也，既休而具美存焉。蓋量其才一宜休，揣其分二宜休，耄且聵三宜休，又少而惰，長而率，老而迂，是三者皆非濟時之用，又宜休也。』……因爲《耐辱居士歌》，題於東北楹，曰：『咄咄，休休休，莫莫莫，伎倆雖多性靈惡。賴是長教閑處着。』」

⑤「一丘」句，《世説新語・品藻》：「明帝問謝鯤：君自謂何如庾亮？答曰：『端委廟堂，使百僚準則，臣不如亮；一丘一壑，自謂過之。』」卷下之上《巧藝》：「顧長康畫謝幼輿在巖石裏，人問其所以，顧曰：『謝云一丘一壑自謂過之，此子宜置丘壑中。』」

⑥「不知」二句，筋力、上樓，劉禹錫《秋日書懷寄白賓客》詩：「州遠雄無益，年高健亦衰。興情逢酒在，筋力上樓知。」俞文豹《吹劍録》：「古今詩人，間見層出，極有佳句，無人收拾，盡成遺珠。……陳秋塘詩：『不知筋力衰多少，但覺新來嬾上樓。』」況周頤《蕙風詞話》卷二載：「此二句乃稼軒詞《鷓鴣天》歇拍。稼軒倚聲大家，行輩在秋塘稍前，何至取材秋塘詩句？秋塘平昔以才氣自豪，亦豈肯沿襲近人所作！或者俞文豹氏誤記辛詞爲陳詩耶？此二句入詞則佳，

入詩便稍覺未合。詞與詩體格不同處，其消息即此可參。」按：陳秋塘名籍事歷尚有可考。張端義《貴耳集》卷上：「秋塘陳敬甫善，有《雪篷夜話》三卷，淳熙間一豪士。嘗書貴家扇云：『春風一日歸深院，巫峽千山鎖暮雲。』有《滿江紅》詞曰：『三月風前花薄命，五更枕上春無力。』《上李季章啓》云：『父子太史公，提千古文章之印；玉堂真學士，躋中朝公輔之班。』《送輔漢卿過考亭》詩云：『聞説平生輔漢卿，武夷山下啜殘羹。』」蘇泂《泠然齋詩集》卷七《往回臨安口號八首》詩：「道傍舉首揖髯陳，領得秋塘句法新。歸飯客樓隨取別，隔橋相見兩詩人（敬父）。」韓淲《澗泉集》卷三《寄秋塘》詩：「寄語秋塘翁，謝借淵明詩。俄而兩三年，未嘗不誦之。翁昔遊錢湖，日日載酒嬉。我方坐筦庫，逐勢利奔馳。」韓淲授行在太平惠民和劑局在慶元間，而「復綴守藏史，得近中書堂」則在開禧間（周文璞《方泉詩集》卷三《送澗泉》詩），可見本書卷一三《賀新郎·韓仲止判院山中見訪席上用前韻》詞（聽我三章約闋）箋注。又《澗泉集》卷五《俞伯輝主簿同徐必大判院見過澗上納涼約鮑南仲教授小酌次韻南仲所賦兼懷林德久國録陳敬甫學士》詩：「嘉禾古名郡，機雲信奇士。流風千載下，誰復數餘子。近年西疇仙，游戲在朝市（德久）。文章陳仲弓，合著蓬萊裏。」陳文蔚、姜夔皆與之有唱和詩。知其籍在嘉興，是行輩真晚於稼軒者。以此可知，收入四卷本甲集之稼軒此二句決非抄襲陳詩者，俞文豹所載，當爲誤記。

西江月　賦丹桂〔一〕①

宮粉厭塗嬌額②，濃妝要壓秋花〔二〕。西真人醉憶仙家，飛珮丹霞羽化③。　十里芬芳未足，一亭風露先加。杏腮桃臉費鉛華，終慣秋蟾影下。

【校】

〔一〕題，廣信書院本原作「和楊民瞻賦牡丹韻」，此從四卷本乙集。《六十名家詞》本作「和楊民瞻賦丹桂韻」。

〔二〕「要」，王詔校刊本、《六十名家詞》本、四印齋本作「再」。「壓」，《六十名家詞》本作「厭」。

【箋注】

①題，右詞雖和楊民瞻詞韻，然所詠非牡丹，而爲丹桂，故改從四卷本標題，其作時或亦在同年而時序入秋之後，今附次於此。

②「宮粉」句，王安石《與微之同賦梅花得香字三首》詩：「漢宮嬌額半塗黃，粉色凌寒透薄妝。」黄庭堅《酴醿》詩：「漢宮嬌額半塗黃，入骨濃薰賈女香。」

③「西真」二句，西真，西王母瑶池西真閣女也，見曾慥《類説》卷四六引《續清瑣高議》之《賢雞君傳》，參本書卷六《念奴嬌·謝王廣文雙姬》詞（西真姊妹閿）箋注。飛珮丹霞，俱仙人之裝束。李白《安州般若寺水閣納涼喜遇薛員外乂》詩：「忽逢青雲士，共解丹霞裳。」羽化，用鄭交甫空懷無佩典故，見本書卷八《賀新郎·賦水仙》詞（雲卧衣裳冷閿）箋注。

聲聲慢

嘲紅木犀。余兒時嘗入京師禁中凝碧池，因書當時所見〔一〕①

開元盛日，天上栽花，月殿桂影重重②。十里芬芳，一枝金粟玲瓏③。管絃凝碧池上④，記當時風月愁儂。翠華遠，但江南草木，煙鎖深宫⑤。　只爲天姿冷澹，被西風醞釀，徹骨香濃⑥。枉學丹蕉，葉底偷染妖紅〔二〕⑦。道人取次裝束，是自家香底家風⑧。又怕是，爲凄涼長在醉中。

【校】

〔一〕「嘲」，四卷本甲集原作「賦」，此從廣信書院本。

〔二〕「底」，四卷本作「展」。

【箋注】

①題，紅木犀，《明一統志》卷四六《寧波府》：「紅木犀，象山縣出，宋高宗時嘗移植禁中。」陳郁《藏一話腴》外編卷上：「明之象山士子史本，有木犀，忽變紅色，異香，因接本以獻闕下。高廟雅愛之，畫爲扇面，仍製詩以賜從臣榮薿。」凝碧池，《汴京遺跡志》卷八：「凝碧池在陳州門裏，繁臺之東南，唐爲牧澤，宋真宗時改爲池。」稼軒兒時嘗入京師，乃其十一歲時事。稼軒《九議》之五載：「某頃遊北方，見其治大臣之獄，往往以礬爲書，觀之如素楮然，置之水中則可讀。交通内外，類必用此。」稼軒所親見之金國治大臣獄事件，指金海陵帝完顔亮於天德二年（即紹興二十年），以白礬書假言，誅殺在汴京行臺之金左副元帥撒離喝及其家屬從黨一百二三十人之獄，可參本書卷二《九議》之五箋注。其年稼軒正隨同其祖父辛贊在金汴京行臺爲官。鄧廣銘先生以「陳州門爲開封外城南門之一，非皇城門，所記凝碧池之方位與稼軒所云在禁中者不合，不知何故」。按據《中州集》卷四所載酈權《木樨》詩有云：「惜哉不可曉，臨風爲嗟吁。尤憐元祐前，不及附歐蘇。末路益可惜，例進宣和初。仙根豈易致，百死不一甦。昔遊汴離宫，識此傾城姝。摩挲三品石，尚想狎客娱。」則凝碧池乃北宋離宫，故仍可謂之禁中也。酈權者，即稼軒兒時在亳州譙縣從學於劉瞻之學友，南宋紹興淮西兵變叛國之將酈瓊之子。右詞上片詠兒時所見汴京凝碧池黄木犀，下片嘲紅木犀，蓋以紅木犀雖不脱木犀香之家風，然畢竟又學丹蕉，於葉底偷染妖紅也。結語所謂淒涼長醉，乃不免於南宋高宗父子兩代難繼北宋繁華而有所嘲諷

也。《稼軒詞編年箋注》編爲仕宦東南時期所作，非是。以廣信本次序，當作於淳熙末，故次於和楊民瞻韻賦木犀詞之後。

②「開元」三句，開元盛日，杜甫《憶昔二首》詩：「憶昔開元全盛日，小邑猶藏萬家室。」開元，唐玄宗年號，共二十九年，爲唐代極盛時期，此用以擬比北宋宣和盛時。據鄺權詩，可知凝碧池栽木犀，爲北宋宣和初之事。月殿桂影，《酉陽雜俎》卷一《天咫》條：「舊言月中有桂，有蟾蜍，故異書言：月桂高五百丈，下有一人常斫之，樹創隨合。人姓吴名剛，西河人，學仙有過，謫令伐樹。……或言月中蟾桂，地影也，空處水影也，此語差近。」

③金粟，宋人多以此詠木犀。《愛日齋叢鈔》卷三：「楊廷秀《木犀》詩：『系從犀首名千木，派别黄金字子金。』後《鶴山集》亦賦此花云：『虎頭點點開金粟，犀首纍纍佩印章。明月上時疑白傅，清風席處越黄香。』集古人姓字爲對偶，又自注：『顧虎頭善畫金粟，用之正佳。』犀首配虎頭愈工，而誠齋詩句，殆爲花補傳也。」

④「管絃」句，《明皇雜録補遺》：「天寶末，羣賊陷兩京，大掠文武朝臣及黄門宫嬪樂工騎士，每獲數百人，以兵仗嚴衛，送於洛陽。……禄山尤致意樂工，求訪頗切。於旬日獲梨園弟子數百人。羣賊因相與大會於凝碧池，宴僞官數十人。大陳御庫珍寶，羅列於前後。樂既作，梨園舊人不覺歔欷，相對泣下。羣逆皆露刃持滿以脅之，而悲不能已。有樂工雷海清者，投樂器於地，西向慟哭。逆黨乃縛海清於戲馬殿，支解以示衆。聞之者莫不傷痛。王維時爲賊拘於菩提寺中，聞

之賦詩曰：『萬户傷心生野煙，百官何日更朝天。秋槐落葉空宫裏，凝碧池頭奏管絃。』」按：稼軒祖父亦陷金之官者，故少年稼軒之傷懷有同於王維也。

⑤「翠華」三句，此記兒時感受，非作詞時感受也。時宋高宗遠在臨安，故有「江南草木煙鎖深宫」語。《稼軒詞編年箋注》謂「指宋徽宗、宋欽宗爲金人所虜北去事」，非是。翠華，司馬相如《上林賦》有「建翠羽之旗」語，蓋天子以翠羽飾旗。見《文選》卷八。鹿虔扆《臨江仙》詞：「翠華一去寂無蹤，玉樓歌吹，聲斷已隨風。」

⑥徹骨香，黄庭堅《觀王主簿家酴醿》詩：「風流徹骨成春酒，夢寐宜人入枕囊。」李綱《葉夢授送家園梅花且以絶句十五章見示次其韻》詩：「超然標格冠羣芳，妙質天教徹骨香。」張鎡《客有折秋香來桂隱者喜成七言呈以道》詩亦有「若非老樹從頭發，安得西風徹骨香」語。

⑦「枉學」二句，丹蕉即紅蕉。《桂海虞衡記》：「紅蕉花，葉瘦，類蘆箬，心中抽條，條端發花，葉數層，日拆一兩葉。色正紅，如榴花荔子，其端各有一點鮮緑，尤可愛，春夏開，至歲寒猶芳。」妖紅，韓愈《晚春》詩：「誰收春色將歸去，慢緑妖紅半不存。」妖一作夭，豔也。蘇軾《和述古冬日牡丹四首》詩：「一朵妖紅翠欲流，春光回照雪霜羞。」

⑧「道人」二句，道人取次裝束，薛能《黄蜀葵》詩：「嬌黄新嫩欲題詩，盡日含毫有所思。記得玉人初病起，道家裝束厭禳時。」王觀《揚州芍藥譜・取次妝》：「淡紅多葉也，色絶淡，條葉正類緋，多葉亦平頭也。」自家香底家風，釋曉瑩《羅湖野録》卷一：「太史黄公魯直，元祐間丁家艱，

館黄龍山，從晦堂和尚遊，而與死心新老、靈源清老，尤篤方外契。晦堂因語次，舉孔子謂弟子『以我爲隱乎，吾無隱乎爾』、『吾無行，而不與二三子者，是丘也』，於是請公詮釋，而至於再。晦堂不然其説，公怒形於色，沉默久之。時當暑退涼生，秋香滿院。晦堂乃曰：『聞木犀香乎？』公曰：『聞。』晦堂曰：『吾無隱乎爾。』公欣然領解。」取次，隨意也。

鷓鴣天

重九席上作[一]①

戲馬臺前秋雁飛②，管絃歌舞更旌旗。要知黄菊清高處，不入當年二謝詩③。傾白酒，繞東籬，只於陶令有心期④。明朝九日渾瀟灑[二]，莫使尊前欠一枝。

【校】

[一]題，廣信書院本「作」字闕，此據四卷本丁集補。

[二]「九日」，四卷本作「重九」。

【箋注】

①題，右詞爲帶湖閑居於重九席間所賦，姑繫於淳熙後期諸作中。俞弁《逸老堂詩話》卷下謂此詞

「蓋爲菊解嘲也」。

②戲馬臺，《宋書》卷四六《張暢傳》：「元嘉二十七年，魏主拓跋燾南征，太尉江夏王義恭統諸軍出鎮彭城，虜衆近城數十里。……魏主既至，登城南亞父冢，於戲馬臺立氈屋。」《南齊書》卷九《禮志》：「宋武爲宋公，在彭城，九日出項羽戲馬臺，至今相承以爲舊準。」《太平寰宇記》卷一五《徐州》：「戲馬臺在縣南三里，項羽築戲馬臺於此。宋武北征至彭城，遣長史王虞等立第舍於項羽戲馬臺，作閣橋渡池。重九日，公引賓佐登此臺，會將佐百僚，賦詩以觀志。作者百餘人，獨謝靈運詩最工，曰：『季秋邊朔苦，旅雁繞霜雪。淒淒陽卉腓，皎皎寒潭潔。良辰感聖心，雲旗興暮節。鳴笳戾朱宮，蘭巵獻詩哲。餞宴光有孚，和樂隆所缺。』云云。宋於臺上置寺。」

③「不入」句，二謝謂謝靈運、謝朓。二謝無詠菊詩。

④「傾白」三句，白酒、東籬，《太平御覽》卷三二引《續晉陽秋》：「陶潛九月九日無酒，宅邊東籬下，菊叢中，摘盈把，坐其側。未幾，望見白衣人至，乃王弘送酒也，即便就醉而後歸。」陶潛《飲酒二十首》詩：「采菊東籬下，悠然見南山。」有心期，白居易《蓮石》詩：「莫言千里別，歲晚有心期。」賀鑄《題淵明軒》詩序：「陳傳道葺雙溝官舍，瀕水之北軒，索名於我，因命曰淵明軒。陳即日去職，予高斯人，爲賦是詩，寄題軒上。乙丑十月彭城作。」詩云：「淵明軒榜揭門眉，夫子高情俗不知。未仰秫秔供歲計，本於松菊有心期。」

又　重九席上再賦〔一〕

有甚閑愁可皺眉？老懷無緒自傷悲。百年旋逐花陰轉，萬事長看鬢髮知①。溪上枕，竹間棋②，怕尋酒伴嬾吟詩。十分筋力誇强健，只比年來病起時③。

【校】

〔一〕題，廣信書院本闕，此據四卷本乙集補。

【箋注】

①「百年」二句，旋逐花陰轉，鄭谷《寄贈孫路處士》詩：「酒醒蘚砌花陰轉，病起漁舟鷺跡多。」旋逐與長看對舉，則旋即旋轉頃刻之間，不久也。而長則久也，慢也。

②「溪上」二句，溪上枕，《世説新語·排調》：「孫子荆年少時欲隱，語王武子當枕石漱流，誤曰漱石枕流。王曰：『流可枕，石可漱乎？』孫曰：『所以枕流，欲洗其耳。所以漱石，欲礪其齒。』」竹間棋，李商隱《即日》詩：「小鼎煎茶面曲池，白鬚道士竹間棋。」

③「十分」二句，筋力誇强健，白居易《侍中晉公欲到東洛先蒙書問期宿龍門思往感今輒獻長句》詩：「聞説風情筋力在，只如初破蔡州時。」筋力在，《芥隱筆記》引作筋力健。十分，猶言全部。年來，即年前也。

念奴嬌

賦雨巖，效朱希真體〔一〕①

近來何處，有吾愁，何處還知吾樂？一點淒涼千古意，獨倚西風寥廓〔二〕②。並竹尋泉〔三〕，和雲種樹，唤做真閑客〔四〕③。此心閑處，未應長藉丘壑〔五〕。休説往事皆非，而今覺是④，且把清尊酌〔六〕。醉裏不知誰是我，非月非雲非鶴。露冷松梢〔七〕，風高桂子，醉了還醒却⑤。北窗高卧，莫教啼鳥驚着⑥。

【校】

〔一〕題，四卷本甲集「效朱希真體」五字闕，此從廣信書院本。

〔二〕「廓」，廣信書院本作「闊」字，四卷本作「廓」，應是本字，廣信本源於宋寧宗時刻本，故改「廓」爲「闊」。

〔三〕「並」，王詔校刊本、《六十名家詞》本、四印齋本作「剪」。

〔四〕「客」，廣信書院本原作「箇」，此從四卷本改。

〔五〕「未」，四卷本作「不」。

〔六〕「清」，《六十名家詞》本作「酒」。

〔七〕「露冷松梢」，四卷本作「松梢桂子」。

【箋注】

①題，朱希真，名敦儒，《明一統志》卷二九《河南府》：「朱敦儒，河南人，父勃，紹聖諫官。敦儒志行高潔，累辭薦辟。避亂，客南雄州。紹興初，明橐言其深達治體，有經世才，召爲迪功郎，固辭。其故人勸之，始起。奏對稱旨，賜進士，累遷兵部郎官。敦儒素工詩及樂府，婉麗清暢，時人推重之。」朱敦儒，《宋史》卷四四七《文苑》七有傳。汪莘《方壺詩餘自序》論詞體三變，謂自東坡以後，一變而爲朱希真。有「多塵外之想，雖雜以微塵，而其清氣自不可没」諸語。

②「一點」二句，淒涼千古，韋應物《閶門懷古》詩：「淒涼千古事，日暮倚閶門。」沈與求《安次山挽詞》：「往事淒涼千古恨，舊交零落幾人還？」獨倚西風，鄭獬《樊秀才下第》詩：「獨倚西風倍惆悵，却憂車馬到門來。」

③真閑客，顏博文《王希深合和新香煙氣清灑不類尋常可以爲道人開筆端消息》詩：「皂帽真閑

客，黄衣小病仙。」

④「休説」二句，《陶淵明集》卷五《歸去來兮辭》：「悟已往之不諫，知來者之可追。實迷途其未遠，覺今是而昨非。」

⑤「醉了」句，向子諲《洞仙歌·中秋》詞：「教夜夜人世十分圓，待拚却長年，醉了還醒。」

⑥「北窗」二句，北窗卧，《陶淵明集》卷七《與子儼等疏》：「常言五六月中，北窗下卧，遇涼風暫至，自謂是羲皇上人。」啼鳥驚，杜審言《妾薄命》詩：「啼鳥驚殘夢，飛花攪獨愁。」楊容華《新妝》詩：「啼鳥驚眠罷，房櫳乘曉開。」

又

雙陸，和陳仁和韻〔一〕①

少年横槊〔二〕②，氣憑陵，酒聖詩豪餘事。袖手傍觀初未識〔三〕，兩兩三三而已③。變化須臾，鷗翻石鏡〔四〕，鵲抵星橋外。擣殘秋練，玉砧猶想纖指④。

堪笑千古争心，等閑一勝，拚了光陰費。老子忘機渾謾與，鴻鵠飛來天際⑤。武媚宫中，韋娘局上⑥，休把興亡記。布衣百萬⑦，看君一笑沉醉。

【校】

〔一〕題，四卷本乙集作「雙陸和坐客韻」，此從廣信書院本。

〔二〕「橫」，四卷本作「握」。

〔三〕「袖」，四卷本作「縮」。

〔四〕「翻」，四卷本作「飛」。

【箋注】

①題，雙陸，《唐國史補》卷下：「今之博戲，有長行最盛。其具有局有子，子有黄黑各十五，擲采之骰有二，其法生於握槊，變於雙陸。天后夢雙陸而不勝，召狄梁公説之，梁公對曰：『宫中無子之象是也。』後人新意，長行出焉。又有小雙陸，圍透大點小點遊談鳳翼之名，然無如長行也。」又稱雙六，曹安《讕言長語》：「雙陸盤中，彼此内外各有六梁，故名雙六。雙六，最近古，號爲雅戲，始於西竺，流於曹魏，盛於梁、陳、魏、齊、隋、唐間。宋太宗播之聲詩，紀於奎文，雙六有光焉。」陳仁和，據以下送陳仁和自便東歸之《永遇樂》詞，四卷本以「送陳光宗知縣」爲題，知陳仁和即知仁和縣之陳光宗。《輿地紀勝》卷二《兩浙西路・臨安府》：「仁和縣，倚郭。……紹興二十七年敕仁和縣比開封府祥符縣。《臨安志》云：舊治在餘杭門内梅家橋之西，今移在

大理寺之東。」《宋史全文續資治通鑑》卷二七下：「淳熙十三年冬十月甲戌朔。是月，仁和知縣陳德明坐贓污不法，免真決，刺面配信州，其元舉主葉翥、齊慶胄、郭棣各貶秩三等。」查《淳熙三山志》卷二九：「隆興元年癸未木待問榜，陳德明字光宗，寧德人。」周必大《益國文忠公集》卷一七一《乾道壬辰南歸録》，有乾道八年四月「癸卯，風順，午時次常州，太守右朝散大夫晁子健、通判左朝散郎葛郯、教授迪功郎陳德明……並相候」語，知嘗爲常州教授。另據《咸淳臨安志》卷五一《仁和縣令表》中，有虞汝翼、陳鞏、陳德明、朱贇等，未著到罷時間。同書卷五四：「仁和縣無倦堂，淳熙十一年令陳鞏建。」另據《益國文忠公集》卷一八《題陳去非帖》：「紹興乙亥歲，某初仕王畿，陳公之子本之爲郎爲監，家藏手澤甚富。每休務，輒求觀竟日。今踰三十年，本之之子仁和宰復示此軸。……淳熙丙午二月十三日。」丙午即淳熙十三年，本之之子仁和宰或即陳鞏。故《稼軒詞編年箋注》考證陳鞏與陳德明交代縣事最早應爲淳熙十三年春夏間，而此年十月陳德明即失官謫居信州，則其任仁和縣令最多不過半年。淳熙十四年正應在發配信州之時，故能與稼軒相識，且陪其遊戲，以解其憂也。

②少年横槊，雙陸又稱握槊，葛立方《韻語陽秋》卷一七：「予謂雙陸之制，初不用棋，俱以黑白小棒槌，每邊各十二枚，主客各一色，以骰子兩隻擲之，依點數行，因有客主相擊之法。故趙摶《雙陸》詩云：『紫牙鏤合方如斗，二十四星銜月口。貴人迷此華筵中，運木手交如陣鬥。』」《南齊書》卷二八《桓榮祖傳》：「桓榮祖字華先，下邳人，五兵尚書崇祖從父兄也。父諒之，宋北中

郎府參軍。榮祖少學騎馬及射，或謂之曰：『武事可畏，何不學書？』榮祖曰：『昔曹操、曹丕上馬横槊，下馬談論，此於天下可不負飲食矣。君輩無自全之伎，何異犬羊乎？』」稼軒自少年起即隨其祖父仕宦北方，且曾起義反金，故「少年横槊」云云，亦夫子自道也。

③「袖手」二句，韓愈《祭柳子厚文》：「不善爲斲，血指汗顔。巧匠旁觀，縮手袖間。」兩兩三三，謂擲骰子。

④「變化」五句，此均狀雙陸遊戲情景。《漁隱叢話》前集卷五五引《遁齋閑覽》：「西頭供奉官錢昭度嘗作《詠方池》詩云：『東道主人心匠巧，鑿開方石貯漣漪。夜深却被寒星照，恰似仙翁一局碁。』有輕薄子見而笑曰：『此所謂一局黑，全輸也。』蓋唐廖凝有《詠白鷗》詩云『滿汀鷗不散，一局黑全輸』之句。」白居易《秋霽》詩：「月出砧杵動，家家擣秋練。」

⑤「老子」二句，機，謂機心。渾漫與，杜甫《江上值水如海勢聊短述》詩：「爲人性僻耽佳句，語不驚人死不休。老去詩篇渾漫與，春來花鳥莫深愁。」《杜詩詳注》卷一〇：「此一時拙於詩思而作也。少年刻意求工，老則詩境漸熟，但隨意付與，不須對花鳥而苦吟。……渾皆也，漫徒也。」鴻鵠飛來天際，《孟子·告子》上：「今夫奕之爲數小數也，不專心致志則不得也。奕秋，通國之善奕者也。使奕秋誨二人奕，其一人專心致志，惟奕秋之爲聽；一人雖聽之，一心以爲有鴻鵠將至，思援弓繳而射之，雖與之俱學，弗若之矣。」

⑥「武媚」二句，武媚宫中，《新唐書》卷七六《后妃傳》：「高宗則天順聖皇后武氏，并州文水

人。……太宗聞士彠女美，召爲才人。……既見帝，賜號武媚。」《能改齋漫録》卷六《雙陸》條：「王建《宫詞》：『分明同坐賭櫻桃，收却投壺玉腕勞。各把沉香雙陸子，局中鬥疊阿誰高？』按《狄仁傑家傳》載武后語仁傑曰：『朕昨夜夢與人雙陸，頻不勝，何也？』對曰：『雙陸輸者，蓋謂宫中無子。此是上天之意，假此以示陛下，安可虚儲位哉？』今《新唐史》削去『宫中』兩字，止云雙陸不勝，無子也。余嘗與善博者論之，博局有宫，其字不可削，蓋削之則無以見宫中之意，故王建詩亦云。」韋娘局上，《新唐書》卷七六《后妃傳》：「中宗庶人韋氏，京兆萬年人。……帝復即位，后居中宫。是時，上官昭容與政事方敬暉等欲盡誅諸武，武三思懼，乃因昭容入請，得幸於后，卒謀暉等誅之。初，帝幽廢，與后約：『一朝見天日，不相制。』至是，與三思共御床博戲，帝從旁典籌，不爲忤。」

⑦「布衣」句，《晉書》卷八五《劉毅傳》：「後在東府聚樗蒲，大擲，一判應至數百萬。餘人並黑犢以還，唯劉裕及毅在後，毅次擲得雉，大喜，褰衣繞床叫，謂同坐曰：『非不能盧，不事此耳。』」《南史》卷一《宋高祖紀》：「先是，帝造游擊將軍何澹之，左右見帝光曜滿室，以告澹之，澹之以白玄，玄不以爲意。至是，聞義兵起，甚懼，或曰：『裕等甚弱，陛下何慮之深？』玄曰：『劉裕足爲一世之雄，劉毅家無擔石之儲，樗蒱一擲百萬，何無忌？』」按：玄者，桓玄也。杜甫《今夕行》：「君莫笑劉毅從來布衣願，家無儋石輸百萬。」

洞仙歌 訪泉於奇師村，得周氏泉，爲賦〔一〕①

飛流萬壑，共千巖争秀②。孤負平生弄泉手③。歎輕衫短帽，幾許紅塵？還自喜，濯髮滄浪依舊④。　人生行樂耳，身後虚名，何似生前一杯酒⑤？便此地結吾廬，待學淵明，更手種門前五柳⑥。且歸去父老約重來，問如此青山，定重來否⑦？

【校】

〔一〕題，廣信書院本「奇師村」原作「期思」，此從四卷本甲集改。

【箋注】

①題，稼軒於寓居上饒期間，屢至鄰近山村，訪求有山泉之地，以便於居住。奇師村，舊稱名爲奇獅或碁師，在上饒西南鉛山縣東二十五里，見本書《沁園春》詞（有美人兮閿）題注。周氏泉，其地即原屬於周藻、周芸兄弟之産業，後爲稼軒所得，改名爲瓢泉者。〔同治〕《鉛山縣志》卷二《山川》：「瓢泉，在縣東二十五里，泉爲辛棄疾所得，因而名之。其一規圓如臼，其一直規如瓢，周

圍皆石徑，廣四尺許，水從半山噴下，流入臼中，而後入瓢，其水澄渟可鑑。」按：瓢泉今存，在今鉛山縣稼軒鄉即詹家南十三里瓜山下，紫溪與鉛山河繞五堡洲再匯於此。實地勘察，瓢泉水自山中流入瓢中，而後入臼，《縣志》所載次序正好相反。右詞當爲淳熙十四年，稼軒至鉛山訪得周氏泉尚未改名之初，乃賦此詞以記之也。

②「飛流」二句，《世説新語·言語》：「顧長康從會稽還，人問山川之美，顧云：『千巖競秀，萬壑争流，草木蒙籠其上，若雲興霞蔚。』」

③「孤負」句，蘇軾《留别雩泉》詩：「還將弄泉手，遮日向西秦。」孤負，同辜負。

④「歎輕」四句，輕衫短帽，南宋文人流行服色。陸游《劍南詩稿》卷八一《湖上》詩：「寒食初過穀雨前，輕衫短帽影翩翩。」連文鳳《百正集》卷中《冬日早行》詩：「客裏間關去路賒，輕衫短帽朔風斜。」濯髮滄浪，見本書卷八《六幺令·再用前韻》詞（倒冠一笑關）箋注。此四句蓋云：寓居上饒城中，尚不免沾惹些許紅塵，惟有移居更爲偏僻之期思村裏，方可稱之爲濯髮滄浪。

⑤「人生」三句，人生行樂耳，語出楊惲《報孫會宗書》，見本書卷七《水調歌頭·淳熙己亥自湖北漕移湖南》詞（折盡武昌柳闋）箋注。身後名不如生前一杯酒，語出《世説新語》，見卷八《水龍吟·次年南澗用前韻爲僕壽》詞（玉皇殿閣微涼闋）箋注。

⑥「便此」三句，陶潛《飲酒二十首》詩：「結廬在人境，而無車馬喧。」《讀山海經》詩：「衆鳥欣有託，吾亦愛吾廬。」《陶淵明集》卷五《五柳先生傳》：「先生不知何許人也，亦不詳其姓字。宅邊

有五柳樹，因以爲號焉。」

⑦定重來否，定，竟，能也。

清平樂

檢校山園，書所見①

連雲松竹，萬事從今足②。拄杖東家分社肉，白酒牀頭初熟③。西風梨棗山園，兒童偷把長竿。莫遣旁人驚去，老夫静處閑看。

【箋注】

①題，《雲麓漫鈔》卷一〇：「檢校，即檢點之義。未與正官，且令檢點其事，故杜子美有園官檢校之語，唐以前常言耳。」山園，稼軒所居伎山，故稱山園。

②「連雲」二句，蘇軾《借前韻賀子由生第四孫斗老》詩：「無官一身輕，有子萬事足。」稼軒謂有連雲松竹，故萬事自足，用蕭常《續後漢書》卷三五《李衡傳》語意：「衡每欲治産業，妻輒不聽。後密遣客十人於武陵龍陽洲上作宅，種甘橘千株，臨終敕其子曰：『汝母惡吾治家，故窮如是。吾州里有千頭木奴，不責汝衣食，歲止一匹絹，亦可足用。』」

③「拄杖」二句，分社肉，《史記》卷五六《陳丞相世家》：「里中社，平爲宰，分肉食甚均。」白酒牀頭，曾幾《寓居有招客者戲成》詩：「牀頭白酒新浮甕，案上黄詩屢絶編。」糟牀，壓取酒汁之具。

烏夜啼

山行，約范廓之不至〔一〕①

江頭醉倒山公②。月明中。記得昨宵歸路笑兒童。　溪欲轉，山已斷，兩三松。一段可憐風月欠詩翁③。

【校】

〔一〕題，「廓」，廣信書院本原作「先」，據四卷本甲集改。

【箋注】

①題，右約范廓之山行不至詞及以下和詞，姑附和本年初和范氏雪詞之後，疑所作時間不遠也。

②「江頭」句，山公即山簡，見本卷《定風波·用藥名招婺源馬荀仲遊雨巖》詞（山路風來草木香闋）箋注。

③一段風月，謂一片可觀之風景。

又

廓之見和，復用前韻〔一〕

人言我不如公①。酒杯中〔二〕。更把平生湖海問兒童〔三〕②。千尺蔓，雲葉亂，繫長松。却笑一身纏繞似衰翁。

【校】

〔一〕題，廣信書院本「廓」字原作「先」，「前」字原闕，皆據四卷本甲集改補。

〔二〕「杯」，四卷本作「頻」。

〔三〕「問」，廣信書院本原作「間」，據四卷本等改。

【箋注】

①「人言」句，《世説新語·方正》：「王述轉尚書令，事行便拜。文度曰：『故應讓杜許。』藍田云：『汝謂我堪此不？』文度曰：『何爲不堪？但克讓自是美事，恐不可闕。』藍田慨然曰：

『既云堪，何爲復讓？人言汝勝我，定不如我。』」《漢書》卷三一《項籍傳》：「夫擊輕鋭，我不如公。坐運籌策，公不如我。」《新唐書》卷一三六《李光弼傳》：「夫辨朝廷之禮，我不如公。論軍旅勝負，公不如我。」按：歷來作此類言語者甚多，稼軒合諸語而用之。

②「更把」句，平生湖海，見本卷《滿江紅·送信守鄭舜舉被召》詞（湖海平生闋）箋注。

定風波

大醉，自諸葛溪亭歸，窗間有題字令戒飲者，醉中戲作〔一〕①

昨夜山公倒載歸〔二〕，兒童應笑醉如泥②。試與扶頭渾未醒③，休問。夢魂猶在葛家溪④。　欲覓醉鄉今古路〔三〕，知處。温柔東畔白雲西⑤。起向緑窗高處看，題徧。劉伶元自有賢妻⑥。

【校】

〔一〕題，廣信書院本作「大醉，歸自葛園，家人有痛飲之戒，故書於壁」，此從四卷本乙集。

〔二〕「公」，廣信書院本原作「翁」，此從四卷本改。

〔三〕「欲覓」句，四卷本作「千古醉鄉來往路」。

【箋注】

①題，諸葛溪亭，廣信書院本原作葛園。葛園無考，右詞有「葛家溪」語，蓋葛溪自靈山西發源，西南至弋陽入信江。而今横峰縣北有葛源鎮，弋陽縣則有葛溪鄉。不知稼軒所謂葛園的在何處。〔乾隆〕《上饒縣志》卷一三引明費弘《雙節詩序》，謂曰：「葛源在郡治西北數十里，其山水清奇，尤爲予所賞愛。」如果爲諸葛溪亭，則應在弋陽縣南。本卷《水龍吟》詞（被公驚倒瓢泉闋）題有諸葛元亮，亦不知即其寓居處否。右詞爲稼軒寓居帶湖期間遊覽山水時所作也。

②「昨夜」二句，李白《襄陽歌》：「落日欲没峴山西，倒著接羅花下迷。襄陽小兒齊拍手，攔街争唱《白銅鞮》。傍人借問笑何事，笑殺山公醉似泥。」餘見本卷《定風波·用藥名招婺源馬荀仲遊雨巖》詞（山路風來草木香闋）箋注。

③與扶頭，白居易《早飲湖州酒寄崔使君》詩：「一榼扶頭酒，泓澄瀉玉壺。」王禹偁《回襄陽周奉禮同年因題紙尾》詩亦謂：「扶頭酒好無辭醉，縮項魚多且放饞。」則扶頭酒名，蓋因其醇厚易醉，醉即須人扶頭而命名。李之儀《故人李世南畫秋山林木平遠三首和韻》詩：「射雁歸來魚滿笥，甕中先與問扶頭。」汪應辰《贈人二首》詩：「遥想逃禪時一醉，人間春甕與扶頭。」

④葛家溪，《太平寰宇記》卷一〇七《弋陽》：「葛溪水，源出上饒縣靈山，過當縣李誠鄉，在縣西二里。昔歐冶子居其側，以此水淬劍，又有葛元冢焉，因曰葛水。」〔同治〕《弋陽縣志》卷二：「葛

溪，縣東七十里，相傳有葛元冢在溪旁。元嘗修道溪旁，故里人得葬其冠履也，溪名蓋始於此。其源出靈山，合晚港入弋陽江。」

⑤「欲覓」三句，醉鄉路，《新唐書》卷一九六《王績傳》：「王績字無功，絳州龍門人。……時太樂署史焦革家善釀，績求爲丞，吏部以非流不許，績固請曰：『有深意。』竟除之。……所居東南有盤石，立杜康祠祭之，尊爲師，以革配，著《醉鄉記》，以次劉伶《酒德頌》。」黄庭堅《品令·茶詞》：「味濃香永，醉鄉路成佳境。」温柔鄉，白雲鄉，伶玄《趙飛燕外傳》：「合嫕諷后曰：『上久亡子，宫中不思千萬歲計邪？何不時進上求有子？』后德嫕計，是夜進合德。帝大悦，以輔屬體，無所不靡，謂爲温柔鄉。謂嫕曰：『吾老是鄉矣，不能效武皇帝求白雲鄉也。』」

⑥「劉伶」句，《世説新語·任誕》：「劉伶病酒，渴甚，從婦求酒。婦捐酒毁器，涕泣諫曰：『君飲太過，非攝生之道，必宜斷之。』伶曰：『甚善，我不能自禁，惟當祝鬼神，自誓斷之耳。便可具酒肉。』婦曰：『敬聞命。』供酒肉於神前，請伶祝誓，伶跪而祝曰：『天生劉伶，以酒爲名。一飲一斛，五斗解醒。婦人之言，慎不可聽。』」按：家人痛飲之戒，緑窗高處所題徧者，皆稼軒妻范氏之所爲也。

蝶戀花

戊申元日立春，席間作〔一〕①

誰向椒盤簪綵勝②？整整韶華，爭上春風鬢③。往日不堪重記省④，爲花長把新春恨〔二〕。　春未來時先借問，晚恨開遲，早又飄零近。今歲花期消息定，只愁風雨無憑準⑤。

【校】

〔一〕題，廣信書院本原作「元日立春」，《中興絶妙詞選》卷三作「戊申元日立春」，此從四卷本乙集。

〔二〕「長把」，王詔校刊本、《六十名家詞》本、四印齋本「長」作「常」，《中興絶妙詞選》、《類編草堂詩餘》卷二「把」作「抱」。

【箋注】

①題，戊申爲淳熙十五年。戊申元日立春，范成大《石湖詩集》卷二八有《元日立春感歎有作二首》詩：「元日兼春日，霜寒又雪寒。並煩傳菜手，同捧頌椒盤。疊膝稀穿履，扶頭懶正冠。五年如此度，寧得諱衰殘？（其一）元日兼春日，閑身是老身。行年申直戊，交運丑支辛。豈敢綦安佚，聊希刮鈍屯。童兒看書户，把筆已如神。（其二）」據「行年」句，知與稼軒右詞爲同日所作。《誠齋集》卷二三亦有《戊申元日立春題道山堂前梅花》詩，皆可證此年立春確在元旦。錢大昕《十駕齋養新録》卷一四《寶祐會天曆》條載：「宋《寶祐會天曆》，予訪之五十年，今春始於姑蘇

吴氏得見之。朱錫鬯跋引農家諺，以元日立春爲百年罕遇。……夫元日立春，猶之天正朔旦冬至也。以古法十九年一章之率推之，本非罕覯之事。田家不諳推步，故有此諺，未可信以爲實也。」然北宋韓琦《至和乙未元日立春》詩已有「元日難逢是立春，普天誰不喜佳辰」句，知此日良可紀念，故詩人多詠之也。

②「誰向」句，《爾雅翼》卷一一《椒》：「正月一日以盤進椒，飲酒，則撮寘酒中，號椒盤焉。」龐元英《文昌雜録》卷三：「唐歲時節物，元日則有屠蘇酒、五辛盤、咬牙餳。……立春則有綵勝雞燕、生菜，今歲時遺問略同。」《山堂肆考》卷八《賜幡勝》：「《夢華録》：立春日，自郎官御史寺監長貳以上，皆賜春幡勝，以羅爲之。宰執親王近臣皆賜金銀幡勝，入賀訖，戴歸私第。又士大夫家剪綵爲小幡，謂之春幡，或懸於家人之頭，或綴於花枝之下，或剪爲春蝶春錢春勝以爲戲。東坡立春日亦簪幡勝過子由，諸子侄笑指云：『伯伯老人，亦簪花勝耶？』」

③「整整」二句，按：淳熙十五年，稼軒四十九歲，再過一年即五十歲整，故整整與争上語，蓋謂半百之年華，即將見於斑白之鬢髮矣。

④「往日」句，張先《天仙子・時爲嘉禾小倅以病眠不赴府會》詞：「送春春去幾時回？臨晚鏡，傷流景，往事悠悠空記省。」金段克己《滿江紅・新春敬用遁庵韻》詞「往事不堪重記省，舊愁未斷新愁又」句，蓋從稼軒詞出。記省，記憶追想也。

⑤「今歲」二句，《稼軒詞編年箋注》此詞之編年，爲余增訂時所補寫，有云：「王淮、周必大同爲丞

相，自淳熙十四年二月起至十五年五月止，此間王淮擬除稼軒一帥之議見沮於周必大，遂以稼軒主管宫祠，以備緩急之用。稼軒罷歸六七年之後始得奉祠，故不能不深致歎息。此詞作於戊申元日，然借春花爲喻，以其開遲且又飄零過早，故有『往日不堪重記省，爲花長把新春恨』及『今歲花開消息定，只愁風雨無憑準』之句，蓋於此頗致其感慨也。」所謂「晚恨開遲，早又飄零近」，必指數年間，頗有多次起用之議而屢遭沮格也。當時所云「頗致其感慨」者，殆謂其自淳熙中被誣劾罷，至淳熙末始有湔洗之望。疑至戊申元日，來自朝中之消息，爲奉祠有日也。

臨江仙　探梅

老去惜花心已嬾，愛梅猶繞江村①。一枝先破玉溪春②。更無花態度，全是雪精神[一]③。　剩向青山餐秀色[二]④，爲渠著句清新。竹根流水帶溪雲。醉中渾不記，歸路月黄昏⑤。

【校】

[一]「是」，四卷本甲集作「有」，此從廣信書院本。

〔二〕「剩向」句，《全芳備祖》前集卷一「剩」作「勝」。「青」，四卷本、《全芳備祖》作「空」。

【箋注】

①「老去」二句，惜花心，王洋《詩去得仰之報云旦夕必有風雨可速相過走筆以詩報之》詩：「幕下郎君發醉吟，多如年少惜花心。」江村，據下句「玉溪春」，疑即鉛山河口鎮以東二十四里之江村，在玉溪之南，稍東即今鵝湖鎮。

②「一枝」句，玉溪即信江。信江源自玉山縣，故稱玉溪。宋人多以玉溪稱信江。

③「全是」句，毛滂《踏莎行·會寶園初見梅花》詞：「南枝微弄雪精神，東君早寄春音信。」

④餐秀色，陸機《日出東南隅行》：「鮮膚一何潤，秀色若可餐。」《説郛》卷一一〇《大業拾遺記》：「帝每倚簾視絳仙，移時不去。顧内謁者云：『古人言秀色若可餐，如絳仙，真可療饑矣。』」

⑤月黄昏，林逋《山園小梅二首》詩：「疏影横斜水清淺，暗香浮動月黄昏。」

水龍吟　題瓢泉〔一〕①

稼軒何必長貧？放泉簷外瓊珠瀉！樂天知命，古來誰會，行藏用舍②？人不堪憂，一瓢自樂，賢哉回也③。料當年曾問〔二〕，飯蔬飲水，何爲是，棲棲者④？且對浮雲山上，莫匆匆去流山下⑤。蒼顔照影，故應零落〔三〕，輕裘肥馬⑥。繞齒冰霜，滿懷芳乳，先生飲罷。笑掛瓢風樹，一鳴渠碎，問何如啞⑦？

【校】

〔一〕題，廣信書院本「題」字闕，據四卷本乙集補。

〔二〕「曾」，《六十名家詞》本作「嘗」，此從廣信書院本。

〔三〕「零」，四卷本作「流」。

【箋注】

①題，瓢泉，即本卷《洞仙歌·訪泉於奇師村得周氏泉爲賦》詞（飛流萬壑闋）所賦詠之周氏泉。〔同治〕《鉛山縣志》卷二：「瓢泉，在縣東二十五里，泉爲辛棄疾所得，因而名之。其一規圓如臼，其一直規如瓢，周圍皆石徑，廣四尺許，水從半山噴下，流入臼中，而後入瓢，其水澄渟可鑑。」此泉今存，近山爲瓢，稍遠爲臼，與《縣志》所言有異。韓淲《瓢泉》詩：「鑿石爲瓢意若何，泉聲流出又風波。我來石上弄泉水，祇道希顔情味多。」有人據此謂此泉之臼爲稼軒自鑿，不然

也。

②「樂天」三句，樂天知命，《易·繫辭》：「旁行而不流，樂天知命故不憂。」誰會，誰能也。梅堯臣《和歲除日》詩：「去日苦多誰會惜，殘陰全少頗能知。」此聯中，會與能相應並舉，可知也。行藏用舍，見本書卷八《踏莎行·賦稼軒集經句》詞（進退存亡闋）箋注。

③「人不」三句，《論語·雍也》：「子曰：賢哉回也。一簞食，一瓢飲，在陋巷，人不堪其憂，回也不改其樂，賢哉回也！」吴則虞釋此詞有云：「此詞即宋儒常教人『志伊尹之志，尋顔子之樂』者也。惟有經綸天下之心，而後可以登山臨水；惟有『己溺己饑』之志，而後可以『飯蔬飲水』。此詞力闡此義。」

④「料當」四句，《論語·述而》：「子曰：飯蔬食飲水，曲肱而枕之，樂亦在其中矣。」何爲是棲棲者，亦見本書卷八《踏莎行·賦稼軒集經句》詞箋注。

⑤「且對」二句，此與泉語也。據此二句可知，此泉當年在半山，故有莫流山下語。今泉在山腳路邊，滄桑變化使然。

⑥「故應」二句，《論語·雍也》：「赤之適齊也，乘肥馬，衣輕裘。」二句言晚年得泉，不屑於輕裘肥馬生涯矣。

⑦「繞齒」句至此，繞齒冰霜，蘇軾《寄高令》詩：「詩成錦繡開胸臆，論極冰霜繞齒牙。」掛瓢風樹，《蒙求集注》卷上引《逸士傳》：「許由隱箕山，無杯器，以手捧水飲之。人遺一瓢，得以飲，飲

訖，掛於木上，風吹嚦嚦有聲，由以爲煩，遂去之。」

又

用瓢泉韻，戲陳仁和，兼簡諸葛元亮，且督和詞①

被公驚倒瓢泉，倒流三峽詞源瀉②。長安紙貴，流傳一字，千金争舍③。割肉懷歸，先生自笑，又何廉也！渠坐事失官〔一〕④。但銜杯莫問：人間豈有，如孺子，長貧者⑤？　誰識稼軒心事，似風乎舞雩之下⑥。回頭落日，蒼茫萬里，塵埃野馬⑦。更想隆中，卧龍千尺，高吟纔罷⑧。倩何人與問：雷鳴瓦釜，甚黄鐘啞⑨？

【校】

〔一〕小注，廣信書院本闕，此據四卷本丁集補。

【箋注】

①題，諸葛元亮，當亦上饒人。名無考。《永樂大典》卷二八一一梅字韻引徐安國《謝諸葛元亮送臘梅》詩：「嬌額塗黄自淺深，感時凝竚正關心。棲鸞恰似知人意，乞與釵頭一寸金。」又《謝諸葛元佐送臘梅》詩：「多病維摩眼嬾開，欲聘夫何欲速回。獨恨溪亭葛夫子，不攜詩酒與同

來。」按：本卷《定風波》詞（昨夜山公倒載歸闋），四卷本乙集題作「大醉自諸葛溪亭歸」，與徐詩「溪亭葛夫子」語合。《澗泉集》卷五《諸葛解元家分韻》詩：「溪橫葛陂水，上有稚川宅。歡言一壺酒，未覺千歲隔。詩經茱菊節，人語風雨夕。雅俗調本殊，奚止相什百。」皆言葛溪，則諸葛元亮應即上饒弋陽縣人，但不知其兄弟何人嘗爲解元也。葛陂，據（乾隆）《廣信府志》卷三《弋陽縣》載，在縣南萬全鄉。

②「被公」二句，被公驚倒，公，指陳德明，其必有和稼軒題瓢泉詞。蘇軾《送陳伯修察院赴闕》詩：「一日喧萬口，驚倒同舍兒。」倒流三峽詞源瀉，杜甫《醉歌行》：「詞源倒流三峽水，筆陣獨掃千人軍。」

③「長安」三句，長安紙貴，《晉書》卷九二《左思傳》：「欲賦三都，會妹芬入宫，移家京師，乃詣著作郎張載，訪岷邛之事，遂構思十年。門庭藩溷，皆著筆紙。……及賦成，時人未之重。思自以其作不謝班張，恐以人廢言。安定皇甫謐有高譽，思造而示之，謐稱善，爲其賦序。張載爲注魏都，劉逵注吴蜀。……司空張華見而歎曰：『班張之流也，使讀之者盡而有餘，久而更新。』於是豪貴之家競相傳寫，洛陽爲之紙貴。」流傳一字，千金争舍，《史記》卷八五《吕不韋列傳》：「吕不韋乃使其客人人著所聞，……號曰《吕氏春秋》，布咸陽市門，懸千金其上，延諸侯游士賓客有能增損一字者，予千金。」

④「割肉」三句及小注，《漢書》卷六五《東方朔傳》：「伏日，詔賜從官肉。大官丞日晏不來，朔獨

拔劍割肉，謂其同官曰：『伏日當早歸，請受賜。』即懷肉去。大官奏之，朔入，上曰：『昨賜肉不待詔，以劍割肉而去之，何也？』朔免冠謝。上曰：『先生起自責也。』朔再拜，曰：『朔來朔來，受賜不待詔，何無禮也！拔劍割肉，壹何壯也！割之不多，又何廉也！歸遺細君，又何仁也！』上笑曰：『使先生自責，乃反自譽。』復賜酒一石，肉百斤，歸遺細君。」按：陳德明坐贓污不法失官，故以東方朔事爲解嘲也。

⑤「人間」三句，《史記》卷五六《陳丞相世家》：「户牖富人有張負，張負女孫，五嫁而夫輒死，人莫敢娶，平欲得之。……負隨平至其家，家乃負郭窮巷，以弊席爲門，然門外多有長者車轍。張負歸，謂其子仲曰：『吾欲以女孫予陳平。』張仲曰：『平貧，不事事，一縣中盡笑其所爲，獨奈何予女乎？』負曰：『人固有好美如陳平而長貧賤者乎？』卒與女。」孺子，陳平字也。

⑥風乎舞雩，《論語·先進》：「莫春者，春服既成，冠者五六人，童子六七人，浴乎沂，風乎舞雩，詠而歸。」

⑦塵埃野馬，見本書卷八《水調歌頭·再用韻呈南澗》詞（千古老蟾口闕）箋注。

⑧「更想」三句，隆中、卧龍、高吟，《三國志·蜀志》卷五《諸葛亮傳》：「諸葛亮字孔明，琅邪陽都人也……早孤，從父玄，……素與荆州牧劉表有舊，往依之。玄卒，亮躬耕隴畝，好爲《梁父吟》。……時先主屯新野，徐庶見先主，先主器之，謂先主曰：『諸葛孔明者，卧龍也，將軍豈願見之乎？』」注引《漢晉春秋》：「亮家於南陽之鄧縣，在襄陽城西二十里，號曰隆中。」又引《襄

陽記》：「劉備訪世事於司馬德操，德操曰：『儒生俗士，豈識時務？識時務者在乎俊傑。此間自有伏龍、鳳雛。』備問爲誰，曰：『諸葛孔明、龐士元也。』」《晉書》卷八二《習鑿齒傳》：「西望隆中，想卧龍之吟；東眺白沙，思鳳雛之聲。」〔萬曆〕《襄陽府志》卷六《襄陽縣》：「隆中山，在縣西三十里，有隆中書院遺址，即孔明讀書處。有十景，曰三顧堂、六角井、古柏亭、躬耕田、梁甫巖、抱膝石、老龍洞、小紅橋、半月溪、野雲庵。」

⑨「倩何」三句，《楚辭・卜居》：「世溷濁而不清，蟬翼爲重，千鈞爲輕。黄鐘毁棄，瓦釜雷鳴。讒人高張，賢士無名。吁嗟默默兮，誰知吾之廉貞？」與問，爲問也。

減字木蘭花

宿僧房有作〔一〕①

僧窗夜雨，茶鼎薰爐宜小住②。却恨春風，勾引詩來惱殺翁。狂歌未可，且把一尊料理我③。我到亡何，却聽儂家陌上歌〔二〕④。

【校】

〔一〕題，廣信書院本原闕，此據王詔校刊本、《六十名家詞》本、四印齋本補。

〔二〕「儂」，王詔校刊本、《六十名家詞》本、四印齋本作「農」。

【箋注】

①題，右詞及以下各詞，大都編入四卷本甲集，作年雖莫能確考，然最晚亦均在淳熙十四年。因依四卷本次第編置。右詞四卷本無載，《稼軒詞編年箋注》編於仕宦江淮兩湖之什中，然此詞無仕宦所作之確證，故移置於此。

②茶鼎薰爐，黄庭堅《題息軒》詩：「僧開小檻籠沙界，鬱鬱參天翠竹叢。萬籟參差寫明月，一家寥落共清風。蒲團禪板無人付，茶鼎薰爐與客同。」

③料理我，宋人《釣磯立談》：「邊南院之始爲將也，愛惜士卒，分甘絶苦。其所過之地，秋毫不犯。出入城邑，整齊而有容。時人從而目之曰邊菩薩，望其旄纛之所指，舉欣然相告曰：『是庶幾其料理我也。』」料理，猶照顧也。

④「我到」二句，《漢書》卷四〇《陳平傳》：「項王使項悍拜平爲都尉，賜金二十溢。居無何，漢攻下殷，項王怒，將誅定殷者，平懼誅，乃封其金與印使使歸。」注：「無何，猶言無幾時。」引申可作無事、無故解。蘇軾《陌上花三首》小序：「遊九仙山，聞里中兒歌陌上花。父老云：吴越王妃，每歲春必歸臨安，王以書遺妃曰：『陌上花開，可緩緩歸矣。』吴人用其語爲歌，含思宛轉，聽之淒然。而其詞鄙野，爲易之云。」

菩薩蠻　席上分賦，得櫻桃〔一〕

香浮乳酪玻璃盌，年年醉裏嘗新慣①。何物比春風？歌脣一點紅②。　江湖清夢斷，翠籠明光殿③。萬顆瀉輕勻〔二〕，低頭愧野人④。

【校】

〔一〕題，四卷本甲集作「坐中賦櫻桃」，此從廣信書院本。

〔二〕「瀉」，四卷本作「寫」。

【箋注】

①「香浮」二句，香浮乳酪，《五百家播芳大全文粹》卷八二載歐陽修《薦秦國夫人道場疏二首》，其後又有《追薦請長老升座疏》，未著作者，不知爲歐文否，其文曰：「進禪説羞，具法喜膳，香浮乳酪，味過醍醐，以般若供養，某所不能也。」元程文海《櫻桃》詩亦有「雨洗紅珠重，香浮乳酪寒」句。嘗新見「江湖」二句箋注。

②「何物」二句，何物比，《東坡志林》卷八：「樂事可慕，苦事可畏，此是未至時心耳。及苦樂既至，以身履之，求畏慕者，初不可得，况既過之後，復有何物比之？尋聲捕影，繫風趁夢，此四者，猶有彷彿也。」郭震《蓮花》詩：「臉膩香薰似有情，世間何物比輕盈？」一點紅，蘇軾《書鄢陵王主簿所畫折枝二首》詩：「誰言一點紅，解寄無邊春。」

③「江湖」二句，清夢斷，蘇軾《予昔作壺中九華詩其後八年復過湖口則石已爲好事者取去乃和前韻以自解云》詩：「尤物已隨清夢斷，真形猶在畫圖中。」翠籠明光殿，杜甫《野人送朱櫻》詩：「西蜀櫻桃也自紅，野人相贈滿筠籠。數回細寫愁仍破，萬顆匀圓訝許同。憶昨賜霑門下省，退朝擎出大明宫。金盤玉筯無消息，此日嘗新任轉蓬。」韓愈《和水部張員外宣政衙賜百官櫻桃》詩：「漢家舊種明光殿，炎帝還書本草經。豈似滿朝承雨露，共看傳賜出青冥。香隨翠籠擎初重，色照銀盤瀉未停。食罷自知無所報，空然慚汗仰皇扃。」《五百家注昌黎文集》卷一〇：「漢有明光殿、徽音殿。顯揚殿前櫻桃六株，徽音殿前，乾元殿前並三株。」

④「萬顆」二句，萬顆瀉輕匀，合用杜詩韓詩語。「寫」，同瀉。張有《復古編》卷三：「寫，置物也，从宀，舄。别作瀉，非悉也切。」低頭愧野人，杜甫《獨酌成》詩：「苦被微官縛，低頭愧野人。」

鷓鴣天　代人賦

晚日寒鴉一片愁①，柳塘新緑却温柔。若教眼底無離恨，不信人間有白頭。　腸已斷，淚難收，相思重上小紅樓。情知已被山遮斷〔一〕，頻倚闌干不自由②。

【校】

〔一〕「山」，《六十名家詞》本、四印齋本作「雲」，此從廣信書院本。

【箋注】

①「晚日」句，唐彦謙《長溪秋望》詩：「寒鴉閃閃前山去，杜曲黄昏獨自愁。」王安石《春江》詩：「春江渺渺抱牆流，煙草茸茸一片愁。」

②「情知」二句，《雲溪友議》卷下《温裴黜》條：「裴郎中諴，晉國公次弟子也。足情調，善談諧。……裴君《南歌子》詞云：……又曰：『簳臘爲紅燭，情知不自由。』」情知，明知。

又〔一〕

陌上柔桑破嫩芽〔二〕，東鄰蠶種已生些①。平岡細草鳴黃犢②，斜日寒林點暮鴉。山遠近，路横斜，青旗沽酒有人家③。城中桃李愁風雨，春在溪頭薺菜花〔三〕④。

【校】

〔一〕題，廣信書院本原闕，四卷本乙集作「代人賦」。

〔二〕「桑破嫩」，四卷本作「條初破」，《中興絶妙詞選》卷三作「桑初破」，此從廣信書院本。

〔三〕「薺菜」，四卷本作「野薺」。

【箋注】

①「陌上」二句，陌上柔桑，周紫芝《日出東南隅行》：「春風淡蕩春雪淺，陌上柔桑青宛宛。」蠶種生些，《農桑集要》卷四《浴連》注：「臘日取蠶種籠掛桑中，任霜露雨雪飄凍，至立春收，謂之天浴。蓋蠶蛾生子有實有妄者，經寒凍後，不復狂生，唯實者生蠶，則强健有成也。」生些，言已生

少許。

②「平岡」句，王安石《題舫子》詩：「愛此江邊好，留連至日斜。眠分黄犢草，坐占白鷗沙。」《光宅寺》詩：「蕭蕭新犢卧，冉冉暮鴉翻。」

③「青旗」句，白居易《杭州春望》詩：「紅袖織綾誇柿蔕，青旗沽酒趁梨花。」

④「城中」二句，城中桃李，劉禹錫《楊柳枝詞九首》：「城中桃李須臾盡，争似垂楊無限時。」謝逸《梅》詩：「城中桃李休相笑，林下清風汝未知。」愁風雨，張耒《正月二十五日以小疾在告作三絶是日苦寒》詩：「見説櫻桃已爛開，坐愁風雨苦相催。」薺菜，〔同治〕《鉛山縣志》卷五《物産》：「薺菜，鉛俗名香板菜，田家不種，自生於園圃隙處，味香而甘。」

又

送歐陽國瑞入吴中①

莫避春陰上馬遲，春來未有不陰時②。人情展轉閑中看，客路崎嶇倦後知。　梅似雪，柳如絲，試聽别語慰相思。短篷炊飯鱸魚熟，除却松江枉費詩③。

【箋注】

①題，歐陽國瑞，姓字見朱熹跋語。《朱文公文集》卷八一《跋歐陽國瑞母氏錫誥》：「淳熙己亥春

二月，熹以卧病鉛山崇壽精舍，邑士歐陽國瑞來見，且出其母太孺人錫號訓辭，及諸名勝跋語，俾熹亦題其後。熹觀國瑞器識開爽，陳義甚高，其必有進乎古人爲己之學，而使國人願稱焉，曰：『幸哉，有子如此矣。夫豈獨以其得乎外者爲親榮哉？』因竊不辭，而敬書其後如此，國瑞勉旃，無忽其言之陋也。」按：己亥爲淳熙六年。崇壽精舍即鉛山崇壽寺，見本卷《沁園春·崇壽院》詞（西浙悠悠闋）箋注。歐陽國瑞名與事歷俱不詳，其母或姓趙，以宗女而獲錫號。陳文蔚《克齋集》卷一六《送歐陽國瑞歸鉛山》詩云：「交遊無數竟誰同，雅羨夫君氣似虹。吾道久隨流俗弊，義居今見古人風。端能縱目秦淮上，邂逅論文楚水東。歸去梅花開也未，江頭葉葉剪霜風。」其中「端能」一聯所述，應即稼軒右詞題之入吴中事，或可斷言也。然據廣信書院本次第，此詞作年不應甚晚，而《克齋集》載詩皆編年，此詩編在紹熙二年七月間，時國瑞蓋已從吴中歸來，據此推考，其入吴中事，當在淳熙末年。故據廣信本次第，編置於同調（木落山高一夜霜闋）之前。《克齋集》同卷尚有《舟次蘭溪和歐陽國瑞韻》、《和歐陽國瑞韻》七律二首，前詩云：「客子經行處，吴江萬頃秋。風煙曉濃淡，雲樹遠稀稠。緩去花相送，重來鳥勸留。與君無楚粵，一笑況同舟。」歐陽國瑞事歷，僅見載於此。

②「莫避」二句，莫避春陰，常建《晦日馬鐙曲稍次中流作》詩：「晴天無纖翳，郊野浮春陰。」韓偓《春陰獨酌寄同年虞部李郎中》詩：「春陰漠漠土脈潤，春寒微微風意和。」未有不陰時，杜甫《人日兩篇》詩：「元日到人日，未有不陰時。」

③「短篷」二句，鱸魚熟，《吴中紀聞》卷三《張翰》條：「東晉張翰，吴人，仕齊王冏，不樂居其官，一日在京師，見秋風忽起，因作歌曰：『秋風起兮佳景時，吴江水兮鱸正肥。三千里兮家未歸，恨難得兮仰天悲。』」趙抃《和曾交見報代者》詩：「江東正是鱸魚熟，昨夜西風夢到家。」除却松江，范成大《四時田園雜興六十首》詩：「雪鬆酥膩千絲縷，除却松江到處無。」《方輿勝覽》卷二《江東路·平江府》：「松江，在吴江縣，一名笠澤。」

定風波〔一〕

少日春懷似酒濃，插花走馬醉千鍾①。老去逢春如病酒，唯有。茶甌香篆小簾櫳②。　捲盡殘花風未定，休恨。花開元自要春風③。試問春歸誰得見？飛燕。來時相遇夕陽中。

【校】

〔一〕題，四卷本甲集作「暮春漫興」，此從廣信書院本無題。

【箋注】

①「少日」二句，似酒濃，張耒《已醒》詩：「暇日如年永，閑愁似酒濃。」插花走馬醉千鍾，王安石《送吴顯道五首》詩：「落拓舊遊應記得，插花走馬月明中。」黄庭堅《飲城南即事》詩：「任他小兒拍手笑，插花走馬及嚴鼓。」韓駒《次韻師川見和》詩：「危坐正衿殊不慣，歸從短褐醉千鍾。」

②「茶甌」句，李之儀《寄題吴思道横翠堂》詩：「茶甌變乳隨湯泛，香篆縈雲盡日浮。」

③「花開」句，白居易《别柳枝》詩：「明日放歸歸去後，世間應不要春風。」

一落索 閨思

羞見鑑鸞孤却，倩人梳掠①。一春長是爲花愁，甚夜夜東風惡②？ 行繞翠簾珠箔，錦牋誰託？ 玉觴淚滿却停觴，怕酒似郎情薄。

【箋注】

①「羞見」二句，鑑鸞孤，《白孔六帖》卷九四《舞鏡》條：「孤鸞見鏡，覩其影，謂爲雌，必悲鳴而

舞。」唐人《青鸞鏡》詩：「青鸞不用羞孤影，開匣當如見故人。」梳掠，《清異録》卷下《膠煤變相》條：「瑩姐，平康妓也。玉浄花明，尤善梳掠，畫眉日作一樣。」白居易《嗟髪落》詩：「既不勞洗沐，又不煩梳掠。」

②「一春」二句，爲花愁，羅鄴《長安春雨》詩：「半夜五侯池館裏，美人驚起爲花愁。」甚東風惡，張元幹《醉落魄》詞：「惜花老去情猶着，客裏驚春，生怕東風惡。」甚，何，何至。

踏　歌

攧厥。看精神壓一寵兒劣①。更言語一似春鶯滑。一團兒美滿香和雪②。　去也。把春衫换却同心結。向人道不怕輕離别。問昨宵因甚歌聲咽？　秋被夢，春閨月。舊家事對何人説③？告第一莫趁蜂和蝶〔一〕，有春歸花落時節④。

【校】

〔一〕「第一」，四卷本甲集原作「弟弟」，此據《稼軒詞抄存》改。

【箋注】

①「攧厥」二句，攧厥，通作顛蹶，本意爲傾覆，又引申作落魄、輕浮。《三國志・魏志》卷六《劉表傳》：「至於後嗣顛蹷，社稷傾覆，非不幸也。」《朱子語類》卷一〇四《自論爲學功夫》：「後生箇箇不肯去讀書，一味顛蹷，没理會處，可惜可惜。」卷一三七《戰國漢唐諸子》：「韓文公似只重皇甫湜，以墓志付之。李翺只令作行狀，翺作得行狀絮，但湜所作墓志又顛蹶。……蓋李翺爲人較樸實，皇甫湜較落魄。」此處可作輕浮狂蕩解。壓一龐兒劣，龐兒言臉龐兒，壓，壓制、壓倒。《南史》卷四八《陸慧曉傳》：「武帝第三子廬陵王子卿爲南豫州刺史，帝稱其小名，謂司徒竟陵王子良曰：『烏熊癡如熊，不得天下第一人爲行事，無以壓一州。』既而曰：『吾思得人矣。』乃使慧曉爲長史行事。」秦觀《品令》詞：「掉又懼，天然個品格，於中壓一。簾兒下時把鞋兒踢。語低低，笑咭咭。」劣，原意爲惡、壞，反訓則爲好也。張元幹《點絳唇》詞：「減塑冠兒，寶釵金縷雙綏結。怎教寧帖？眼兒惱裏劣。」

②「更言」二句，春鶯滑，白居易《琵琶行》：「間關鶯語花底滑，幽咽泉流水下灘。」香和雪，釋覺範《殘梅》詩：「殘香和雪隔簾櫳，只待江頭一笛風。」

③舊家事，謂舊時事。陳與義《和顏持約》詩：「多少巫山舊家事，老來分付水東流。」

④「告第」二句，趁，追逐也。花落時節，杜甫《江南逢李龜年》詩：「正是江南好風景，落花時節又逢君。」

生查子　山行，寄楊民瞻

昨宵醉裏行，山吐三更月①。不見可憐人，一夜頭如雪②。　今宵醉裏歸，明月關山笛③。收拾錦囊詩，要寄揚雄宅④。

【箋注】

①「山吐」句，杜甫《月》詩：「四更山吐月，殘夜水明樓。」蘇軾《江月五首》詩：「三更山吐月，棲鳥亦驚起。」

②「不見」二句，可憐人，杜甫《雨過蘇端》詩：「也復可憐人，呼兒具梨棗。」劉攽《酬韓相公》詩：「病卧湘山念所親，惟公長記可憐人。」頭如雪，白居易《勸我酒》詩：「洛陽兒女面似花，河南大尹頭如雪。」

③「明月」句，《樂府詩集》卷二三引《樂府解題》：「《關山月》，傷離别也。古《木蘭詩》曰：『萬里赴戎機，關山度若飛。朔氣傳金柝，寒光照鐵衣。』按相和曲有《度關山》，亦類此也。」王昌齡《從軍行》：「更吹羌笛關山月，無那金閨萬里愁。」劉長卿《罪所留縶每夜聞長洲軍笛聲》詩：「只

憐橫笛關山月，知處愁人夜夜來。」

④「收拾」二句，錦囊詩，見本書卷八《江神子·和人韻》詞（梨花着雨晚來晴闋）箋注。揚雄宅，杜甫《夏日揚長寧宅送崔侍御常正字入京得深字》詩：「醉酒揚雄宅，升堂子賤琴。」《堂成》詩：「旁人錯比揚雄宅，嬾惰無心作《解嘲》。」《漢書》卷八七《揚雄傳》：「揚雄字子雲，蜀郡成都人也。其先出自有周伯僑者，……而揚季官至廬江太守，漢元鼎間避仇，復遡江上，處岷山之陽，曰郫，有田一壥，有宅一區。」《太平寰宇記》卷七二《劍南西道·益州》：「子雲宅在少城西南角，一名草玄堂。」

又

民瞻見和，復用前韻〔一〕

誰傾滄海珠，簸弄千明月①？喚取酒邊來，軟語裁春雪②。人間無鳳凰，空費穿雲笛③。醉裏却歸來〔二〕，松菊陶潛宅④。

【校】

〔一〕題，廣信書院本「復用前」三字原作「再用」，此從四卷本甲集改。

〔二〕「裹」，四卷本作「倒」。

【箋注】

①「誰傾」二句，滄海珠，《新唐書》卷一一五《狄仁傑傳》：「黜陟使閻立本召訊，異其才，謝曰：『仲尼稱觀過知仁，君可謂滄海遺珠矣。』」杜甫《岳麓山道林二寺行》：「地靈步步雪山草，僧寶人人滄海珠。」簸弄明月，韓愈《別趙子》詩：「婆娑海水南，簸弄明月珠。」蘇軾《移合浦郭功甫見寄》詩：「莫趁明珠弄明月，夜深無數採珠人。」

②「軟語」句，《能改齋漫録》卷六《軟語》條：「杜子美詩：『夜闌聽軟語。』本《法華經》：『又以軟語。』一云言詞柔軟。」春雪謂《陽春》、《白雪》。

③「人間」二句，無鳳凰，《水經注》卷一八《渭水》：「秦穆公時有簫史者，善吹簫，能致白鵠孔雀。穆公女弄玉好之，公爲作鳳臺以居之。積數十年，一旦隨鳳去，云雍宮世有簫管之聲焉。」穿雲笛，蘇軾《李委吹笛》詩小引：「元符五年十二月十九日，東坡生日也，置酒赤壁磯下，踞高峰，俯鵲巢，酒酣，笛聲起於江上。客有郭石二生，頗知音，謂坡曰：『笛聲有新意，非俗工也。』使人問之，則進士李委，聞坡生日，作新曲曰《鶴南飛》以獻。呼之使前，則青巾紫裘，要笛而已。既奏新曲，又快作數弄，嘹然有穿雲裂石之聲，坐客皆引滿醉倒。」蔡松年《念奴嬌·九日作》詞：「三弄胡牀，九層飛觀，喚取穿雲笛。」

④「松菊」句，司馬光《歸田詩》：「松菊陶潛宅，蓬蒿仲蔚家。」《明一統志》卷五二《九江府》：「陶潛宅，在德化縣西南九十里柴桑里。」

八聲甘州

夜讀《李廣傳》，不能寐，因念晁楚老、楊民瞻約同居山間，戲用李廣事，賦以寄之①

故將軍飲罷夜歸來，長亭解雕鞍。恨灞陵醉尉，匆匆未識，桃李無言②。射虎山横一騎，裂石響驚絃③。落魄封侯事〔一〕，歲晚田園〔二〕④。　誰向桑麻杜曲？要短衣匹馬，移住南山。看風流慷慨，談笑過殘年⑤。漢開邊功名萬里，甚當時健者也曾閑⑥？紗窗外，斜風細雨，一陣輕寒〔三〕。

【校】

〔一〕「魄」，四卷本丙集作「託」，此從廣信書院本。

〔二〕「園」，四卷本作「間」。

〔三〕「陣」，四卷本作「障」。

【箋注】

①題，《李廣傳》，謂《史記》卷一〇九《李將軍列傳》。右詞上片即隱括其事。晁楚老，名籍均不詳。〔乾隆〕《上饒縣志》卷一一《寓賢》：「晁謙之字恭道，澶州人。渡江親族離散，極力收恤，因居信州。環居種竹，號竹院。官至敷文閣直學士，卒葬鉛山鵝湖，子孫因家焉。」《稼軒詞編年箋注》謂「晁楚老始末未詳，疑即謙之之後人也」。韓淲《澗泉集》卷四《晁十哥出舊藏書畫》詩：「因過竹院酒，共看竹院書。坐中半北客，南渡百年餘。……談諧各鋒起，才氣色敷腴。」卷八《晁家觀葉少藴朱希真詩帖尹家諸賢書尺》詩：「摩挲石林帖，太息巖壑詩。竹院茶話久，方齋酒行遲。南遊耆舊盡，北客子孫知。聚集麥秋日，飄流槐夏時。」卷九《竹院晁學士挽詩》：「主客文風在，家仍竹院名。有孫宜世禄，乃父今公卿。事至不如意，人應爲失聲。傷哉萬里去，書劍竟何成？（其一）歎息通家舊，姻連豈異鄉。江南流寓久，濟北老成亡。健筆餘牋翰，高歌付酒觴。鵝湖玉溪路，無復見徜徉。（其二）」諸詩皆及竹院、北客，所與同賦者疑即晁楚老。右詞作年無確考，姑置於淳熙晚期諸作之中。

②「故將」句至此，《李將軍列傳》：「頃之，家居數歲。廣家與故潁陰侯孫屏野居藍田南山中，射獵，嘗夜從一騎出，從人田間飲，還至霸陵亭。霸陵尉醉，呵止廣，廣騎曰：『故李將軍。』尉曰：『今將軍尚不得夜行，何乃故也！』止廣宿亭下。……余睹李將軍，悛悛如鄙人，口不能道辭。及死之日，天下知與不知，皆爲盡哀。彼其忠實心誠，信於士大夫也。諺曰：『桃李不言，

下自成蹊。』此言雖小，可以論大也。」按：霸上在長安東三十里，古曰滋水，秦繆公更名曰霸水。東至霸城十里，即芷陽，漢文帝之霸陵也。

③「射虎」二句，《李將軍列傳》：「廣出獵，見草中石，以爲虎而射之，中石沒鏃，視之石也。因復更射之，終不能復入石矣。廣所居郡，聞有虎，嘗自射之。及居右北平射虎，虎騰傷廣，廣亦竟射殺之。」

④「落魄」二句，《李將軍列傳》：「諸廣之軍吏及士卒，或取封侯。廣嘗與望氣王朔燕語曰：『自漢擊匈奴，而廣未嘗不在其中。而諸部校尉以下，才能不及中人，然以擊胡軍功取侯者數十人，而廣不爲後人，然無尺寸之功以得封邑者，何也？豈吾相不當侯邪？且固命也？』」

⑤「誰向」句至此，杜甫《曲江三章章五句》詩：「自斷此生休問天，杜曲幸有桑麻田。故將移住南山邊。短衣匹馬隨李廣，看射猛虎終殘年。」《補注杜詩》卷二：「杜曲在長安。俗云：『城南韋杜，去天尺五。』言近京。第五倫曰：『吾杜曲有田，種麻藝桑，足免饑凍。』」

⑥「漢開」二句，高適《送李侍御赴安西行》詩：「功名萬里外，心事一杯中。」甚，此作豈有解。健者，《後漢書》卷一〇四《袁紹傳》：「紹勃然曰：『天下健者，豈惟董公！』」

昭君怨　送晁楚老遊荆門①

夜雨剪殘春韭②，明日重斟別酒。君去問曹瞞，好公安③。試看如今白髮，却爲中年離別④。風雨正崔嵬⑤，早歸來。

【箋注】

①題，荆門，《輿地紀勝》卷七八《荆湖北路》：「荆門軍，同下州。星土分野，五代已前並同江陵府。……五代朱梁時，高氏割據，建爲荆門軍，治當陽，尋省。皇朝以荆南之荆門鎮爲軍。……今領縣二，治長林。」晁楚老遊荆門無考，姑附《八聲甘州》詞後。

②「夜雨」句，杜甫《贈衛八處士》詩：「夜雨剪春韭，新炊間黄粱。」

③「君去」二句，曹瞞，陸龜蒙《小名録》卷上：「魏武帝曹操字孟德，一小名阿瞞，故有《曹瞞傳》。」公安，《三國志·蜀志》卷二《先主傳》：「與曹公戰於赤壁，大破之，焚其舟船。先主與吴軍水陸並進，追到南郡。時又疾疫，北軍多死，曹公引歸。先主表琦爲荆州刺史，……琦病死，羣下推先主爲荆州牧，治公安。」注：「《江表傳》曰：『周瑜爲南郡太守，分南岸地以給備，備别立營於油江口，改名爲公安。』」同書《吴志》卷九《魯肅傳》：「備詣京見權，求都督荆州，惟肅勸權借之，共拒曹公。曹公聞權以土地業備，方作書，落筆於地。」公安，江陵府屬縣。《輿地紀勝》卷六四《荆湖北路·江陵府》：「公安縣，在府東一百里。《元和郡縣志》及《舊唐志》並云：『本漢孱陵縣地，左將軍劉備自襄陽來油口，城此而居之，時號左公。』《水經注》云：『以左公之所安，故號曰公安。』」按：公安縣實在江陵府南，而荆門在江陵之北，入荆門必經公安。

④中年離别，見本書卷七《水調歌頭·淳熙己亥自湖北漕移湖南周總領王漕趙守置酒南樓席上留别》詞（折盡武昌柳闋）箋注。

⑤「風雨」句，顔真卿《裴將軍》詩：「登高望天山，白雲正崔嵬。」韓愈《感春五首》詩：「策馬上橋朝日出，樓閣赤白正崔嵬。」言風雨崔嵬，稼軒始也。

又①

人面不如花面，花到開時重見。獨倚小闌干，許多山②。　落葉西風時候，人共青山都瘦③。説道夢陽臺〔一〕，幾曾來④？

【校】

〔一〕「道」，王詔校刊本、《六十名家詞》本、四印齋本俱作「到」，此從廣信書院本。

【箋注】

①題，右詞無題，姑依廣信本次序附於送晁楚老詞之後。

②「人面」四句，孟棨《本事詩·情感》：「博陵崔護，姿質甚美，而孤潔寡合。舉進士下第，清明日獨遊都城南，得居人莊，一畝之宫，而花木叢萃，寂若無人。扣門久之，有女子自門隙窺之，問曰：『誰耶？』以姓字對，曰：『尋春獨行，酒渴求飲。』女入，以杯水至，開門設牀命坐，獨倚小桃斜柯佇立，而意屬殊厚。妖姿媚態，綽有餘妍。崔以言挑之，不對，目注者久之。崔辭去，送至門，如不勝情而入。崔亦睠盼而歸。自後，絶不復至。及來歲清明日，忽思之，情不可抑，徑往尋之。門牆如故，而已鎖扃之，因題詩於左扉曰：『去年今日此門中，人面桃花相映紅。人面秖今何處去，桃花依舊笑春風。』」

③「人共」句，王建《寄上韓愈侍郎》詩：「詠傷松桂青山瘦，取盡珠璣碧海愁。」

④「説道」二句，《詩話總龜》卷三五：「濠州西有高唐館，俯近淮水。御史閻欽授宿此館，題詩曰：『借問襄王安在哉？山川此地勝陽臺。今朝寓宿高唐館，神女何曾入夢來。』有李和風者至此，又作詩曰：『高唐不是這高唐，淮上江南各異方。若向此中求薦枕，參差笑殺楚襄王。』」

小重山　茉莉①

倩得薰風染緑衣，國香收不起，透冰肌。略開些箇未多時〔一〕②。窗兒外，却早被人知。　越惜越嬌癡。一枝雲鬢上，那人宜。莫將他去比荼蘼，分明是，他更韻些兒〔二〕③。

【校】

〔一〕「箇」，四卷本甲集作「子」，此從廣信書院本。

〔二〕「韻」，四卷本作「的」。

【箋注】

①題，茉莉，李時珍《本草綱目》卷一四《茉莉》：「末利原出波斯，移植南海，今滇廣人栽蒔之。……弱莖繁枝，緑葉圓尖。初夏開小白花，重瓣無蕊，秋盡乃止。不結實，有千葉者，紅色者，蔓生者，其花皆夜開，芬香可愛。女人穿爲首飾，或合面脂。」

②「略開」句，些箇，一些。《詩詞曲語辭匯釋》：「箇，估量某種光景之辭，等於價或家。凡少則曰些兒箇。」

③「莫將」三句，荼蘼，《墨莊漫録》卷九：「酴醿花或作荼蘼，一名木香。有二品，一種花大而棘，長條而紫心者爲酴醿，一品花小而繁，小枝而檀心者爲木香，題詠者多。」韻些兒，《清波雜志》卷

六：「頃得一小說，書王黼奉敕撰《明節和文貴妃墓志》云：『妃齒瑩潔如水晶，緣常餌絳丹而然。』又云：『六宮稱之曰韻。』蓋時以婦人有標致者爲韻。煇曾以此說叩於宣和故老，答曰：『雖當時語言文字，間或失持擇，恐不應直致是褻黷。然韻字蓋亦有說：宣和間，衣著曰韻纈，果實曰韻梅，詞曲曰韻令，乃梁師成爲鄆邸倡爲此讖。』」韻些兒，韻一些。

鵲橋仙　爲人慶八十，席上戲作〔一〕①

朱顔暈酒，方瞳點漆②，閑傍松邊倚杖。不須更展畫圖看③，自是箇壽星模樣〔二〕④。　今朝盛事，一杯深勸，更把新詞齊唱。人間八十最風流，長貼在兒兒額上〔三〕⑤。

【校】

〔一〕題，四卷本甲集「上」作「間」，此從廣信書院本。

〔二〕「自是」句，《六十名家詞》本作「是箇壽星的模樣」。

〔三〕「長貼」句，四卷本「貼」作「帖」。「兒兒」，《六十名家詞》本作「兒孫」。

【箋注】

①題，右詞不知爲何人慶八十生日而作，以其收入四卷本甲集，姑彙録於此。

②方瞳點漆，王嘉《拾遺記》卷三：「老聃在周之末，居反景日室之山，與世人絶跡。惟有黄髮老叟五人，或乘鴻鶴，或衣羽毛，耳出於頂，瞳子皆方，面色玉潔，手握青筠之杖，與聃共談天地之數。及聃退跡爲柱下史，求天下服道之術，四海名士莫不争至。五老即五方之精也。」葛洪《神仙傳》卷一〇：「李根字子源，許昌人也。……根兩目瞳子皆方，按《仙經》説八百歲人瞳子方也。」《世説新語·容止》：「王右軍見杜弘治，歎曰：『面如凝脂，眼如點漆，此神仙中人。』」

③「不須」句，《雲溪友議》卷上《真詩解》條：「濠梁人南楚材者，旅遊陳潁歲久，潁守慕其儀範，將欲以子妻之。楚材家有妻，以受潁牧之眷深，忽不思義，而輒已諾之。……其妻薛媛善書畫，妙屬文，知楚材不念糟糠之情，别倚絲蘿之勢，對鏡自圖其形，並詩四韻以寄之。……詩曰：『……恐君渾忘却，時展畫圖看。』」

④壽星模樣，《文獻通考》卷八《祭星辰》謂壽星即南極老人星。《羣書考索》卷五九謂角亢星曰壽星。《天中記》卷二載：「嘉祐八年冬十一月，京師道人遊卜於市，莫知所從來。體貌古怪，不與常類。飲酒無算，未嘗覺醉。都人異之，相與諠傳，好事者潛圖其狀。」《記》言出康節題，未見所本，此後人作壽星圖之始也。

⑤「人間」二句，陳藻《丘叔喬八十》詩：「樂欲永千年，愁難禁一夕。大家於此且貪生，八十孩兒題向額。」吴潛《賀新郎·丁巳歲壽叔氏》詞：「只比兒兒額上壽，尚有時光如許。」劉辰翁《一剪梅·和敖秋厓爲小孫三載壽謝》詞：「人生總受業風吹，三歲兒兒。八十兒兒。深閨空谷把還持。啼看人知，啼怕人知。」周必大《嘉泰癸亥元日口占寄呈永和乘成兄》詩：「兄弟相看俱八十，研朱贏得祝嬰孩。」自注：「趙永年通判每云，朱書八十字於襁褓兒額上，欲其壽如此也。」按：吴潛、劉辰翁俱南宋晚期人，而周必大與稼軒同時，其詩詞中皆有於兒兒額上題寫八十字樣語句，知此祝福小兒長壽之舉乃南宋人習俗。趙永年於乾道五年任吉州通判，《誠齋集》卷四有《趙通判恭人周氏挽辭》，自注：「趙名永年，潁人，歸正。」知此題額本爲中原習俗，至南宋則普及於民間矣。是則兒兒即小兒也。黄丕烈《跋元大德刻稼軒詞》（見本書附録）謂近人顧千里以爲「兒兒或是奴家之稱，二語之意，當以八字作眉字解」，稱其「豈不大可笑乎」，甚是。

又

慶岳母八十〔一〕①

八旬慶會，人間盛事，齊勸一杯春釀。臙脂小字點眉間，猶記得舊時宫樣②。　綵衣更着③，功名富貴，直過太公以上。大家着意記新詞，遇着箇十年便唱〔二〕。

【校】

〔一〕題，四卷本乙集作「爲岳母慶八十」，此從廣信書院本。

〔二〕「年」，四卷本作「字」。

【箋注】

①題，岳母，謂稼軒夫人范氏之母也。《漫塘集》卷三四《故公安范大夫及夫人張氏行述》涉及范邦彦之妻、范如山及其夫人張氏之母姑事跡有云：「通判殁，太夫人年高須養，復注監真州都酒務。……夫人張氏，家鉅鹿，少以同郡結姻。稟資孝敬，姑趙夫人，皇叔士經女，貴重，夫人事之惟謹甚。暑不敢挾扇，有以姑命至，必拱立而聽。」文中通判謂范邦彦，張氏之姑即邦彦之妻趙氏太夫人，稼軒之岳母也。按：《行述》謂「通判殁，太夫人年高須養」。范邦彦卒於乾道末或淳熙初，年七十四，見《至順鎮江志》卷一九。其夫人趙氏之年齡，當在六十五歲上下。其八十歲則應在紹熙改元之前。今姑次於淳熙十五年。時稼軒寓居上饒，右詞當遠道寄奉者，未必親至鎮江祝壽也。

②「臙脂」二句，可參前詞箋注。稼軒岳母乃宗室子，故記得舊時宮樣，知八十點額之習亦興於北宋宮中。

③綵衣更着，《白孔六帖》卷二五《綵衣爲戲》條：「老萊子年八十，衣綵衣，爲嬰兒，戲於父母之前。」

水龍吟

寄題范南伯家文官花。花先白，次緑，次緋，次紫。

《唐會要》載學士院有之〔一〕①

倚欄看碧成朱，等閑褪了香袍粉②。上林高選，匆匆又换，紫雲衣潤③。幾許春風？朝薰暮染，爲花忙損④。笑舊家桃李，東塗西抹⑤，有多少，淒涼恨。　擬倩流鶯説與，記榮華易消難整。人間得意，千紅百紫〔二〕，轉頭春盡⑥。白髮憐君，儒冠曾誤，平生官冷⑦。算風流未減，年年醉裏，把花枝問。

【校】

〔一〕題，廣信書院本「南伯」下有「知縣」二字，「次緑」二字闕，均從四卷本乙集。

〔二〕「百」，王詔校刊本、《六十名家詞》本、四印齋本作「萬」。

【箋注】

①題，牟巘《陵陽集》卷一五《題范氏文官花》：「韓魏公守維揚，郡圃芍藥有腰金紫者四，置酒召同僚王岐公、荆公，而陳秀公亦與，四人皆先後爲首相，亦異矣。……京口鶴林寺花，久歸閬苑，近世盛稱。邢臺范氏文官花，粉碧緋紫見於一日之間，變態尤異於腰金紫。辛稼軒嘗爲賦《水龍吟》，『白髮儒冠誤』，蓋屬瀘溪令君。物不虚生，必有其應，應之遲，發必大。休寧令尹、瀘溪孫而稼軒外諸孫，刻其詞置花右，至今猶存，若有護持之者。其子雷卿，遂以斯文發祥，領學事，主文盟，文官之應不虚矣。人皆曰：『花，范氏瑞也。』夫以雷卿之賢，兩家百年忠義之脈，文物之傳，在其一身，宜造物以功名事業付之。花本出唐翰苑中，雷卿即爲翰林主人，花亦榮耀，吾方賀兹花之遭。然則花瑞范氏乎，范氏瑞花乎？」按：《全芳備祖》前集卷二七《錦帶花》條：「一名海仙花，一名文官花。此花出荆楚間，有花如錦，遂名錦帶，花條如郁李，春末方開，紅白二色。」此花今本《唐會要》卷五七《翰林院》未見記載。稼軒寄題范南伯文官花，當在范南伯慶元二年即世之前。然右詞作年甚早，廣信書院本列於淳熙十三年前後所作同調《題雨巖》詞（補陀大士虚空闋）之前，應即稼軒寓居帶湖中期所賦，以莫能確考，姑次於《鵲橋仙·慶岳母八十》詞之後。

②「倚欄」二句，王僧孺《夜愁示諸賓》詩：「誰知心眼亂，看朱忽成碧。」褪了香袍粉，謂白衣换緑服。

③「上林」三句，《三輔黃圖》卷四《苑囿》：「漢上林苑，即秦之舊苑也。《漢書》云：『武帝建元三年，開上林苑。』……《漢舊儀》云：『上林苑方三百里，苑中養百獸，天子秋冬射獵取之。帝初修上林苑，羣臣遠方各獻名果異卉三千餘種，植其中。』」《漢書》卷五七《司馬相如傳》謂相如作《上林賦》，賦奏，天子以爲郎。

④爲花忙損，李商隱《夜思》詩：「鶴應聞露警，蜂亦爲花忙。」忙損，極忙，忙壞了。

⑤東塗西抹，《唐摭言》卷三：「薛監晚年厄於宦途，嘗策羸赴朝，值新進士榜下綴行而出。時進士團所由輩數十人，見逢行李蕭條，前導曰：『迴避新郎君。』逢囅然，即遣一介語之曰：『報道莫貧相，阿婆三五少年時，也曾東塗西抹來。』」

⑥「人間」三句，吳處厚《青箱雜記》卷三：「孟郊《下第》詩曰：『棄置復棄置，情如刀劍傷。』又《甫及第》詩曰：『昔日齷齪不足嗟，今朝曠蕩思無涯。青春得意馬蹄疾，一日看盡長安花。』大凡進取得失，蓋亦常事，而郊器宇不宏，偶一下第，則其情隕穫如傷刀劍，以至下淚。既後登科，則其中充溢，若無所容，一日之間，花即看盡，何其速也！」

⑦「白髮」三句，蘇軾《次韻劉景文西湖席上》詩：「白髮憐君略相似，青山許我定相從。」儒冠曾誤，見本書卷七《阮郎歸·耒陽道中爲張處父推官賦》詞（山前燈火欲黃昏闋）箋注。杜甫《醉時歌》：「諸公衮衮登臺省，廣文先生官獨冷。」范南伯亦平生官冷，仕止盧溪令及公安令而已。可參《漫塘集》卷三四《故公安范大夫及夫人張氏行述》。

【附録】

張伯淳師道、陶安主静、蘇伯衡平仲等詩文

題范雷卿二卷

知瀘溪縣范君，今江浙儒學提舉曾大父也，細書密行，叙乃翁通判公世系及生平出處及所交游，下至妾媵幹力甚悉。蓋將狀公之行覲乎？……而知縣之賢似之，其言歸之初，换授品秩，已則欲因人言轉囑堂吏干榮進，而以不欺君父歸之。公南來無所於依，已則欲買田宅自安，而以不事産業歸之。公寧屈己以彰先美，此知縣所以過人者，愚故併發之。范氏故園，有花一本，先白次緑，而緋而紫，以文官得名。稼軒辛公爲賦長短句，殆與《麻姑壇》所記紅蓮變白變碧者，同一奇也。魯公之記，稼軒之詞，皆非煙火食語。范令尹於稼軒翁爲外孫，能追記於真跡散落之後。令尹之詞，雷卿又能表而出之，噫，故家文獻，日就凋零。手澤存焉，寶藏弗墜，流芳餘美，暢茂敷腴，豹變當從今始。（張伯淳《養蒙集》卷五）

題范氏文官花二首（先碧次緋後紫）

卉木無情似有情，九天雨露賜恩榮。何緣顔色頻更换，别有春工染得成。（其一）

荔枝緑後緋還紫，金帶圍腰事亦常。天遣名花作奇讖，一門數世盛文章。（其二）（陶安《陶學士集》卷八）

范氏文官花詩序

京口范氏，自宋至今，爲郡望族。其先世嘗植文官花，以爲庭，實辛稼軒所爲賦《水龍吟》者也。……是花唐時惟學士院有之，其殊形異色。余固未嘗得見，竊誦諸賢之賦詠而想望焉，豈非范氏之嘉祥哉？……夫以造化所鍾之異，天下不多得之物，而又植於衣冠之族，又有名公卿如辛幼安者，本其所自而書之，製爲樂府以歌之，雖謂之美瑞可也。（蘇伯衡《平仲文集》卷四）

好事近①

醫者索酬勞，那得許多錢物？只有一箇整整，也盒盤盛得②。　下官歌舞轉悽惶③，剩得幾枝笛。覷著這般火色，告媽媽將息④。

【箋注】

①題，右詞無題。周煇《清波别志》卷三：「《稼軒樂府》，辛幼安酒邊游戲之作也。詞與音叶，好事者争傳之。在上饒，屬其室病，呼醫對脈。吹笛婢名整整者侍側，乃指以謂醫曰：『老妻平安，以此人爲贈。』不數日，果勿藥，乃踐前約。整整既去，因口占《好事近》云：『醫者索酬

勞，……告嫣嫣將息。』一時戲謔，風調不羣，稼軒所編遺此。」煇字昭禮，一生遊歷江南各地，多記前言往行及耳目所接之事，著有《清波雜志》十二卷及《別志》三卷。《雜志》卷五《茶山詩》條載：「煇在上饒三四年，日從寓士遊，遍歷溪山奇勝。」其所記右詞應可信賴。《雜志》及《別志》自序署爲紹熙三年及五年所作，而文中記載稼軒所編，自應指《稼軒詞》甲集而言，則作年自當在淳熙十五年之前，無可疑矣。

②「只有」二句，此戲言整整之名義，猶謂整整一個東西，故下文又謂可以盒盤盛得。又按：整整之義，與正正相同，或許此女生得頗爲周正，故命以此名也。

③「下官」句，《漢書》卷四八《賈誼傳》：「古者大臣有坐不廉而廢者，不謂不廉，曰簠簋不飾；坐污穢淫亂、男女亡別者，不曰污穢，曰帷薄不修；坐罷軟不勝任者，不謂罷軟，曰下官不職。」《南史》卷七三《庾道愍傳》：「他日，彦回侍明帝，自稱下官。」《雲麓漫鈔》卷四：「古人多自稱下官，見於傳記不一。蓋漢晉諸侯之國，並於其主稱臣。宋孝武孝建中，始有制不得稱臣，止宜云下官。《文選》江文通《詣建平王書》是也。今人猶有言者。」

④「覷著」二句，火色，謂臉色，火候，情形也。《舊唐書》卷七四《馬周傳》：「中書侍郎岑文本謂所親曰：『吾見馬君論事多矣，……然鳶肩，火色騰上必速，恐不能久耳。』」王符《潛夫論》卷九《志氏姓》亦載：「師曠對曰：『女色赤白，女聲清汗，火色不壽。』」嫣嫣，子女稱娘，又妾婦或侍女稱主母。《夷堅志》丁卷二《張次山妻》條：「洛陽張濤次山，宣和甲辰爲宿州户曹，喪其

妻。是歲冬入京參選，因南至休暇日，游相國寺，於稠人中，與亡妾迎兒遇，驚問之曰：『爾死已久，何因得來此？』對曰：『見伏事媽媽在城西門外五里間一空宅居，官人可以明日飯後來彼相尋。迎兒當迎候於路。』」將息，休息、將養。

破陣子　贈行①

少日春風滿眼，而今秋葉辭柯。便好消磨心下事，也憶尋常醉後歌〔一〕。新來白髮多〔二〕。　明日扶頭顛倒，倩誰伴舞婆娑②？我定思君拼瘦損，君不思兮可奈何！天寒將息呵。

【校】

〔一〕「也」，四卷本丙集作「莫」，此從廣信書院本。

〔二〕「新來」，四卷本作「可憐」。

【箋注】

①題，右詞僅謂贈行，據詞意，或爲贈辭行侍女之作，而作年絶無可考，然詞中有「明日扶頭」云云，顯非慶元二年春止酒期遣去歌者之時，以無可考知，故次於遣去整整之詞後。

②「明日」二句，扶頭謂酒。姚合《答友人招遊》詩：「賭棋招敵手，沽酒自扶頭。」《詩·齊風·東方未明》：「東方未明，顛倒衣裳。」舞婆娑，見本書卷八《洞仙歌·開南溪初成賦》詞（婆娑欲舞闋）箋注。

滿江紅

稼軒居士花下與鄭使君惜別，醉賦，侍者飛卿奉命書〔一〕①

莫折荼蘼〔二〕，且留取一分春色〔三〕②。還記得青梅如豆〔四〕，共伊同摘③。少日對花渾醉夢〔五〕，而今醒眼看風月。恨牡丹笑我倚東風④，頭如雪〔六〕。榆莢陣，菖蒲葉。時節換，繁華歇⑤。算怎禁風雨，怎禁鶗鴂〔七〕⑥？老冉冉兮花共柳，是棲棲者蜂和蝶⑦。也不因春去有閑愁，因離別。

【校】

〔一〕題，廣信書院本作「餞鄭衡州厚卿席上再賦」，此從四卷本甲集。鄧廣銘先生謂此題「着語未多，風流盡得」，而廣信書院本「非特意趣較遜，亦且失去一段故實矣」。

〔二〕「莫折」，四卷本作「折盡」。

〔三〕「且留取」，四卷本作「且留得」。

〔四〕「記得」，四卷本作「記取」，《六十名家詞》本作「待得」。「豆」，四卷本作「彈」。

〔五〕「渾」，四卷本作「昏」。

〔六〕「頭」，四卷本作「形」。

〔七〕「榆莢」六句，四卷本作「人漸遠，君休説。榆莢陣，菖蒲葉。算不因風雨，只因鵜鴂」。《六十名家詞》本「陣」作「錢」。

【箋注】

①題，鄭使君，即新任知衡州鄭如崈。廣信書院本作「餞鄭衡州厚卿」。《稼軒詞編年箋注》於右詞編年中有大段考證：「鄭厚卿始末不詳。唯查淳熙七年後至稼軒卒前，衡州守之鄭姓者僅有鄭如崈一人，爲繼劉清之之後任者。《永樂大典》卷八六四七至四八衡字韻引有《宋衡州府圖經志》全文，其郡守題名中有：『鄭如崈，朝散郎，淳熙十五年四月到，紹熙元年正月罷。』《宋會要・職官》七二之五亦載鄭如崈罷職因緣云：『淳熙十六年十二月二十六日，詔知衡州鄭如崈

放罷。以本路漕臣奏如密於總領所合解大軍糧米，輒憑奏檢，固拒不解；於法合行給還民間之錢，輒貪利不顧，横欲拘没。故有是命。』「密」與「厚」義甚相近，知厚卿必即如密之字。據《衡州圖經志》所載其抵任年月，知右二詞必作於淳熙十五年春。其《滿江紅》一闋，見四卷本甲集，依范開序文所署年月推論，似可證其至晚亦當作於十四年内；然查甲集之編次，凡同調諸詞莫不彙集一處，唯《聲聲慢》、《滿江紅》二調，前後複出，卷尾《滿江紅》共七首，右『折盡荼蘼』闋即其中之一。凡此必爲甲集已經刊成之後，又陸續附入者，則右二詞固仍須爲十五年春季之作也。」所考極爲詳盡，當從之。惟鄭如密事歷尚有可考處。〔雍正〕《江西通志》卷二〇載：「樂平縣署，……中和間遷今治，宋乾道八年縣令鄭如密重新之。」《止齋集》卷四二《跋黄元章所藏山谷墨跡後》：「以余所見士大夫家山谷墨跡皆可寶，獨衡州守鄭如密、醴陵丞李九齡與今元章所藏，乃其家世舊物。」同時人有鄭如岡者，據《經義考》卷三四所載鄭汝諧《易翼傳》之鄭如岡跋，如岡乃汝諧之子。如岡與如密之後一字皆以山字爲序，疑如密亦鄭汝諧之子侄輩。果如是，則如密蓋亦浙東處州青田人，故赴衡州任必經信州也。飛卿，本書卷一二《西江月·題阿卿影像》詞（人道偏宜歌舞闋）有句云：「有時醉裏喚卿卿，却被旁人笑問。」阿卿、卿卿、飛卿應即一人，姓無考。

②「莫折」二句，《墨莊漫録》卷九：「酴醾花或作荼蘼，一名木香。有二品，一種花大而棘，長條而紫心者爲酴醾，一品花小而繁，小枝而檀心者爲木香，題詠者多。」《嘉定赤城志》卷三六：「酴

釀一名木香，有花大而獨出者，有花小而叢生者。叢生者尤香。舊傳洛京歲貢酒，其色如之。江西人採以爲枕衣。」〔乾隆〕《鉛山縣志》卷四《物産》：「酴醾，藤身，青莖多刺，每潁着三葉如品字，青跗紅萼，及開變白。香微而清，盤曲高架。一種色黄似酒，故半加西字。」宋祁《詠荼蘼》詩：「析酲疑破鼻，併豔欲留春。」按：荼蘼三月末開花，蘇軾《杜沂遊武昌以酴醾花菩薩泉見餉二首》詩有「酴醾不争春，寂寞開最晚」語，故稼軒有此二句。

③「還記」二句，青梅如豆，歐陽修《阮郎歸・踏青》詞：「南園春半踏青時，風和聞馬嘶。青梅如豆柳如眉，日長蝴蝶飛。」按：此詞《全唐詩》或作馮延巳作。按：據「共伊」句，似稼軒與鄭宻甚早相識。

④「恨牡」句，《貴耳集》卷下：「慈寧殿賞牡丹，……命小臣賦詞，俾貴人歌以侑玉巵爲壽，左右皆呼萬歲。詞云：『牡丹半坼初經雨，雕檻翠幕朝陽。嬌困倚東風，羞謝了羣芳。』……此康伯可樂府所載。」

⑤「時節」二句，賀鑄《故鄴》詩：「山川氣象變，朝市繁華歇。白露復青蕪，茫茫换時節。」

⑥「算怎」二句，《離騷》：「恐鶗鴂之先鳴兮，使夫百草爲之不芳。」算，又也。

⑦「老冉」二句，「老冉冉其將至兮」，語出《離騷》，見本卷《蝶戀花・月下醉書雨巖石浪》詞（九畹芳菲蘭佩好闋）箋注。「丘何爲是棲棲者」，語出《論語・憲問》，見本書卷八《踏莎行・賦稼軒集經句》詞（進退存亡闋）箋注。

水調歌頭

送鄭厚卿赴衡州

寒食不小住〔一〕，千騎擁春衫①。衡陽石鼓城下，記我舊停驂②。襟以瀟湘桂嶺，帶以洞庭青草〔二〕，紫蓋屹西南〔三〕③。文字起《騷》《雅》，刀劍化耕蠶④。看使君，於此事，定不凡⑤。奮髯抵几堂上，尊俎自高談⑥。莫信君門萬里，但使民歌五袴，歸詔鳳凰啣⑦。君去我誰飲？明月影成三。

【校】

〔一〕「小」，《六十名家詞》本作「少」，此從廣信書院本。

〔二〕「襟以」二句，四卷本乙集二「以」字均作「似」。「青」，四卷本作「春」。

〔三〕「西」，四卷本作「東」。

【箋注】

①「寒食」二句，「寒食小住爲佳」，見本書卷七《霜天曉角·旅興》詞（吴頭楚尾闋）箋注。千騎謂郡

守，見本書卷六《滿江紅·再用前韻》詞（照影溪梅闋）箋注。韓愈《送鄭涵校理序並詩》：「壽觴嘉節過，歸騎春衫薄。」

②「衡陽」二句，淳熙六年，郴州民陳峒竊發，湖南帥王佐檄流人馮湛帶兵鎮壓，稼軒時爲湖南轉運副使，以供應軍需嘗親臨前敵。本書卷七《阮郎歸·耒陽道中爲張處父推官賦》詞（山前燈火欲黄昏闋）對此有箋注。衡陽爲其親至之地，故有此追憶語。《輿地紀勝》卷五五《荆湖南路·衡州》：「石鼓山，在城東三里，有東巖、西溪、朱陵後洞。酈道元《水經注》云：『臨蒸縣有石鼓，高六尺，湘水所徑，鼓鳴則有兵革之事。』」舊停驂，李綱《題弄水亭》詩：「高樓吹角增離恨，古驛停驂憶舊遊。」

③「襟以」三句，《戰國策·秦策》四：「王襟以山東之險，帶以河曲之利，韓必爲關中之侯。」瀟湘，《輿地紀勝》卷五五《荆湖南路·衡州》：「湘水，自陽海發源，至零陵而營水會之，二水合流，謂之瀟湘。瀟湘者，水清深之名也。」桂嶺，《清一統志》卷二八二《永州府》：「桂嶺在寧遠縣西南四十里，古多丹桂，因爲鄉名，桂水出焉。少西又有梅嶺。」洞庭青草，《輿地紀勝》卷六九《荆湖北路·岳州》：「洞庭湖，《皇朝郡縣志》云：『在巴陵縣西南，連青草，亘赤沙七八百里。』」《方輿勝覽》卷二三《湖南路·潭州》：「青草湖，《志》：『南曰青草，北曰洞庭，所謂重湖。』」《清一統志》卷二八一《衡州府》：紫蓋，「紫蓋峰在衡山縣西北二十里。《荆州記》：『衡山有三峰極秀，曰紫蓋、石囷、芙蓉。』《衡山記》：『紫蓋常有白鶴集其上，神芝靈草生焉。有石室在其下，

香爐臼杵丹竈俱存。』劉熹《樹萱録》：『南嶽諸峰皆朝於祝融，獨紫蓋一峰勢轉東去。』」

④「文字」二句，騷雅，指《離騷》、《詩經》。「刀劍」句，可參本書卷六《滿江紅》詞（倦客新豐閿）箋注。按：淳熙六年湖南帥王佐鎮壓湖南民陳峒起義時，湖南轉運司曾主張適時恢復生産。轉運司《尚書王公墓志銘》載：「賊知湛至，而廣南守備已嚴，乃驅載所掠輜重由間道歸宜章。轉運司聞之，即移諸州，以爲賊已窮蹙，自守巢穴，毋以備禦妨農。」此二句又謂使盜賊轉化爲農民，亦其不誤農業生産之一貫主張也。

⑤「看使」三句，見本書卷六《念奴嬌·登建康賞心亭呈史留守致道》詞（我來弔古閿）箋注。

⑥「奮髯」二句，奮髯抵几，《漢書》卷八三《朱博傳》：「遷琅琊太守，齊部舒緩養名，博新視事，右曹掾史皆移病卧。博問其故，對言：『惶恐。』故事，二千石新到，輒遣吏存問致意，乃敢起就職。博奮髯抵几曰：『觀齊兒，欲以此爲俗邪？』乃召見諸曹史書佐及縣大吏，選視其可用者，出教置之，皆斥罷諸病吏，白巾走出府門，郡中大驚。」尊俎高談，《南史》卷九《陳紀》：「公論兵於廟堂之上，决勝於尊俎之間。」

⑦「莫信」三句，君門萬里，《舊唐書》卷一九〇《劉蕡傳》：「君門萬里而不得告訴，士人無所歸化，百姓無所歸命。」民歌五袴，《後漢書》卷六一《廉范傳》：「建初中，遷蜀郡太守。其俗尚文辯，好相持短長。范每厲以淳厚，不受偷薄之說。成都民物豐盛，邑宇逼側。舊制，禁民夜作，以防火災，而更相隱蔽，燒者日屬。范乃毁削先令，但嚴使儲水而已。百姓爲便，乃歌之曰：『廉叔

度，來何暮？不禁火，民安作。平生無襦今五袴。』」鳳凰銜詔，見本卷《滿江紅・送信守鄭舜舉被召》詞（湖海平生闋）箋注。

⑧「明月」句，李白《月下獨酌》詩：「花間一壺酒，獨酌無相親。舉杯邀明月，對影成三人。」

鷓鴣天

鄭守厚卿席上謝余伯山，用其韻①

夢斷京華故倦游，只今芳草替人愁②。《陽關》莫作三疊唱，越女應須爲我留③。　看逸韻，自名流，青衫司馬且江州④。君家兄弟真堪笑，箇箇能修五鳳樓⑤。

【箋注】

①題，余伯山，名禹績，上饒人。岳珂《桯史》卷一三《范碑詩跋》條：「趙履常崇憲所刊四説堂山谷《范滂傳》，余前記之矣。後見跋卷，乃太府丞余伯山禹績之六世祖若著倅宜州日，因山谷謫居是邦，慨然爲之經理舍館，遂遣二子滋、潏從之游。……率以夜遣二子奉几杖，執諸生禮。一日攜紙求書，山谷問以所欲，拱而對。……伯山前輩老成，嘗爲九江校官，余猶及同班行。」明周季鳳所作《山谷集序》，亦有「余禹績諸人謂其饑寒窮死無愧東都黨錮」語，見《山谷集》卷首。

〔乾隆〕《鉛山縣志》卷九《選舉》：「淳熙二年乙未詹騤榜，余禹績，四十五都人。」另據卷二《坊鄉》，四十五都在上饒縣西南乾元鄉。而《永樂大典》卷六六九七江字韻《九江府志》之《碑碣門》載余禹績所撰《江州重建煙水亭記》，有云：「紹熙甲寅春，吴興沈公祖德，以列卿之望來涖兹郡。……乃季秋，命役築堤，併湖拓基承宇。……乃命書其事云。紹熙甲寅孟冬望日記，文林郎充江州州學教授余禹績撰。」甲寅爲紹熙五年。《稼軒詞編年箋注》謂此詞作於紹熙初。有云：「右《鷓鴣天》二首，用同韻，當是同時作。前闋題中稱鄭守厚卿，知必作於鄭氏罷衡州守復歸上饒家居之時，非紹熙元年當即二年也。」此考未當。其一，鄭如崈非上饒人，其罷衡州守之後當歸其居地，而非上饒。其二，右詞乃鄭氏赴衡州任時途經上饒宴請信州友人，稼軒次余伯山之韻所賦，非鄭氏罷任時也。查右詞下半闋有「青衫司馬且江州」句，此明是余伯山未赴任時語，蓋謂其且將爲教授於江州也。是淳熙十五年余氏尚待闕之證，殆三四年後方得赴教授任也。因將右詞改編於稼軒送鄭如崈赴衡州任諸詞之後。次首同時所作，亦附於此。

②「夢斷」二句，故倦游，《史記》卷一一七《司馬相如列傳》：「今文君已失身於司馬長卿，長卿故倦游。」《集解》：「厭遊宦也。」替人愁，王安石《隴東西二首》詩：「祇有月明西海上，伴人征戍替人愁。」

③「陽關」二句，陽關三疊，蘇軾《和孔密州五絶·見邸家園留題》詩：「陽關三疊君須秘，除却膠西不解歌。」《施注蘇詩》卷一二：「漢於燉煌龍勒縣置陽關，後人因以《陽關》名曲。按先生《詩

話》：『舊傳《陽關》三疊，然今世歌者，每句再疊而已。若通一首言之，又是四疊，皆非是。或每句三唱，以應三疊之説，則叢然無復節奏。余在密州，有文勛長官者，以事至密，自云得古本《陽關》，其聲宛轉淒斷，不類向之所聞。每句皆再唱，而第一句不疊，乃知古本三疊蓋如此。及在黄州，偶讀樂天《對酒》詩云：相逢且莫推辭醉，聽唱《陽關》第四聲。注云：第四聲，勸君更盡一杯酒。以此驗之，則第一句不疊審矣。』」越女留，韓愈《劉生》詩：「洪濤春天禹穴幽，越女一笑三年留。」按：鄭如密既爲處州青田人，故有越女云云也。

④「青衫」句，見本書卷六《滿江紅·贛州席上呈太守陳季陵侍郎》詞（落日蒼茫閿）箋注。

⑤「君家」二句，《宋朝事實類苑》卷六三引《楊文公談苑》：「韓浦、韓洎，晉公滉之後，咸有辭學。浦善聲律，洎能古文，意常輕浦，語人曰：『吾兄爲文，譬如繩樞草舍，聊庇風雨。予之爲文，是造五鳳樓手。』浦性滑稽，竊聞其言，因有親知遺蜀箋，浦題作一篇，以其箋貽洎曰：『十樣蠻箋出益州，寄來新自浣溪頭。老兄得此全無用，助爾添修五鳳樓。』」按：右所謂君家兄弟，蓋指余伯山兄弟也。自紹興二十七年四十五都人余禹成登第之後，至淳熙十四年余禹壽、余禹安登第，中間淳熙二年又余禹和、余禹績登第，余氏兄弟共五人登第，見〈乾隆〉《鉛山縣志》卷九《選舉表》，故真可謂之造五鳳樓。詳可參《漁家傲·爲余伯熙壽》詞（道德文章傳幾世閿）箋注。下半閿語余伯山也。

又

和人韻，有所贈①

趁得春風汗漫游〔一〕，見他歌後怎生愁②。事如芳草春長在，人似浮雲影不留③。眉黛斂，眼波流，十年薄倖謾揚州〔二〕④。明朝短櫂輕衫夢，只在溪南罨畫樓⑤。

【校】

〔一〕「春」，四卷本丁集作「東」，王詔校刊本、《六十名家詞》本、四印齋本作「西」，此從廣信書院本。

〔二〕「謾」，王詔校刊本、《六十名家詞》本、四印齋本作「説」。

【箋注】

①題，右詞次前韻，贈别席上歌伎之作。

②「趁得」二句，汗漫游，見本書卷六《水調歌頭・和王正之右司吴江觀雪見寄》詞（造物故豪縱闋）箋注。見他歌後，《稼軒詞編年箋注》謂「『後』，即今口語之『啊』」。前已辨之。查前代詩人如隋李德林《相逢狹路間》：「流水琴前韻，飛塵歌後輕。」唐劉眘虚《海上詩送薛文學歸海東》詩：

「日暮驪歌後，永懷空滄洲。」宋韋驤《和季春初牡丹花》詩：「曾經唐苑聲歌後，不是隋園剪綵來。」曾鞏《郊祀慶成》詩：「即祚謳歌後，欽柴禮數新。」李之儀《失題九首》詩：「紅淚半殘歌後燭，翠濤低湧夢回風。」皆不作啊字，仍應作前後之後解，或作罷解，可證知也。

③「事如」二句，事如芳草，王之相《春日書事呈歷陽縣蘇仁仲八首》詩：「情似長江流不斷，事如芳草剗還生。」人似浮雲，周紫芝《沈季卿出元具茨王相山詩卷相示兩翁雖存没異途而均爲不偶讀之良增慨歎爲題軸尾》詩：「人似浮雲忽吹散，老夫雖健鬢成絲。」

④「十年」句，杜牧《遣懷》詩：「落魄江湖載酒行，楚腰纖細掌中輕。十年一覺揚州夢，贏得青樓薄倖名。」

⑤罨畫樓，高似孫《緯略》卷七《罨畫》條：「《墨客揮犀》曰：『罨畫，今之生色也。余嘗謂五采彰施於五服，此固生色之始也。』」趙希鵠《洞天清録·金碧山水》條：「唐小李將軍始作金碧山水，其後王晉卿、趙大年，近日趙千里，皆爲之。大抵山水初無金碧，承墨之分，要在心匠布置如何耳。若多用金碧，如今生色罨畫之狀，而略無風韻，何取乎墨？其爲病，則均耳。」

蝶戀花

送祐之弟①

衰草斜陽三萬頃〔一〕，不算飄零，天外孤鴻影②。幾許淒涼先痛飲，行人自向江頭醒。　會少離多看兩鬢③，萬縷千絲，何況新來病！　不是離愁難整頓〔二〕，被他引惹其他恨〔三〕。

【校】

〔一〕「斜」，四卷本甲集、《中興絶妙詞選》卷三作「殘」，此從廣信書院本。

〔二〕「整頓」，廣信書院本原作「頓整」，此據四卷本、《中興絶妙詞選》改。

〔三〕「其他」，《六十名家詞》本作「許多」。

【箋注】

①題，祐之弟，即辛次膺之孫辛助。王份《宋故資政殿學士左通議大夫致仕東萊郡開國侯贈左光禄大夫辛公墓志銘》：「公諱次膺，字起李，其先隋司隸大夫公義，葬東萊之萊陽。八世祖徙郡中之南城，今爲掖人。……壬戌冬，季弟調浮梁簿，同迎侍之任，因卜築於邑之南城。……男種學，右承議郎。孫助，將仕郎。」（見《江西出土墓志選編》）《菱湖辛氏族譜》之《隴西派下支分萊州世系》：「迎公次子助公，字祐之，行第五。終朝散郎、知荆門軍。本種學公子，過房。」《南澗甲乙稿》卷一六《跋辛起李得孫詩》：「辛公以直道勁節，意忤時相，閑廢退藏者十有餘年。既

得一孫，賦詩自慰，優游平淡，氣恬而意新，有德之言也。然晚預大政，名德昭垂，以享高壽。今其孫頎然出而世其家矣，天之祐善顧可量耶？」陳傅良《止齋集》卷四二《跋辛簡穆公書》：「簡穆公行藏見國史，且天下能道之，余不復道。曩余守桂陽，歲旱，流言往往以郴桂間民略死徙矣。祐之時在長沙幕府，具以所聞言之故帥直徽猷閣潘公德鄜。潘公下其説兩郡，蓋甚侵余與丁端叔也。余二人頗恨，然忌幕府不敢白。已而識祐之，乃佳士耳。余既相得，會他郡巡檢下軍人廩不繼，屬祐之即其廬勞苦之。天大寒，彌兩月，雨雪没馬股，祐之崎嶇行盡闔郡，得軍中人之心以歸。余方恨賢勞，而祐之欣欣無一咎言，以是益知其人，苟便於民，雖極言不以爲口過；苟不便於身，雖忘言可也。簡穆公爲有後矣。」按：辛次膺於紹興九年奉祠退閑，見《宋史》卷三八三《辛次膺傳》。辛助爲其長孫，既生於其退閑之時，則應在紹興二十年前後。簡穆即辛次膺。以上二跋，一謂「今其孫頎然出而世其家矣」，一記辛祐之在湖南帥幕時事跡。潘德鄜名畤，其自知廣州進直徽猷閣知潭州，在淳熙十三年下半年。《朱文公文集》卷九四《直顯謨閣潘公墓志銘》：「除直秘閣知廣州，……進直徽猷閣知潭州。」《宋會要輯稿·食貨》二八之二五：「淳熙十三年七月四日，知廣州潘畤言。」而陳傅良知桂陽軍在淳熙十四年。丁端叔名逢，晉陵人，時知郴州。則陳傅良所記與辛助交往事，亦必在淳熙十四年。據以下《滿江紅·和楊民瞻送祐之弟還侍浮梁》詞題，知辛助訪稼軒之後，即還浮梁侍親。可知其來訪稼軒，殆即湖南帥幕任滿，於歸途經行上饒時事。則稼軒送别諸作，皆應賦於淳熙十五年。

②「衰草」三句，衰草斜陽三萬頃，曹勛《轉調選冠子·宿石門》詞：「千里還是，關河冷落，斜陽衰草。」陳襲善《漁家傲》詞：「衰草斜陽無限意，誰與寄。」蘇軾《小飲公瑾舟中》詩：「此去澄江三萬頃，只應明月照還空。」孤鴻影，蘇軾《卜算子·黄州定惠院寓居作》詞：「時見幽人獨往來，縹緲孤鴻影。」

③會少離多，《九家集注杜詩》卷一〇《别唐十五誡因寄禮部賈侍郎》詩：「九載一相逢，百年能幾何。」注引《古詩》：「百年能幾何，會少别離多。」

鵲橋仙

和范廓之，送祐之弟歸浮梁〔一〕①

小窗風雨②，從今便憶，中夜笑談清軟。啼鴉衰柳自無聊，更管得離人腸斷③？詩書事業，青氈猶在，頭上貂蟬會見④。莫貪風月卧江湖，道日近長安路遠⑤。

【校】

〔一〕題，四卷本乙集作「送祐之歸浮梁」，此從廣信書院本。然廣信本「廓」原作「先」，據《中興絶妙詞選》卷三《和廓之弟送祐之歸浮梁》之題徑改。

【箋注】

①題，浮梁，《輿地紀勝》卷二三《江南東路・饒州》：「浮梁縣，在州東北一百五十里。」〔雍正〕《江西通志》卷一一《饒州府》：「最高山在浮梁縣南里許，宋辛次膺寓此。」同書卷九六：「辛次膺字起李，萊州人。幼孤，從母依外氏王聖美於丹徒，俊慧力學，日誦千言。甫冠，登政和二年進士第。歷官爲單父丞，值山東亂，舉室南渡，寓居浮梁縣之最高山。」

②「小窗」句，孫覿《別如老》詩：「小窗風雨夜，對此二榻横。」

③「啼鴉」二句，啼鴉衰柳，周邦彦《慶春宮・悲秋》詞：「衰柳啼鴉，驚風驅雁，動人一片秋聲。」更管得，哪管得。

④「詩書」三句，詩書事業，廖行之《題舅氏耕隱圖》詩：「詩書事業可公卿，垂上青冥却反耕。」青氈，見本卷八《水調歌頭・席上用王德和推官韻壽南澗》詞（上界足官府闋）箋注。貂蟬，見本書卷七《水調歌頭・淳熙丁酉自江陵移帥隆興……席間次韻》詞（我飲不須勸闋）箋注。

⑤「莫貪」二句，貪風月，釋齊己《招湖上兄弟》詩：「忍貪風月當年少，不寄音書慰老夫。」日近長安遠，《世説新語・夙慧》：「晉明帝數歲，坐元帝膝上，有人從長安來，元帝問洛下消息，潸然流涕。明帝問何以致泣，具以東渡意告之。因問明帝：『汝意謂長安何如日遠？』答曰：『日遠，不聞人從日邊來，居然可知。』元帝異之。明日集羣臣宴會，告以此意，更重問之，乃答曰：『日近。』元帝失色曰：『爾何故異昨日之言邪？』答曰：『舉目見日，不見長安。』」

臨江仙　醉宿崇福寺，寄祐之弟。祐之以僕醉先歸〔一〕①

莫向空山吹玉笛，壯懷酒醒心驚。四更霜月太寒生。被翻紅錦浪，酒滿玉壺冰②。小陸未須臨水笑，山林我輩鍾情③。今宵依舊醉中行。試尋殘菊處，中路候淵明④。

【校】

〔一〕題，四卷本甲集「祐之弟」三字闕，此據廣信書院本。

【箋注】

①題，〔嘉靖〕《廣信府志》卷一九《上饒縣》：「崇福院在乾元鄉，宋淳化中建。」按：據〔乾隆〕《上饒縣志》卷二，乾元鄉在縣西南。韓淲《澗泉集》卷一有《秋日郊行題崇福寺大井》詩，應即指此。同書卷七卷一九又有《崇福庵》詩，亦指崇福寺。查辛助歸浮梁，當自上饒乘舟至鄱陽，故崇福寺應在上饒西南信江畔，爲稼軒設宴送别之地。

②「被翻」二句，被翻紅錦浪，柳永《蝶戀花》詞：「酒力漸濃春思蕩，鴛鴦繡被翻紅浪。」李清照《鳳

凰臺上憶吹簫》詞：「香冷金猊，被翻紅浪。」玉壺冰，鮑照《代白頭吟》：「直如朱絲繩，清如玉壺冰。」

③「小陸」二句，小陸臨水笑，《晉書》卷五四《陸雲傳》：「雲字士龍，六歲能屬文，性清正，有才理。少與兄機齊名，雖文章不及機，而持論過之，號曰二陸。……吴平，入洛，機初詣張華，華問雲何在，機曰：『雲有笑疾，未敢自見。』俄而雲至，華爲人多姿制，又好帛繩纏鬚，雲見而大笑不能自已。先是，嘗著縗絰上船，於水中顧見其影，因大笑落水，人救獲免。」我輩鍾情，《世説新語·傷逝》：「王戎喪兒萬子，山簡往省之，王悲不自勝。簡曰：『孩抱中物，何至於此？』王曰：『聖人忘情，最下不及情。情之所鍾，正在我輩。』」

④「中路」句，《南史》卷七五《陶潛傳》：「江州刺史王弘欲識之，不能致也。潛嘗往廬山，弘令潛故人龐通之齎酒具於半道栗里要之。潛有腳疾，使一門生二兒舉籃轝，及至，欣然便共飲酌，俄頃弘至，亦無忤也。」蘇軾《次韻答孫侔》詩：「但得低頭拜東野，不辭中路伺淵明。」

又

再用韻，送祐之弟歸浮梁〔一〕

鐘鼎山林都是夢，人間寵辱休驚①。只消閑處過平生。酒杯秋吸露，詩句夜裁冰。記取小窗風雨夜，對牀燈火多情②。問誰千里伴君行。曉山眉樣翠〔二〕，秋水鏡般明③。

【校】

〔一〕題，四卷本甲集作「和前韻」，此從廣信書院本。

〔二〕「曉」，四卷本作「晚」。

【箋注】

①「鐘鼎」二句，鐘鼎山林，見本書卷八《水調歌頭·席上用王德和推官韻壽南澗》詞（上界足官府闕）箋注。寵辱休驚，《老子》：「寵辱若驚，貴大患若身。何謂寵辱若驚？寵爲下，得之若驚，失之若驚，是謂寵辱若驚。」

②「記取」二句，《漁隱叢話》前集卷三八引《王直方詩話》：「東坡喜韋蘇州詩『寧知風雨夜，復此對牀眠』之句，故在鄭别子由云：『寒燈相對記疇昔，夜雨何時聽蕭瑟。』又初秋子由與坡相從彭城，賦詩云：『誤喜對牀尋舊約，不知飄泊在彭城。』子由使遼，在神水館賦詩云：『夜雨從來對榻眠，兹行萬里隔湖天。』坡在御史獄有云：『他年夜雨獨傷神。』在東府有云：『對牀定悠悠，夜雨今蕭瑟。』其同轉對有云：『對牀貪聽連宵雨。』又曰：『對牀欲作連夜雨。』又云：『對牀老兄弟，夜雨鳴竹屋。』此其兄弟所賦也。相約退休，可謂無日忘之，然竟不能成其約，其意見於《逍遥堂詩叙》云。」

③「曉山」二句，眉樣翠，楊萬里《曉霧》詩：「政是春山眉樣翠，被渠淡粉作糊塗。」秋水鏡，周紫芝《臨江仙》詞：「忍將秋水鏡，容易與君分。」

菩薩蠻①

西風都是行人恨，馬頭漸喜歸期近。試上小紅樓，飛鴻字字愁②。　闌干閑倚處，一帶山無數。不似遠山横，秋波相共明③。

【箋注】

①題，右詞無題，四卷本未收。查廣信書院本次第，其與下一首皆置於同調《送祐之弟歸浮梁》詞之前，乃中年送人之作，雖不能確指所送亦必辛祐之，然據其排序，當列置其前後，似無不妥也。

②「試上」二句，小紅樓，晏幾道《御街行》詞：「塔兒南畔城兒裏，第三個橋兒外。瀕河西岸小紅樓，門外梧桐雕砌。」飛鴻字字愁，秦觀《減字木蘭花》詞：「困倚危樓，過盡飛鴻字字愁。」

③「不似」二句，遠山、秋波，以山水擬比眉眼。《西京雜記》卷二：「文君姣好，眉色如望遠山，臉

際常若芙蓉，肌膚柔滑如脂。」張詠《筵上贈小英》詩：「不然何得膚如紅玉初碾成，眼似秋波雙臉横？」

又

功名飽聽兒童説，看公兩眼明如月①。萬里勒燕然，老人書一編②。玉階方寸地，好趁風雲會③。他日赤松遊，依然萬户侯④。

【箋注】

①「看公」句，蘇軾《臺頭寺雨中送李邦直赴史館分韻得憶字人字兼寄孫巨源二首》詩：「看君兩眼明如鏡，休把春秋坐素臣。」

②「萬里」二句，萬里勒燕然，《後漢書》卷五三《竇憲傳》：「會南單于請兵北伐，乃拜憲車騎將軍，金印紫綬，官屬依司空。以執金吾耿秉爲副，發北軍五校、黎陽雍營、緣邊十二郡騎士及羌胡兵出塞。……憲分遣副校尉閻盤、司馬耿夔、耿譚，將左谷蠡王師子、右呼衍王須訾等精騎萬餘，與北單于戰於稽落山，大破之。虜衆崩潰，單于遁走。追擊諸部，遂臨私渠北鞮海，斬名王已下

萬三千級，獲生口馬牛羊橐駝百餘萬頭。於是溫犢須日逐溫吾夫渠王柳鞮等八十一部率衆降者，前後二十餘萬人。憲秉遂登燕然山，去塞三千餘里，刻石勒功，紀漢威德，令班固作銘。」老人書一編，即老父所出《太公兵法》。見本書卷七《木蘭花慢·席上送張仲固帥興元》詞（漢中開漢業闕）箋注。

③「玉階」二句，玉階方寸地，《新唐書》卷一一二《員半千傳》：「咸亨中上書自陳：『……行年三十，懷志潔操，未蒙一官，不能陳力。歸報天子，陛下何惜玉陛方寸地，不使臣披露肝膽乎？』」風雲會，《漢書》卷一〇〇《叙傳》：「商鞅挾三術以鑽孝公，李斯奮時務而要始皇。彼皆躡風雲之會，履顛沛之勢，據徼乘邪，以求一日之富貴。」

④「他日」二句，《史記》卷五五《留侯世家》：「留侯乃稱曰：『家世相韓，及韓滅，不愛萬金之資，爲韓報讎彊秦，天下振動。今以三寸舌爲帝者師，封萬户，位列侯，此布衣之極，於良足矣。願棄人間事，欲從赤松子遊耳。』乃學辟穀，導引輕身。」

又　送祐之弟歸浮梁

無情最是江頭柳，長條折盡還依舊①。木葉下平湖，雁來書有無②？雁無書尚可，好語憑誰和〔一〕③？風雨斷腸時，小山生桂枝④。

【校】

〔一〕「好」，四卷本甲集作「妙」，此從廣信書院本。

【箋注】

①「無情」二句，江頭柳，貫休《春送僧》詩：「不能更折江頭柳，自有青青松柏心。」長條折盡，白居易《青門柳》詩：「青青一樹傷心色，曾入幾人離恨中。爲近都門多送別，長條折盡減春風。」

②「木葉」二句，木葉下，《楚辭·九歌·湘夫人》：「嫋嫋兮秋風，洞庭波兮木葉下。」雁來書，唐人《濮陽女》詩：「雁來書不至，月照獨眠房。」張舜民《賣花聲》詞：「試問寒沙新到雁，應有來書。」

③「雁無」二句，尚可，還行，謂無書不算大事也。憑，任，讓也。

④「風雨」二句，風雨斷腸，韋莊《應天長》詞：「夜夜緑窗，風雨斷腸君信否。」小山生桂枝，《楚辭·招隱士》：「桂樹叢生兮山之幽，偃蹇連蜷兮枝相繚。……猨狖羣嘯兮虎豹嘷，攀援桂枝兮聊淹留。」黄庭堅《題子瞻寺壁小山枯木》詩：「却來獻納雲臺表，小山桂枝不相忘。」按：

《楚辭》載淮南王劉安有《招隱士序》，謂淮南小山之所作也。張孝祥《和都運判院韻輒記即事》詩：「平生煙霞成痼疾，置在朝市殊不宜。夢尋歸路向何許，淮南小山生桂枝。」

滿江紅

和楊民瞻送祐之弟還侍浮梁〔一〕①

塵土西風，便無限淒涼行色。還記取明朝應恨，今宵輕別。珠淚爭垂華燭暗，雁行欲斷哀箏切〔二〕②。看扁舟幸自澀清溪，休催發。　白石路〔三〕③，長亭側〔四〕。千樹柳，千絲結。怕行人西去，櫂歌聲闋④。黃卷莫教詩酒污，玉階不信仙凡隔⑤。但從今伴我又隨君，佳哉月！

【校】

〔一〕題，四卷本甲集「楊」字闕，此從廣信書院本。

〔二〕「欲」，四卷本作「中」。

〔三〕「石」，四卷本作「首」。

〔四〕「側」，四卷本作「仄」。

【箋注】

①題，還侍浮梁，謂辛助之歸浮梁，以其親在堂。此或指其母王氏。可參本書卷一四《感皇恩・慶嬸母王恭人七十》詞（七十古來稀闋）箋注。

②「雁行」句，《禮記・王制》：「父之齒隨行，兄之齒雁行。」黃庭堅《宜陽别元明用觴字韻》詩：「千秋風雨鶯求友，萬里雲天雁斷行。」杜甫《送李八秘書赴杜相公幕》詩：「哀箏傷老大，華屋豔神仙。」文彥博《見山樓小飲偶作》詩：「哀箏一行雁，小字數鉤銀。」

③白石路，白石爲稼軒送别辛助之地。〔乾隆〕《上饒縣志》卷二：「白石潭在縣南三十里來蘇鄉冷水嶺下，岸多白石，因名。」同卷：「小陸路自縣往西南，由白鶴渡四十五里至乾元鄉石溪，本府鉛山縣交界。」據此可知，稼軒送别之白石路，必在上饒縣西南。

④櫂歌聲闋，郭祥正《集于昌齡之舍》詩：「既觀舞袖垂，又聽歌聲闋。」

⑤「黃卷」二句，黃卷詩酒汚，《新唐書》卷一一五《狄仁傑傳》：「狄仁傑字懷英，并州太原人。爲兒時，門人有被害者，吏就詰，衆争辨對，仁傑誦書不置。吏讓之，答曰：『黃卷中方與聖賢對，何暇偶俗吏語耶？』」杜甫《謁文公上方》詩：「久遭詩酒汚，何事忝簪裾。」玉階仙凡隔，《漢書》卷九七《外戚傳》：「孝成班倢伃，帝初即位，選入後宮。……趙氏姊弟驕妬，倢伃恐久見危，求共養太后長信宫，上許焉。倢伃退處東宫，作賦自傷悼，其辭曰：『……華殿塵兮玉階苔，中庭萋兮緑草生。』」邵雍《過温寄鞏縣宰吴秘丞》詩：「相望咫尺仙凡隔，不得同

陪三月遊。」

朝中措　崇福寺道中歸，寄祐之弟〔一〕

籃輿嫋嫋破重岡①，玉笛兩紅妝。這裏都愁酒盡，那邊正和詩忙。　爲誰醉倒，爲誰歸去？都莫思量。白水東邊籬落，斜陽欲下牛羊②。

【校】

〔一〕題，廣信書院本原作「醉歸寄祐之弟」，此據四卷本甲集改。

【箋注】

①籃輿，方以智《通雅》卷三五：「箯輿，編輿也，晉以來謂之籃輿，或曰擔子，猶兜子也。」

②「斜陽」句，《詩·王風·君子於役》：「日之夕矣，羊牛下來。」

又

夜深殘月過山房，睡覺北窗涼①。起繞中庭獨步，一天星斗文章②。　朝來客話：「山林鐘鼎③，那處難忘？」「君向沙頭細問，白鷗知我行藏。」

【箋注】

①「睡覺」句，蘇軾《次韻許遵》詩：「此味只憂兒輩覺，逢人休道北窗涼。」

②「起繞」二句，起繞中庭，蘇轍《夏夜對月》詩：「大火直南方，萬物委爐炭。微雲吐涼月，中夜初一浣。老人氣如縷，枕簟亦流汗。披衣繞中庭，星斗嘒相粲。」星斗文章，杜牧《華清宫三十韻》詩：「雷霆馳號令，星斗煥文章。」

③山林鐘鼎，見本書卷八《水調歌頭·席上用王德和推官韻壽南澗》詞（上界足官府闕）箋注。

浪淘沙　山寺夜半聞鐘①

身世酒杯中，萬事皆空。古來三五箇英雄，雨打風吹何處是②，漢殿秦宮？　夢入少年叢③，歌舞匆匆。老僧夜半誤鳴鐘④。驚起西窗眠不得，捲地西風⑤。

【箋注】

①題，右詞及以下《南歌子》、《鷓鴣天》諸詞，皆夜宿山間或山寺聞鐘之作，作年或有早晚之差，然難細辨，大體均爲淳熙後期所作，故一併彙録於送別辛助諸詞之後。

②「古來」二句，三五箇英雄，言自古以來英雄亦不多見也。《寒山詩》：「大有好笑事，略陳三五箇。」雨打風吹，白居易《微之宅殘牡丹》詩：「殘紅零落無人賞，雨打風吹花不全。」

③「夢入」句，白居易《贈夢得》詩：「放醉卧爲春日伴，趁歡行入少年叢。」曾鞏《錢塘上元夜祥符寺陪咨臣郎中文燕席》詩：「白髮蹉跎歡意少，强顏猶入少年叢。」

④「老僧」句，王楙《野客叢書》卷二六《半夜鐘》：「歐公云：唐人有『姑蘇城外寒山寺，夜半鐘聲到客船』之句，説者云：『句則佳也，其如三更不是打鐘時？』《王直方詩話》引于鵠、白樂天、温

庭筠半夜鐘句，以謂唐人多用此語。《詩眼》又引齊武帝景陽樓有三更鐘，丘仲孚讀書限中宵鐘，阮景仲守吳興禁半夜鐘爲證。或者以爲無常鐘。僕觀唐詩言半夜鐘甚多，不但此也。如司空文明詩曰：『杳杳疏鐘發，中宵獨聽時。』王建《宮詞》曰：『未卧嘗聞半夜鐘。』陳羽詩曰：『隔水悠揚半夜鐘。』許渾詩曰：『月照千山半夜鐘。』按許渾居朱方，而詩爲華嚴寺作，正在吳中，益可驗吳中半夜鐘爲信然。」《西溪叢語》卷下：「齊丘仲孚少好學讀書，常以中宵鐘鳴爲限。唐人張繼詩：『夜半鐘聲到客船。』則半夜鐘其來久矣。」

⑤「驚起」二句，西窗眠，陸龜蒙《引泉》詩：「寒聲入爛醉，聒破西窗眠。」捲地西風，李彌遜《次韻林褎然知縣留題筠莊因寄之二首》詩：「只愁捲地西風裏，幽夢圓時與子妨。」

南歌子 山中夜坐〔一〕

世事從頭減，秋懷徹底清①。夜深猶送枕邊聲〔二〕，試問清溪底事未能平〔三〕②？　月到愁邊白③，雞先遠處鳴。是中無有利和名，因甚山前未曉有人行？

【校】

〔一〕題，廣信書院本、四卷本乙集俱闕，此從王詔校刊本、《六十名家詞》本、四印齋本補。

〔二〕「送」，四卷本作「道」。

〔三〕「未」，四卷本作「不」。

【箋注】

①「世事」二句，從頭减，蘇軾《漁家傲·贈曹光州》詞：「婚嫁事稀年冉冉，知有漸，千鈞重擔從頭减。」徹底清，白居易《酬嚴中丞晚眺黔江見寄》詩：「晚後連天碧，秋來徹底清。」

②「試問」句，《昌黎集》卷一九《送孟東野序》：「大凡物不得其平則鳴。草木之無聲，風撓之鳴。水之無聲，風蕩之鳴。」

③「月到」句，黄庭堅《减字木蘭花·丙子仲秋黔守席上客有舉杜工部中秋詩曰今夜鄜州月閨中只獨看遥憐小兒女未解憶長安因戲作》詞：「想見牽衣，月到愁邊總未知。」

鷓鴣天

木落山高一夜霜，北風驅雁又離行①。無言每覺情懷好，不飲能令興味長②。　頻聚散，試思量，爲誰春草夢池塘③。中年長作東山恨，莫遣離歌苦斷腸④。

【箋注】

①「木落」二句，木落山高，李正民《寄和叔》詩：「木落山高斷旅魂，可堪雲水隔煙村。」北風驅雁，《洛陽伽藍記》卷五《凝圓寺》條：「是時八月，天氣已冷，北風驅雁，飛雪千里。」鮑照《代白紵曲二首》：「窮秋九月荷葉黄，北風驅雁天雨霜。夜長酒多樂未央。」

②興味長，《晁氏客語》：「唐杜牧詣僧，僧不識，人言其名亦不省。故詩云：『家住城南杜曲傍，兩枝仙桂一時芳。山僧都不知名姓，始覺空門興味長。』」

③春草夢池塘，《南史》卷一九《謝惠連傳》：「惠連年十歲，能屬文，族兄靈運加賞之，云：『每有篇章，對惠連輒得佳語。』嘗於永嘉西堂思詩，竟日不就，忽夢見惠連，即得『池塘生春草』，大以爲工。嘗云：『此語有神功，非吾語也。』」按：謝靈運詩題爲《登池上樓》。

④「中年」二句，謝安對王羲之語，可參本書卷七《水調歌頭・淳熙己亥自湖北漕移湖南周總領王漕趙守置酒南樓席上留別》詞（折盡武昌柳闋）箋注。東山謂謝安也。莫遣，遣，使，讓也。

又

席上再用韻

水底明霞十頃光，天教鋪錦襯鴛鴦①。最憐楊柳如張緒，却笑蓮花似六郎②。方竹簟，小胡牀③，晚來消得許多涼〔一〕④。背人白鳥都飛去⑤，落日殘鴉更斷腸。

【校】

〔一〕「來」，四卷本乙集作「風」，此從廣信書院本。

【箋注】

①「水底」二句，曾慥《類説》卷五七《池底鋪錦》條引《王直方詩話》：「王建宫詞：『魚藻宫中鎖翠娥，先皇行處不曾過。如今池底休鋪錦，菱角雞頭積漸多。』李石《開成承詔録》：『文宗論德宗奢靡云，聞得禁中老宫人，每引流泉，先於池底鋪錦。』則知建詩皆摭實，非鑿空語也。」

②「最憐」二句，楊柳如張緒，《南史》卷三一《張緒傳》：「劉悛之爲益州，獻蜀柳數株，枝條甚長，狀若絲縷。時舊宫芳林苑始成，武帝以植於太昌靈和殿前，常賞玩咨嗟，曰：『此楊柳風流可愛，似張緒當年時。』其見賞愛如此。」蓮花似六郎，《舊唐書》卷九〇《楊再思傳》：「時張易之兄司禮少卿同休，嘗奏請公卿大臣宴於司禮寺，預其會者皆盡醉極歡。同休戲曰：『楊内史面似高麗。』再思欣然，請剪紙自帖於巾，却披紫袍，爲高麗舞，縈頭舒手，舉動合節，滿座嗤笑。又易之弟昌宗，以姿貌見寵幸，再思又諛之曰：『人言六郎面似蓮花，再思以爲蓮花似六郎，非六郎

似蓮花也。』其傾巧取媚也如此。」同書卷九六《宋璟傳》：「當時朝列，皆以二張内寵，不名官，呼易之爲五郎，昌宗爲六郎。」

③胡牀，《後漢書》卷二三《五行志》：「靈帝好胡服、胡帳、胡牀、胡坐、胡飯、胡箜篌、胡笛、胡舞，京都貴戚皆競爲之，此服妖也。」《晉書》卷二七《五行志》上：「泰始之後，中國相尚用胡牀貊槃，及爲羌煮貊炙，貴人富室，必畜其器。」蕭常《續後漢書音義》卷四：「胡牀，今繩牀也。」王觀國《學林》卷四《繩牀》條：「繩牀者，以繩貫穿，爲坐物，即俗謂之交椅之屬是也。……古人稱牀榻非特卧具也，多是坐物。王羲之東牀坦腹而食，庾亮登南樓據胡牀與佐史談詠，桓伊吹笛據胡牀三弄，管寧家貧坐藜牀欲穿，陳蕃爲豫章太守，徐孺子來特設一榻，去則懸之。沈休文詩曰：『賓至下塵榻。』漢沛公踞牀，使兩女子洗足。凡此皆坐物也。」

④消得，享受得。

⑤「背人」句，杜甫《歸雁二首》詩：「萬里衡陽雁，今年又北歸。雙雙瞻客上，一一背人飛。」温庭筠《渭上題三首》詩：「吕公榮達子陵歸，萬古煙波繞釣磯。橋上一通名利跡，至今江鳥背人飛。」

水調歌頭

送信守王桂發〔一〕①

酒罷且勿起，重挽使君鬚〔二〕②。一身都是和氣，別去意何如？我輩情鍾休問，父老田頭説尹，淚落獨憐渠③。秋水見毛髮，千尺定無魚④。

望青闕，左黄閣，右紫樞⑤。東風桃李陌上，下馬拜除書⑥。屈指吾生餘幾，多病妨人痛飲〔三〕⑦，此事正愁余。江湖有歸雁，能寄草堂無⑧？

【校】

〔一〕題，四卷本乙集作「送太守王秉」。

〔二〕「使」，廣信書院本、四卷本作「史」，此從王詔校刊本、《六十名家詞》本、四印齋本改。

〔三〕「妨」，四卷本作「故」。

【箋注】

①題，信守王桂發，據四卷本乙集題作「送太守王秉」，知其名秉，而明清《廣信府志》俱不載其名，

其何時守信更無記載可以確考。然查自淳熙十四年正月鄭汝諧被召之後，繼任信州守臣的正應是王秉。據《宋會要輯稿·職官》七二之四九載：「淳熙十五年十月二十六日，新知信州姚述堯主管亳州明道宫，以言者謂其貪有實跡，乞行寢罷故也。」而淳熙十六年十一月二十一日則有知信州莫漳放罷，紹熙元年六月十二日則有信州守臣梁季珌論事，分見《宋會要輯稿·職官》七二之五四、七三之一。因知淳熙末、紹熙初知信州有人可考，其失考者惟淳熙十四年至十五年之間，此必王秉守信之時也。據右詞下半闋，知其在信州任内被召，其被召時間或在淳熙十五年夏秋之交。右詞之作，即在是年秋。王秉事跡，史籍别無可考。

②「酒罷」二句，謝安嘗捋桓伊鬚，曰：「使君於此不凡。」見本書卷六《念奴嬌·登建康賞心亭呈史留守致道》詞（我來弔古闋）箋注。蘇軾《游東西巖》（即謝安東山也）詩：「挽鬚起流涕，始知使君賢。」《慶源宣義王丈以累舉得官……有書來求紅帶既以遺之且作詩爲戲請黄魯直學士秦少游賢良各爲賦一首爲老人光華》詩：「青衫半作霜葉枯，遇民如兒吏如奴。吏民莫作官長看，我是識字耕田夫。妻啼兒號刺史怒，時有野人來挽鬚。拂衣自注下下考，芋魁飯豆吾豈無。」

③「我輩」三句，《世説新語·傷逝》：「王戎喪兒萬子，山簡往省之。王悲不自勝，簡曰：『孩抱中物，何至於此？』王曰：『聖人忘情，最下不及情。情之所鍾，正在我輩。』」杜甫《遭田父泥飲美嚴中丞》詩：「步屧隨春風，村村自花柳。田翁逼社日，邀我嘗春酒。酒酣誇新尹，畜眼未見

有。……語多雖雜亂，説尹終在口。」

④「秋水」二句，《文選》卷四五東方朔《答客難》：「水至清則無魚，人至察則無徒。」梅堯臣《和永叔晉祠》詩：「豈惟俯可見毛髮，况乃了了看龜魚。」

⑤「望青」三句，青闕，顔延之《直東宮答鄭尚書》詩：「流雲藹青闕，皓月鑑丹宫。」儲光羲《和中書徐侍郎》詩：「青闕朝初退，白雲遥在天。」黄閣、紫樞，李賀《昌谷集》卷六《通南康守桂宗博啓》：「想朱幡皂蓋之華，知歡迎於竹馬；登黄閣紫樞之選，恐趣召於鋒車。」黄閣謂中書門下省，紫樞謂樞密院。

⑥「東風」二句，蘇軾《和子由踏青》詩：「東風陌上驚微塵，遊人初樂歲華新。」《蘇魏公文集》卷四二《辭免西京第二表》：「趣拜除書，即赴新任。」

⑦「多病」句，陳師道《贈王聿修商子常二首》詩：「長病忍狂妨痛飲，晚雲朝雨滯晴空。」

⑧「江湖」二句，歐陽修《谷正至始得先所寄書及詩不勝喜慰因書數韻奉酬聖俞》詩：「春江有歸雁，但使音書繼。」李彭《寄珍首座》詩：「坐看氤氲處，緜緜詩思俱。應作牛腰束，能寄草堂無。」

江神子

和陳仁和韻①

玉簫聲遠憶驂鸞，幾悲歡？帶羅寬②。且對花前，痛飲莫留殘③。歸去小窗明月在，雲一縷，玉千竿④。　吴霜應點鬢雲斑⑤。綺窗閑，夢連環⑥。説與東風，歸興有無間〔一〕⑦。芳草姑蘇臺下路，和淚看，小屏山⑧。

【校】

〔一〕「興」，四卷本甲集作「意」，此從廣信書院本。

【箋注】

①題，右詞所賦，據首句，知爲陳德明謫居信州期間，其妻病故，因賦此詞以慰寬耳。

②「玉簫」三句，玉簫聲遠憶驂鸞，杜牧《傷友人悼吹簫妓》詩：「玉簫聲斷没流年，滿目春愁隴樹煙。豔質已隨雲雨散，鳳樓空鎖月明天。」江淹《别賦》：「駕鶴上漢，驂鸞騰天。暫遊萬里，少别千年。」韓愈《送桂州嚴大夫》詩：「遠勝登仙去，飛鸞不假驂。」帶羅寬，簡文帝《當壚曲》：

「欲知心恨急，翻令衣帶寬。」

③「痛飲」句，庾信《舞媚娘》詩：「少年惟有歡樂，飲酒那得留殘。」

④玉千竿，王安石《金陵報恩大師西堂方丈二首》詩：「蕭蕭出屋千竿玉，靄靄當窗一炷雲。」李壁注：「謂對竹燒香也。」

⑤「吴霜」句，李賀《還自會稽歌》：「吴霜點歸鬢，身與塘蒲晚。」按：陳德明雖爲寧德人，然寓居於平江府。《八瓊室金石補正》卷一一六載袁説友《吴下同年會詩小序》：「説友繆司〔憲〕畿〔甸〕，適遇提舉郎中元善年兄持節倉事，相與思念同年之在吴門者，凡數人，邂逅相遇，不有尊酒論文之集，殆缺文也。乃以紹熙改元之五日，會於姑蘇臺。……説友遂賦唐律一首，稍紀其事，以爲異日佳話云。……期不至者，章仲濟、周晞稷、王文卿、陳光宗。」故有此句。

⑥「綺窗」二句，綺窗閑，侯寘《西江月》詞：「可庭明月綺窗閑，簾幕低垂不捲。」夢連環，韓愈《送張道士》詩：「昨宵夢倚門，手取連環持。」《五百家注昌黎文集》卷二一：「孫曰：持連環以示還意。」黄庭堅《次韻斌老冬至書懷示子舟篇末見及之作因以贈子真歸》詩：「昨宵連環夢，秣馬待明發。」

⑦「説與」二句，淳熙十五年秋九月辛丑，宋廷大饗明堂，大赦。陳德明有望遇赦還鄉，故有此二語，疑右詞即作於是年秋冬間，蓋寄希望於明春也。

⑧「芳草」三句，姑蘇臺，《太平寰宇記》卷九一《江南東道·蘇州》：「姑蘇臺，吴王夫差爲西施造

以望越。按《吴地志》云：『闔閭十一年起臺於胥門姑蘇山，山南造九曲路，高三百尺。』《越絶書》云：『臺高見三百里。』故太史公云『登姑蘇，望五湖』是此。」《輿地紀勝》卷五《兩浙西路・平江府》：「姑蘇臺，在吴縣西三百里，一名姑胥山。《淮南子》又名姑餘山。闔閭就山起臺，三年聚財，五年乃成，高見三百里。」小屏山，温庭筠《酒泉子》詞：「日映紗窗，金鴨小屏山碧。」蔡伸《菩薩蠻》詞：「翠被小屏山，曉窗燈影殘。」屏山即屏風。

又

和陳仁和韻〔一〕①

寶釵飛鳳鬢驚鸞，望重歡，水雲寬。腸斷新來，翠被粉香殘〔二〕②。待得來時春盡也，梅結子〔三〕，笋成竿③。　湘筠簾捲淚痕斑④。珮聲閑，玉垂環。箇裏温柔〔四〕，容我老其間⑤。却笑生平三羽箭〔五〕，何日去，定天山⑥？

【校】

〔一〕題，廣信書院本原闕，據四卷本乙集補。

〔二〕「粉」，四卷本作「暗」，後塗去未補。此從廣信書院本。

〔三〕「結」，四卷本作「着」。

〔四〕「温柔」，王詔校刊本、《六十名家詞》本、四印齋本作「柔温」。

〔五〕「生平」，四卷本作「將軍」。

【箋注】

①題，詳右詞詞意，乃陳德明來信上有新歡之後所賦。

②「翠被」句，《左傳・昭公十二年》：「楚使蕩侯潘子帥師圍徐以懼吴。次於乾溪，翠被豹舄。」注：「以翠羽飾被。」何遜《嘲劉郎》詩：「稍聞玉釧遠，猶憐翠被香。」李商隱《夜冷》詩：「西亭翠被餘香薄，一夜將愁向敗荷。」

③「梅結」二句，梅結子，温庭筠《吴苑行》：「錦雉雙飛梅結子，平春遠緑窗中起。」笋成竿，李彌遜《永遇樂・初夏獨坐西山釣臺新亭》詞：「曲徑通幽，小亭依翠，春事才過。看笋成竿，等花着果，永晝供閑坐。」

④「湘筠」句，湘筠即湘竹，又稱斑竹。可參本書卷八《蝶戀花・客有燕語鶯啼人乍遠之句用爲首句》詞（燕語鶯啼人乍遠闋）箋注。

⑤「箇裏」二句，見本卷《定風波・大醉自諸葛溪亭歸》詞（昨夜山公倒載歸闋）箋注。

⑥「却笑」三句，《舊唐書》卷八三《薛仁貴傳》：「領兵擊九姓突厥於天山，將行，高宗内出甲，令仁貴試之。上曰：『古之善射有穿七札者，卿且射五重。』仁貴射而洞之，高宗大驚，更取堅甲以賜之。時九姓有衆十餘萬，令驍健數十人逆來挑戰。仁貴發三矢，射殺三人。自餘一時下馬請降，仁貴恐爲後患，並坑殺之。更就磧北安撫餘衆，擒其僞葉護兄弟三人而還。軍中歌曰：『將軍三箭定天山，戰士長歌入漢關。』九姓自此衰弱，不復更爲邊患。」

沁園春

戊申歲，奏邸忽騰報，謂余以病掛冠，因賦此①

老子平生，笑盡人間，兒女怨恩〔一〕②。況白頭能幾，定應獨往；青雲得意，見説長存③。抖擻衣冠，憐渠無恙，合掛當年神武門④。都如夢，算能争幾許，雞曉鐘昏⑤？　此心無有親冤〔二〕，況抱甕年來自灌園⑥。但凄涼顧影，頻悲往事；慇勤對佛，欲問前因⑦。却怕青山，也妨賢路，休鬥尊前見在身⑧。山中友，試高吟楚些，重與招魂⑧。

【校】

〔一〕「恩」，王詔校刊本、《六十名家詞》本作「根」，此從廣信書院本。

〔二〕「親」，廣信書院本原作「新」，《歷代詩餘》卷八九引此詞，作「親」，《稼軒詞編年箋注》從之。

【箋注】

①題，奏邸，宋代有都進奏院。然稼軒以病掛冠之消息似非邸報所載（掛冠應指致仕）。趙升《朝野類要》卷四《朝報》條：「日生事宜也。每日門下後省編定，請給事判報，方行下都進奏院，報行天下。其有所謂内探、省探、衙探之類，皆吏私小報，率有漏泄之禁，故隱而號之曰新聞。」《宋會要輯稿·刑法》二之一二五：「紹熙四年六月十九日，臣僚言，朝廷大臣之奏議，臺諫之章疏，内外之封事，士子之程文，機密謀畫，不可漏洩，今乃傳播街市，書坊刊行，流布四遠，事屬未便，乞嚴切禁止。……十月四日，臣僚言，恭惟國朝，置建奏院於京都，而諸路州郡亦各有進奏吏，凡朝廷已行之命令，已定之差除，皆以達於四方，謂之邸報，所從久矣。而比來有司防禁不嚴，遂有命令未行，差除未定，即時謄播，謂之小報，始自都下，傳之四方，甚者鑿空撰造，以無爲有，流布近遠，疑誤羣聽。且常程小事傳之不實，猶未害也。倘事干國體，或涉邊防，妄有流傳，爲害非細。乞申明有司，嚴行約束，應妄傳小報，許人告首，根究得實，斷罪追賞，務在必行。又言，朝廷逐日自有門下後省定本，經宰執始可報行。近年有所謂小報者，或是朝報未報之事，或是官員陳乞未曾施行之事，先傳於外，固已不可，至有撰造命令，妄傳事端，朝廷之差除，臺諫百官之章奏，以無爲有，傳播於外。訪聞有一使臣及閤門院子，專以探報此等事爲生，或得於省院

之漏洩，或得於街市之剽聞，又或意見之撰造，日書一紙，以出局之後，省部寺監知雜司及進奏官悉皆傳授，坐獲不貲之利。以先得者爲功，一以傳十，十以傳百，以至遍達於州郡監司，人情喜新而好奇，皆以小報爲先，而以朝報爲常，真僞亦不復辨也。」以上臣僚所言，皆謂淳熙中後期以來，民間小報與邸報並行之情。戊申爲淳熙十五年，不知此年何時，報上忽然刊載稼軒因病致仕消息，疑爲是年稼軒主管沖佑觀之前爲小報所編造而刊登者。

②兒女恩怨，見本書卷八《蝶戀花・用趙文鼎提舉送李正之提刑韻送鄭元英》詞（莫向樓頭聽漏點闋）箋注。

③「况白」四句，葉夢得《避暑録話》卷上：「白樂天與楊虞卿爲姻家，而不累於虞卿；與元稹、牛僧孺相厚善，而不黨於元稹、僧孺；爲裴晉公所愛重，而不因晉公以進。李文饒素不樂，而不爲文饒所深害者，處世如是，人亦足矣。推其所由得，惟不汲汲於進而志在於退，是以能安於去就愛憎之際，每裕然有餘也。……至甘露十家之禍，乃有『當君白首同歸日，是我青山獨往時』之句，得非爲王涯發乎？覽之使人太息。空花妄想，初何所有？而况冤親相尋，繳繞何已？樂天不唯能外世故，固自以爲深得於佛氏，猶不能曠然一洗，電埽冰釋於無所有之地，習氣難除至是。要之若飄瓦之擊，虚舟之觸，莊周以爲至人之用心也，宜乎。」所引白居易詩題爲《九年十一月二十一日感事而作》，題下自注：「其日獨遊香山寺。」全詩云：「禍福茫茫不可期，大都早退似先知。當君白首同歸日，是我青山獨往時。顧索素琴應不暇，憶牽黄犬定難追。麒麟作

脯龍爲醢，何似泥中曳尾龜。」獨往，獨往青山也。青雲得意，用《史記》卷七九《范雎蔡澤列傳》中須賈「不意君能自致於青雲之上」語。

④「抖擻」三句，抖擻衣冠，白居易《寄山僧》詩（題下注：時年五十）：「眼看過半百，早晚掃巖扉。白首誰留住，青山自不歸。百千萬劫障，四十九年非。會擬抽身去，當風抖擻衣。」憐渠無恙，喜其無病。合掛神武門，《南史》卷七六《陶弘景傳》：「未弱冠，齊高帝作相，引爲諸王侍讀，除奉朝請。雖在朱門，閉影不交外物，唯以披閱爲務。朝儀故事，多所取焉。家貧，求宰縣不遂。永明十年，脱朝服掛神武門，上表辭禄，詔許之。」

⑤「都如」三句，梁啓超於所編《辛稼軒先生年譜》淳熙十五年後引此詞，且有大段解釋，謂曰：「先生落職，本緣被劾，而邸報誤爲引疾。……『都如夢，算能争幾許，雞曉鐘昏。』言邸奏竟爲我延長若干年做官生涯，然所差無幾，不足較也。」

⑥「此心」二句，親冤，《悟真篇注疏》卷中：「德行修逾八百，陰功積滿三千。均齊物我與親冤，始合神仙本願。」《五燈會元》卷一《六祖慧能大師》：「令韜曰：『如何處斷？』韜曰：『若以國法論理，須誅夷，但以佛教慈悲，冤親平等，况彼欲求供養，罪可恕矣。』柳守嘉歎曰：『始知佛門廣大。』遂赦之。」抱甕，《莊子·天地》：「子貢南遊於楚，反於晉。過漢陰，見一丈人，方將爲圃畦，鑿隧而入井，抱甕而出灌，搰搰然用力甚多，而見功寡。」

⑦「但淒」四句，淒凉顧影，蘇軾《永遇樂·寄孫巨源》詞：「醉捲珠簾，淒然顧影，共伊到明無寐。」

慇勤對佛，《大唐西域記》卷一〇：「年方弱冠，王姬下降禮筵之夕，憂心慘悽，對佛像前殷勤祈請，至誠所感。」

⑧「却怕」三句，青山，用白居易「青山獨往」語意。妨賢路，《太平廣記》卷二五四《裴略》條：「此人走至屏牆，大聲語曰：『方今聖上聰明，闢四門以待士。君是何物，久在此妨賢路？』」休鬥尊前見在身，《詩話總龜》卷一四：「牛僧孺將赴舉時，投贄於劉夢得，對客展讀，飛筆塗竄其文。居三十年，夢得守汝，牛出鎮漢南，枉道汝水，雕旌信宿。酒酣，贈詩於夢得曰：『粉署爲郎二十春，向來名輩更無人。休論世上升沉事，且鬥尊前見在身。珠玉會應成咳唾，山川猶覺露精神。莫嫌恃酒輕言語，曾把文章謁後塵。』夢得方悟往年改文卷之事。」休鬥，猶言休比。尊前見在身謂能够飲酒健康之身，鬥則比較也。

⑧「山中」三句，梁啓超釋此數句云：「『却怕青山，也妨賢路』，極言憂讒畏譏，恐雖山居猶不免物議也。山友重與招魂，言本已罷官，奏邸又爲我再罷一次，山友不妨再賦招隱也。」楚些，《楚辭》之《招魂》篇，句尾皆押些字韻。

又

崇壽院〔一〕①

西浙悠悠，江東一派，山號觀音②。看池□□蓮，妙香天界③；橋環翠竹，像柏構林。枯木撑天，危巢障雨，此景人間何處尋？雷同道，□師傳大義，名重千金④。溪深路凹逶好，洗耳清泉聽梵音⑤。仰崇壽彌高⑥，依稀有韻；閑雲静處，出入無□。四海五湖，長途一飽，題散虚廊攜手吟。閑相□〔二〕，一夕四美，水帶江襟⑦。

【校】

〔一〕調與題，右詞僅見〔嘉靖〕《鉛山縣志》卷一二，調題原無，均爲今所擬。

〔二〕「吟閑」，原作「閑吟」，依韻乙正。

【箋注】

①題，〔嘉靖〕《鉛山縣志》卷一二：「崇壽院，在十八都觀音山。唐天祐間建，龐穎公有記。宋朱子淳熙間因丐祠候旨寓此，聞子規三絶。」其後引朱熹詩及辛稼軒此詞。〔乾隆〕《鉛山縣志》卷一五：「崇壽院，在十八都。唐大義開山結庵。昭宗大順中置，名保壽觀音院。太和五年更名安存，大中祥符元年改今名。有穎國公龐籍修院碑、讀書經綸堂、靈芝圖。」另本〔乾隆〕《鉛山縣志》又載：「崇聖院在縣南三十五里，大義禪師開山。」崇聖院應即崇壽院。按：明清兩代十八都在鉛山縣南旌孝鄉。據今鉛山縣當地人踏查，觀音山與崇壽寺皆在今紫溪鄉北之坑口村

下源塢。淳熙十五年冬，稼軒好友陳亮自東陽來訪，稼軒與之同遊鵝湖，且會朱熹於紫溪。十日之内，極有可能於中途逗留崇壽院而賦寫此詞，故編次於與陳亮唱和諸詞之前。

②山號觀音，〔雍正〕《江西通志》卷四〇《廣信府》：「經綸堂，《名勝志》：『宋祥符間武城人龐籍侍其父爲鉛山税官，嘗肄業於觀音山之崇壽院，院有經綸堂，至今畫像存焉。』」

③妙香天界，《維摩詰所説經·香積佛品》：「有國名衆香，佛號香積，今現在，其國香比於十方諸佛世界人天之香最爲第一。……爾時，維摩詰問衆香菩薩：『香積如來如何説法？』彼菩薩曰：『我土如來無文字説，但以衆香令諸天人得入律行，菩薩各各坐香樹下，聞斯妙香。』」又，《慈悲觀音寶懺法》卷中，有「南無天香山妙香硐妙海吉祥觀世音菩薩」之號。

④「□師」二句，〔乾隆〕《鉛山縣志》卷一五：「唐大義慧覺禪師，衢州須江人，姓徐氏，馬祖法嗣也。住鵝湖寺，元和二年詔入麟德殿，設齋，如諸大德論道，帝臨聽論議。……帝問曰：『何者是佛性？』師曰：『不離陛下所問。』帝默契，由是益重禪宗。元和十三年正月十七日歸寂，壽七十四，敕謚慧覺禪師。」

⑤「洗耳」句，洗耳，已見本卷《水龍吟·題瓢泉》詞（稼軒何必長貧閿）箋注。王勃《遊梵宇三覺寺》詩：「蘿幌棲禪影，松門聽梵音。」

⑥「仰崇」句，《論語·子罕》：「顔淵喟然歎曰：『仰之彌高，鑽之彌堅，瞻之在前，忽然在後，夫子循循然善誘人。』」

⑦「一夕」二句，四美，《王子安集》卷五《滕王閣詩序》：「睢園緑竹，氣凌彭澤之尊；鄴水朱華，光照臨川之筆。四美具，二難並。」按：謝靈運《擬魏太子鄴中詩集序》有「天下良辰、美景、賞心、樂事，四者難並」語。四美或指此。襟帶，《陳書》卷九《吴明徹傳》：「壽春者，古之都會，襟帶淮汝，控引河洛，得之者安。」

賀新郎

陳同父自東陽來過余，留十日，與之同遊鵝湖。且會朱晦庵於紫溪，不至，飄然東歸。既別之明日，余意中殊戀戀，復欲追路，至鷺鷥林，則雪深泥滑，不得前矣。獨飲方村，悵然久之，頗恨挽留之不遂也。夜半投宿吴氏泉湖四望樓，聞鄰笛悲甚，爲賦《乳燕飛》以見意。又五日，同父書來索詞，心所同然者如此，可發千里一笑〔一〕①

把酒長亭説。看淵明風流酷似，卧龍諸葛②。何處飛來林間鵲，蹙踏松梢殘雪〔二〕。要破帽多添華髮。剩水殘山無態度，被疏梅料理成風月③。兩三雁，也蕭瑟〔三〕。　佳人重約還輕別。悵清江天寒不渡，水深冰合。路斷車輪生四角，此地行人銷骨④。問誰使君來愁絶？鑄就而今相思錯，料當初費盡人間鐵⑤。長夜笛，莫吹裂⑥。

【校】

〔一〕題，四卷本乙集「吴氏泉湖」作「泉湖吴氏」，「乳燕飛」作「賀新郎」，此從廣信書院本。

〔二〕「殘」，四卷本作「微」。

〔三〕「蕭」，《六十名家詞》本作「瀟」。

【箋注】

①題，陳同父名亮，見本書卷八《破陣子·爲陳同甫賦壯詞以寄之》詞（醉裏挑燈看劍闋）箋注。陳亮於淳熙十五年十二月初訪稼軒於上饒，且會朱熹於紫溪。朱熹未至，陳亮遂飄然東歸。右詞送陳亮東歸所賦，當在淳熙十五年十二月上旬。詳考見本書所附《年譜》。右長序中，謂「陳同父自東陽來過余」，東陽與永康皆爲婺州屬縣，陳亮爲永康人，何以自東陽來訪稼軒，費考。然婺州於三國吴時爲東陽郡，此蓋用舊郡名，謂陳亮自婺州來過也。紫溪，〔乾隆〕《鉛山縣志》卷一：「紫溪市去縣治南四十五里，昔名鎮，今改爲市，人煙輳集，路通甌閩。」今爲紫溪鄉。鷺鶿林，地名不可考，當在上饒縣西南瀘溪附近。俞德鄰《佩韋齋集》所載《鷺鶿林》詩有「青煙楊柳

岸，白酒鷺鷥林。當户孤峰秀，環溪萬玉陰」句，史彌寧《友林乙稿》之《鷺鷥林》詩有「驛路逢梅香滿襟，攜家又過鷺鷥林」句，韓淲《澗泉集》卷七亦有《鷺鷥林》詩，有「明中山映樹，暗處水平溪」句，皆言其近水，當即上饒之鷺鷥林。據下文「獨飲方村」、「夜半投宿吴氏泉湖四望樓」諸語，考今之上饒，則鷺鷥林應在瀘溪南岸，松坪之北。方村，據新《上饒縣地名志》記載，在今上饒縣西南茶亭鎮南昆山村與松枰村之間，亦處瀘溪之南。吴氏泉湖，則在方村南二十五里，今鉛山縣境内稼軒鄉之馬鞍村，古名泉湖，吴氏居此，建有四望樓，早廢。今村中藏《讓裏吴氏宗譜》，卷首圖中即標明泉湖塘在村中。泉湖所在馬鞍村，西南距瓢泉十餘里。《乳燕飛》，即《賀新郎》詞調之别名，以蘇軾《賀新郎》詞首句爲「乳燕飛華屋」也。可發千里一笑，《東坡全集》卷七七《與彦正判官書》：「試以一偈問之：『若言琴上有琴聲，放在匣中何不鳴。若言聲在指頭上，何不於君指上聽？』録以奉呈，以發千里一笑也。」

②「把酒」三句，把酒長亭，劉子翬《送惠州使君范智聞》詩：「長亭把酒分攜易，暮角催人太瘦生。」卧龍，已見本書卷九《水龍吟·用瓢泉韻戲陳仁和兼簡諸葛元亮且督和詞》(被公驚倒闕)箋注。

③「剩水」二句，剩水殘山，杜甫《陪鄭廣文遊何將軍山林十首》詩：「剩水滄江破，殘山碣石開。」釋惠洪《冷齋夜話》卷三《詩説煙波縹緲處》條：「予自并州還故里，館延福寺。寺前有小溪，風物類斜川，予兒童時戲劇處也。……又嘗暮寒歸，見白鳥，作詩曰：『剩水殘山慘淡間，白鷗無

事釣舟閑。箇中着我添圖畫，便似華亭落照灣。』」按：此處剩水殘山，乃借指，殆謂大雪之後，未被雪所覆蓋之山水所餘無幾也。無態度，陳與義《陪粹翁舉酒於君子亭下海棠方開》詩：「去國衣冠無態度，隔簾花葉有輝光。」范純仁《題李子高虞部園四首》詩：「松竹漸成風月好，只應終日聽韶鈞。」成風月，謂成一風景也。此三句，似譏諷南宋跼蹐江南一隅而不成模樣也。明人韓昂《圖繪寶鑑續編》：「郭文通，永嘉人，善山水，布置茂密，長陵最愛之。有言馬遠、夏珪者，輒斥之曰：『是殘山剩水，宋僻安之物也。』」

④「路斷」二句，車輪生四角，見本書卷七《木蘭花慢·席上送張仲固帥興元》詞（漢中開漢業闕）箋注。銷骨，《史記》卷七〇《張儀列傳》：「臣聞之，積羽沉舟，羣輕折軸。衆口鑠金，積毁銷骨。」孟郊《答韓愈李觀别因獻張徐州》詩：「富别愁在顔，貧别愁銷骨。」元稹《别李十一五絶》詩：「聞君欲去潛銷骨，一夜暗添新白頭。」銷骨，言蝕骨之痛。

⑤「鑄就」二句，《資治通鑑》卷二六五：「天祐三年秋七月，朱全忠克相州。時魏之亂兵散據貝、博、澶、相、衛州，全忠分命諸將攻討，至是，悉平之，引兵南還。全忠留魏半歲，羅紹威供億，所殺牛羊豕近七十萬，資糧稱是。所賂遺又近百萬。比去，蓄積爲之一空。紹威雖去其逼，而魏兵自是衰弱。紹威悔之，謂人曰：『合六州四十三縣鐵，不能爲此錯也。』」孫光憲《北夢瑣言》卷一四《神告羅弘信》條亦載：「中和中，魏博帥羅弘信，……弘信卒，子紹威繼之，與梁祖通歡結親，情分甚至。先是，本府有牙軍八千人，豐其衣糧，動要姑息。時人云：『長安天子，魏府

牙軍。』主使頻遭斥逐，由此益驕。紹威不平，有意翦滅，因與汴人計會。……夜會汴人，擐甲持戈，攻殺牙軍。牙軍覺之，排闥入庫，而弓甲無所施勇也。全營殺盡，仍破其家。人謂牙軍久盛，宜其死矣。紹威雖豁素心，而紀綱無有，漸爲梁祖陵制，竭其帑藏以奉之。忽患腳瘡，痛不可忍，意其牙軍爲祟，乃謂親吏曰：『聚六州四十三縣鐵，打一箇錯不成也。』」二者所記，略有不同。錯者，王莽鑄有錯刀錢，此喻鑄成錯誤也。按：此思陳亮，亦喻時局也。吴則虞《辛棄疾詞選集》釋云：「後闋收住議論，專寫追趕不及之情景。……『問誰使君來愁絶』一韻，設一假問，逼出『鑄就而今相思錯』二句，深慨今日之偏安半壁，皆由當初紹興和約及隆興和約所鑄成此大錯。」所言甚是，蓋由錯失追逐陳亮之誤所引發也。

⑥「長夜」二句，右詞小序有「夜半投宿吴氏泉湖四望樓，聞鄰笛悲甚」語。《文選》卷一六向秀《思舊賦》序：「余與嵇康、吕安居止接近，其人並有不羈之才，然嵇志遠而疏，吕心曠而放，其後各以事見法。……余逝將西邁，經其舊廬，於時日薄虞淵，寒冰淒然。鄰人有吹笛者，發聲寥亮，追思曩昔遊宴之好，感音而歎，故作賦。」《太平廣記》卷二〇四《李謩》條引《逸史》：「謩開元中吹笛爲第一部，近代無比。有故自教坊請假至越州，公私更讌，以觀其妙。……鄰居有獨孤生者，年老，久處田野，人事不知。茅屋數間，嘗呼爲獨孤丈。至是，遂以應命到會。……李生更有一笛，拂拭以進，獨孤視之曰：『此都不堪取，執者粗通耳。』乃换之曰：『此至入破必裂，得無悋惜否？』李生曰：『不敢。』遂吹，聲發入雲，四座震慄。李生蹙踖不敢動，至第十三疊，揭

示謬誤之處，敬伏將拜。及入破，笛遂敗裂，不復終曲。李生再拜，衆皆帖息，乃散。」

【附録】

陳亮同甫和詞

賀新郎　寄辛幼安和見懷韻

老去憑誰説？看幾番神奇臭腐，冬裘夏葛。父老長安今餘幾，後死無讎可雪。猶未燥當時生髮。二十五絃多少恨，算世間那有平分月！征婦弄，漢宫瑟。　樹猶如此堪重别。只使君從來與我，話頭多合。行矣置之無足問，誰換妍皮癡骨。但莫使伯牙絃絶。九轉丹砂牢拾取，管精金只是尋常鐵。龍共虎，應聲裂！（增訂本《陳亮集》卷三九）

西江月

贈友人話别〔一〕①

憶昔錢塘話别，十年社燕秋鴻〔二〕②。今朝忽遇暮雲東③，對坐旗亭説夢。　破帽手遮西日④，練衣袖捲寒風。蘆花江上兩衰翁，消得幾番相送⑤。

【校】

〔一〕題，《草堂詩餘》續集卷上作「贈别」。此據《新編事文類聚翰墨全書》辛集目録。其卷八調下僅標「贈友」二字。

〔二〕「社燕」，原作「燕社」，此據《草堂詩餘》改。

【箋注】

①題，右詞今諸本稼軒詞未載，僅見於《翰墨全書》。《全書》於稼軒《賀新郎·陳同父自東陽來過余》詞（把酒長亭説闋）後接書此詞，此書於《賀新郎》與《西江月》詞題下均未著稼軒姓名，然前詞既爲稼軒所作，據此卷以前人次前作者之先例，亦知爲稼軒所作。而《草堂詩餘》署張先作，或誤。右詞若果爲稼軒所作，當作於送别陳亮之際。

②「憶昔」二句，錢塘話别，據稼軒與陳亮交往之跡推考，二人相識是在淳熙五年。此年春，稼軒自江西安撫使任内被召，入朝任大理少卿。而陳亮也於是年春間到臨安，三次上書宋孝宗，言恢復大計。宰執大臣欲予陳亮一官，陳亮則言：「吾欲爲社稷開數百年之基，寧用以博一官乎？」亟渡江而歸。見《宋史》卷四三六《儒林》六《陳亮傳》。十年社燕秋鴻，蘇軾《送陳睦知潭州》詩：「有如社燕與秋鴻，相逢未穩還相送。」按：自淳熙十五年上推十年，則正應爲淳熙五年。

③「今朝」句，杜甫《春日憶李白》詩：「渭北春天樹，江東日暮雲。」

④「破帽」句，破帽已見《賀新郎·陳同父自東陽來過余》詞箋注。杜牧《途中一絶》詩：「鏡中絲髮悲來慣，衣上塵痕拂漸難。惆悵江湖釣竿手，却遮西日向長安。」

⑤消得，經得起也。

賀新郎

同父見和，再用韻答之〔一〕①

老大那堪説〔二〕！似而今元龍臭味，孟公瓜葛②。我病君來高歌飲，驚散樓頭飛雪。笑富貴千鈞如髮③。硬語盤空誰來聽④？記當時只有西窗月。重進酒，换鳴瑟〔三〕。事無兩樣人心别⑤。問渠儂神州畢竟⑥，幾番離合？汗血鹽車無人顧，千里空收駿骨⑦。正目斷關河路絶。我最憐君中宵舞⑧，道男兒到死心如鐵〔四〕。看試手，補天裂⑨！

【校】

〔一〕題，四卷本乙集作「同父見和再用前韻」，此從廣信書院本。

〔二〕「那」，四卷本作「猶」。
〔三〕「換鳴」，四卷本「換」作「喚」。《六十名家詞》本「鳴」作「嗚」。
〔四〕「死」，《六十名家詞》本作「此」。

【箋注】

①題，右詞爲稼軒爲陳亮賦見懷詞後，陳亮步韻唱和，稼軒見和詞，乃再用韻答之。若陳亮來上饒相訪在是年十二月初，留之十日，五日後陳亮索詞，稼軒賦詞寄之，陳亮作答，稼軒得詞再和，則一來一往，必以半月爲期，則右詞之作，當在淳熙十五年歲終矣。

②「老大」三句，老大那堪説，張舜民《送何子温提刑奉使江東》詩：「老大豈堪愁桂玉，秋風依舊長鱸蓴。」《寒山詩》：「念此那堪説，隨緣須自憐。」元龍臭味，元龍，陳登字。陳登與劉備相互推崇，故以臭味相投語之，見《三國志・魏志》卷七《陳登傳》，可參本書卷六《水龍吟・登建康賞心亭》詞（楚天千里清秋闊）箋注。《左傳・襄公八年》：「今譬於草木，寡君在君，君之臭味也。」注：「言同類。」孟公瓜葛，陳遵字孟公，杜陵人。爲人放縱，不拘操行。以功封侯，長安列侯貴近皆貴重之，莫不相因到遵門。更始敗，被殺於朔方，見《漢書》卷九二《游俠傳》。《資治通鑑》卷二四五：「時宦官深怨李訓等，凡與之有瓜葛親，或蹔蒙獎引者，誅貶不已。」注：「瓜

葛，有所附麗，言非至親，或羣從中表相附麗，以叙親好，若瓜葛然。」

③「笑富」句，《昌黎集》卷一八《與孟尚書書》：「漢氏已來，羣儒區區修補，百孔千瘡，隨亂隨失，其危如一髮引千鈞。」

④「硬語」句，韓愈《薦士》詩：「横空盤硬語，妥帖力排奡。」

⑤「事無」句，鄭谷《十日菊》詩：「自緣今日人心别，未必秋香一夜衰。」

⑥問渠儂，劉一止《盧叔才相過夜話戲成一首》詩：「已知昔者非今者，莫問渠儂勝我儂。」餘參本書卷七《水調歌頭·淳熙丁酉自江陵移帥隆興到官之三月被召司馬監趙卿王漕餞别司馬賦水調歌頭席間次韻》詞（我飲不須勸闋）箋注。

⑦「汗血」二句，汗血鹽車，《漢書》卷六《武帝紀》：「四年春，貳師將軍廣利斬大宛王首，獲汗血馬來。」注：「大宛舊有天馬種，蹋石汗血，汗從前肩膊出，如血，號一日千里。」《戰國策·楚策》四：「夫驥之齒至矣，服鹽車而上太行，蹄申膝折，尾湛胕潰，漉汁灑地，白汗交流，中阪遷延，負轅不能上。伯樂遭之，下車攀而哭之，解紵衣以冪之，驥於是俛而噴，仰而鳴，聲達於天，若出金石聲者，何也？彼見伯樂之知己也。」收駿骨，《戰國策·燕策》一：「燕昭王收破燕，後即位，卑身厚幣，以招賢者，欲將以報讎。故往見郭隗先生。……郭隗先生曰：『臣聞古之君人，有以千金求千里馬者，三年不能得。涓人言於君，曰請求之。君遣之，三月得千里馬，馬已死。買其首五百金，反以報君。君大怒，曰：所求者生馬，安事死馬，而捐五百金？涓人對曰：

死馬且買之五百金，况生馬乎？ 天下必以王爲能市馬，馬今至矣。 於是不能期年，千里之馬至者三。 今王誠欲致士，先從隗始。 隗且見事，况賢於隗者乎？』」

⑧中宵舞，《晉書》卷六二《祖逖傳》：「與司空劉琨，俱爲司州主簿，情好綢繆，共被同寢。 中夜，聞荒雞鳴，蹴琨覺曰：『此非惡聲也。』因起舞。 逖、琨並有英氣，每語世事，或中宵起坐，相謂曰：『若四海鼎沸，豪傑並起，吾與足下當相避於中原耳。』」

⑨「看試」二句，試手，馮山《送范百禄子功學士知諫院二首》詩：「平生忠義傾心際，後日經綸試手初。」補天裂，見本書卷六《滿江紅・建康史帥致道席上賦》詞（鵬翼垂空闋）箋注。

【附録】

陳亮同甫和詞

賀新郎　酬辛幼安再用韻見寄

離亂從頭説。 愛吾民金繒不愛，蔓藤纍葛。 壯氣盡消人脆好，冠蓋陰山觀雪。 虧殺我一星星髮。 涕出女吴成倒轉，問魯爲齊弱何年月？ 丘也幸，由之瑟。　斬新換出旗麾別。 把當時一椿大義，拆開收合。 據地一呼吾往矣，萬里摇肢動骨。 這話欛只成癡絶。 天地洪爐誰扇鞴？ 算於中安得長堅鐵！ 淝水破，關東裂。（增訂本《陳亮集》卷三九）

辛棄疾集編年箋注卷一〇

按：本卷所載詞，共七十七首。起淳熙十六年己酉（一一八九），迄紹熙二年辛亥（一一九一），家居上饒帶湖所作。

長短句

水調歌頭

元日投宿博山寺，見者驚歎其老①

頭白齒牙缺〔一〕，君勿笑衰翁②。無窮天地今古，人在四之中。臭腐神奇俱盡，貴賤賢愚等耳，造物也兒童③。老佛更堪笑，談妙說虛空。坐堆豗，行答颯，立龍鍾④。有時三盞兩盞，淡酒醉濛鴻⑤。四十九年前事，一百八盤狹路⑥，拄杖倚牆東⑦。老境竟何似〔二〕？只與少年同。

【校】

〔一〕「齒牙」，《六十名家詞》本作「牙齒」，此從廣信書院本、四卷本乙集。

〔二〕「老境」句，王詔校刊本、《六十名家詞》本「境」作「景」，「竟何似」，四卷本乙集作「何所似」。

【箋注】

①題，稼軒於淳熙十六年爲五十歲整。據右詞「四十九年前事」一語，知此元日即淳熙十六年元旦。杜斿仲高於去年十二月中旬以後來訪稼軒，此歲杪送杜仲高歸浙東，過永豐，夜宿博山寺，見者驚歎其老，遂賦此解嘲。

②「頭白」二句，齒牙缺，韓愈《赴江陵途中寄贈王二十補闕李十一拾遺李二十六員外三學士》詩：「自從齒牙缺，始慕舌爲柔。」笑衰翁，歐陽修《夜聞春風有感奉寄同院子華紫微長文景仁》詩：「少年自與芳菲競，莫笑衰翁擁弊袍。」

③「臭腐」三句，臭腐神奇，《莊子·知北遊》：「故萬物一也。是其所美者爲神奇，其所惡者爲臭腐，臭腐復化爲神奇，神奇復化爲臭腐，故曰通天下一氣耳。聖人故貴一。」貴賤賢愚，《列子·楊朱》：「生則有賢愚貴賤，是所異也。死則有臭腐消滅，是所同也。雖然，賢愚貴賤非所能也，臭腐消滅亦非所能也。故生非所生，死非所死，賢非所賢，愚非所愚，貴非所貴，賤非所賤。

然而萬物齊生齊死，齊賢齊愚，齊貴齊賤。」白居易《浩歌行》：「天長地久無終畢，昨夜今朝又明日。鬢髮蒼浪牙齒疏，不覺身年四十七。……賢愚貴賤同歸盡，北邙冢墓高嵯峨。」造物也兒童，《新唐書》卷二〇一《杜審言傳》：「審言病甚，宋之問、武平一等省候何如，答曰：『甚爲造化小兒相苦，尚何言！』」

④「坐堆」三句，堆豗，歐陽修《清明前一日韓子華以靖節斜川詩見招遊李園……因書所見奉呈聖俞》詩：「三日不出門，堆豗類寒鴉。」黄庭堅《戲呈聞善》詩：「堆豗病鶴怯雞羣，見酒特地生精神。」按：豗音灰，堆豗口語，言人困頓不堪。答颯，《南史》卷三三《鄭鮮之傳》：「時傅亮、謝晦位遇日隆，范泰嘗衆中讓誚鮮之曰：『卿與傅、謝俱從聖主有功關洛，卿乃居僚首，今日答颯，去人遼遠，何不肖之甚？』鮮之熟視不對。」答颯，亦萎靡不振也。龍鍾，杜甫《寄彭州高三十五使君適虢州岑二十七長史參三十韻》詩：「何太龍鍾極，於今出處妨。」《九家注杜詩》卷二〇：「按《廣韻》，龍鍾竹名，世言龍鍾，取此義也，謂其年老如竹之枝葉摇曳，而不能自禁持也。」

⑤「有時」二句，三盞兩盞淡酒，李清照《聲聲慢》詞：「三杯兩盞淡酒，怎敵他晚來風急？」濛鴻，《太平御覽》卷一《元氣》：「《三五曆記》曰：『未有天地之時，混沌狀如雞子，溟涬始芽，濛鴻滋萌。歲在攝提，元氣肇始。』」《雲笈七籤》卷二《混沌》：「《太始經》云：『昔二儀未分之時，號曰洪源，溟涬濛鴻，如雞子狀，名曰混沌玄黄。』」

⑥「一百」句，一百八盤，黄庭堅《竹枝詞二首》詩：「浮雲一百八盤縈，落日四十八渡明。」《山谷内集詩注》卷一二：「一百八盤及四十八渡，皆自峽中行黔中路名。山谷《書萍鄉縣廳》亦曰：『略江陵，上夔峽，過一百八盤，涉四十八渡。』」又，《新喻道中寄元明用觴字韻》詩：「一百八盤攜手上，至今猶夢繞羊腸。」陸游《入蜀記》卷四：「二十四日早抵巫山縣，在峽中亦壯縣也。市井勝歸峽，二郡隔山，南陵山極高大，有路如綫，盤屈至絶頂，謂之一百八盤，蓋施州正路。」《稼軒詞編年箋注》謂此泛指世路艱難，甚是。按：陳思編《稼軒先生年譜》，於開禧二年丙寅六十七歲時書「元日投宿博山寺，見者驚歎其老，來年將告老」。又於紹興二十七年丁酉十八歲時引本詞後片，然後記《畿輔通志》所載大房山形勢，引徐渭《上方記》，謂自歡喜臺拾級而上，凡九折，盡三百級。又引謝振定《遊上方記》，謂級盡即上方寺。遂謂：「《水調歌頭》所謂一百八盤狹路，即發汗嶺至上方寺之路，梯以級計則三百，以盤計則百八。集中《玉樓春》云『十千一斗飲中仙，一百八盤天上路』，亦追憶此狹路也。按先生開禧元年初秋鎮江歸鉛山，三年秋卒，此詞當係二年元日之作。丙寅上推至本年丁酉，正五十年，故云四十九年前事。本年留燕山甚久。……暇日，又有大房山之遊，蓋因金主命太保昂赴上京奉遷始祖以下梓宫，八月金主如大房山，行視山陵，十月葬始祖以下十帝於大房山，此行實爲諦觀形勢之一大事也。」謂稼軒於紹興二十七年有遊大房山之舉，此純出臆斷。大房山雖有九折三百級，與一百八盤相去甚遠，何得便謂稼軒詞專指此山？且此詞載於《稼軒詞》乙集。梁啓超謂「乙集於宦閩時之詞一首未見

收録，可推定其編輯年當在紹熙二年辛亥以前」（《跋四卷本稼軒詞》）。雖鄧廣銘謂此語不確，然亦謂「四卷本編刻於稼軒在世之時，故凡稼軒晚年帥浙東守京口諸作皆不及收録」（《書諸家跋四卷本稼軒詞後》），安得有稼軒晚年守京口以後之作品收入其中？陳思謂稼軒「一百八盤」句乃追憶四十九年前（即紹興二十七年）諦觀大房山之大事（稼軒是年諦觀大房山形勢，亦非有其事，乃陳思之構想耳），有牽强附會之嫌。而鄧注謂一百八盤「乃泛指，以喻世路及本人生活歷程之艱險，非實有所指」，應即就此類解釋而言也。

⑦「拄杖」句，牆東，《後漢書》卷一一三《逢萌傳》：「初，萌與同郡徐房、平原李子雲、王君公相友善，並曉陰陽，懷德穢行。房與子雲養徒各千人，君公遭亂獨不去，儈牛自隱。時人謂之論曰：『避世牆東王君公。』」

賀新郎

用前韻，贈金華杜仲高〔一〕①

細把君詩説。恍餘音鈞天浩蕩〔二〕，洞庭膠葛②。千丈陰崖塵不到〔三〕，惟有層冰積雪。乍一見寒生毛髮③。自昔佳人多薄命④，對古來一片傷心月。金屋冷，夜調瑟⑤。去天尺五君家別⑥。看乘空魚龍慘淡，風雲開合⑦。起望衣冠神州路，白日消殘戰骨〔四〕。

歎夷甫諸人清絶⑧。夜半狂歌悲風起，聽錚錚陣馬簷間鐵⑨。南共北，正分裂！

【校】

〔一〕題，四卷本乙集作「用前韻送杜叔高」，此從廣信書院本，説見解題。

〔二〕「恍」，四卷本作「悵」。

〔三〕「丈」，四卷本作「尺」。

〔四〕「消」，四卷本、《六十名家詞》本作「銷」。

【箋注】

①題，右詞次稼軒與陳亮諸詞韻，爲杜仲高訪别送行者。〔光緒〕《蘭溪縣志》卷五：「杜汝霖字仁翁，紫溪鄉人，從安定胡瑗學，善古文，甚爲李公擇所稱。孫陵克傳家學，有子五：伯高、仲高、叔高、季高、幼高，皆博學能文，時人稱爲杜氏五高，亦稱金華五高。……仲高名旃，嘗占湖漕舉首，與吴獵、楊長孺善，從辛棄疾遊。著有《杜詩發微》、《癖齋集》。叔高名斿，嘗問道於朱子、辛棄疾諸人。朱子時遺書啓迪之。博學而困於知遇，故陸游贈詩有云『文章一字無人識，胸次徒勞萬卷蟠』語。端平初，以布衣召入館閣校勘，年已八十有奇。陳亮嘗稱其詩：『如干戈森立，

有吞虎食牛之氣，而左右發春妍以輝映。』又云：『仲高之詞，叔高之詩，皆入能品，非獨一門之盛，亦可謂一代之豪矣。』」按：杜氏五高，稼軒與仲高、叔高爲交遊之友。四卷本杜仲高作杜叔高，以其出現在前，故《稼軒詞編年箋注》改從之。然杜斿何時曾來上饒訪問，史書無載。而《蘭溪縣志》於《杜仲高小傳》後附録一篇《覆辛稼軒遊月巖》詩，有云：「霧靄蒙龍曉色新，半空依約認冰輪。婆娑弄影寒生露，中有釵横鬢亂人。」（此詩杜旃《癖齋小集》未收，今已收入本書附録）月巖，據（乾隆）《上饒縣志》卷二所載：「石橋山在縣西二十里石橋鄉，脈由靈山來，其上平坦如橋，故名。山半一穴，嵌空穿透，中有老木扶疏，遠望如月，又名月巖。」此記載與杜旃詩句相合，知其所詠即上饒之月巖也。既有詩爲證，可知其確來上饒訪稼軒。而《朱文公文集》卷六〇《答杜叔高》稱：「辛丈相會，想極款曲。今日如此人物雖易可得，向使早向裏來有用心處，則其事業俊偉光明，豈但如今所就而已耶？」此書無明確年月可考，雖不能證明必慶元六年事，亦不能證明必淳熙十六年事。則本年來訪者，姑從廣信書院本，定爲杜旃。蓋廣信書院本出書在後，其糾正四卷本乙集、丙集一律作叔高之錯誤，則應視爲有據之所爲，故仍改從廣信書院本，以杜旃爲接受此詞者。稼軒送杜旃既在淳熙十五年歲杪，而此詞廣信書院本題作贈，而非四卷本之送，疑爲杜旃去後所追和者。陳亮同調詞（話殺渾閑説閑）見本詞所附。據詞中「却憶去年風雪」句，可知陳詞作於淳熙十六年正月。據其後「百世尋人猶接踵，歎只今兩地三人月」句，知杜旃爲繼陳亮之後接續訪稼軒於上饒者。據「兩地三人月」之句，知新年方過，而杜旃猶未歸婺州。時則陳亮在永康，而推測稼軒與杜旃仍在上饒，兩地三人共一月耳，故有「兩地三人月」云云。陳亮與杜氏兄弟一居永康，一居蘭溪，皆婺州屬縣，應知其行蹤甚詳。右詞作年，因此而定。

②「怳餘」二句，鈞天、洞庭，《莊子·天運》：「帝張咸池之樂於洞庭之野，吾始聞之懼，復聞之怠，卒聞之而惑，蕩蕩默默，乃不自得。……其聲能短能長，能柔能剛，變化齊一，不主故常。」參見本書卷四《八聲甘州·壽建康帥胡長文給事》詞（把江山好處付公來閔）箋注。怳，怳然也。膠葛，《文選》卷八司馬相如《上林賦》：「置酒乎顥天之臺，張樂乎膠葛之寓。」注：「言曠遠深貌也。」

③「千丈」三句，千丈陰崖，見本書卷八《鷓鴣天·徐衡仲惠琴不受》詞（千丈陰崖百丈冰閔）箋注。層冰積雪，《楚辭·九歌·湘君》：「桂櫂兮蘭枻，斫層冰兮積雪。」乍一見，剛一見。

④「自昔」句，蘇軾《薄命佳人》詩：「自古佳人多命薄，閉門春盡楊花落。」

⑤「金屋」二句，金屋，《漢武故事》：「若得阿嬌作婦，當作金屋貯之。」調瑟，《鹽鐵論》卷七《刺議》：「今富者鐘鼓五樂，歌兒數曹，中者鳴竽調瑟。」

⑥「去天」句，程大昌《雍録》卷七《韋曲杜曲薛曲》條：「韋曲在明德門外，韋后家在此，蓋皇子陂之西也。所謂『城南韋杜，去天尺五』者也。杜曲在啓夏門外，向西即少陵原也。杜甫詩曰：『杜曲花光濃似酒。』」杜甫《贈韋七贊善》詩：「鄉里衣冠不乏賢，杜陵韋曲未央前。爾家最近

魁三象，時論同歸尺五天。」

⑦「看乘」二句，看魚龍慘淡，化用温嶠事。《晉書》卷六七《温嶠傳》：「而後旋於武昌，至牛渚磯，水深不可測，世云其下多怪物。嶠遂燬犀角而照之，須臾，見水族覆火，奇形異狀，或乘馬車，著赤衣者。」風雲開合，歐陽修《文忠集》卷四六《祈雨祭漢高皇帝文》（滁州）：「神之召呼，風雲開闔。」蘇轍《欒城集》卷二四《黄州快哉亭記》：「蓋亭之所見，南北百里，東西一舍。濤瀾洶湧，風雲開闔。」

⑧「起望」三句，衣冠神州路，張元幹《賀新郎·送胡邦衡待制赴新州》詞：「夢繞神州路，悵秋風連營畫角，故宫離黍。」夷甫諸人清絶，王夷甫，即王衍。其清談誤國事，見本書卷八《水龍吟·甲辰歲壽韓南澗尚書》詞（渡江天馬南來闕）箋注。《建炎以來朝野雜記》乙集卷三《孝宗論士大夫微有西晉風》條：「淳熙四年夏，密院王季海、趙温叔因進呈，奏淮北近苦蝗，此却仍歲豐稔。……上曰：『近世士大夫多恥言農事。農事乃國之根本，士大夫好爲高論而不務實，却恥言之。』奏曰：『士大夫好高論，豈能過孟子？……』上曰：『今士大夫微有西晉之風，作王衍阿堵等語，豈知《周禮》言理財，《易》言理財，周公、孔子未嘗不以理財爲務。』奏曰：『捨周公、孔子、孟子不學，而學王衍，士大夫之有見識者，必不至此。曩時虚名之俗誠是太勝，自陛下行總核名實之政，身化臣下，頃年以來，士風爲之一變。……』上曰：『然。近年亦稍變，然猶有未盡，且不獨此耳。士大夫諱言恢復，不知其家有田百畝，内五十畝爲人所强占，亦投牒理索

否？士大夫於家事則人人甚理會得，至於國事則諱言之。』」

⑨「聽錚」句，《説郛》卷三一陳芬《芸窗私志》：「元帝時臨池，觀竹既枯，后每思其響，夜不能寢。帝爲作薄玉龍數十枚，以縷線懸於簷外，夜中因風相擊，聽之與竹無異。民間效之，不敢用龍，以什駿代，今之鐵馬，是其遺制。」王安石《和崔公度家風琴八首》詩：「疏鐵簷間掛作琴，清風纔到遽成音。」

【附録】

陳亮同甫和詞

賀新郎　懷辛幼安用前韻

話殺渾閑説。不成教齊民也解，爲伊爲葛？尊酒相逢成二老，却憶去年風雪。新著了幾莖華髮。百世尋人猶接踵，歎只今兩地三人月。寫舊恨，向誰瑟。　男兒何用傷離別，況古來幾番際會，風從雲合。千里情親長晤對，妙體本心次骨。卧百尺高樓斗絶。天下適安耕且老，看買犁賣劍平家鐵。壯士淚，肺肝裂。（增訂本《陳亮集》卷三九）

永遇樂

送陳仁和自便東歸。陳至上饒之一年，得子，甚喜〔一〕①

紫陌長安，看花年少，無限歌舞②。白髮憐君，尋芳較晚③，捲地驚風雨。問君知否？鴟夷載酒，不似井瓶身誤④。細思量悲歡夢裏，覺來總無尋處。芒鞋竹杖，天教還了，千古玉溪佳句〔二〕⑤。落魄東歸，風流贏得，掌上明珠去⑥。起看青鏡，南冠好在，拂了舊時塵土⑦。向君道雲霄萬里，這回穩步⑧。

【校】

〔一〕題，四卷本乙集作「送陳光宗知縣」，此從廣信書院本。

〔二〕「溪」，《六十名家詞》本作「樓」。

【箋注】

①題，右詞送陳德明自便歸平江府之作。《稼軒詞編年箋注》置此詞於淳熙十四年，有「知陳氏之得旨自便及離信州東歸，必在淳熙十五年之前」語，顯誤。蓋淳熙十四年陳德明始謫來信州，不應未滿一年便得旨自便。且此年並非宋廷大禮肆赦之年，又因此年十月，太上皇高宗病逝，舉國發哀，陳德明豈得於此時得旨自便？查《宋史》卷三五《孝宗紀》三，淳熙十五年九月辛丑，宋廷大饗明堂，大赦。陳德明必因明堂大禮，遇赦方得自便。而南宋慣例，凡大禮所獲恩赦，率皆歷數月或半年以上方得落實兑現，因知稼軒送陳德明東歸，必已在淳熙十六年春。陳德明仕途

雖甚坎壈，而個人生活却有意外收獲，即至上饒一年而得子。故又特於詞中著明以賀之，另據《八瓊室金石補正》所載，陳德明歸平江後，未參與袁説友等人之吴下同年詩會，而和韻賦詩：「舊交牢落寸心違，門掩蒼苔省見稀。幸遇星郎分刺舉，忝聯桂籍得歸依。公方闊步鳴先路，我獨冥行怨落暉。遥想登臺高會處，應憐烏鵲正南飛。」蓋自信上歸吴中之後，即閉門謝客，以終其身。

②「紫陌」三句，紫陌、看花，劉禹錫自朗州司馬徵還，都下作《贈看花諸君子》詩：「紫陌紅塵拂面來，無人不道看花回。」參見本書卷六《新荷葉・和趙德莊韻》詞（人已歸來闋）箋注。無限，不限。

③「白髮」二句，白髮憐君，蘇軾《次韻劉景文西湖席上》詩：「白髮憐君略相似，青山許我定相從。」尋芳晚，《唐才子傳》卷五《杜牧》：「太和末，往湖州，近城一女子，方十餘歲，約以十年後吾來典郡，當納之，結以金幣。洎周墀入相，牧上箋乞守湖州。比至，已十四年，前女子從人，兩抱雛矣。賦詩曰：『自恨尋芳去較遲，不須惆悵怨芳時。如今風擺花狼藉，緑葉成陰子滿枝。』」

④「鴟夷」二句，鴟夷，《揚子雲集》卷六《酒箴》：「子猶瓶矣，觀瓶之居。居井之眉，處高臨深。……身提黄泉，骨肉爲泥。自用如此，不如鴟夷。鴟夷滑稽，腹大如壺。盡日盛酒，人復借酤。」井瓶身誤，李白《寄遠十二首》詩：「金瓶落井無消息，令人行歎復坐思。」毛幵《玉樓春》詞

小序：「來如春夢幾多時，去似朝雲無覓處。是歐陽永叔現成對子，平仲向稱詞家能品，亦肯襲人耶？」詞云：「金瓶落井翻相誤，可惜馨香隨手故。」

⑤「芒鞋」三句，芒鞋竹杖，貫休《寒月送玄士入天台》詩：「芒鞋竹杖寒凍時，玉霄忽去非有期。」蘇軾《自興國往筠宿石田驛南二十五里野人舍》詩：「芒鞋竹杖自輕軟，蒲薦松牀亦香滑。」玉溪，即信江。〔乾隆〕《廣信府志》卷二：「信江，唐李翱謂之信河，朱子謂之高溪。發源三清山麓冰玉洞龍潭，曰金沙溪，流一百二十里至玉山東津橋上，合大橋溪水，至玉虹橋上合下鎮溪水，匯爲大玉潭，即古所謂玉溪冰溪者。至西濟橋玉琊溪水會焉，其流始大。西經廣豐界至郡城南門外，西南流經鉛山之河口鎮，合諸溪之水亦曰大玉潭，過興安境，經弋陽、貴溪縣城至潭出境。……在玉山曰玉溪、冰溪，在上饒曰上饒江，弋陽曰弋陽江，曰葛溪，貴溪曰薌溪，隨地異名，皆此水也。」稼軒詞中，屢以玉溪稱信江。同時人之稱亦如此。如周煇《清波雜志》卷五《茶山詩》條：「煇在上饒三四年，日從高士遊，遍歷溪山奇勝。……煇嘗欲裒集賦詠爲一編，目爲《玉溪唱酬》，以侈一時人物之盛，因循不克成。」了，了却也。此三句謂陳德明正可藉此完成其上饒詩編也。

⑥掌上明珠，張耒《馬周》詩：「馬周未遇虯鬚公，布衣落魄來新豐。」杜甫《戲作寄上漢中王二首》詩：「雲裏不聞雙雁過，掌上貪看一珠新。」自注：「王新誕明珠。」

⑦「起看」三句，起看清鏡，陸游《夢觀牡丹》詩：「忘却晨梳滿把絲，楝花嫌不似臙脂。起來一笑

看清鏡，惟插梨花却較宜。」南冠，《左傳·成公九年》：「晉侯觀於軍府，見鍾儀，問之，曰：『南冠而縶者誰也？』有司對曰：『鄭人所獻楚囚也。』」注：「南冠，楚冠。」好在，《稼軒詞編年箋注》謂作且喜、幸而。《詩詞曲語辭匯釋》作存問之辭，轉爲無恙、依舊之義。按此句中，有慶幸之義，故作幸好、反正解皆可也，言陳德明此次東歸，雖未能全然去除罪名，而終至拂去幾多塵埃也。

⑧「向君」二句，雲霄萬里，高適《送桂陽孝廉》詩：「即今江海一歸客，他日雲霄萬里人。」穩步，晁以道《再和資道》詩：「高張射鵰手，穩步上天梯。」

定風波

施樞密聖與席上賦〔一〕①

春到蓬壺特地晴，神仙隊裏相公行②。翠玉相挨呼小字〔二〕，須記。笑簪花底是飛瓊③。　總是傾城來一處，誰妒？誰攜歌舞到園亭〔三〕④？柳妒腰肢花妒豔，聽看〔四〕。流鶯直是妒歌聲⑤。

【校】

〔一〕題，四卷本乙集作「施樞密席上」，此從廣信書院本。

〔二〕「字」，《六十名家詞》本作「子」。

〔三〕「誰」，文淵閣《四庫全書》本作「惟」。

〔四〕「看」，《六十名家詞》本作「着」。

【箋注】

①題，施樞密聖與，《宋史》卷三八五《施師點傳》：「施師點字聖與，上饒人。……弱冠游太學，試每在前列。……尋授以學職，以舍選奉廷對。……乾道元年，陳康伯薦賜對。……淳熙八年，兼權禮部侍郎，除給事中。……假翰林學士知制誥兼侍讀，使金。……十年，除端明殿學士、簽書樞密院事。入奏控免，上曰：『卿靖重有守，識慮深遠，朕欲用卿久矣。』復詔兼參知政事。除參知政事兼同知樞密院事。……十三年，辭兼同知樞密院事，權提舉國史院權提舉國朝會要。十四年除知樞密院事。師點惓惓搜訪人才，手書置夾袋中。謂蜀去朝廷遠，人才難以自見，蜀士之賢者，俾各疏其所知差次。其才行文學，每有除授，必列陳之。十五年春，以資政殿大學士知泉州，繼除提舉臨安府洞霄宮。」施師點何時歸上饒，《稼軒詞編年箋注》編於紹熙元年，且於此詞《編年》中稱：「據《宋史・施師點傳》及《宋宰輔編年録》，知施氏於罷樞密後，唯紹熙元年得家居上饒，次年春即除知隆興矣。」此言亦不確。查《宋宰輔編年録》卷一八：「淳熙十五年戊申，正月庚申，施師點罷知樞密院事，除資政殿大學士知泉州。……繼除提舉洞霄

宮。光宗即位，下求言詔，謂曰：『卿乃壽皇元樞而沖人之舊學也。』」（民國）《泉州府志》卷二六載淳熙末泉州守臣甚詳，據知傅淇於淳熙十四年知，曾逮於淳熙十五年九月知。其間並無施師點，則知其雖有除命，未赴任間即予宮觀（可直接自行在歸上饒），故數月後又有曾逮知泉州事。光宗即位於淳熙十六年二月，亦可證此。葉適《水心集》卷二四《故知樞密院事資政殿大學士施公墓志銘》亦有「以爲資政殿大學士知泉州，固辭州，提舉洞霄宮。」因知施師點乃於淳熙十五年春間離行在所歸上饒矣。淳熙十五年春夏以後、十六年與紹熙元年皆在上饒家居。鄧先生所考有誤。右詞雖不能確指作於何年春間，然作於淳熙十六年春、紹熙元年、二年春皆有可能，未必非在紹熙元年春也。今姑編次於淳熙十六年春，蓋歸上饒已一年矣。

②「春到」二句，蓬壺，王嘉《拾遺記》卷一：「三壺則海中三山也。一曰方壺，則方丈也。二曰蓬壺，則蓬萊也。三曰瀛壺，則瀛洲也。形如壺器，此三山上廣中狹，下方皆如工制，猶華山之似削成。」按：此似喻施氏所居。特地，特別。神仙隊，指侍女輩。

③「翠玉」三句，翠玉疑即侍女之名。相挨，《朱子語類》卷六五《易》有「他這位次相挨傍」語。邵雍《南園花竹》詩：「花行竹徑緊相挨，每日須行四五回。」知爲唐宋俗語。飛瓊，姓許，西王母侍女，見《漢武帝內傳》。

④「總是」三句，總是，縱使也。來一處，謂在一起。攜歌舞到園亭，周紫芝《竹坡詩話》：「有數貴人遇休沐，攜歌舞燕僧舍者。酒酣，誦前人詩：『因過竹寺逢僧話，又得浮生半日閑。』僧聞而

笑之。貴人問師何笑，僧曰：『尊官得半日閑，老僧却忙了三日。』謂一日供帳，一日燕集，一日掃除也。」知宋人攜歌舞游於園林僧舍之常態也。

⑤「流鶯」句，韓愈《和武相公早春聞鶯》詩：「春風紅樹鶯眠處，似妒歌童作豔聲。」

最高樓

送丁懷忠教授入廣。渠赴調都下，久不得書，或謂從人辟置，或謂徑歸閩中矣〔一〕①

相思苦，君與我同心。魚没雁沉沉②。是夢他松後追軒冕，是化爲鶴後去山林〔二〕③？對西風，直悵望〔三〕，到如今。待不飲奈何君有恨，待痛飲奈何吾又病〔四〕。君起舞，試重斟。蒼梧雲外湘妃淚，鼻亭山下鷓鴣吟④。早歸來，流水外，有知音。

【校】

〔一〕題，四卷本乙集作「送丁懷忠」，此從廣信書院本。

〔二〕「是夢」二句，「他」、「爲」，《六十名家詞》本俱闕。

〔三〕「直」，《六十名家詞》本作「且」。

〔四〕「又」，四卷本作「有」。

【箋注】

①題，丁懷忠教授，名朝佐，邵武軍人。洪邁《夷堅丁志》卷二《張注夢》條：「邵武人張注，紹興丁卯秋試，……既而不利，至乾道己丑以免舉再行，而同里丁朝佐亦預計諧，二人同登科。朝佐正生於丁卯。」而周必大《玉堂雜記》有丁朝佐序，自署「紹熙元年重五日，樵溪丁朝佐謹書」。樵溪即指邵武縣。其入廣，應爲廣南西路象州教授。趙蕃《淳熙稿》卷五送《丁懷忠朝佐赴象州教授二首》詩：「西山南浦昔相逢，桂林象郡今相送。……我今方從湖外歸，君行重向湖外去。」陳傅良《止齋集》卷六《送丁懷忠教授象州》詩：「二毛羈旅久，一飯瘴鄉輕。把酒時相屬，令人意自平。校官無簿領，帥閫甚聲名（應仲實帥廣西）。所恨冥冥雨，梅天不肯明。」趙蕃自湖南歸上饒，事在淳熙十五年秋，可參本書附録《年譜》之考證。應仲實名孟明，其帥廣西在淳熙十五年秋，十六年正月有奏論廣西鹽法，見《建炎以來朝野雜記》乙集卷一六《廣西鹽法》條。陳傅良淳熙十六年春亦正在湖南提舉任上，故右詞之送其遠赴廣西，當在淳熙十六年春。而題中自「渠赴調都下」各語，皆與送丁懷忠教授入廣語意不相連屬，其所言赴調都下，在赴廣之前，抑或在赴廣之後？假如此數語乃作詞同時所寫，則其事必在赴廣之前無疑。而右詞中有「追軒冕」、「去山林」句，正道其題中「或謂」二語語意。知其赴調乃在赴廣之前，而稼軒此次與之相見，必

因匆遽，未及問其舊日行蹤，故著明於詞中也。丁朝佐入廣以後事歷，現據已知文獻新考如下：　其紹熙元年夏赴調，周必大《玉堂雜記》有丁朝佐序稱：「朝佐頃者官桂陽，獲覩今丞相周公《鑾坡録》，愛而傳之。茲如武林，又得其《玉堂雜紀》，益聞所未聞。蓋中興以來，九重之德美，前輩之典刑，恩數之異同，典故之沿革，皆因事而見之，此尤不可不傳也。乃手鈔一通，藏於家。」署紹熙元年五月。知其於象州教授任上改除桂林教授。《玉堂雜記》此後又載紹熙辛亥仲夏一日眉山蘇森謹題一通，謂「丞相益公《玉堂雜紀》一編，森得之久矣，字畫間有舛誤，每苦其難讀。近訪丁懷忠，觀甘泉書藏，懷忠不知森有此書，出以相示」。辛亥爲紹熙二年。另據周必大《益國文忠公集》卷首所載《年譜》，周必大於淳熙十六年正月進左丞相，二月光宗受禪，五月乞解機政，除觀文殿大學士知潭州，改隆興府，皆未赴。紹熙二年八月判潭州，十一月到任。在潭州至四年十月改判隆興府，遂歸廬陵。其在潭期間，丁朝佐爲周必大所辟置，居幕中，校訂歐陽修《文忠公集》。而周必大爲此書作序，有云：「會郡人孫謙益老於儒學，刻意斯文。承直郎丁朝佐，博覽羣書，尤長考證。於是偏搜舊本，傍采先賢文集，與鄉貢進士曾三異等互加編校，起紹熙辛亥春，迄慶元丙辰夏，成一百五十三卷。」今宋本《文忠公集》多有丁朝佐留下之校語，可以爲證。《郡齋讀書志》趙希弁《附志》卷上《雜史類》：「《朝野遺事》一卷，右趙子崧伯山所著，記中興以前凡一百二十有五事。……紹熙中，周益公帥長沙，命項安世、丁朝佐、楊長孺讎而刻之。」原「紹」字誤作「淳」，已據改。周必大罷潭帥在紹熙四年十月，丁朝佐此後當留廬陵，繼續完成《文忠公集》校訂，周必大謂其官承直郎，此官爲選人最高一階，距京官之承務郎僅差一階，知其前次赴調，爲赴行在覓差遣，非改官也。而其紹熙以後歷仕如何，史書無載。

②「魚没」句，郭祥正《中秋登白紵山呈同遊蘇寺丞》詩：「天高星稀魚雁沉，風静雲消絲管逐。」曹勛《寄溧水宰李仲鎮》詩：「不見李君久，水雲魚雁沉。」魚没雁沉，謂音信皆無。

③「是夢」二句，夢松，《三國志·吴志》卷三《孫皓傳》：「二年春三月，以左右御史大夫丁固、孟仁爲司徒、司空。」注引《吴書》：「初，固爲尚書，夢松樹生其腹上，謂人曰：『松字，十八公也，後十八歲，吾其爲公乎？』卒如夢焉。」《初學記》卷一一謂所引爲《吴録》。化鶴，陶潛《搜神後記》卷一：「丁令威本遼東人，學道於靈虚山，後化鶴歸遼，集城門華表柱。時有少年，舉弓欲射之，鶴乃飛，徘徊空中而言曰：『有鳥有鳥丁令威，去家千年今始歸。城郭如故人民非，何不學仙冢纍纍？』遂高上沖天。今遼東諸丁云：『其先世有升仙者，但不知名字耳。』」按：此用二丁事以切丁姓。夢他，與下句化爲對舉，他字當非指代詞彼。查負物爲他，音馱，此言其腹生松也。後，《稼軒詞編年箋注》據《詩詞曲語辭匯釋》解云：「『後』，略似今口語中之『啊』字，不作先後解。」然後字乃承接之詞，雖可釋爲呵或啊，然此處似不如釋作便，更使文義通暢。

④「蒼梧」二句，蒼梧雲，杜甫《同諸公登慈恩寺塔》詩：「回首叫虞舜，蒼梧雲正愁。」湘妃淚，《古列女傳》卷一《有虞二妃》條：「有虞二妃者，帝堯之二女也，長娥皇，次女英。……舜既嗣位，升爲天子，娥皇爲后，女英爲妃，……舜陟方死於蒼梧，號曰重華，二妃死於江湘之間，俗謂之湘

君。」鼻亭山，《孟子·萬章》上注：「舜封象於有庳，或有人以爲放之。」《輿地紀勝》卷五八《荆湖南路·道州》：「象祠，《輿地廣紀》云：『營道縣亦虞時庳國之地，有象祠。唐元和中刺史薛伯高毁之，柳宗元作《斥庳亭神記》。』今舟度瀧險，過者必禱焉。」按：舜弟象日以殺舜爲事，舜即位，封象於有庳，又稱有鼻，《孟子·萬章》上謂「彼以愛兄之道來，故誠信而喜之」。《道州毁鼻亭神記》見《柳河東集》卷二八。鷓鴣吟，黄庭堅《戲詠零陵李宗古居士家馴鷓鴣二首》詩：「終日憂兄行不得，鷓鴣應是鼻亭公。」任淵注：「《漢書·昌邑王傳》曰：『舜封象於有鼻。』顔師古注曰：『有鼻，在零陵，今鼻亭是也。』又按：柳子厚有《斥鼻亭神記》，蓋在道州。道州、永，實相接云。舜至蒼梧，不復能巡狩，而《孟子》謂象以愛兄之道來，故此詩因鷓鴣之聲以寄意。」

沁園春

期思舊呼奇獅，或云碁師，皆非也。余考之荀卿書云：「孫叔敖，期思之鄙人也。」期思屬弋陽郡，此地舊屬弋陽縣。雖古之弋陽、期思，見之圖記者不同，然有弋陽則有期思也。橋壞復成，父老請余賦，作《沁園春》以證之①

有美人兮，玉佩瓊琚②，吾夢見之。問斜陽猶照，漁樵故里；長橋誰記，今古期思？物化蒼茫，神遊彷彿，春與猿吟秋鶴飛③。還驚笑〔一〕，向晴波忽見，千丈虹霓。覺來西望崔嵬，更上有青楓下有溪④。待空山自薦，寒泉秋菊〔二〕；中流却送，桂櫂蘭旗⑤。萬事長嗟，百年雙鬢，吾非斯人誰與歸⑥？憑闌久，正清愁未了，醉墨休題⑦。

【校】

〔一〕「笑」，《六十名家詞》本作「嘯」，此從廣信書院本。

〔二〕「泉」，《六十名家詞》本作「冰」。

【箋注】

①題，期思，《荀子·非相》：「楚之孫叔敖，期思之鄙人也。」注：「期思，楚邑名，今弋陽期思縣。鄙人，郊野之人也。」《吕氏春秋·不苟論》：「沈尹莖遊於郢五年，荆王欲以爲令尹。沈尹莖辭曰：『期思之鄙人，有孫叔敖者，聖人也。王必用之，臣不若也。』荆王於是使人以王輿迎叔敖，以爲令尹。十二年而莊王霸，此沈尹莖之力也，功無大乎進賢。」古之弋陽、期思，見之圖記者不同，〔同治〕《鉛山縣志》卷二六載邑人劉祖年《孫叔敖里居考》云：「舊沿革志載，孫叔敖生於鉛，又《期思橋志》引《荀子》語：『孫叔敖期思之鄙人也。意以橋名當之，證其生於此地。』此說

大爲可疑。考《左傳・僖公二十七年》孫叔敖之父蔿賈已仕楚，蔿姓本楚公族，至《宣公四年》蔿賈爲司馬，而若敖氏殺之。《宣十一年》載令尹蔿艾獵城沂。杜注：『艾獵即孫叔敖也。』是孫叔敖世居楚，仕楚已彰彰可考。鉛山在春秋時既屬閩越，與孫叔敖自風馬牛不相及。……按《廣輿記》：『孫叔敖河南汝寧府光州人也。』汝寧春秋時沈蔡二國地，光州春秋時絃黄蔣三國地，皆楚屬小國，光州，漢名弋陽，乃汝寧之弋陽，非廣信之弋陽也。鉛山舊割地於信之弋陽，以弋陽字同，遂致沿誤耳。汝寧有期思城，在固始縣，春秋絃子邑即孫叔敖所産地，乃汝寧之期思城，非鉛山之期思橋也。」同書卷四《津梁》：「期思橋，去縣東三十里，因渡爲之，後橋圮，仍用渡。」按：〔乾隆〕《鉛山縣志》卷二謂期思橋在縣東三十里，三十爲二十之誤。蓋期思渡在舊縣今永平鎮東南二十餘里，渡鉛山河而西，即今吴氏祠堂所在地横畈，稼軒秋水堂舊址。右詞爲期思橋壞復成而作，據同調《答楊世長》詞題之考證，知作於淳熙十六年初。《稼軒詞編年箋注》次於紹熙三年，非是。

②「有美」二句，有美人兮，《詩・邶風・簡兮》：「山有榛，隰有苓，云誰之思？西方美人。彼美人兮，西方之人兮。」玉佩瓊琚，《詩・鄭風・有女同車》：「有女同車，顔如舜華。將翺將翔，佩玉瓊琚。彼美孟姜，洵美且都。」

③「物化」三句，物化，《莊子・齊物論》：「昔者莊周夢爲胡蝶，栩栩然胡蝶也。自喻適志與，不知周也。俄然覺，則蘧蘧然周也。……周與胡蝶，則必有分矣，此之謂物化。」神遊，見本書卷四

《聲聲慢・滁州旅次登奠枕樓作和李清宇韻》詞（征埃成陣閲）箋注。春與猿吟秋鶴飛，《昌黎集》卷三一《柳州羅池廟碑》：「侯朝出遊兮暮來歸，春與猿吟兮秋鶴與飛。」

④「覺來」二句，西望，《魏書》卷五二《宗欽傳》：「世之圮矣，靈運未通。風馬殊隔，區域異封。有懷西望，路險莫從。」崔嵬，《詩・周南・卷耳》：「陟彼崔嵬。」《傳》：「土山之戴石者。」上有青楓，《楚辭・招魂》：「皋蘭被徑兮斯路漸，湛湛江水兮上有楓。」按：紫溪與鉛山河會於五堡洲之南，抱洲分流，再會於洲北，即期思橋、期思渡。鉛山河流經期思，故稱期思溪。右「上有青楓下有溪」語，即自期思渡西望期思嶺而言。

⑤「待空」四句，薦寒泉秋菊，蘇軾《書林逋詩後》：「不然配食水仙王，一盞寒泉薦秋菊。」桂櫂蘭旗，《楚辭・九歌・湘君》：「薜荔拍兮蕙綢，蓀橈兮蘭旌。……桂櫂兮蘭枻，斲冰兮積雪。」《梁書》卷五〇《謝幾卿傳》：「漾桂櫂於清池，席落英於曾岨。」胡宿《涼思》詩：「越水舊歌迷桂楫，楚江秋思繞蘭旗。」劉跂《送劉貢甫貶衡州》詩：「波平弭桂櫂，風清捲蘭旗。」

⑥「萬事」三句，萬事長嗟，王安石《愁臺》詩：「傾壺語罷還登眺，岸幘詩成却歎嗟。萬事因循今白髮，一年容易即黃花。」百年雙鬢，杜甫《戲題寄上漢中王三首》詩：「百年雙白鬢，一別五秋螢。」吾非斯人誰與歸，范仲淹《文正集》卷七《岳陽樓記》：「然則何時而樂耶？其必曰先天下之憂而憂，後天下之樂而樂乎？噫，微斯人吾誰與歸？」按：吴則虞先生釋此諸句云：「稼軒在湖南安撫、江西安撫、福建安撫任，皆治績卓卓，而三次被劾罷職，孫叔敖相楚亦三相而三

罷。《史記》云：『故三得而不喜，知其才自得之也；三去相而不悔，知非己之罪也。』此詞云：『萬事長嗟，吾非斯人誰與歸。』正指此而云。」雖編年有誤，而以斯人喻孫叔敖，則大致不誤也。

⑦醉墨休題，王庭珪《送黄介可》詩：「漳川螺浦共家鄉，醉墨題詩尚掛牆。」

又

答余叔良①

我試評君，君定何如？玉川似之②。記李花初發，乘雲共語；梅花開後，對月相思③。白髮重來，畫橋一望，秋水長天孤鶩飛④。同吟處，看珮摇明月，衣捲青霓⑤。相君高節崔嵬，是此處耕巖與釣溪⑥。被西風吹盡，村簫社鼓；青山留得，松蓋雲旗⑦。弔古愁濃，懷人日暮，一片心從天外歸⑧。新詞好，似淒涼楚些，字字堪題。

【箋注】

①題，余叔良，本書卷一有《答余叔良韻》詩。叔良名無考，據右詞「相君高節崔嵬」句，知叔良或紹興二十年參知政事上饒人余堯弼之孫輩，寓居於上瀘。

②玉川，《新唐書》卷一七六《盧仝傳》：「盧仝居東都，愈爲河南令，愛其詩，厚禮之。仝自號玉川子，嘗爲《月蝕》詩以譏切元和逆黨，愈稱其工。」

③「記李」四句，李花初發，韓愈《寒食日出遊》詩：「李花初發君始病，我往看君花轉盛。走馬城西惆悵歸，不忍千株雪相映。」乘雲共語，韩愈《李花二首》詩：「誰將平地萬堆雪，剪刻作此連天花。日光赤色照未好，明月暫入都交加。夜領張徹投盧仝，乘雲共至玉皇家。」梅花開後，對月相思，盧仝《有所思》：「天涯娟娟姮娥月，三五二八盈又缺。……相思一夜梅花發，忽到窗前疑是君。」

④「秋水」句，見本書卷七《賀新郎·賦滕王閣》詞（高閣臨江渚閿）箋注。

⑤「看珮」二句，珮摇明月，《楚辭·九章·涉江》：「被明月兮珮寶璐，世溷濁而莫余知兮，吾方高馳而不顧。」衣捲青霓，《九歌·東君》：「青雲衣兮白霓裳，舉長矢兮射天狼。」

⑥「相君」二句，南宋上饒籍參知政事有余堯弼。《宋史》無傳，〔雍正〕《江西通志》卷八五：「余堯弼字致勳，上饒人，政和進士。授祁門令，務以德化人，民服其德量。指邑之祁山曰：『雖异是寘公腹中，不礙也。』累官簽書樞密院事、參知政事。嘗使金，專對有體，金主憚之。未幾，乞解機務，翛然林下，與漁樵伍，忘其貴且齒云。」〔乾隆〕《廣信府志》卷一六所載並同，惟傳後有跋云：「按《堯弼家乘》載，『敕建屋在城西』。今子孫居南鄉上瀘，由宋迄今，衣冠不替，實信之望族云。」余堯弼參知政事在紹興二十年三月，至二十一年十一月罷。見《宋宰輔編年録》卷一六。

宋人稱宰相爲相君，亦尊稱參知政事爲相君或相公。如《翰苑新書》續集卷二洪咨夔《賀衛參政除端明啓》：「傳詔令於蕊珠，聳聞學士之拜；待漏聲於丹鳳，共傒相君之來。」（此啓《平齋文集》未載）《兩朝綱目備要》卷一○：「侂胄在都堂，忽謂參政李壁曰：『聞永嘉人欲變此局面，相公知否？』」可證。耕巖與釣溪，黄庭堅《和中玉使君晚秋開天寧節道場》詩：「釣溪築野收多士，航海梯山共一家。」釣溪用吕尚事，築野用傅説事。《漢書》卷七二《王貢兩龔鮑傳》：「谷口鄭子真，不詘其志，耕於巖石之下。」此爲耕巖。

⑦「被西」四句，村簫社鼓，劉摯《秋收》詩：「連村簫鼓謝神貺，穀黍换酒無斗升。」汪藻《熊使君垂和漫興詩次答四首》詩：「逐客今年緣底事，村村簫鼓報秋成。」松蓋雲旗，《楚辭·九歌·少司命》：「入不言兮出不辭，乘回風兮載雲旗。」王之道《沙窩道中》詩：「山嶺梅花迎客笑，路傍松蓋與雲齊。」

⑧「一片」句，《詩話總龜》卷一○引《郡閣雅談》：「劉禹昭字休明，婺州人。少師林寬，爲詩刻苦，不憚風雪。詩云：『句向夜深得，心從天外歸。』言不虚耳。」《青瑣高議》前集卷九《詩淵清格》條：「永叔嘗言苦吟句云：『一句坐中得，片心天外來。』兹所謂苦吟破的之句也。」

又

答楊世長①

我醉狂吟，君作新聲，倚歌和之②。算芬芳定向，梅間得意；輕清多是，雪裏尋思。朱雀橋邊，何人會道，野草斜陽春燕飛③？都休問，甚元無霽雨，却有晴霓④？詩壇千丈崔嵬，更有筆如山雲作溪。看君才未數〔一〕，曹劉敵手；風騷合受，屈宋降旗⑤。誰識相如，平生自許，慷慨須乘駟馬歸。長安路，問垂虹千柱，何處曾題⑥？

【校】

〔一〕「看」，《六十名家詞》本作「著」，此從廣信書院本。

【箋注】

①題，楊世長，疑名修。本卷《朝中措·九日小集》詞，題下有「時楊世長將赴南宮」語。據知其事必在解試之年。查〔雍正〕《江西通志》卷五〇《選舉表》，淳熙末紹熙間上饒解試名單俱闕。而慶元五年己未曾從龍榜有上饒人楊修之名。修與長字意義相近，疑楊修即世長之名。而右《沁園春》三詞，廣信書院本次第皆列於紹熙五年稼軒自閩中歸信上所賦《靈山齊庵》詞之前，知必寓居帶湖期間所賦。紹熙間有兩榜，一爲紹熙元年，一爲紹熙四年。紹熙三年秋稼軒在閩憲任上，自不能送楊世長赴禮部考試，因知右詞必淳熙十六年解試之年所賦。

②「倚歌」句，《東坡全集》卷三三《赤壁賦》：「於是飲酒樂甚，扣舷而歌之。歌曰：『桂櫂兮蘭槳，擊空明兮泝流光。渺渺兮予懷，望美人兮天一方。』客有吹洞簫者，倚歌而和之。」

③「朱雀」三句，劉禹錫《烏衣巷》詩：「朱雀橋邊野草花，烏衣巷口夕陽斜。舊來王謝堂前燕，飛入尋常百姓家。」會道，能道。

④「甚元」二句，杜牧《樊川集》卷一《阿房宫賦》：「長橋卧波，未雲何龍？複道行空，不霽何虹？」宋之問《發端州初入西江》詩：「翠微懸宿雨，丹壑飲晴霓。」甚，何以。

⑤「看君」四句，曹劉，杜甫《壯遊》詩：「歸帆拂天姥，中歲貢舊鄉。氣劘屈賈壘，目短曹劉牆。」曹劉謂曹植、劉楨。屈宋，《新唐書》卷二〇一《杜審言傳》：「嘗語人曰：『吾文章當得屈、宋作衙官。』」屈爲屈原，宋謂宋玉。

⑥「誰識」句至此，《史記》卷一一七《司馬相如列傳》：「拜相如爲中郎將，建節，往使副使王然於壺充國。……蜀人以爲寵。」《索隱》引《華陽國志》：「蜀大城北十里，有昇仙橋、送客觀。相如初入長安，題其門云：『不乘赤車駟馬，不過汝下也。』」

江神子

賦梅，寄余叔良①

暗香横路雪垂垂②，晚風吹，曉風吹。花意争春，先出歲寒枝。畢竟一年春事了，緣太早，却成遲。　未應全是雪霜姿③。欲開時，未開時。粉面朱唇，一半點胭脂。醉裏謗花花莫恨④，渾冷澹，有誰知？

【箋注】

①題，右詞作年無考，姑依廣信書院本次第附於《答余叔良》之《沁園春》詞後，同調《聞蟬蛙戲作》作年接近，亦附次於此。

②「暗香」句，林逋《山園小梅》詩：「疏影横斜水清淺，暗香浮動月黄昏。」杜甫《和裴迪登蜀州東亭送客逢早梅相憶見寄》詩：「江邊一樹垂垂發，朝夕催人自白頭。」《補注杜詩》卷二一：「吴防《雪梅賦》：『照寒溪之豔豔，帶冷雪之垂垂。』想子美雪中見梅作也。今梅花中用垂垂字，但可雪中梅花即用之。」

③「未應」句，趙抃《鈐兵王閣使素芳亭賞梅花》詩：「春密未通桃李信，臘殘都放雪霜姿。」蘇軾《紅梅三首》詩：「故作小紅桃杏色，尚餘孤瘦雪霜姿。」

④「醉裏」句，釋覺範《予作海棠詩……請記其事》詩：「柳外一株何足道，戲語謗花今日悔。」蘇軾《西江月·再用前韻戲曹子方坐客云瑞香爲紫丁香遂以此曲辯證之》詞：「點筆袖沾醉墨，謗花面有慚紅。」

又

聞蟬蛙，戲作

簟鋪湘竹帳籠紗〔一〕，醉眠些，夢天涯。一枕驚回，水底沸鳴蛙。借問喧天成鼓吹，良自苦，爲官哪〔二〕①？　心空喧静不争多②。病維摩，意云何。掃地燒香，且看散天花③。斜日緑陰枝上噪，還又問，是蟬麽？

【校】

〔一〕「籠」，四卷本丁集作「垂」，此從廣信書院本。

〔二〕「哪」，《六十名家詞》本作「耶」。

【箋注】

①「水底」句至此，蘇軾《贈王子直秀才》詩：「水底笙歌蛙兩部，山中奴婢橘千頭。」鳴蛙可參本書卷七《滿庭芳・和洪丞相景伯韻》詞（傾國無媒閿）箋注。《晉書》卷四《惠帝紀》：「帝又嘗在華林園，聞蝦蟆聲，謂左右曰：『此鳴者爲官乎？私乎？』或對曰：『在官地爲官，在私地爲

私。』」

②「心空」句，《梁書》卷五〇《王籍傳》：「王籍字文海，琅邪臨沂人。……除輕車湘東王諮議參軍，隨府會稽郡，境有雲門天柱山，籍嘗遊之，或累月不反。至若邪溪，賦詩，其略云：『蟬噪林逾静，鳥鳴山更幽。』當時以爲文外獨絶。」晁迥《法藏碎金録》卷八：「禪源所云隨時隨處息業養神者，予因解之云：不拘晷刻之多少，不擇處所之喧静，但能攝念安心，皆是禪功分限。」不争多，差不多。

③「病維」四句，《維摩詰所説經・方便品》：「爾時毗耶離大城中，有長者名維摩詰。……其方便，現身有疾。」《問疾品》：「爾時，佛告文殊師利：『汝行詣維摩詰問疾。』……於是文殊師利與諸菩薩大弟子衆，及諸天人恭敬圍繞，入毗耶離城。……文殊師利既入其舍，見其室空，無諸所有，獨有一床。……文殊師利言：『居士此室，何以空無侍者？』維摩詰言：『諸佛國土，亦復皆空。』」《觀衆生品》：「時維摩詰室有一天女，見諸天人聞所説法，便現其身，即以天花散諸菩薩大弟子上。花至諸菩薩，即皆墮落，至大弟子，便著不墮。……結習未盡，花著身耳。結習盡者，花不著也。」

菩薩蠻　雙韻賦摘阮〔一〕①

阮琴斜掛香羅綬，玉纖初試琵琶手。桐葉雨聲乾，真珠落玉盤〔二〕②。朱絃調未慣，笑倩春風伴〔三〕③。莫作別離聲，且聽雙鳳鳴。

【校】

〔一〕題，廣信書院本「雙韻」二字闕，據四卷本乙集補。

〔二〕「真」，王詔校刊本、《六十名家詞》本、四印齋本作「珍」。

〔三〕「春」，王詔校刊本、《六十名家詞》本、四印齋本作「東」。

【箋注】

①題，摘阮，陳元龍《格致鏡原》卷四六《阮咸》：「《國史纂異》：『有人破古冢，得銅器似琵琶，身正圓，人莫能辨。元行沖曰：此阮咸所作器也。命易以木而絃之，其聲亮雅，樂家謂之阮咸。』……《合璧事類》：『阮琴本阮咸所製，備五音，可彈琴操。蜀人蒯朗於古墓中得此器，以銅爲之，後依其製以木爲之，因名阮咸，又名月琴。近世方格小，爲雙韻，亦名阮。』」《都城紀勝·瓦舍衆伎》：「小樂器只一二人合動也。如雙韻合阮咸，稽琴合簫管。」雙聲謂聲母相同，疊韻謂韻母相同。右詞每聯皆用雙韻字，如「綬」與「手」等皆是，蓋已將雙聲與疊韻相混矣。《四庫全書總目》卷四二《切韻指掌圖提要》：「據嘉定癸亥董南一序云：『遞用則名音和，傍

求則名類隔。同歸一母則爲雙聲，同出一韻則爲疊韻。』」摘，音惕，奏也。右詞作年無確考，據廣信書院本次第，與同調《贈張醫道服爲別且令餽河豚》一詞並置於本年初。

②「桐葉」二句，桐葉雨聲，王闢之《澠水燕談録》卷八：「楊侍讀徽之，以能詩聞。太宗知其名，索其所著，以百篇獻上。……《宿東林》云：『開盡菊花秋色老，落遲桐葉雨聲寒。』」真珠落玉盤，白居易《琵琶行》：「嘈嘈切切錯雜彈，大珠小珠落玉盤。」

③「朱絃」二句，春風指琵琶。王安石《明妃曲》：「明妃初嫁與胡兒，氈車百兩皆胡姬。含情欲說獨無處，傳與琵琶心自知。黄金桿撥春風手，彈看飛鴻勸胡酒。」黄庭堅《九日對菊有懷粹老在河上四首》詩，自注：「後二首爲琵琶女奴作。」其第四首云：「碧窗閑殺春風手，古柳啼鶯幾日回。」《次韻答曹子方雜言》詩：「往時盡醉冷卿酒，侍兒琵琶春風手。」右詩謂侍兒彈奏阮咸未慣，故請琵琶爲伴奏，此下二句所謂「雙鳳鳴」也。

又

贈張醫道服爲別，且令餽河豚①

萬金不換囊中術，上醫元自能醫國②。軟語到更闌，綈袍范叔寒③。　江頭楊柳路，馬踏春風去。快趁兩三杯，河豚欲上來④。

【箋注】

①題，張醫，名籍事歷不詳。河豚，見本書卷二《蔞蒿宜作河豚羹》詩箋注。

②「上醫」句，《國語・晉語》八：「平公有疾，秦景公使醫和視之。出曰：『疾不可爲也。是謂遠男而近女，惑以生蠱，非鬼非食，惑以喪志，良臣不生，天命不佑，若君不死，必失諸侯。』……文子曰：『醫及國家乎？』對曰：『上醫醫國，其次疾人，固醫官也。』」

③「軟語」二句，軟語到更闌，杜甫《贈蜀僧閭丘師兄》詩：「夜闌接軟語，落月如金盆。」《能改齋漫録》卷六《軟語》：「杜子美詩：『夜闌聽軟語。』本《法華經》：『又以軟語。』一云言詞柔軟。」綈袍范叔寒，《史記》卷七九《范雎蔡澤列傳》：「范雎既相秦，秦號曰張禄，而魏不知，以爲范雎已死久矣。魏聞秦且東伐韓、魏，魏使須賈於秦。范雎聞之，爲微行，敝衣間步之邸，見須賈。須賈見之而驚曰：『范叔固無恙乎？』范雎曰：『然。』須賈笑曰：『范叔有説於秦邪？』曰：『不也。雎前日得過於魏相，故亡逃至此，安敢説乎？』須賈曰：『今叔何事？』范雎曰：『臣爲人庸賃。』須賈意哀之，留與坐，飲食，曰：『范叔一寒如此哉？』乃取其一綈袍以賜之。」

④「河豚」句，蘇軾《惠崇春江曉景二首》詩：「竹外桃花三兩枝，春江水暖鴨先知。蔞蒿滿地蘆芽短，正是河豚欲上時。」

漁家傲

爲余伯熙察院壽。信之讖云：「水打烏龜石，三台出此時。」伯熙舊居城西，直龜山之北，溪水齧山足矣，意伯熙當之耶？伯熙學道有新功，一日語余云：「溪上嘗得異石，有文隱然，如記姓名，且有長生等字。」余未之見也。因其生朝，姑摭二事爲詞以壽之〔一〕①

道德文章傳幾世？到君合上三臺位②。自是君家門户事，當此際，龜山正抱西江水③。　三萬六千排日醉④，鬢毛只恁青青地。江裹石頭争獻瑞。分明是，中間有箇長生字。

【校】

〔一〕題，四卷本乙集「余伯熙察院壽」無「察院」二字，餘同，此從廣信書院本。

【箋注】

①題，余伯熙察院，伯熙當名禹和。察院即監察御史。禹和即余禹績伯山之兄弟行，皆淳熙二年

進士登第。余伯熙兄弟居於上饒縣西南乾元鄉四十五都，題中稱其「舊居城西，直龜山之北」。上饒余氏，自紹興二十七年余禹成登第，至紹熙四年之四十年間，有七兄弟登第，即禹和、禹績（淳熙二年）、禹疇、禹安（淳熙十四年）、禹言（紹熙元年）、禹寧（紹熙四年），見〔乾隆〕《上饒縣志》卷九《選舉表》。《康熙字典》巳集熙字引《廣韻》，謂熙「和也」。因知伯熙即禹和之字。至其何時曾任監察御史，其生平事歷若何，則皆無可考查。烏龜石，〔乾隆〕《上饒縣志》卷二《山川》：「烏龜山在縣西五里開化鄉，諺云：『水打烏龜石，信州出狀元。』宋徐元杰嘗應其讖。」按：烏龜山今名五桂山，南臨信江，即今雙塔公園。右詞及下《鵲橋仙》詞作年皆無確考，故附於淳熙十五年謝余伯山之《鷓鴣天》詞後，而次於本年春。

②「到君」句，《後漢書》卷一〇四《袁紹傳》：「坐召三臺，專制朝政。」注：「漢官，尚書爲中臺，御史爲憲臺，謁者爲外臺，是謂三臺。」宋代監察御史又稱察院，隸御史臺。

③「自是」三句，自是君家門户事，《晉書》卷八二《孫盛傳》：「盛篤學不倦，自少至老，手不釋卷。著《魏氏春秋》、《晉陽秋》，並造《詩賦論難》復數十篇。《晉陽秋》詞直而理正，咸稱良史焉。既而桓温見之，怒謂盛子曰：『枋頭誠爲失利，何至乃如尊君所説？若此史遂行，自是關君門户事！』其子遽拜謝，謂請删改之。」西江，謂信江也。

④「三萬」句，李白《襄陽歌》：「百年三萬六千日，一日須傾三百杯。」

鵲橋仙

壽余伯熙察院〔一〕

豸冠風采，繡衣聲價①，曾把經綸少試。看看有詔日邊來，便入侍明光殿裏②。　東君未老，花明柳媚，且引玉船沉醉〔二〕③。好將三萬六千場④，自今日從頭數起。

【校】

〔一〕題，四卷本乙集作「賀余察院生日」，王詔校刊本、《六十名家詞》本、四印齋本「余」作「徐」，此從廣信書院本。

〔二〕「船」，四卷本作「塵」，《六十名家詞》本作「觥」。

【箋注】

①「豸冠」二句，豸冠，《後漢書》卷四〇《輿服志》：「法冠一曰柱後，高五寸，以纚爲展筩，鐵柱卷，執法者服之，侍御史、廷尉正監平也。或謂之獬豸冠。獬豸，神羊，能別曲直。楚王嘗獲之，故以爲冠。胡廣説曰：『《春秋左氏傳》有南冠而縶者，則楚冠也。秦滅楚，以其君服賜執法近臣，御史服之。』」繡衣，見本書卷七《水調歌頭・淳熙己亥自湖北漕移湖南》詞（折盡武昌柳闋）

箋注。

②「看看」二句，日邊，見本書卷六《水調歌頭・壽趙漕介庵》詞（千里渥洼種闋）箋注。明光殿，《雍録》卷二《明光宫》：「尚書郎主作文書起草，更直於建禮門内，則近明光殿矣。建禮門内得神仙門，神仙門内得明光殿省中，省中皆胡粉塗壁，以丹漆地，謂之丹墀。尚書郎握蘭含雞舌香奏事。此之明光殿，約其方鄉，必在未央正宫殿中，不與北宫甘泉設爲奇玩者比，則臣下奏事之地也。」看看，將將，即將也。

③玉船，《武林舊事》卷七《乾淳奉親》條：「淳熙六年三月十五日，車駕過宫，恭請太上、太后幸聚景園。……上邀兩殿至瑶津少坐，進泛索，太上、太后並乘步輦，官裏乘馬，遍遊園中。……上親捧玉酒船上壽酒，酒滿玉船，船中人物皆能舉動如活，太上喜見顔色。」

④「好將」句，蘇軾《贈張刁二老》詩：「共成一百七十歲，各飲三萬六千場。」《滿庭芳》詞：「百年裏，渾教是醉，三萬六千場。」好，便也。

卜算子 尋春作〔一〕

修竹翠蘿寒〔二〕，遲日江山暮①。幽徑無人獨自芳②，此恨知無數。只共梅花語，嬾逐遊絲去。着意尋春不肯香③，香在無尋處。

【校】

〔一〕題，廣信書院本闕，此據王詔校刊本、《六十名家詞》本、四印齋本補。

〔二〕「蘿」，廣信書院本、四卷本丁集原作「羅」，據王詔校刊本、《六十名家詞》本、四印齋本改。

【箋注】

①「修竹」二句，杜甫《佳人》詩：「天寒翠袖薄，日暮倚修竹。」《絶句二首》詩：「遲日江山麗，春風花草香。」

②「幽徑」句，歐陽修《竹間亭》詩：「雨多莓苔青，幽徑無人尋。」

③不肯香，王質《次虞樞密九日登高韻》詩：「年來莫是無知己，未遇淵明不肯香。」陳著《三次前韻二首》詩：「花本傷時不肯香，酒無賒處亦空忙。」

又　爲人賦荷花〔一〕

紅粉靚梳妝，翠蓋低風雨①。占斷人間六月涼，明月鴛鴦浦〔二〕②。　根底藕絲長，花裏蓮心苦。只爲風流有許愁，更襯佳人步③。

【校】

〔一〕題，四卷本丁集作「荷花」，此從廣信書院本。

〔二〕「明」，四卷本作「期」。

【箋注】

①「翠蓋」句，蘇軾《和文與可洋川園池三十首・橫湖》詩：「貪看翠蓋擁紅妝，不覺湖邊一夜霜。」

②鴛鴦浦，柳永《甘草子》詞：「秋莫亂灑衰荷，顆顆真珠雨。雨過月華生，冷徹鴛鴦浦。」《明一統志》卷六二《岳州府》：「鴛鴦浦，在慈利縣治北。昔人詩：『桃花浪暖鴛鴦浦，柳絮風輕燕子巖。』」

③「只爲」二句，《南史》卷五《齊紀》：「又鑿金爲蓮華以帖地，令潘妃行其上，曰：『此步步生蓮華也。』」有許，有此。

又

聞李正之茶馬訃音〔一〕①

欲行且起行，欲坐重來坐。坐坐行行有倦時，更枕閑書卧。　病是近來身，嬾是從前我②。静掃瓢泉竹樹陰〔二〕，且恁隨緣過。

【校】

〔一〕題，四卷本丁集闕，此從廣信書院本。

〔二〕「静」，王詔校刊本、《六十名家詞》本、四印齋本作「浄」。

【箋注】

①題，李正之茶馬，李正之名大正，見本書卷五《滿江紅·送李正之提刑入蜀》詞（蜀道登天闕）箋注。茶馬，即四川都大提舉茶馬司之簡稱。《宋會要輯稿·兵》二三之一九：「淳熙十四年五

月十四日，都大主管四川茶馬李大正言：　西和州買馬係本司選辟差官前去，通判略無干預，乞今後西和州通判更不推買馬之賞。從之。」《建炎以來繫年要録》卷一四八記四川茶馬司富甲天下，有注云：「淳熙十四年李大正裁減事可考。」據此知李正之自淳熙十二年入蜀任利路提刑之後，至十四年改任四川茶馬。韓淲《澗泉集》卷九《李正之丈提刑挽詞》前一首有云：「猶記登龍日，分明捉月仙。精神超物表，才術本天然。符節多遺愛，璽書行九遷。豈期歸蜀道，乃爾閟重泉。」知李正之三年茶馬任滿，於東歸途中遽卒，則其事當在淳熙十六年，最晚不晚於紹熙元年，因次於此。其同調二詞，既同載於四卷本丁集，廣信書院本又排列於右詞之前，殆與右詞作年不遠，亦彙録於此。《稼軒詞編年箋注》於右詞《編年》中有云：「詳詞中語意，與題語不相應，似非悼李氏之作，疑是另有聞訃之《卜算子》一首，原置右詞之前，當廣信書院本編刊時偶爾奪落也。」此語非是。查稼軒作聞訃悼詞不多，皆寫自家心態及聞訃情景，以示追悼之意，與他人寫法不同。如悼朱熹之《感皇恩》詞上半闋：「案上數編書，非《莊》即《老》。會説忘言始知道。萬言千句，不自能忘堪笑。今朝梅雨霽，青天好。」即同様寫法。此之云云，乃疑不當疑也。

②「病是」二句，近來身，王建《貧居》詩：「近來身不健，時就六壬占。」從前我，陳藻《首正有感二首》詩：「聽説從前我未生，知書不許衩衣行。」

柳梢青

和范廓之席上賦牡丹〔一〕①

姚魏名流②，年年攬斷〔二〕，雨恨風愁。解釋春光③，剩須破費，酒令詩籌。　玉肌紅粉温柔，更染盡天香未休④。今夜簪花，他年第一，玉殿東頭⑤。

【校】

〔一〕題，四卷本乙集作「賦牡丹」，此據廣信書院本。又，「廓」字廣信書院本原作「先」字，據本書有關各詞徑改。

〔二〕「攬」，《六十名家詞》本作「擥」。

【箋注】

①題，范廓之已見本書卷八《滿江紅·遊南巖和范廓之韻》詞（笑拍洪崖䦨）箋注。右詞爲四卷本乙集所收。以其淳熙十六年有建康之遊，故將右詞及《雪樓小集》二詞彙置於送别詞之前。

②「姚魏」句，歐陽修《文忠文集》卷七二《洛陽牡丹記》：「姚黄者，千葉黄花，出於民姚氏家。此花之出，於今未十年，姚氏居白司馬坡，其地屬河陽，然花不傳河陽，傳洛陽。……魏家花者，千

葉肉紅花，出於魏相仁浦家。始樵者於壽安山中見之，斲以賣魏氏，魏氏池館甚大，傳者云：『此花初出時，人有欲閲者，人税十數錢，乃得登舟渡池至花所。』」

③解釋春光，李白《清平調三首》：「解釋春風無限恨，沉香亭北倚闌干。」

④「更染」句，李濬《松窗雜録》：「春暮，内殿賞牡丹花。上頗好詩，因問修己曰：『今京邑傳唱牡丹花詩，誰爲首出？』修己對曰：『臣嘗聞公卿間多吟賞中書舍人李正封詩曰：國色朝酣酒，天香夜染衣。』上聞之，嗟賞移時。」

⑤「今夜」三句，簪花，《錢塘遺事》卷一〇載宋登第進士，賜聞喜宴後，不用謝恩，退皆簪花，乘馬而歸。玉殿東頭，龐元英《文昌雜録》卷三：「兩省官、文武百官，日赴文德殿東，兩相向對立，宰臣一員押班，聞傳不坐，則再拜而退，謂之常朝。」周必大《次韻楊廷秀待制二首》詩：「十年不侍殿東頭，臨水登山隱者流。」則知玉殿東頭即百官常朝時待朝處，亦進士殿試及唱名集合處也。

謁金門

和廓之五月雪樓小集韻〔一〕①

遮素月，雲外金蛇明滅②。翻樹啼鴉聲未徹③，雨聲驚落月。　寶炬成行嫌熱〔二〕，玉腕藕絲誰雪〔三〕④。流水高山絃斷絕，怒蛙聲自咽⑤。

【校】

〔一〕題，廣信書院本原闕，此據四卷本丁集補。王詔校刊本、《六十名家詞》本、四印齋本俱作「無題」。

〔二〕「炬」，四卷本作「蠟」。

〔三〕「絲」，四卷本作「花」。

【箋注】

①題，雪樓，或即稼軒帶湖新居之集山樓。稼軒移居帶湖後，更名雪樓。稼軒詞中多及之。

②金蛇明滅，蘇軾《望海樓晚景五絶》詩：「横風吹雨入樓斜，壯觀應須好句誇。雨過潮平江海碧，電光時掣紫金蛇。」

③「翻樹」句，蘇軾《十二月十七日夜坐達曉寄子由》詩：「清風欲發鴉翻樹，缺月初升犬吠雲。」

④「玉腕」句，杜甫《陪諸貴公子丈八溝攜妓納涼晚際遇雨》詩：「公子調冰水，佳人雪藕絲。」

⑤「流水」二句，流水高山，琴曲也。見本書卷七《滿庭芳·和洪丞相景伯韻》詞（傾國無媒闋）箋注。廓之善鼓琴，見本卷《醉翁操》詞題。怒蛙，見本書卷四《九議》之九箋注。

又

山吐月，畫燭從教風滅①。一曲瑶琴纔聽徹，金蕉三兩葉②。　驟雨微涼還熱，似欠舞瓊歌雪。近日醉鄉音問絶，有時清淚咽。

【箋注】

①「山吐」二句，山吐月，杜甫《月》詩：「四更山吐月，殘夜水明樓。」從教，從有自、任義，此可釋作自被。

②金蕉三兩葉，馮贄《雲仙雜記》卷一《酒器九品》條：「李適之有酒器九品：蓬萊盞、海川螺、舞仙盞、瓠子卮、幔捲荷、金蕉葉、玉蟾兒、醉劉伶、東溟樣。蓬萊盞上有山，象三島，注酒以山没爲限。舞仙盞有關捩，酒滿則仙人出舞，瑞香毬子落盞外。逢原記。」蔡襄《端明集》卷二八《羣玉殿曲宴記》：「是日，……宣諭以太平無事，卿等盡醉。乃索鹿頭酒，易以大杯。丞相韓公得金蕉葉，一飲空杯。」《古文類聚》續集卷一三引《東坡志林》：「吾兄子明飲酒三蕉葉，吾少時望見酒盞而醉，今亦能三蕉葉矣。」按：此條今本《東坡志林》失載。

定風波

席上送范廓之遊建康〔一〕①

聽我尊前醉後歌，人生無奈别離何②。但使情親千里近，須信。無情對面是山河③。　寄語石頭城下水④，居士。而今渾不怕風波。借使未成鷗鳥伴〔二〕，經慣〔三〕。也應學得老漁蓑⑤。

【校】

〔一〕題，廣信書院本「廓」作「先」，「康」作「鄴」，此從四卷本乙集改。

〔二〕「借使」句，四卷本「成鷗鳥伴」四字作「如鷗鳥慣」，又「鳥」，王詔校刊本、《六十名家詞》本、四印齋本俱作「鷺」，此從廣信書院本。

〔三〕「經慣」，四卷本作「相伴」。

【箋注】

①題，據次首《醉翁操》長題，知右詞作於淳熙十六年，乃范廓之以宋廷甄録元祐黨籍家，遂赴行

在，以家世告諸朝，且從便遊建康，因賦此詞送別，蓋與下詞作於同時也。

②「聽我」二句，醉後歌，杜甫《陪鄭廣文遊何將軍山林十首》詩：「自笑燈前舞，誰憐醉後歌。」無奈別離何，張謂《別韋郎中》詩：「不醉郢中桑落酒，教人無奈別離何。」

③「但使」三句，釋惠洪《禪林僧寶傳》卷二一《慈明禪師》：「慈明禪師出全州清湘李氏，諱楚圓。……依唐明嵩禪師。嵩謂公曰：『楊大年内翰知見高，入道穩實，子不可不見。』公乃往見大年。大年問曰：『對面不相識，千里却同風。』公曰：『近奉山門請。』大年曰：『真个脱空。』」

④「寄語」句，《景定建康志》卷一九《石頭城下水》條引《中朝故事》云：「李德裕博達，居廊廟日，有親知奉使於京口。李曰：『還日，金山下揚子江中零泉水，與取一壺來。』其人舉棹，日醉而忘之。泛舟至石頭下，方憶，乃汲一瓶於江中，歸京獻之。李公飲後，訝歎非常，曰：『江表水味異於頃歲矣，此頗似建鄴石城下水。』其人謝過，不隱也。」《太平寰宇記》卷九〇《江南東道・昇州》：「右顯城，楚威王滅，起置金陵邑，即城也。後漢建安十七年，吴大帝乃加修理，改名石頭城，用貯軍粮器械。諸葛亮曾使建業，謂大帝曰：『鍾山龍盤，石城虎踞。』即此也。」

⑤「居士」句至此，居士，稼軒《新居上梁文》自稱也。老，杜甫《玉臺觀二首》詩：「更有紅顔生羽翰，便應黄髮老漁樵。」歐陽修《聖俞在南省監印進士試卷有兀然獨坐之歎因思去歲同在禮闈慨然有感兼簡子華景仁》詩：「顧我心情又非昨，祇思相伴老漁樵。」借使，即使也。

醉翁操

頃予從廓之求觀家譜，見其冠冕蟬聯，世載勳德。廓之甚文而好修，意其昌未艾也。今天子即位，覃慶中外，命國朝勳臣子孫之無見任者官之。先是，朝廷屢詔甄録元祐黨籍家，合是二者，廓之應仕矣。將告諸朝，行有日，請予作歌以贈。屬予避謗，持此戒甚力，不得如廓之請。又念廓之與予遊八年，日從事詩酒間，意相得歡甚，於其别也，何獨能恝然？顧廓之長於楚詞，而妙於琴，輒擬《醉翁操》，爲之詞以叙别。異時廓之綰組東歸，僕當爲買羊沽酒，廓之爲鼓一再行，以爲山中盛事云〔一〕①

長松，之風，如公②，肯余從，山中？人心與吾兮誰同？湛湛千里之江，上有楓③。噫送子於東〔二〕，望君之門兮九重④。女無悦己，誰適爲容⑤？不龜手藥，或一朝兮取封〔三〕⑥。昔與遊兮皆童，我獨窮兮今翁。一魚兮一龍，勞心兮忡忡⑦。噫命與時逢，子取之食兮萬鍾〔四〕⑧。

【校】

〔一〕題，此題中，有「予」字四，廣信書院本俱作「余」；有「廓」字八，俱作「先」，皆從四卷本丁集改。又，「今天子」以下三句，廣信書院本作「時覃慶勳臣子孫無見任者命官之」，又，「朝廷」二字，廣信書院本原闕；又，「歌」原作「詩」，「廓之請」三字作「廓之之請」，皆從四卷本改補。

〔二〕「於」，四卷本闕，據廣信書院本補。「東」，廣信書院本闕，據四卷本補。

〔三〕「兮」，四卷本闕。

〔四〕「取之食」，王詔校刊本、《六十名家詞》本、四印齋本作「之所食」。

【箋注】

①題，淳熙十六年二月初二，宋孝宗禪位，太子惇即皇帝位，是爲光宗。右詞有「今天子即位」、「廓之與予遊八年」語，廓之於淳熙九年來從稼軒遊學，至十六年恰爲八年，知即淳熙十六年春夏之後所作，時光宗雖即位而尚未改元也。光宗即位後，有大赦、百官進秩、優賞諸軍、蠲公私逋負等舉措，皆見《宋史》卷三六《光宗紀》，惟此所謂命國朝勳臣子孫之無見任者官之之詔未見史册記載。據鄧廣銘先生考證，范廓之乃范祖禹之後裔，見《〈稼軒詞甲集〉序文作者范開家世小考》一文。元祐黨籍，《宋史》卷一九《徽宗紀》一：「崇寧元年九月丁酉，治臣僚議復元祐皇后及謀廢元符皇后者罪，降韓忠彥、曾布官，追貶李清臣爲雷州司户參軍，黄履爲祁州團練副使，竄曾

肇以下十七人。己亥，籍元祐及元符末宰相文彥博等、侍從蘇軾等、餘官秦觀等、內臣張士良等、武臣王獻可等，凡百有二十人，御書刻石端禮門。」《六藝之一録》卷九三載：「元祐黨籍凡三著，僕家舊有元祐姦黨碑，建炎間吕元直作相取去，最後者也。其間多是元符間臣僚文，曰：『皇帝嗣位之五年，旌别淑慝，明信賞刑，黜元祐害政之人，靡有佚罰，乃命有司夷考罪狀，第其首惡與其附麗者以聞，得三百九人，皇帝書而列之石，置於文德殿門之東壁，永爲萬世臣子之戒。』」范祖禹爲曾任待制以上官四十九人中之一人也。宋高宗即位後甄録元祐黨籍家，見於《宋史》之《高宗紀》各卷及《建炎以來朝野雜記》甲集卷五《褒録元祐黨籍》條：「紹興初，朝廷褒録元祐黨人，且擢用其子弟。」而孝宗朝未見記載。「屬予避謗」，稼軒淳熙間作詞多而作詩少，因何有詩之謗，其詳情如何，皆不得而知，僅見於本書卷八《水調歌頭・提幹李君索余賦秀野緑繞》詞（文字覷天巧闋）題下小注「余詩尋醫久矣」一語。「異時廓之綰組東歸」以下各語，想象廓之得官歸來情景也。據考，范廓之此行未能如願，《至元嘉禾志》卷二〇載竹洞翁所作《白龍潭記》，謂范廓之開禧、嘉定間久客宰相錢象祖之門，則於别去之後，未必得歸范氏南歸之後寓居地衢州矣。韓愈《寄盧仝》詩：「買羊沽酒謝不敏，偶逢明月耀桃李。」《史記》卷一一七《司馬相如列傳》：「臨邛中多富人，而卓王孫家僮八百人，程鄭亦數百人。二人乃相謂曰：『令有貴客，爲具召之，並召令。……一坐盡傾，酒酣，臨邛令前奏琴，曰：『竊聞長卿好之，願以自娱。』相如辭謝，爲鼓一再行。」《索隱》：「古樂府《長歌行》、《短歌行》，皆曲引也。此言鼓一再行，謂一兩曲。」

②「長松」三句，《世説新語·言語》：「劉尹云：人想王荆産佳，此想長松下當有清風耳。」

③「人心」三句，人心與吾兮誰同，《楚辭·九章·抽思》：「何靈魂之信直兮，人之心不與吾心同。」湛湛千里之江上有楓，《楚辭·招魂》：「湛湛江水兮上有楓，目極千里兮傷春心。」

④「望君」句，《楚辭·九辯》：「豈不鬱陶而思君兮，君之門以九重。」

⑤「女無」二句，《文選》卷四一司馬遷《報任少卿書》：「蓋鍾子期死，伯牙終身不復鼓琴。何則？士爲知己者用，女爲悦己者容。」

⑥「不龜」二句，《莊子·逍遥遊》：「夫子固拙於用大矣。宋人有善爲不龜手之藥者，世世以洴澼絖爲事。客聞之，請買其方百金。聚族而謀曰：『我世世爲洴澼絖，不過數金。今一朝而鬻技百金，請與之。』客得之，以説吴王，越有難，吴王使之將，冬與越人水戰，大敗越人，裂地而封之。能不龜手，一也，或以封，或不免於洴澼絖，則所用之異也。」

⑦「一魚」二句，《楚辭·九歌·雲中君》：「思夫君兮太息，極勞心兮忡忡。」魚沉於淵，龍飛於天，殆雲泥異途之謂也。

⑧「噫命」二句，命與時逢，古有行與時違、身與時違、命與時違語，此反用之。萬鍾，《孟子·公孫丑》下：「他日，王謂時子曰：『我欲中國而授孟子室，養弟子以萬鍾，使諸大夫國人皆有所矜

式，子盍爲我言之？』」

御街行 山中問盛復之提幹行期①

山城甲子冥冥雨，門外青泥路②。杜鵑只是等閑啼，莫被他催歸去。垂楊不語，行人去後，也會風前絮。　情知夢裏尋鵷鷺，玉殿追班處③。怕君不飲太愁生，不是苦留君住。白頭笑我〔一〕，年年送客，自唤春江渡〔二〕。

【校】

〔一〕「笑我」，四卷本乙集作「自笑」，此從廣信書院本。

〔二〕「唤」，《六十名家詞》本作「歎」。

【箋注】

①題，盛復之提幹，名庶。洪邁《夷堅志》支丁卷七《靈山水精》條：「水精出於信州靈山之下，惟以大爲貴，及其中現花竹象者。……麗水人盛庶字復之，名士也，曾仕於信，得二片，高四寸許，

闊稱之，中有青葉成行，全如萱芽初抽之狀。盛君寶藏之，遇好事君子乃始出示。」〔雍正〕《浙江通志》卷一二六：「淳熙五年戊戌姚穎榜，盛庶，麗水人，福建提舉。」《宋會要輯稿·選舉》二二之一二、一三載慶元二年正月二十四日，命禮部侍郎木待問知貢舉，有司農寺丞盛庶點檢試卷；六月十日銓試，中有考校官司農寺丞盛庶。《稼軒詞編年箋注》於此詞編年有考證，謂「《夷堅志》支丁成書於慶元二年春間，其中謂盛復之『曾仕於信』，知其事必在慶元以前。洪邁於此條記事下注云，其事『得之張思順』，不云得之其子莘之，知盛氏之仕於信必猶在紹熙之前（洪莘之於紹熙初爲信州通判），故至晚當在淳熙末也」。考察盛庶以坑冶司幹官滯留信上，大致應在淳熙末紹熙初年間，故此編年似仍可從。下闋以同見於四卷本乙集，因附載於此後。

②「山城」二句，甲子冥冥雨，張鷟《朝野僉載》卷一：「諺云：春雨甲子，赤地千里。夏雨甲子，垂船入市。秋雨甲子，禾頭生耳。冬雨甲子，鵲巢下地，其年大水。」杜甫《雨》詩：「冥冥甲子雨，已度立春時。」青泥路，張説《張燕公集》卷一《畏途賦》：「青泥路，白馬關。雲足躡，霞手攀，忠臣往兮孝子還。」

③「情知」二句，尋鵷鷺，《職官分紀》卷一四《殿中侍御史》：「上官儀進西臺侍郎，同東西臺，三品。時以雍州司士參軍韋絢爲殿中侍御史，或疑非遷。儀曰：『此野人語耳。御史供奉赤墀下，接武夔龍，簉羽鵷鷺，豈雍州判佐比乎？』時以爲清言。」鵷鷺喻朝列整肅。追班，《宋史》卷一一〇《禮志》一三載紹興三十二年六月高宗禪位孝宗之禮儀，有云：「班權退，復追班，入詣

殿下，立班。」知追班猶言補班或再班也。

又〔一〕

闌干四面山無數，供望眼①，朝與暮。好風吹雨過山來，吹盡一簾煩暑②。紗厨如霧，簟紋如水③，別有生涼處。　冰肌不受鉛華污④，更旎旎，真香聚⑤。臨風一曲最妖嬈，唱得行雲且住〔二〕⑥。藕花都放，木犀開後，待與乘鸞去⑦。

【校】

〔一〕題，《六十名家詞》本作「無題」，此從廣信書院本闕。

〔二〕「雲」，四卷本乙集作「人」。

【箋注】

①「闌干」二句，山無數，蘇舜欽《留題樊川李長官莊》詩：「門前翠影山無數，竹下寒聲水亂流。」供望眼，虞儔《姜總管相送至掃溪三十里夜雪中留別》詩：「已約好山供望眼，更煩飛雪送行

舟。」

②煩暑，釋文瑩《玉壺野史》卷八：「文瑩頃游郢中二邑，僧壁尚有公之詩，《郢城新亭》曰：『每到新亭即厭歸，野香經雨長松圍。四簷山色消煩暑，一局棋聲下翠微。』」蔡襄《九日許當世以詩見率登高》詩：「正是秋風洗煩暑，力將衰颯上高臺。」

③「紗厨」二句，紗厨如霧，《金樓子》卷四：「白鳥，蚊也。齊桓公卧於柏寢，謂仲父曰：『吾國富民殷，無餘憂矣。一物失所，寡人猶爲之悒悒。今白鳥營營，饑而未飽，寡人憂之。』因開翠紗之幬，進蚊子焉。其蚊有知禮者，不食公之肉而退。」幬一本作厨，即蚊帳也。王之道《南歌子·書所見》詞：「角簟清冰滑，紗厨薄霧涼。」簟紋如水，蘇軾《南堂五首》詩：「掃地焚香閉閤眠，簟紋如水帳如煙。客來夢覺知何處，掛起西窗浪接天。」

④「冰肌」句，蘇軾《再和楊公濟梅花十絶》詩：「洗盡鉛華見雪肌，要將真色鬥生枝。」

⑤「更旎」二句，黄庭堅《子瞻繼和復答二首》詩：「迎燕温風旎旎，潤花小雨斑斑。」按：宋元之際詞人陳深《西江月·製香》詞有「龍沫流芳旎旎，犀沉鋸屑霏霏」語。

⑥「唱得」句，《列子·湯問》：「薛譚學謳於秦青，未窮青之技，自謂盡之，遂辭歸。秦青弗止，餞於郊衢，撫節悲歌，聲振林木，響遏行雲。薛譚乃謝求反，終身不敢言歸。」注：「二人並秦國之善歌者。」

⑦「待與」句，乘鸞用蕭史弄玉事。趙嘏《代人贈别》詩：「會須攜手乘鸞去，蕭史樓臺在玉京。」温

庭筠《女冠子》詞：「早晚乘鸞去，莫相遺。」按：右詞殆贈歌者作，故以弄玉爲比也。

朝中措

九日小集，時楊世長將赴南宮〔一〕①

年年團扇怨秋風②，愁絶寶杯空〔二〕。山下卧龍丰度，臺前戲馬英雄③。

而今休也，花殘一似〔三〕，人老花同。莫怪東籬韻減，只今丹桂香濃④。

【校】

〔一〕題，四卷本丙集作「九日小集，世長將赴省」，此從廣信書院本。

〔二〕「寶」，《六十名家詞》本作「玉」。

〔三〕「一」，原作「人」，此據《六十名家詞》本改。

【箋注】

①題，南宮，宋代禮部也。《宋史》卷一五五《選舉志》：「宋之科目，有進士，有諸科，……熙寧以來，其法寖備。……禮部貢舉，設進士九經、五經、開元禮、三史、三禮、三傳、學究、明經、明法等

科，皆秋取解，冬集禮部，春考試，合格及第者，列名放榜於尚書省。」楊世長將赴行在所禮部試，九月九日距其期已近。此淳熙十六年事也。

②「年年」句，班婕妤《怨歌行》：「新裂齊紈素，皎潔如霜雪。裁爲合歡扇，團團似明月。出入君懷袖，動摇微風發。常恐秋節至，涼風奪炎熱。棄捐篋笥中，恩情中道絶。」

③「山下」二句，謂文武皆能也。卧龍見本書卷九《水龍吟・用瓢泉韻戲陳仁和兼簡諸葛元亮且督和詞》詞（被公驚倒瓢泉闋）箋注。戲馬臺亦見本書卷九《鷓鴣天・重九席上作》詞（戲馬臺前秋雁飛闋）箋注。

④「只今」句，八月九月丹桂飄香季節，亦鄉薦得解之時，故有此二句。

又①

年年黄菊豔秋風，更有拒霜紅②。黄似舊時宫額③，紅如此日芳容。　青青未老，尊前要看，兒輩平戎④。試釀西江爲壽，西江緑水無窮。

【箋注】

①題，右詞與下首詞與楊世長得解詞，皆以「年年」開頭，當爲同一時期所作，故皆次於此。

②拒霜紅，《淳熙三山志》卷四一：「拒霜，一名木芙蓉。秋開，色淡紅。一種百葉，朝開，純白，午後則漸紅如醉，謂之醉芙蓉。」

③「黄似」句，舊時宮額，見本書卷九《西江月·和楊民瞻賦牡丹韻》詞（宮粉厭塗嬌額閿）箋注。

④兒輩平戎，《世説新語·雅量》：「謝公與人圍棋，俄而謝玄淮上信至，看書竟，默然無言，徐向局。客問淮上利害，答曰：『小兒輩大破賊。』」

又〔一〕①

年年金蕊豔西風，人與菊花同。霜鬢經春重緑，仙姿不飲長紅。　焚香度日，從容笑語，儘調兒童〔二〕②。一歲一杯爲壽，從今更數千鍾。

【校】

〔一〕題，四卷本乙集題作「爲人壽」，此從廣信書院本無題。

〔二〕「焚香」三句，廣信書院本作「焚香度日儘從容，笑語調兒童」，此據文淵閣《四庫全書》本改。

【箋注】

①題，右詞與前詞似皆與一老婦人爲壽者。

②調兒童，蘇軾《和子由除夜元日省宿致齋三首》詩：「白髮門生幾人在，却將新句調兒童。」

清平樂

憶吳江賞木樨〔一〕①

少年痛飲②，憶向吳江醒。明月團團高樹影，十里水沉煙冷〔二〕③。　大都一點宮黃，人間直恁芬芳④。怕是秋天風露〔三〕，染教世界都香。

【校】

〔一〕題，四卷本丙集作「謝叔良惠木樨」，此從廣信書院本。

〔二〕「明月」二句，四卷本、《全芳備祖》前集卷一三作「明月團圓高樹影，十里薔薇水冷」。

〔三〕「秋」，四卷本作「九」。

【箋注】

①題，據四卷本詞題，右詞乃與余叔良酬答之詞，故相次編於淳熙十六年諸詞之後。據右題所云，知稼軒早年留連吴中，蓋嘗於秋天賞木樨於江上。

②少年痛飲，元稹《黄明府》詩：「少年曾痛飲，黄令苦飛觥。」

③「明月」二句，團團高樹影，李白《古朗月行》：「小時不識月，呼作白玉盤。又疑瑤臺鏡，飛在白雲端。仙人垂兩足，桂樹作團團。」水沉煙冷，水沉，香名。見陳敬《香譜》卷一《沉水香》條。蘇軾《九日舟中望見有美堂上魯少卿飲處以詩戲之》詩：「西閣珠簾卷落暉，水沉煙斷佩聲微。」曹勛《端午帖子》：「曲檻榴花絳色鮮，博山一縷水沉煙。」

④「大都」二句，大都，不過。直恁，如此。

鵲橋仙　己酉山行，書所見〔一〕①

松岡避暑，茆簷避雨，閑去閑來幾度？醉扶怪石看飛泉〔二〕，又却是前回醒處。　東家娶婦，西家歸女，燈火門前笑語。釀成千頃稻花香，夜夜費一天風露②。

【校】

〔一〕題，四卷本乙集「己酉」二字闕，此從廣信書院本。

〔二〕「怪」，四卷本作「孤」。

【箋注】

①題，己酉，即淳熙十六年。

②「釀成」二句，稻花香，許渾《晚自朝臺至韋隱居郊園》詩：「村徑繞山松葉暗，野門臨水稻花香。」一天風露，米友仁《臨江仙》詞：「一天風露重，人在玉壺清。」

菩薩蠻　送鄭守厚卿赴闕①

送君直上金鑾殿，情知不久須相見②。一日甚三秋③，愁來不自由。　九重天一笑，定是留中了④。白髮少經過，此時愁奈何？

【箋注】

①題，鄭守厚卿，據本書卷九《滿江紅·稼軒居士花下與鄭使君惜别》詞，知鄭厚卿即新衡州守鄭如崈。其於淳熙十六年四月到衡州守任，稼軒於是年春在上饒送其赴任。據右詞首聯，疑爲送鄭守赴闕辭行語。蓋鄭守於淳熙十六年秋冬被召，途經上饒，故稼軒爲之送行。《稼軒詞編年箋注》次於紹熙元年，以爲鄭如崈於淳熙十六年十二月罷衡州之後，慶元四年二月再罷知荆門軍之前八九年間所作。其罷衡州見《宋會要輯稿·職官》七二之五五：「淳熙十六年十二月二十六日，詔知衡州鄭如崈放罷。以本路漕臣奏如崈於總領所合解大軍錢米，輒憑奏檢固拒不解，於法合行給還民間之錢，輒貪利不顧，横欲拘没，故有是命。」再罷荆門軍見於《宋會要輯稿·職官》七四之二：「慶元四年二月二十四日，朝請大夫主管建寧府武夷山沖佑觀鄭如崈放罷。以臣僚言如崈昨知荆門軍，未赴，中風，其子公庠强其之官，並不出廳，凡狀牒並公庠代之，不問曲直，非錢不行。根刷坊場，監决流血，人不堪命。」據廣信書院本《菩薩蠻》次第，右詞則次於送辛祐之歸浮梁詞之後，紹熙三年仕閩以後詞之前，疑不應安排過晚。右詞或爲鄭如崈於知衡州任内被召，赴闕途中過上饒時稼軒送别，因有此詞，其時或當在淳熙十六年十二月罷知衡州之前，蓋未到行在而於途中爲言者所論，故有《宋會要輯稿》之記載也。因將右詞次於淳熙十六年秋冬之季。同調《送曹君之莊所》一詞，原次第在右詞之後，遂一併附載於此。

②「送君」二句，金鑾殿，唐殿名。《雍録》卷四《唐翰苑位置》：「三殿者，麟德殿也，一殿而有三

面，故名三殿也。……翰林院學士院皆在三殿西廊之外。其廊既爲重廊，其門必爲重門也。自翰苑穿廊而趨宣召，必由重門而入，故謂複門之召也。……寢殿既在翰苑之左，而金鑾殿又在學士院之左，則金鑾益近寢殿矣。自有金鑾殿後宣對，多在金鑾。則知其謹並寢殿矣。」情知，明知也。

③「一日」句，《詩·王風·采葛》：「一日不見，如三秋兮。」

④「九重」二句，天一笑，杜甫《能畫》詩：「每蒙天一笑，復似物皆春。」留中，守臣參見，留朝廷供職，不再任郡守。

又

送曹君之莊所①

人間歲月堂堂去，勸君快上青雲路②。聖處一燈傳〔一〕，工夫螢雪邊③。　　麯生風味惡，辜負西窗約④。沙岸片帆開，寄書無雁來⑤。

【校】

〔一〕「聖」，《六十名家詞》本作「堅」，此從廣信書院本。四卷本此首闕。

【箋注】

①題，曹君未詳，所之莊所亦未詳。

②「人間」二句，歲月堂堂去，薛能《春日使府寓懷二首》詩：「青春背我堂堂去，白髮欺人故故生。」王之道《次韻蔣守張進彦》詩：「休嗟歲月堂堂去，且喜旌麾得得來。」青雲路，《史記》卷七九《范雎蔡澤列傳》：「須賈頓首言死罪，曰：『賈不意君能自致於青雲之上。』」

③「聖處」二句，聖處一燈傳，佛教禪宗記録之書起於《景德傳燈録》。李綱《梁溪集》卷一三三《澧州夾山普慈禪院轉輪藏記》：「大迦葉以正法眼，展轉傳授，至於達摩，流通震旦，不立文字，直指心源，見性成佛。譬如一燈傳，百千燈光明相續，無有窮盡。」螢雪，《晉書》卷八三《車胤傳》：「胤恭勤不倦，博學多通。家貧，不常得油，夏月則練囊盛數十螢火以照書，以夜繼日焉。」李瀚《蒙求集注》卷上《孫康映雪》條：「《孫氏世録》曰：『康家貧無油，常映雪讀書。少小清介，交遊不雜，後至御史大夫。』」

④「麯生」二句，麯生風味惡，麯生指酒。鄭綮《開天傳信記》：「道士葉法善，精於符籙之術。……嘗有朝客數十人詣之，解帶淹留，滿座思酒。忽有人叩門，云麯秀才。法善令人謂曰：『方有朝僚，未暇瞻晤，幸吾子異日見臨也。』語未畢，有一美措，傲睨而入，年二十餘，肥白可觀，笑揖諸公，居末席。抗聲談論，援引古人，一席不測，恐聳觀之。良久暫起，旋轉，法善謂

諸公曰：『此子突入，語辯如此，豈非魑魅爲惑乎？試與諸公避之。』麴生復至，扼腕抵掌，論難鋒起，勢不可當。法善密以小劍擊之，隨手失墜於階下，化爲瓶榼，一座驚懾，遽視其所，乃盈瓶醲醞也。咸大笑飲之，其味甚嘉。座客醉而揖其瓶曰：『麴生風味，不可忘也。』」黄庭堅《醇道得蛤蜊復索舜泉舜泉已酌盡官酒不堪不敢送》詩：「商略督郵風味惡，不堪持到蛤蜊前。」西窗約，李商隱《夜雨寄北》詩：「君問歸期未有期，巴山夜雨漲秋池。何當共翦西窗燭，却話巴山夜雨時。」

⑤「寄書」句，黄庭堅《次韻答叔原會寂照房呈稚川》詩：「寄書無雁來，衰草漫寒塘。」

滿江紅

送徐撫幹衡仲之官三山，時馬會叔侍郎帥閩〔一〕①

絶代佳人，曾一笑傾城傾國②。休更歎舊時青鏡〔二〕，而今華髮③。明日伏波堂上客，老當益壯翁應説④。恨苦遭鄧禹笑人來⑤，長寂寂。　詩酒社，江山筆。松菊徑，雲煙屐⑥。怕一觴一詠⑦，風流絃絶。我夢橫山孤鶴去⑧，覺來却與君相別。記功名萬里要吾身，佳眠食⑨。

【校】

〔一〕題，廣信書院本作「送徐行仲撫幹」，此從四卷本乙集。然四卷本「會叔」二字原顛倒爲「叔會」，今徑改。

〔二〕「青」，四卷本作「清」，此從廣信書院本。

【箋注】

①題，徐衡仲，已見。撫幹，即安撫司幹辦公事官。馬會叔，即馬大同。《景定嚴州續志》卷三：「馬大同字會叔，郡人，登紹興二十四年進士第。自爲小官，即以剛介聞。改秩，除國子監簿。對便殿，上與語，輒奏不然。明日，謂宰執曰：『夜來馬大同奏對，朕與之辨論，凡不然朕説者三，氣節可喜。』由是簡知孝廟，有大用意。後每對上，輒陳恢復大計。歷中外要官，必求盡職，以洗冤澤物爲己任。所至雖遐僻，童孺無不知公名，仕至户部侍郎。」《淳熙三山志》卷二二《秩官》：「馬大同，淳熙十六年四月，以朝散大夫直顯謨閣知，五月轉朝請大夫。紹熙元年十一月，大同被召，趙汝愚以敷文閣學士中奉大夫再知。」右詞當作於淳熙十六年秋冬。三山，謂福州也。張鎡《南湖集》卷六有《送徐衡仲歸侍次福建帥屬二首》詩，中有「三年林曲喜談叢，文薦俄聞得數公。竟覓一官蓮幕下，漫添千詠錦囊中」句，知徐衡仲之入福建帥幕，非馬大同所辟。蓋其赴任時，適值其爲帥也。

②「絶代」二句，見本書卷七《滿江紅・席間和洪景盧舍人兼簡司馬漢章大監》詞（天與文章閲）箋

注。

③「休吏」二句，謝朓《冬緒羈懷》詩：「寒燈耿宵夢，清鏡悲曉髮。」杜甫《早發》詩：「僕夫問盥櫛，暮顔靦青鏡。」

④「明日」二句，《後漢書》卷五四《馬援傳》：「馬援字文淵，扶風茂陵人也。……嘗謂賓客曰：『丈夫爲志，窮當益堅，老當益壯。』……交阯女子徵側及女弟徵貳反，……於是璽書拜援伏波將軍。」按：此二句謂徐衡仲與馬會叔也。

⑤鄧禹笑人，《南史》卷二一《王融傳》：「融躁於名利，自恃人地，三十内望爲公輔。……及爲中書郎，嘗撫案歎曰：『爲爾寂寂，鄧禹笑人。』行遇朱雀桁，開路人填塞，乃搥車壁曰：『車中乃可無七尺，車前豈可乏八騶？』」按：《後漢書》卷四六《鄧禹傳》：「鄧禹字仲華，南陽新野人也。……光武即位於鄗，使使者持節，拜禹爲大司徒。策曰：『制詔，前將軍鄧禹，深執忠孝，與朕謀謨帷幄，决勝千里。孔子曰：自吾有回，門人日親。斬將破軍，平定山西，功效尤著。百姓不親，五品不訓，汝作司徒，敬敷五教，五教在寬。今遣奉車都尉授印綬，封爲酇侯，食邑萬户，敬之哉！』禹時年二十四。」

⑥「詩酒」四句，詩酒社，蘇軾《乘舟過賈收水閣收不在見其子三首》詩：「得意詩酒社，終身魚稻鄉。」江山筆，《新唐書》卷一二五《張説傳》：「爲文屬思精壯，長於碑志，世所不逮。既謫岳州，而詩益悽婉，人謂得江山助云。」松菊徑，《陶淵明集》卷五《歸去來兮辭》：「三徑就荒，松菊猶

存。」雲煙屐，《南史》卷一九《謝靈運傳》：「靈運因祖父之資，生業甚厚。奴僮既衆，義故門生數百，鑿山浚湖，功役無已。尋山陟嶺，必造幽峻。巖嶂數十重，莫不備盡登躡。常著木屐，上山則去其前齒，下山去其後齒。嘗自始寧南山伐木開徑，直至臨海，從者數百，臨海太守王琇驚駭，謂爲山賊。」

⑦一觴一詠，「一觴一詠，亦足以暢叙幽情」，王羲之《蘭亭序》中語，見《晉書》卷八○《王羲之傳》。

⑧「我夢」句，蘇軾《東坡全集》卷三三《後赤壁賦》：「時夜將半，四顧寂寥。適有孤鶴，横江東來，翅如車輪，玄裳縞衣，戛然長鳴，掠予舟而西也。須臾客去，予亦就睡。夢一道士羽衣翩躚，過臨皋之下，揖予而言曰：『赤壁之游樂乎？』問其姓名，俛而不答。嗚呼，噫嘻，我知之矣。疇昔之夜，飛鳴而過我者，非子也耶？道士顧笑，予亦驚悟。開户視之，不見其處。」

⑨「記功」二句，功名萬里，高適《送李侍御赴安西》詩：「功名萬里外，心事一杯中。」佳眠食，姜夔《絳帖平》卷四《宋太常卿孔琳書》：「得去月二示，知君所患，故爾不差，甚有幽悒。熱甚，比復何似？想已轉佳，眠食極勝也。」要，需也。

歸朝歡

寄題三山鄭元英巢經樓。樓之側有尚友齋，欲借書者就齋中取讀，書不借出〔一〕①

萬里康成西走蜀，藥市船歸書滿屋②。有時光彩射星躔，何人汗簡讎天禄③，好之寧有足④？請看良賈藏金玉。記斯文，千年未喪，四壁聞絲竹⑤。試問辛勤攜一束，何似牙籤三萬軸⑥。古來不作借人癡⑦，有朋只就雲窗讀〔二〕。憶君清夢熟。覺來笑我便便腹⑧。倚危樓，人間誰舞〔三〕，掃地八風曲⑨。

【校】

〔一〕題，四卷本丁集「三山鄭元英巢經樓」八字作「鄭元英文山巢經樓」，此從廣信書院本。

〔二〕「雲」，王詔校刊本、《六十名家詞》本、四印齋本作「芸」。

〔三〕「誰舞」，四卷本作「何處」。

【箋注】

①題，鄭元英之福州居址巢經樓、尚友齋俱無考。鄭元英於淳熙十一年與李大正同時入蜀，李大正卒於提舉茶馬任滿東歸途中，鄭元英之歸福州，最晚亦在淳熙末。稼軒應其請求，爲其二書閣賦詞，亦當不晚於紹熙初，因同《玉樓春》詞併附於淳熙十六年諸詞之後。

②「萬里」二句，萬里康成，《後漢書》卷六五《鄭玄傳》：「鄭玄字康成，北海高密人也。……通《京氏易》、《公羊春秋》、《三統曆》、《九章算術》，又從東郡張恭祖受《周官》、《禮記》、《左氏春秋》、《韓詩》、《古文尚書》，以山東無足問者，乃西入關，因涿郡盧植事扶風馬融。……玄自遊學十餘年，乃歸鄉里。」藥市，在成都，除賣藥外兼賣百貨。《説郛》卷六二趙抃《成都古今記》：「正月燈市，二月花市。……八月桂市，九月藥市。」《鐵圍山叢談》卷六：「往時川蜀俗喜行毒，而成都故事，歲以天中重陽時開大慈寺，多聚人物，出百貨，其間號名藥市者。」然古來記載，無言藥市售書者。殆以藥市代成都也。惟韓淲《澗泉集》卷四《近從校書得太玄今又得蜀本歐陽文》詩云：「本朝二百年，古文盛歐陽。……旦旦藥市游，夜夜隘巷藏。」又同書卷九《李正之丈提刑挽詞》之第二首有云：「耆舊今零落，風流近所無。歌詩到元白，字畫逼歐虞。爲約言猶在，收書德不孤。階庭知有子，慶澤自相符。」自注：「公作《墳約》，先公跋之。公在蜀收書，將爲義學。」知其時東南人士仕宦於蜀，多收其書以歸。

③「有時」二句，光彩射星躔，蔡襄《讀太平告身》詩：「綾紋金彩射星霞，潤墨新騰玉署麻。」王嘉

《拾遺記》卷六：「劉向於成帝之末，校書天禄閣，專精覃思。夜有老人着黄衣，植青藜杖，扣閣而進。見向暗中獨坐誦書，老父乃吹杖端，爛然大明，因以照向。説開闢以前事，向因受五行洪範之文，恐辭説繁廣忘之，乃裂裳及紳，以記其言。至曙而去，向請問姓名，云：『我是太一之精，天帝聞金卯之子有博學者，下而觀焉。』乃出懷中竹牒，有天文地圖之書。」汗簡讎，《後漢書》卷九四《吴祐傳》：「吴祐字季英，陳留長垣人也。父恢，爲南海太守。祐年十二，隨從到官，恢欲殺青簡以寫經書。」注：「殺青者，以火炙簡，令汗，取其青，易書，復不蠹，謂之殺青，亦謂汗簡。義見劉向《别録》也。」《太平御覽》卷六一八引《劉向别傳》：「讎校者，一人持本，一人讀折，若怨家相對，故曰讎也。」

④「好之」句，《新唐書》卷九七《魏徵傳》：「若以爲足，今不啻足矣。以爲不足，萬此寧有足邪？」

⑤「記斯」三句，斯文未喪，《論語・子罕》：「天之將喪斯文也，後死者不得與於斯文也。天之未喪斯文也，匡人其如予何？」四壁絲竹，《漢書》卷五三《景十三王傳》：「恭王初好治宫室，壞孔子舊宅，以廣其宫。聞鐘磬琴瑟之聲，遂不敢復壞，於其壁中得古文經傳。」《水經注》卷二五《泗水》條：「漢武帝時，魯恭王壞孔子舊宅，得《尚書》、《春秋》、《論語》、《孝經》。時人已不復知有古文，謂之科斗書。漢世秘之，希有見者。於時聞堂上有金石絲竹之音，乃不壞。」

⑥「試問」二句，攜一束，韓愈《示兒》詩：「始我來京師，止攜一束書。」牙籤，見本書卷八《水調歌頭・提幹李君索余賦秀野緑繞二詩》詞（文字覷天巧閔）箋注。

⑦「古來」句，李乂《資暇集》卷下：「借書，借借書籍（上子亦反，下子夜反），俗曰借一癡，借二癡，索三癡，還四癡。又按《王府新書》，杜元凱遺其子書曰：『書勿借人。古人云：古諺借書一嗤，還書二嗤。』後人更生其詞至三四，因訛爲癡，嗤笑也。」

⑧「覺來」句，《後漢書》卷一一〇《邊韶傳》：「邊韶字孝先，陳留浚儀人也。以文學知名，教授數百人。韶口辯，曾晝日假卧，弟子私嘲之曰：『邊孝先，腹便便。嬾讀書，但欲眠。』韶潛聞之，應時對曰：『邊爲姓，孝爲字。腹便便，五經笥。但欲眠，思經事。寐與周公通夢，静與孔子同意。師而可嘲，出何典記？』嘲者大慚。」

⑨「掃地」句，《新唐書》卷一〇九《祝欽明傳》：「初，后屬婚，上食禁中。帝與羣臣宴，欽明自言能八風舞，帝許之。欽明體肥醜，據地摇頭睆目，左右顧眄，帝大笑。吏部侍郎盧藏用歎曰：『是舉五經掃地矣。』」《左傳·隱公五年》：「夫舞，所以節八音而行八風。」注：「八音，金石絲竹匏土革木也。八風，八方之風也。」

玉樓春

寄題文山鄭元英巢經樓①

悠悠莫向文山去，要把襟裾牛馬汝②。遥知書帶草邊行，正在雀羅門裏住③。平生插架昌黎句，不似拾柴東野苦④。侵天且擬鳳凰巢，掃地從他鸛鵒舞⑤。

【箋注】

①題，文山，在福州侯官縣。〔乾隆〕《福州府志》卷五《侯官縣》：「象山在貴安山北，又有佛國山、火烽山、保福山、郡厲壇在焉。……北爲文山，宋隱士鄭育居此，太守黄裳訪之，壘石爲徑，榜曰文山，因名。」《侯官縣鄉土志》卷六：「文山在縣治西北九里，其水西入洪山江。……文山區無大溪浦，其山多雨後澗泉，乍流乍止，未聞以溪名者。」查黄裳於政和三年知福州，見《淳熙三山志》卷二二《太守題名》，則鄭育與之同時人。鄭元英始末雖無考，然或即鄭育之後裔也。

②「要把」句，韓愈《符讀書城南》詩：「人不通古今，馬牛而襟裾。」《五百家注昌黎文集》卷六：「襟裾，衣也。……《孟子》：『飽食暖衣，逸居而無教，則近於禽獸。』」

③「遥知」二句，書帶草，《太平廣記》卷四〇八《書帶草》條：「鄭司農常居不其城南山中教授。黄巾亂乃避，遣生徒，崔琰、王經諸賢於此揮涕而散。所居山下草如薤葉，長尺餘許，堅韌異常。時人名作康成書帶。出《三齊記》。」雀羅門，《史記》卷一二〇《汲鄭列傳贊》：「夫以汲黯之賢，有勢則賓客十倍，無勢則否，况衆人乎？下邽翟公有言：『始翟公爲廷尉，賓客闐門。及廢，門外可設雀羅。翟公復爲廷尉，賓客欲往，翟公乃大署其門曰：一死一生，乃知交情。一貧一富，乃知交態。一貴一賤，交情乃見。』汲、鄭亦云，悲夫。」鄭，鄭當時也。

④「平生」二句，插架，用韓愈詩典故。見本書卷八《水調歌頭·提幹李君索余賦秀野綠繞二詩》詞（文字覷天巧闋）箋注。拾柴，孟郊《贈崔純亮》詩：「食薺腸亦苦，强歌聲無歡。出門即有礙，誰謂天地寬。」《忽不貧喜盧仝書船歸洛》詩：「書船平安歸，喜報鄉里閭。我願拾遺柴，巢經於空虛。」《唐摭言》卷六：「郊窮餓，不得安養其親，周天下無所遇。作詩曰：『食薺腸亦苦，……誰謂天地寬。』其窮也甚矣。」東野，孟郊字也。

⑤「侵天」二句，鳳凰巢，韓愈《南山有高樹行》：「南山有高樹，花葉何衰衰。上有鳳凰巢，鳳凰乳且棲。」鸜鵒舞，《晉書》卷七九《謝尚傳》：「善音樂，博綜衆藝，司徒王導深器之，比之王戎。常呼爲小安豐，辟爲掾，襲父爵咸亭侯。始到府通謁，導以其有勝會，謂曰：『聞君能作鴝鵒舞，一坐傾想，寧有此理不？』尚曰：『佳。』便著衣幘而舞，導令坐者撫掌擊節，尚俯仰在中，傍若無人，其率詣如此。」鸜鵒即鴝鵒，鳥名，即今之八哥也。

聲聲慢

送上饒黄倅秩滿赴調〔一〕①

東南形勝，人物風流，白頭見君恨晚。便覺君家叔度，去人未遠②。長憐士元驥足，道直須別駕方展③。問箇裏，待怎生銷殺，胸中萬卷？況有星辰劍履，是傳家，合在玉皇香案④。零落新詩，我欠可人消遣。留君再三不住，便直饒萬家淚眼⑤。怎抵得，這眉間黃色一點⑥？

【校】

〔一〕題，「秩」，王詔校刊本、《六十名家詞》本、四印齋本俱作「職」，此據廣信書院本。

【箋注】

①題，上饒黃倅，信州通判黃某，其名各《廣信府志》及史籍均無考。據廣信書院本編排次第，右詞當作於稼軒寓居帶湖期間，因附於淳熙末。《稼軒詞編年箋注》以爲紹熙間洪莘之通判信州，則黃倅自應在淳熙末，恐非此理。蓋南宋時期，信州通判二員，非一員，見〔乾隆〕《廣信府志》卷九。

②「便覺」二句，君家叔度，《後漢書》卷八三《黃憲傳》：「黃憲字叔度，汝南慎陽人也。……潁川荀淑至慎陽，遇憲於逆旅，時年十四，淑竦然異之，揖與語，移日不能去。謂憲曰：『子吾之師表也。』既而前至袁閎所，未及勞問，逆曰：『子國有顏子，寧識之乎？』閎曰：『見吾叔度邪？』……同郡陳蕃、周舉常相謂曰：『時月之間，不見黃生，則鄙吝之萌復存乎心。』及蕃爲三公，臨朝歎曰：『叔度若在，吾不敢先佩印綬矣。』」去人未遠，《晉書》卷四五《郭奕傳》：「少有

重名，山濤稱其高簡有雅量。初爲野王令，羊祜常過之，奕歎曰：『羊叔子何必減郭大業？』少還復往，又歎曰：『羊叔子去人遠矣。』」

③「長憐」二句，《三國志・蜀志》卷七《龐統傳》：「龐統字士元，襄陽人也。……先主領荆州，統以從事守耒陽令，在縣不治，免官。吴將魯肅遺先主書曰：『龐士元非百里才也，使處治中别駕之任，始當展其驥足耳。』」

④「況有」三句，星辰劍履，杜甫《上韋左相二十韻》詩：「持衡留藻鑑，聽履上星辰。」鄭尚書履聲，見本書卷八《太常引・壽韓南澗尚書》詞（君王着意履聲間）箋注。劍履則謂劍履上殿，此句蓋融合二義，謂其家世有重臣也。周必大《淩閣學景夏挽詩二首》云：「劍履星辰上，風流水石間。」即此意也。玉皇香案，元稹《以州宅誇於樂天》詩：「我是玉皇香案吏，謫居猶得住蓬萊。」

⑤「便直」句，萬家淚眼，謂其受民間愛戴也。直饒，雖説，有任憑義。

⑥眉間黄色一點，韓愈《鄆城晚飲贈副使馬侍郎馮宿李宗閔二員外》詩：「城上赤雲呈勝氣，眉間黄色見歸期。」蘇軾《次韻穆父舍人再贈之什》詩：「憐我白頭來仗下，看君黄氣發眉間。」《浣溪沙・有贈》詞：「惟見眉間一點黄，詔書催發羽書忙。從教嬌淚洗紅妝。」

玉樓春

席上贈别上饒黄倅。巃嵸，雨巖堂名。通判雨，當時民謡。吏垂頭，亦渠攝郡時事〔一〕①

往年巃嵸堂前路，路上人誇通判雨②。去年拄杖過瓢泉，縣吏垂頭民歎語〔二〕。學窺聖處文章古③，清到窮時風味苦。尊前老淚不成行④，明日送君天上去。

【校】

〔一〕題，四卷本乙集作「席上爲黄倅賦」，此從廣信書院本。「巃嵸」以下諸語，王詔校刊本、《六十名家詞》本俱闕，四印齋本移詞後爲小注。

〔二〕「歎」，四卷本作「笑」。

【箋注】

①題，「巃嵸」以下，皆爲題下注語。巃嵸堂在永豐博山雨巖，當爲稼軒所命名，書册無載。通判雨，吏垂頭，爲黄倅在任時愛民及整肅吏政之政績。考淳熙末年，信州闕守，黄倅當暫代郡政，故爲吏民所推戴如此，上闋《聲聲慢》詞亦有「萬家淚眼」語，惜地方志及諸書全無記載。

②通判雨，謂所沾通判雨露之恩也。吕祖謙《詩律武庫》後集卷一〇《御史雨》条：「唐顔真卿，開元中遷監察御史，使河隴。時五原有冤獄，久不决，天且旱。真卿辯獄而雨，郡人呼爲御史雨。」通判雨意同此。

③「學窺」句，楊時《龜山集》卷二五《送吴子正序》：「自漢迄唐千餘歲，而士之名能文者，無過是數人。及考其所至，卒未有能倡明道學、窺聖人閫奥如古人者。」

④老淚不成行，沈遘《道中見新月寄内》詩：「行行見新月，淚下不成行。」

水調歌頭

送楊民瞻①

日月如磨蟻，萬事且浮休②。君看簷外江水，滚滚自東流〔一〕③。風雨瓢泉夜半，花草雪樓春到，老子已菟裘④。歲晚問無恙，歸計橘千頭⑤。　夢連環，歌彈鋏，賦登樓⑥。黄雞白酒〔二〕，君去村社一番秋⑦。長劍倚天誰問？夷甫諸人堪笑，西北有神州⑧。此事君自了，千古一扁舟⑨。

【校】

〔一〕「滚滚」，廣信書院本原作「衮衮」，此據《六十名家詞》本改。

〔二〕「雞」，《六十名家詞》本作「鶴」，此從廣信書院本。

【箋注】

①題，右詞題僅有「送楊民瞻」四字，未言其何以別去。然詞中用李白入京詩「黄雞白酒」典故，疑爲送楊民瞻入行在參加禮部試所作。蓋爲淳熙十六年冬季事。明年即紹熙元年爲禮部試之年，故稼軒送其赴試時多用關心天下大事鼓勵進取之語。惜上饒地方志不載宋代舉人，未能考知其名耳。

②「日月」二句，日月如磨蟻，《晉書》卷一一《天文志》：「《周髀》家云：天圓如張蓋，地方如棋局。天旁轉如推磨而左行，日月右行，隨天左轉，故日月實東行而天牽之以西没，譬之於蟻行磨石之上，磨左旋而蟻右去，磨疾而蟻遲，故不得不隨磨以左迴焉。」邵雍《皇極經世一元吟》詩：「天地如蓋軫，覆載何高極。日月如磨蟻，往來無休息。」浮休，《莊子·刻意》：「其生若浮，其死若休。」注：「泛然無所惜也。」

③「君看」二句，李白《送別》詩：「雲帆望遠不相見，日暮長江空自流。」蘇軾《次韻前篇》詩：「長

江滚滚空自流，白髮紛紛寧少借。」

④「老子」句，《左傳·隱公十一年》：「冬十月，鄭伯以虢師伐宋，壬戌，大敗宋師，以報其入鄭也。……羽父請殺桓公，將以求大宰。公曰：『爲其少故也，吾將授之矣。使營菟裘，吾將老焉。』羽父懼，反譖公於桓公而請弑之。十一月壬辰，羽父使賊弑公，立桓公。」注：「菟裘，魯邑，在泰山梁父縣南，不欲復居魯朝，故别營外邑。」吕祖謙《左氏博議》卷三：「將之一字，是隱公貪慕顧惜之心形於言者也。當授即授，何謂將授？當營即營，何謂將營？投機之會，間不容髮，豈容有所謂將者耶？此所以招羽父之侮，起桓公之疑，而迄至於殺其身也。隱公遜國之義心如此之明，迹如此之顯，秋毫不盡，遽受大禍。」

⑤橘千頭，見本書卷七《水調歌頭·舟次揚州和楊濟翁周顯先韻》詞（落日塞塵起闋）箋注。

⑥「夢連」三句，夢連環，見本書卷九《江神子·和陳仁和韻》詞（玉簫聲遠憶驂鸞闋）箋注。歌彈鋏，見本書卷七《滿江紅》（漢水東流闋）箋注。賦登樓，見本書卷六《水調歌頭》（落日古城角闋）箋注。

⑦「黄雞」二句，黄雞白酒，李白《南陵别兒童入京》詩：「白酒新熟山中歸，黄雞啄黍秋正肥。呼童烹雞酌白酒，兒女歌笑牽人衣。」一番秋，吕本中《乾元副寺欲還雲門》詩：「溪山往時夢，江海一番秋。」

⑧「長劍」三句，長劍倚天，《藝文類聚》卷一九宋玉《大言賦》：「方地爲車，圓天爲蓋，長劍耿介倚

天外。」夷甫諸人，見本書卷八《水龍吟·甲辰歲壽韓南澗尚書》詞（渡江天馬南來闋）箋注。西北有神州，史正志《新亭》詩：「龍盤虎踞阻江流，割據由來起仲謀。從此但誇佳麗地，不知西北有神州。」餘參本書卷九《滿江紅·送信守鄭舜舉被召》詞（湖海平生闋）箋注。

⑨「此事」二句，君自了，《晉書》卷四三《山濤傳》：「鍾會作亂於蜀，而文帝將西征，時魏氏諸王公並在鄴，帝謂濤曰：『西偏吾自了之，後事深以委卿。』」了，了斷也。千古一扁舟，范蠡載西子五湖之歸舟也。見本書卷七《破陣子·爲范南伯壽》詞（擲地劉郎玉斗闋）箋注。

又①

簪履競晴晝，畫戟插層霄②。紅蓮幕底風定③，香霧不成飄。螺髻梅妝環列，鳳管檀槽交奏，回雪舞纖腰〔一〕④。觴酒蕩寒玉，冰頰醉江潮。　頌豐功，祝難老，沸民謠。曉庭梅蕊初綻，定報鼎羹調⑤。龍衮方思勳舊，已覆金甌名姓，行看紫泥褒⑥。重試補天手，高插侍中貂⑦。

【校】

〔一〕「舞」，原作「無」，據詞律徑改。

【箋注】

①題，右詞僅見於影印本《詩淵》第四六二一頁，無題。據詞意，當是祝壽之作，其人一度嘗爲近臣，故稼軒冀其「重試補天手，高插侍中貂」。雖所壽何人無考，然推其時間，當在孝宗朝，因附於淳熙末所作同調詞之後。

②「簪履」二句，簪履，《舊唐書》卷九一《桓彦範傳》，謂其則天時上疏論張昌宗，有「昌宗無德無才，謬承恩寵，自宜粉骨碎肌，以答殊造，豈得苞藏禍心，有此占相？陛下以簪履恩，久不忍加刑」語。《却掃編》卷下亦有「陛下聖心仁厚，天縱慈明，豈有股肱近臣，簪履舊物，肯忘軫惻，常俾流離，但恐一二執政之臣，記其往事，嫉之太甚」語，則簪履代指近臣也。畫戟，謂官高，立戟於私第。《新唐書》卷一五九《盧坦傳》：「舊制，官階勳俱三品，始聽立戟。」

③紅蓮幕，《南史》卷四九《庾杲之傳》：「庾杲之字景行，新野人也。……王儉謂人曰：『昔袁公作衛軍，欲用我爲長史，雖不獲就，要是意向如此，今亦應須如我輩人也。』乃用杲之爲衛將軍長史。安陸侯蕭緬與儉書曰：『盛府元僚，實難其選。庾景行泛渌水，依芙蓉，何其麗也？』時人以入儉府爲蓮花池，故緬書美之。」

④「螺髻」三句，螺髻見本書卷六《水龍吟·登建康賞心亭》詞（楚天千里清秋闕）箋注。梅妝，見本書卷九《洞仙歌·紅梅》詞（冰姿玉骨闕）箋注。樂器有雙鳳管。檀槽，指琴瑟琵琶等絃樂。回

雪舞，釋文瑩《玉壺野史》卷四：「朱台符，眉州人，……凡有所作文字，其雕篆皆類於賦，章疏歌曲亦然。……嘗爲數闋，其略曰：『歌遏雲兮慘容，舞迴雪兮腰一搦。』」温庭筠《鴻臚寺有開元中錫宴堂樓臺池沼雅爲勝絶荒涼遺趾僅有存者偶成四十韻》詩：「縈盈舞回雪，宛轉歌繞梁。」

⑤鼎羹調，《尚書·説命》：「若作和羹，爾惟鹽梅。」釋貫休《酬韋相公見寄》詩：「鹽梅金鼎美調和，詩寄空林問訊多。」

⑥「龍衮」三句，龍衮，天子所服。覆金甌，見本書卷九《水調歌頭·慶韓南澗尚書七十》詞（上古八千歲闋）箋注。紫泥褒，衛宏《漢官舊儀》卷上：「皇帝六璽，皆白玉螭虎紐。……皆以武都紫泥封青布囊，白素裏，兩端無縫，尺一板中約署。」

⑦「重試」二句，補天，見本書卷六《滿江紅·建康史帥致道席上賦》詞（鵬翼垂空闋）箋注。侍中貂，《後漢書》卷四〇《輿服志》：「武冠一曰武弁大冠，諸武官冠之。侍中、中常侍加黄金璫，附蟬爲文，貂尾爲飾，謂之趙惠文冠。胡廣説曰：『趙武靈王效胡服，以金璫飾首，前插貂尾，爲貴職。秦滅趙，以其君冠賜近臣。』」

尋芳草　調陳莘叟憶内〔一〕①

有得許多淚，更閑却許多鴛被〔二〕。枕頭兒放處都不是，舊家時怎生睡②？　更也没書來，那堪被雁兒調戲？道無書却有書中意，排幾箇人人字③。

【校】

〔一〕調題，調，四卷本作「王孫信」，當是此調另名。題，王詔校刊本、《六十名家詞》本、四印齋本「調」作「嘲」，四卷本作「莘」作「萃」，此據廣信書院本。

〔二〕「更」，四卷本作「又」。

【箋注】

①題，陳莘叟，名無考。陳傅良《止齋集》中多與莘叟唱和之作。《止齋集》卷八有《己未生朝謝莘叟兄送梅》詩、《晚移舟塘次值風而回莘叟兄有詩次韻》詩、《和莘叟兄詠張子房韻》詩，《謝送梅》詩：「無歲探梅不恨遲，緝齋今送兩三枝。」據知莘叟自號緝齋。《晚移舟塘》詩：「經春屏跡

與誰同，苦雨衣篝亦自烘。方此欲爲官況事，依然不值世情風。蒙茸水國蒲荷蕩，馥郁田家橘柚叢。最是一年行樂處，翻成咄咄坐書空。」同書卷四〇有《送蕃叟弟移江西撫幹分韻詩引》，有云：「蕃叟入江西幕，同餞者十人。林宗、易自牧、沈仲一、徐一之、朱穀叔及之、黄敬之、余兄莘叟，分韻賦詩，某亦在分中，又爲之引。」據此，似陳莘叟爲陳傅良之同族兄，或亦爲温州瑞安人，平生未仕。沈遼《雲巢編》卷三有《奉簡莘叟》詩、《戲贈莘叟明之》詩，自注：「莘叟姓陳，明之姓張。」時代不同，此當是另外一人。稼軒詞《尋芳草》僅一首，收入四卷本乙集，其作年最晚當在紹熙前後，故編次於此。

②舊家時，舊時也。柳永《小鎮西》詞：「夜來魂夢裏，尤花殢雪。分明似舊家時節。」李清照《南歌子》詞：「舊時天氣舊時衣，祇有情懷不似舊家時。」

③人人，心愛人也。歐陽修《蝶戀花》詞：「翠被雙盤金縷鳳，憶得前春，有箇人人共。」

虞美人

壽趙文鼎提舉〔一〕①

翠屏羅幕遮前後，舞袖翻長壽。紫髯冠佩御爐香，看取明年歸奉萬年觴②。今宵池上蟠桃席，咫尺長安日③。寶煙飛焰萬花濃，試看中間白鶴駕仙風④。

【校】

〔一〕題，四卷本乙集作「趙文鼎生日」，此從廣信書院本。

【箋注】

①題，趙文鼎名善扛，見本書卷八《蝶戀花·用趙文鼎提舉送李正之提刑韻送鄭元英》詞（莫向樓頭聽漏點闋）箋注。右詞作於紹熙元年初。詳考見下首詞。

②「紫髯」二句，紫髯冠佩，李白《司馬將軍歌》：「紫髯若戟冠崔嵬，細柳開營揖天子。」歸奉萬年觴，《後漢書》卷七七《班超傳》：「臣超區區，特蒙神靈，竊冀未便僵仆，目見西域平定，陛下舉萬年之觴，薦勳祖廟，布大喜於天下。」劉攽《中山詩話》：「自唐以來，試進士詩號省題。近年能詩者，亦時有佳句。……滕甫《西旅來王》云：『寒日邊聲斷，春風塞草長。傳聞漢都護，歸奉萬年觴。』」

③「今宵」二句，池上，此池指瑶池，亦借指趙善扛所居。〔嘉靖〕《廣信府志》卷四《上饒縣》：「南池，在城南，相傳爲州學之泮池，廣一里許，有菱蓮可愛。起居舍人王洋、曾逮、通判趙不慳、趙善扛嘗築以居，有古亭、新亭、荷池、南峰、半僧寮、水村等號，品題甚富。」據知趙善扛居於南池。趙蕃《章泉稿》卷一《憶趙蘄州文鼎》詩：「李今作州大如斗，公更蘄春方待守。幾宵春雨落連

明，南池水滿春草生。」可證，故喻以瑶池。長安日，用日近長安遠典故，可參本卷《鵲橋仙·和范廓之送祐之弟歸浮梁》詞（小窗風雨闋）箋注。

④「寶煙」二句，疑所寫爲上元日之火樹煙花。

又

送趙達夫〔一〕①

一杯莫落他人後〔二〕，富貴功名壽。胸中書傳有餘香，看寫蘭亭小字記流觴〔三〕②。　問誰分我漁樵席③？江海消閑日。看君天上拜恩濃〔四〕，却怕畫樓無處着春風〔五〕。

【校】

〔一〕題，廣信書院本原作「用前韻」，此從四卷本乙集改。

〔二〕「他」，四卷本作「吾」。

〔三〕「看寫」，王詔校刊本「看」字闕，《六十名家詞》本、四印齋本作「寫得」。

〔四〕「君」，廣信書院本原作「看」，此從四卷本改。

〔五〕「却怕」句，四卷本「怕」作「恐」，「春」作「東」。

【箋注】

①題，趙達夫，袁燮《絜齋集》卷一八《運判龍圖趙公墓志銘》：「公諱充夫，字可大，魏悼王之七世孫也。始名達夫，字兼善，孝宗爲更其名，公併字易焉。……考諱彦孟，朝散大夫，贈金紫光禄大夫。……自中原俶擾，金紫公避地婺源，娶都督孟公庾之女，遂從外舅寓居於信之鉛山。……以金紫蔭補官，主永福簿。丁父憂，服除，調太和丞，監青龍鎮，辟涔水檢踏官，知宜興縣，簽書淮南軍節度判官。知新喻縣，通判湖州。守臨汀、嘉禾、吴興三郡。奉祠。起知道州，辭不赴，仍賦祠禄。擢提舉淮東常平茶鹽公事，直秘閣福建轉運判官。告老，進直敷文閣，與祠。再告老，陞龍圖閣致其仕。」右詞送趙達夫知汀州時作。《永樂大典》卷七八九三汀字韻引《臨汀志》之《郡守題名》：「趙充夫，紹熙元年四月二十七日，以朝散郎。三年五月二十一日，知秀州。」右詞末句有「無處着春風」語，知即在紹熙元年春送其赴任時。或在赴任前召赴行在，故又有「看君天上拜恩濃」語也。《稼軒詞編年箋注》於此詞《編年》中考云：「疑當作於淳熙十二三年。……淳熙十一年冬有『用趙文鼎提舉送李正之提刑韻送鄭元英』之《蝶戀花》，右三詞當作於其後。但韓元吉卒於淳熙十四年夏，而《南澗甲乙稿》卷五有挽趙文鼎之七律一首，知趙文鼎之卒必在十四年之前，故約略推定其作年如上。《永樂大典》本《臨汀志》謂趙充夫於紹熙元年四月二十七日以朝散郎知汀州，三年五月二十五日除秀州，均不在淳熙年内，則此中送趙充夫之一首，殆爲送其赴湖州通判任而作也。」此長考，因韓元吉所作挽趙文鼎之詩，乃是挽趙

文鼎之父，詳考已見於本書卷八《蝶戀花·用趙文鼎提舉送李正之提刑韻送鄭元英》詞（莫向樓頭聽漏點闋）之箋注。舉證既誤，結論難信。趙文鼎非卒於淳熙間，乃不易之結論，則鄧先生所考已失去依據，知所謂右詞作於淳熙間，爲送其通判湖州之説皆不能成立。因依其時序確定爲送其知汀州時所作，即在紹熙元年正二月耳。

②「看寫」句，看，待也。王羲之《蘭亭序》作於暮春，此句喻指趙達夫到任之時間。

③「問誰」句，分席，任廣《書叙指南》卷九：「流杯讌曰引池分席。」《古今合璧事類備要》前集卷五四《與奴分席》條：「任安、衛將軍舍人過平陽主家，主家設食，與騎奴同席而食，安拔佩刀，斷席別坐。」按：此條記事出於《史記》卷一〇四《田叔列傳》所附褚先生記事中。周紫芝《歸陂北用斜川韻》詩：「屢争漁樵席，共守狐鼠丘。」

又①

夜深困倚屏風後，試請毛延壽②。寶釵小立白翻香③，旋唱新詞猶誤笑持觴。四更山月寒侵席④，歌舞催時日。問他何處最情濃，却道小梅搖落不禁風。

【箋注】

①題，右詞無題，疑爲贈席上歌女者。

②毛延壽，《西京雜記》卷二：「畫工有杜陵毛延壽，爲人形醜好老少，必得其真。」

③「寶釵」句，蘇軾《翻香令》詞：「金爐猶暖麝煤殘，惜香更把寶釵翻。重聞處，餘熏在，這一番氣味勝從前。」謂用寶釵翻香。高觀國《霜天曉角》詞亦云：「爐煙浥濕，花露蒸沉液。不用寶釵翻炷，閑窗下，嫋輕碧。」

④「四更」句，見本書卷九《生查子·山行寄楊民瞻》詞（昨宵醉裏行闋）箋注。

又

賦荼蘼①

羣花泣盡朝來露，争怨春歸去〔一〕。不知庭下有荼蘼，偷得十分春色怕春知。　淡中有味清中貴，飛絮殘紅避〔二〕。露華微浸玉肌香〔三〕，恰似楊妃初試出蘭湯②。

【校】

〔一〕「怨」，四卷本乙集作「奈」，此從廣信書院本。

〔二〕「紅」，四卷本作「英」。

〔三〕「浸」，四卷本作「滲」。

【箋注】

①題，右詞廣信書院本次第，置於壽趙文鼎詞之前，然所賦荼蘼，荼蘼春末開。因次於壽字韻三首之後。

②「露華」二句，白居易《白氏長慶集》卷一二《長恨歌》所附陳鴻撰《長恨歌傳》：「上心忽忽不樂，時每歲十月，駕幸華清宮，内外命婦，熠燿景從。浴日餘波，賜以湯沐，春風靈液，淡蕩其間。上心油然，若有顧遇。左右前後，粉色如土。詔高力士潛搜外宮，得弘農楊玄琰女於壽邸。既笄矣，鬒髮膩理，纖穠中度，舉止閑冶，如漢武帝李夫人。別疏湯泉，詔賜澡瑩。既出水，體弱力微，若不任羅綺，光彩煥發，轉動照人，上甚悦。」《楚辭·九歌·雲中君》：「浴蘭湯兮沐芳，華采衣兮若英。」

浣溪沙

黄沙嶺①

寸步人間百尺樓〔一〕，孤城春水一沙鷗②。天風吹樹幾時休③？　突兀趁人山石狠④，朦朧避路野花羞。人家平水廟東頭⑤。

【校】

〔一〕「尺」，《六十名家詞》本作「十」，此從廣信書院本。

【箋注】

①題，黃沙嶺，〔乾隆〕《上饒縣志》卷二《山川》載：「黃沙嶺，在縣西四十里乾元鄉。高可十五里，邑境皆可俯視。」陳文蔚《克齋集》卷一〇《游山記》：「嘉定己巳秋九月，傅巖叟拉予與周伯輝，踐傅巖之約。癸巳，巖叟、伯輝發鉛山之東洋，予自水北往會於千田原歸福庵，因止宿焉。……乙未，朝雨不止且驟，二人者趣傅巖之意甚急，予以詩留之，巖叟和答，復有詩惠贈，日且午，豁然開霽，飯僕不及，二人亟命駕，不可遏矣。予遂趣而從之，度北岸橋，過黃沙辛稼軒之書堂，感物懷人，凝然以悲。入隱將峽。」黃沙嶺在北岸橋之北，與北岸橋南之稼軒書堂非在一地。右詞及下首《漫興作》在同調中作年甚早，廣信書院本皆置於仕宦七閩諸作之前，因次於紹熙元年春間諸作中。

②「寸步」二句，寸步、百尺樓，盧照鄰《昇之集》卷四《獄中學騷體》賦：「風嫋嫋兮木紛紛，凋落葉

兮吹白雲。寸步千里兮不相聞，思公子兮日將曛。」李商隱《安定城樓》詩：「迢遞高城百尺樓，緑楊枝外盡汀洲。」百尺樓當用陳元龍高卧故典，可參本書卷六《水龍吟・登建康賞心亭》詞（楚天千里清秋闋）箋注。一沙鷗，杜甫《旅夜書懷》詩：「飄零何所似，天地一沙鷗。」按：前引《縣志》既謂登黄沙嶺，邑境可俯視，則此二句蓋寫稼軒登黄沙嶺頭，北望信州城所得印象及感悟。今登嶺北望，上饒猶歷歷在目也。

③天風吹樹，王安石《雙廟》詩：「北風吹樹急，西日照窗涼。」蘇軾《絶句三首》詩：「天風吹月入闌干，烏鵲無聲夜向闌。」

④「突兀」句，杜甫《青陽峽》詩：「突兀猶趁人，及兹歎冥漠。」趁人，謂逐人也。蘇軾《僧清順新作垂雲亭》詩：「路窮朱欄出，山破石壁狠。」按：此行走於五里黄沙嶺山路中所見，野花遍地，突兀而至之山石時見，今猶如此，予追蹤稼軒遺跡，嘗親歷其地也。

⑤平水廟，（嘉靖）《鉛山縣志》卷一二：「平水廟，在鉛山縣治東。劉煇記：『浮江而南，山腹水湑，古藤老木之下，率有祀祠，豈習俗習神而山魔木妖，因而憑狀沿人禍福以爲靈邪？……今南方平水者，亦廟而王之，不知是神能如山嶽河海以利民邪，抑不知止如魔妖沿禍福以爲靈邪？……鉛山邑北五里有廟處山之巔，則所謂平水王廟，興於天聖庚午中，乃伯父正國，因是神求祠於夢而諾之，寤而不欺神，乃市材僦匠而大其宇。章君友直伯益題其榜，家一祝以嚴其掌，植竹木以翼其旁，吾伯父於是神也，亦周矣哉！嘉祐丁酉秋七月煇自京師還，伯父命記其

事，讓不克已，謹識其所始云。』」按：平水王廟，江東兩浙皆有之，蓋祀大禹也。《至順鎮江志》卷八：「平水大王廟，在京峴山。舊傳王爲后稷庶子，佐禹平水至會稽，誨人浚道，後祀之。至宋，胡文恭宿請登祀典。或云：禹平水土而人祠之，未詳也。」《鉛山縣志》所載，此鉛山平水廟。上饒之廟，地方志未載。黄沙嶺上原有祀廟，今遺址猶存，鄉人在此另建神廟，其地應即宋之平水廟址也。

又 漫興作〔一〕①

未到山前騎馬回，風吹雨打已無梅。共誰消遣兩三杯？一似舊時春意思，百無是處老形骸〔二〕。也曾頭上戴花來〔三〕②。

【校】

〔一〕題，廣信書院本原闕，此據四卷本乙集補。

〔二〕「是」，《六十名家詞》本作「事」。

〔三〕「戴」，四卷本作「帶」。

【箋注】

①題，廣信本右詞列於同調詞之首，其次即黄沙嶺一詞，因知二詞當皆紹熙間經行黄沙道中所賦，因次於此。

②「一似」三句，宋制，春秋季仲及聖節、郊祀、籍田禮畢，凡國有大慶皆大宴，羣臣戴花，酒三行而後方退。見《宋史》卷一一三《禮志》。此憶及仕宦時節也。一似，謂僅如也。一似與下句百無對舉亦可知。

鷓鴣天

黄沙道中即事〔一〕①

句裏春風正剪裁，溪山一片畫圖開②。輕鷗自趁虚船去③，荒犬還迎野婦回。　松共竹〔二〕，翠成堆，要擘殘雪鬥疏梅④。亂鴉畢竟無才思⑤，時把瓊瑶蹴下來。

【校】

〔一〕題，四卷本丙集「即事」二字闕，此從廣信書院本。

〔二〕「松共」，四卷本作「松菊」。

【箋注】

①題，右詞作年亦無考，廣信書院本次第亦在瓢泉諸作之前，故次於《浣溪沙・黄沙嶺》詞後。

②「句裏」二句，句裏，宋人口語，謂言語裏、詩句中。《五燈會元》卷一四《明州天童宏智正覺禪師》條：「師曰：『石女喚回三界夢，木人坐斷六門機。』乃曰：『句裏明宗則易，宗中辨的則難。』」同書卷一五《婺州西塔顯殊禪師》條：「上堂：黄梅席上數如麻，句裏呈機事可嗟。」剪裁，謂安排也。蘇軾《吉祥寺花將落而述古不至》詩：「今歲東風巧剪裁，含情只待使君來。」《獨醒雜志》卷四：「汪彦章爲豫章幕官，一日，會徐師川於南樓，問師川曰：『作詩法門當如何入？』師川答曰：『即此席間杯棬果蔬，使令以至目力所及，皆詩也。君但以意剪裁之，馳驟約束，觸類而長，皆當如人意。切不可閉門合目，作鐫空忘實之想也。』」畫圖開，蘇軾《次韻子由書王晉卿畫山水二首》詩：「賴我胸中有佳處，一尊時對畫圖開。」

③「輕鷗」句，晁補之《次韻答葉學古》詩：「翻然搖兩槳，下上逐輕鷗。」虚船，《莊子・達生》：「方舟而濟於河，有虚船來觸舟。」

④「松共」三句，此謂松竹擎雪，要與疏梅争奇比豔。鬥仍應作比解。

⑤無才思，韓愈《晚春》詩：「楊花榆莢無才思，惟解漫天作雪飛。」

水龍吟

盤園任帥子嚴，掛冠得請，取執政書中語，以高風名其堂。來索詞，爲賦《水龍吟》。薌林，侍郎向公告老所居，高宗皇帝御書所賜名也，與盤園相並云〔一〕①

斷崖千丈孤松，掛冠更在松高處。平生袖手，故應休矣，功名良苦②。笑指兒曹，人間醉夢，莫嗔驚汝③。問黄金餘幾？旁人欲説，田園計〔二〕，君推去④。歎息薌林舊隱〔三〕，對先生竹窗松户⑤。一花一草，一觴一詠，風流杖屨⑥。野馬塵埃，扶摇下視，蒼然如許⑦。恨當年《九老圖》中，忘却畫〔四〕，盤園路⑧。

【校】

〔一〕題，廣信書院本作「盤園任子嚴安撫掛冠得請，客以高風名其堂，書來索詞，爲賦」。此從四卷本乙集改。

〔二〕「計」，《六十名家詞》本作「記」，此從廣信書院本。

〔三〕「林」，《六十名家詞》本此字在末句「盤園」之後。

〔四〕「畫」，《六十名家詞》本作「花」。

【箋注】

①題，任帥子嚴，名詔，原上蔡人，南渡後退居臨江軍清江縣。本書卷一《和任帥見寄之韻三首》詩有箋注。盤園，任詔在清江居所名。〔同治〕《臨江府志》卷四謂任詔「退居清江，築圃於富壽岡之旁，扁曰盤園，堂曰高風」。同志卷二二《清江》載：「章山，晉羅浮道人章昉修真於此，故名，又曰富壽岡，宋郡守王師心得碑於此，始知古名富壽云。」按：富壽岡在城内府署西，爲郡之鎮山。見〔嘉靖〕《臨江府志》卷三。周必大《益國文忠公集》卷一六九《泛舟遊山録》載：「乾道三年十一月戊子，早至軍學，觀石刻，赴李守會。軍治據富壽岡，後園有清江臺，對閣皁山。山雖小，頗類康廬，江心又有蕭渚。晚别任子嚴，同遊盤園，飲於喜歸堂。」范成大《驂鸞録》亦載：「乾道九年閏正月十二日，風駛，盡帆力，舟如飛。宿臨江軍。……十三日，登富壽堂。城西有富壽岡盤繞，郡治以此爲形勝，因以名堂。……十四日，將登陸，家屬已行，獨冒微雨，遊薌林及盤園。薌林，故户部侍郎向公伯恭所作，本負郭平地，舊亦人家阡隴，故多古木修篁，廳事及薌林堂，皆爲樾蔭所遍，森然以寒。……盤園者，前湖南倅任詔子嚴所居，去薌林里許。其始，酒家之後有古梅盤結如蓋，可覆一畝，枝四垂，以木架之，如坐大酴醿下。子嚴以爲天生尤物，未買得之時，薌林尚無恙，亦極歎賞，勸子嚴作淩雲閣以瞰之，迄今方能鳩工。梅後坡壠畇畇，子嚴悉進築焉。地廣過薌林，種植大盛，桂徑梅坡，極其繁蕪，但亦乏水。當窪下處作池，積雨水而已。」向子諲字伯恭，神宗欽聖憲肅皇后向氏再從侄，紹興間以議迎金使忤秦檜，致仕家居清

江十五年，所居號薌林。《宋史》卷三七七有傳。任詔掛冠得請時間，因其墓志銘不存，故未能準確考知。僅知其淳熙八年十月，以臣僚論列，罷新知台州，見《宋會要輯稿・職官》七二之三一。其申乞致仕，必在其後。而《益國文忠公集》卷一八《跋臨江軍任詔盤園高風堂記》載：「清江，江西一支郡耳，而士大夫未至者，必問向氏薌林如何，任氏盤園如何。……任侯子嚴出於名家，自少年已負雋聲，下筆輒數百言。位官所至辨治，蓋嘗親炙向公，不但慕藺相如於後世也。惟其才高志大，不肯少下人，以是屢起屢仆，在官之日少，閑居之日多。……數上書致仕，予頃在榻前，明言其才，願勿聽所請，仍畀祠禄，待他日之用，天子然之。而侯必欲希蹤向公，懇請勿已。後二年，竟伸其志，是可貴也。……紹熙改元二月既望。」周必大於淳熙十四年二月任右丞相，十六年二月光宗即位後，於五月罷左丞相，見《宋史》卷三五《孝宗紀》三及卷三六《光宗紀》。任詔於周必大在位時申乞掛冠不允，其罷相後始遂其志，則右題所謂「掛冠得請」，必在紹熙元年。《稼軒詞編年箋注》次此詞於淳熙十三四年左右，當誤。若果如此，則右題中「取執政書中語」之執政，當即紹熙元年之參知政事葛邲及胡晉臣二人之一，以與稼軒皆非故交，僅稱其官而不名。薌林爲高宗御書，李幼武《宋名臣言行録》別集上卷一一《向子諲》：「每入覲，皆求歸，上高之，親書『薌林』二字以賜。」

②「平生」三句，袖手，見本書卷九《念奴嬌・雙陸和陳仁和韻》詞（少年横槊闋）箋注。良苦，《漢書》卷五四《李陵傳》：「咄，少卿良苦！」注：「言甚勞苦。」

③莫嗔驚汝，盧仝《村醉》詩：「昨夜村飲歸，健倒三四五。摩挲青莓苔，莫嗔驚著汝。」

④「問黄」四句，《漢書》卷七一《疏廣傳》：「廣既歸鄉里，日令家共具設酒食，請族人故舊賓客與相娱樂。數問其家金餘尚有幾所，趣賣以共具居。歲餘，廣子孫竊謂其昆弟老人廣所愛信者曰：『子孫幾及君時，頗立産業基阯，今日飲食費且盡，宜從丈人所勸，説君買田宅。』老人即以閑暇時爲廣言此計，廣曰：『吾豈老誖，不念子孫哉？顧自有舊田廬，令子孫勤力其中，足以共衣食，與凡人齊。今復增益之，以爲贏餘，但教子孫怠墯耳。賢而多財，則損其志；愚而多財，則益其過。且夫富者衆之怨也，吾既亡以教化子孫，不欲益其過而生怨。又此金者，聖主所以惠養老臣也。故樂與鄉黨宗族共饗賜，以盡吾餘日，不亦可乎？』」

⑤竹窗松户，李嘉祐《與從弟正字從兄兵曹宴集林園》詩：「竹窗松户有佳期，美酒香茶慰所思。」

⑥「一花」三句，一花一草，梅堯臣《依韻和孫待制新栽竹》詩：「一花一草公休詠，慣作蘭臺侍從詩。」一觴一詠，《晉書》卷八〇《王羲之傳》引《蘭亭序》：「一觴一詠，亦足以暢叙幽情。」風流杖屨，釋道潛《喜不羣不疑見訪》詩：「山中爽氣知多少，半逐風流杖屨來。」

⑦「野馬」三句，《莊子·逍遥遊》：「野馬也，塵埃也，生物之以息相吹也。天之蒼蒼，其正色耶？其遠而無所至極耶？其視下也，亦若是則已矣。」

⑧「恨當」三句，《新唐書》卷一一九《白居易傳》：「自號醉吟先生，爲之傳。暮節惑浮屠道尤甚，至經月不食葷，稱香山居士。嘗與胡杲、吉旼、鄭據、劉真、盧真、張渾、狄兼謨、盧貞燕集，皆高

年不事者，人慕之，繪爲《九老圖》。」

【附録】

項安世平甫詩

高風臺歌

臺之高不知其幾仞兮，但見燕雀仰視如冥鴻。風之來兮不知其幾里兮，但見南海北海聲逢逢。我時醉卧洞庭之北巴山東，耳邊澒洞呼洶怖殺儂。起來欠伸拍鴻蒙，問誰作此狡獪變化驚盲聾？乃是清江江上盤園翁。翁本自與時人同，袍帶靴笏從兒童。亦嘗受牒作小史，亦嘗建纛稱元戎。偶然興盡自返盤園中，意行倦止由心胸，豈與郢中小兒論雌雄？兒曹顛倒雞著籠，金朱眯眼視夢夢。仰見騄驥脱鞅行青空，便欲俎豆老子配食蜚廉宫。紛紛俗論安足窮？二三君子人中龍。南安太守甲第高，袖有桂館之香風。章茂獻作記。廬陵相公名位高，筆有造化之春風。周丞相作跋。雨巖居士卧榻高，句有湖海之美風。辛幼安作詞。三君合謀奏天公，急羈此老勿使慵。國於羊角九萬里，奄有九霄寒露之空濛。封師巽伯爲附庸，不許抗表辭官封。向來掛冠冠愈穹，老子一笑朱顔紅。（《平庵悔稿》卷八）

卜算子

齒落①

剛者不堅牢，柔底難摧挫〔一〕。不信張開口角看〔二〕，舌在牙先墮②。　已闕兩邊廂，又豁中間箇。説與兒曹莫笑翁，狗竇從君過③。

【校】

〔一〕「底」，四卷本丁集作「者」，王詔校刊本、《六十名家詞》本、四印齋本作「的」，此從廣信書院本。

〔二〕「角」，四卷本、廣信書院本作「了」。

【箋注】

①題，右詞作年無考，以稼軒淳熙十六年元日所賦《水調歌頭》詞有「頭白齒牙缺」句，而本詞下半闋有「已闕兩邊廂，又豁中間箇」云云，故次於本年。

②「剛者」四句，見本書卷八《滿江紅·送湯朝美司諫自便歸金壇》詞（瘴雨蠻煙闋）箋注。

③「狗竇」句，《世説新語·排調》：「張吴興年八歲，虧齒，先達知其不常，故戲之曰：『君口中何

爲開狗竇？』張應聲答曰：『正使君輩從此中出入。』」

踏莎行

庚戌中秋後二夕，帶湖篆岡小酌〔一〕①

夜月樓臺，秋香院宇，笑吟吟地人來去②。是誰秋到便淒涼？當年宋玉悲如許③。　隨分杯盤，等閑歌舞④，問他有甚堪悲處？思量却也有悲時，重陽節近多風雨⑤。

【校】

〔一〕題，廣信書院本「夕」字原闕，此據《六十名家詞》本、四印齋本補。

【箋注】

①題，庚戌即宋光宗紹熙元年。帶湖篆岡，見載於洪邁《稼軒記》，疑爲古城嶺即伎山之另名。

②「笑吟」句，沈端節《西江月》詞：「招愁買恨帶人疑，一味笑吟吟地。」

③「是誰」二句，《楚辭章句》卷八宋玉《九辯》：「悲哉秋之爲氣也，蕭瑟兮草木搖落而變衰。」

④「隨分」二句，邵雍《林下五吟》詩：「隨分杯盤俱是樂，等閑池館便成遊。」隨分，隨便，隨意。等閑，平常。

⑤「重陽」句，釋惠洪《冷齋夜話》卷四《滿城風雨近重陽》條：「黄州潘大臨工詩，多佳句，然甚貧。東坡、山谷尤喜之，臨川謝無逸以書問有新作否，潘答書曰：『秋來景物，件件是佳句，恨爲俗氛所蔽翳。昨日閑卧，聞攪林風雨聲，欣然起，題其壁曰：滿城風雨近重陽。忽催租人至，遂敗意，止此一句奉寄。』聞者笑其迂闊。」

又

賦木犀①

弄影闌干，吹香巖谷，枝枝點點黄金粟。未堪收拾付薰爐，窗前且把《離騷》讀②。　奴僕葵花，兒曹金菊，一枝風露清涼足。傍邊只欠箇姮娥，分明身在蟾宫宿〔一〕。

【校】

〔一〕右詞，趙長卿《惜香樂府》卷五亦載此詞，題作《木犀》。「枝枝」句作「風亭糝作黄金屋」，「金菊」作「黄菊」，「清涼」作「淒涼」，「傍邊」作「足邊」，「身在」作「勝在」。

【箋注】

①題，右詞及《清平樂》二首皆賦木犀，作年無確考，姑依廣信書院本《踏莎行》編序附於紹熙元年中秋詞之後。

②「窗前」句，《世説新語·任誕》：「王孝伯言，名士不必須奇才，但使常得無事，痛飲酒，熟讀《離騷》，便可稱名士。」

清平樂 賦木樨詞〔一〕

月明秋曉，翠蓋團團好。碎剪黄金教恁小〔二〕①，都着葉兒遮了。　折來休似年時〔三〕，小窗能有高低②？無頓許多香處③，只消三兩枝兒。

【校】

〔一〕題，廣信書院本作「木樨」，此從四卷本丁集。

〔二〕「教」，《六十名家詞》本作「敷」，此從廣信書院本。

〔三〕「折」，廣信書院本原作「打」，據四卷本、《全芳備祖》前集卷一三改。

【箋注】

①恁小，這般小。

②「小窗」句，能有高低，猶言能有多高。

③無頓，頓，放也。《朱子語類》卷八七《樂記》：「如有帽却無頭，有箇鞋却無脚，雖則是好，自無頓放處。」卷八九《冠昏喪》：「大夫亦自有始祖之廟，今皆無此，更無頓處。」皆作存、放解。

又　再賦〔一〕

東園向曉，陣陣西風好。喚起仙人金小小①，翠羽玲瓏裝了。　一枝枕畔開時，羅幃翠幕垂低〔二〕。恁地十分遮護，打窗早有蜂兒②。

【校】

〔一〕題，四卷本丙集闕，此從廣信書院本。

〔二〕「垂低」，四卷本作「低垂」。

【箋注】

①「喚起」句，金小小，《稼軒詞編年箋注》此三字旁有專名綫，且注謂「未詳」，蓋解作人名。查金小小應非仙人名。清朱彝尊《臨江仙·金指環》詞有云：「殷勤搓粉爲君拈。愛他金小小，曾近玉纖纖。」（見《曝書亭集》卷二八）謂即小小金環也。則右詞之金小小，亦當作小小金粟仙人解也。

②「恁地」二句，恁地，如此。十分遮護，謂折枝木樨由羅幃翠幕加意遮檔保護。李商隱《水齋》詩：「卷簾飛燕還拂水，開户暗蟲猶打窗。」

醉花陰〔一〕①

黄花漫説年年好，也趁秋光老。緑鬢不驚秋，若鬥尊前②，人好花堪笑。　蟠桃結子知多少，家住三山島③。何日跨歸鸞？滄海飛塵〔二〕④，人世因緣了。

【校】

〔一〕題，廣信書院本原作「爲人壽」，此從四卷本丁集無題。

〔二〕「塵」，廣信書院本作「飛」，此據四卷本改。

【箋注】

①題，右詞或作壽詞，作年無考，亦無同調詞可參，姑附於紹熙初。

②若鬥尊前，鬥，比較也。見本卷《沁園春·戊申歲奏邸忽騰報謂余以病掛冠因賦此》詞（老子平生閑）箋注。

③「蟠桃」二句，《壽親養老新書》卷二：「任靜江經略安撫日……壽母詞云：『滿一望三時（中春三十日生），春景方明媚。又見蟠桃結子來，王母初筵啓無數。』」按：此任靜江或指任昊，北宋康定元年知桂州，見《續資治通鑑長編》卷一二八。三山島，謂瀛洲、方壺、蓬萊三神山。

④滄海飛塵，《神仙傳》卷三《王遠》條：「麻姑自說：『接待以來，已見東海三爲桑田。向到蓬萊，水又淺於往昔，會時略半也，豈將復還爲陵陸乎？』方平笑曰：『聖人皆言，海中行復揚塵

也。」

西江月　夜行黃沙道中①

明月別枝驚鵲②，清風半夜鳴蟬。稻花香裏説豐年③，聽取蛙聲一片。　七八箇星天外，兩三點雨山前④。舊時茆店社林邊，路轉溪橋忽見⑤。

【箋注】

①題，黃沙道，上饒南四十里有黃沙嶺鄉，茅店村在其北，自此向北有古道通上饒，西南通鉛山，宋代青石所鋪古道猶存，在山間盤旋而下，長約五里。此即詞題之黃沙道。右詞作年無考，以廣信書院本次於同調詞《三山作》後，知時間相近，故編於紹熙元年。

②「明月」句，王勃《子安集》卷一《寒梧棲鳳賦》：「游必有方，駭南飛之驚鵲；音能中吕，嗟入夜之啼烏。」方干《送葉秀才赴舉兼呈呂少監》詩：「尊盡離人看北斗，月寒驚鵲繞南枝。」蘇軾《杭州牡丹開時僕猶在常潤周令作詩見寄次其韻復次一首送赴闕》詩：「天靜傷鴻猶戢翼，月明驚鵲未安枝。」別枝，謂鵲離枝也。錢起《哭辛霽》詩：「流水辭山花別枝，隨風一去絕還期。」花別

枝亦離枝之意。

③「稻花」句，許渾《晚自朝臺至韋隱居郊園》詩：「村徑繞山松葉暗，野門臨水稻花香。」呂陶《寒食》詩：「傳聞里巷嬉遊俗，盡説豐年勝去年。」

④「七八」二句，何光遠《鑑誡録》卷五《容易格》條：「王蜀盧侍郎延讓吟詩，多著尋常容易言語，時輩稱之爲高格。……此容易之甚矣，然於數篇見境尤妙。有《松門寺》云：『山寺取涼當夏夜，共僧蹲坐石階前。兩三條電欲爲雨，七八箇星猶在天。衣汗稍停牀上扇，茶香時潑澗中泉。通宵聽論蓮華義，不藉松窗半覺眠。』」按：諸書皆謂「兩三條電」二句詩爲五代盧延遜（即盧延讓）所作。清錢大昕《十駕齋養新録》卷一六《詩詞蹈襲》條載：「『兩三條電欲爲雨，七八箇星猶在天。』唐人袁郊詩也。元詩載文宗皇帝自集慶路入正大統，途中偶吟，亦有『二三點露滴如雨，六七箇星猶在天』之句，此好事者偷竊古人句假託爲之。」蓋誤。

⑤「舊時」二句，茆店，在今黄沙嶺鄉北一里溪邊，今茅店村名猶在。此溪由北而南流入瀘溪。

清平樂　題上盧橋①

清溪犇快〔一〕，不管青山礙②。十里盤盤平世界〔二〕，更着溪山襟帶。古今陵谷茫茫，市朝往往耕桑③。此地居然形勝，似曾小小興亡。

【校】

〔一〕「溪」，廣信書院本原作「泉」，此從四卷本乙集。

〔二〕「十」，四卷本作「千」。

【箋注】

①題，上盧橋，未見上饒地方志記載。上饒有瀘溪，源於武夷山，北流至清溪鎮入信江。今上瀘鎮距上饒五十里，上盧橋當在附近。蓋位於瀘溪上游，方出羣山，驟見平地也。上瀘在黄沙嶺南通鉛山道中，故次右詞於此。

②「清溪」二句，王安石《江》詩：「靈源開闢有，嬴縮但相隨。逆折山能礙，奔流海與期。」

③「古今」二句，《詩·小雅·十月之交》：「百川沸騰，山冢崒崩。高岸爲谷，深谷爲陵。」韓偓《亂後春日途經野塘》詩：「季重舊遊多喪逝，子山新賦極悲哀。眼看朝市成陵谷，始信昆明是劫灰。」

東坡引①

花梢紅未足，條破驚新緑②。重簾下徧闌干曲。有人春睡熟，有人春睡熟。鳴禽破夢，雲偏目蹙。起來香腮褪紅玉。花時愛與愁相續。羅裙過半幅〔一〕，羅裙過半幅。

【校】

〔一〕「半幅」，廣信書院本、《六十名家詞》本原作「一半」，此據王詔校刊本、四印齋本改。

【箋注】

①題，右詞無題，其與以下諸詞皆爲春季所作，《稼軒詞編年箋注》均編置於帶湖諸作之末，今先將諸春詞編次於紹熙二年春。

②「花梢」二句，强至《瓦亭偶書》詩：「沙擁河聲時斷續，花梢紅少已多青。」賀鑄《再遊西城辛酉二月賦》：「柳條破眼已堪攀，鷺下城隅水一灣。」按：桓寬《鹽鐵論》卷八《水旱》條：「當此之時，雨不破塊，風不鳴條。」

醉太平 春晚

態濃意遠，眉顰笑淺，薄羅衣窄絮風軟①。鬢雲欺翠捲。　南園花樹春光暖，紅香徑裏榆錢滿。欲上鞦韆又驚嬾②，且歸休怕晚。

【箋注】

①「態濃」三句，態濃意遠，杜甫《麗人行》：「態濃意遠淑且真，肌理細膩骨肉勻。」薄羅衣，李之儀《臨江仙·病中存之以長短句見調因次其韻》詞：「起來初試薄羅衣，多情海燕，還傍舊梁飛。」

②欲上鞦韆，韋莊《浣溪沙》詞：「欲上鞦韆四體慵，擬交人送又心忪。畫堂簾幕月明風。」

烏夜啼

晚花露葉風條，燕飛高。行過長廊西畔小紅橋①。　歌再唱，人再舞，酒纔消。更把一杯重勸摘櫻桃②。

【箋注】

①小紅橋，白居易《新春江次》詩：「鴨頭新緑水，雁齒小紅橋。」

②摘櫻桃，元稹《追昔遊》詩：「醉摘櫻桃投小玉，嬾梳叢鬢舞曹婆。」

如夢令

賦梁燕

燕子幾曾歸去？只在翠巖深處。重到畫梁間，誰與舊巢爲主？深許，深許，聞道鳳凰來住①。

【箋注】

①「聞道」句，《竹書紀年》卷上：「帝黄服齋於中宫，坐於玄扈洛水之上，有鳳凰集。不食生蟲，不履生草，或止帝之東園，或巢於阿閣。」

水調歌頭

送施樞密聖與帥江西。信之讖云：「水打烏龜石，方人也大奇。」方人也，實施字〔一〕①

相公倦台鼎，要伴赤松遊②。高牙千里東下〔二〕，笳鼓萬貔貅③。試問東山風月，更著中年絲竹〔三〕④，留得謝公不？孺子宅邊水，雲影自悠悠⑤。占古語，方人也，正黑頭⑥。穹龜突兀，千丈石打玉溪流。金印沙堤時節，畫棟珠簾雲雨，一醉早歸休⑦。賤子親再拜〔四〕：西北有神州⑧。

【校】

〔一〕題，廣信書院本「大奇」之後「方人也」三字原闕，據四卷本丙集補。四卷本「施樞密聖與」作「施聖與樞密」，「江西」作「隆興」。

〔二〕「下」，《六十名家詞》本作「夏」。

〔三〕「年」，文淵閣《四庫全書》本作「郎」。

〔四〕「親」，廣信書院本原作「祝」，據四卷本改。

【箋注】

①題，施樞密聖與帥江西，《水心集》卷二四《故知樞密院資政殿大學士施公墓志銘》：「光宗内禪，……知隆興府。……半歲，復求去，不許。紹熙三年二月乙未，薨於豫章，年六十九。」據此記載，疑施氏到隆興府僅半年有餘，則其自當在紹熙二年夏赴任。烏龜石，〔乾隆〕《上饒縣志》卷二：「烏龜山在縣西南五里開化鄉，諺云：『水打烏龜石，信州出狀元。』宋徐元杰嘗應其讖。」按：南宋時，烏龜石之讖語不止一種，稼軒此處謂「方人也大奇」，謂應施師點，而本卷《漁家傲》（道德文章傳幾世闋）於小序中又記載「三台出此時」之語，蓋皆民間附會之言耳。

②「相公」二句，相公倦台鼎，韓愈《送鄭涵校理》詩：「相公倦台鼎，分正新邑洛。」伴赤松遊，見本書卷八《太常引·壽韓南澗尚書》詞（君王着意履聲間闋）箋注。

③「高牙」二句，牙謂牙旗，太守之儀仗。笳鼓，見本書卷七《滿江紅·賀王帥宣子平湖南寇》詞（笳鼓歸來闋）箋注。萬貔貅，見本書卷四《啓佚句三則》箋注。羅隱《感德叙懷寄上羅鄴王三首》詩：「百萬貔貅趨玉帳，三千賓客珥金貂。」按：宋代帥臣兼諸路兵馬都總管，故有此語。

④「試問」二句，東山風月，見本書卷六《念奴嬌·登建康賞心亭呈史留守致道》詞（我來弔古闋）箋注。中年絲竹，見本書卷七《水調歌頭·淳熙己亥自湖北漕移湖南》詞（折盡武昌柳闋）箋注。

⑤「孺子」二句，孺子宅，《太平寰宇記》卷一〇六《江南西道·洪州》：「徐孺子宅，在州東北三里。

按《洞仙傳》云：　孺子少有高節，追美梅福之德，仍於福宅東立宅。」（嘉靖）《江西通志》卷四《孺子亭》：「《豫章續志》云：『孺子亭即孺子宅也，在州東北二里許。』」按：《後漢書》卷八三《徐穉傳》：「徐穉字孺子，豫章南昌人也。」雲影自悠悠，《王子安集·滕王閣》詩：「閑雲潭影日悠悠，物换星移幾度秋。」

⑥正黑頭，《晉書》卷六五《王珣傳》：「珣字元琳，弱冠與陳郡謝玄爲桓温掾，俱爲温所敬重。嘗謂之曰：『謝掾年四十必擁旄杖節，王掾當作黑頭公，皆未易才也。』」

⑦「金印」三句，金印沙堤，《漢書》卷一九《百官公卿表》：「相國、丞相，皆秦官，金印紫綬。」《唐國史補》卷下：「凡拜相禮，絶班行，府縣載沙填路，自私第至子城東街，名曰沙堤。」畫棟珠簾，見本書卷七《賀新郎·賦滕王閣》詞（高閣臨江渚闋）箋注。范仲淹《依韻酬光化李簡夫屯田》詩：「附郭田園能置否？與君乘健早歸休。」

⑧「賤子」二句，賤子，《漢書》卷九二《樓護傳》：「成都侯商子邑，爲大司空，貴重。商故人皆敬事邑，唯護自安如舊節。邑亦父事之，不敢有闕。時請召賓客，邑居樽下，稱賤子上壽。」《野客叢書》卷一九《賤子具陳》條：「杜子美《上韋左丞》詩曰：『丈人試静聽，賤子請具陳。甫昔少年日，早充觀國賓。』云云。此詩正用鮑照《東武吟》意，照曰：『主人且勿喧，賤子歌一言。僕本寒鄉士，出身蒙漢恩。』云云。前此應休璉詩嘗曰：『避席跪自陳，賤子實空虚。』而與杜同時如王維亦曰：『賤子跪自陳，可爲帳下否？』」西北神州，參本書卷九《滿江紅·送信守鄭舜舉被

召》詞(湖海平生闋)箋注。

好事近

中秋席上和王路鈐①

明月到今宵,長是不如人約②。想見廣寒宮殿,正雲梳風掠③。　夜深休更喚笙歌,簷頭雨聲惡。不是小山詞就,這一場寥索④。

【箋注】

①題,右《和王路鈐》詞及《送李致一》、《和城中諸友韻》同調詞,在廣信書院本中,皆編次於紹熙三年正月《和王道夫元夕立春》詞之前,故附置於紹熙二年秋諸詞之後。王路鈐,名籍無考,路鈐爲路級兵馬鈐轄之簡稱。

②「明月」二句,言中秋無月。長是,終是。

③「想見」二句,廣寒宮殿,《侯鯖録》卷三:「張文潛作《七夕歌》,爲東坡所稱,詞云:『……猶勝嫦娥不嫁人,夜夜孤眠廣寒殿。』」梳掠,白居易《嗟髮落》詩:「既不勞洗沐,又不勞梳掠。」

④「不是」二句,《錦繡萬花谷》前集卷七《木犀》條:「小山叢桂,劉安《招隱士》曰:『桂樹叢生兮

寂寂幽。』劉安即淮南王，其徒有大小山。《文選》。」

又

送李復州致一席上和韻〔一〕①

和淚唱《陽關》②，依舊字嬌聲穩。回首長安何處？怕行人歸晚。　垂楊折盡只啼鴉，把離愁勾引。却笑遠山無數，被行雲低損。

【校】

〔一〕題，四卷本乙集闕，此從廣信書院本。

【箋注】

①題，李復州致一，〔嘉靖〕《沔陽州志》卷三孝宗光宗朝守臣不載一人。其名籍事歷均無考。然詳詞意，此爲稼軒送李氏還朝所作，姑附《中秋》詞之後。復州，南宋荆湖北路所屬，今湖北沔陽縣。

②陽關，見本書卷七《鷓鴣天·送人》詞（唱徹陽關淚未乾闋）箋注。

又　和城中諸友韻

雲氣上林梢，畢竟非空非色①。風景不隨人去，到而今留得。　老無情味到篇章，詩債怕人索。却喜近來林下，有許多詞客②。

【箋注】

①「雲氣」二句，雲氣上林梢，《史記》卷八《高祖本紀》：「吕后與人俱求，常得之，高祖怪問之，吕后曰：『季所居，上常有雲氣。』」《正義》：「《京房易兆候》云：『何以知賢人隱四方？常有大雲五色，具而不雨，其下有賢人隱矣。』故吕后望雲氣而得之。」非空非色，唐玄奘《般若波羅蜜多心經》：「色不異空，空不異色。色即是空，空即是色。受、想、行、識，亦復如是。」餘參本書卷一《書清涼境界壁二首》詩箋注。

②「却喜」二句，《雲谿友議》卷中《思歸隱》條：「江西韋大夫丹，與東林靈澈上人爲忘形之契，篇什唱和，月居四五焉。……偶爲《思歸》絶句詩一首，以寄上人。……予謂韋亞台歸意未堅，果爲高僧所誚。……亞相丹《寄盧山上人澈公》詩曰：『王事紛紛無暇日，浮生冉冉只如雲。已

爲平子歸休計，五老巖前必共君。』澈奉酬詩曰：『年老身閑無外事，麻衣草座亦容身。相逢盡道休官去，林下何曾見一人？』」。

東坡引

閨怨〔一〕①

玉纖彈舊怨②，還敲繡屏面。清歌自送西風雁。雁行吹字斷，雁行吹字斷。夜深拜月〔二〕③，瑣窗西畔。但桂影空階滿，翠帷自掩無人見。羅衣寬一半，羅衣寬一半。

【校】

〔一〕題，廣信書院本原闕，此據王詔校刊本、《六十名家詞》本、四印齋本補。

〔二〕「夜深」句，《六十名家詞》本「拜」後有「半」字。

【箋注】

①題，右詞及以下諸詞，作年無確考，姑仍舊例，附於紹熙二年秋諸詞之後。

②玉纖彈，温庭筠《菩薩蠻》詞：「玉纖彈處真珠落，流多暗濕鉛華薄。春露浥朝花，秋波浸晚霞。

風流心上物，本爲風流出。看取薄情人，羅衣無此痕。」

③拜月，宋代女子有七夕拜月之俗。胡銓《菩薩蠻·辛未七夕戲答張慶符》詞：「玉人偷拜月，苦恨匆匆別。此意願天憐，今宵長似年。」陳淵《七夕閨意戲范濟美三首》詩：「衡陽新雁幾時歸，惆悵佳人萬事非。蓬首西風還拜月，夜涼贏得露沾衣。」

又

君如梁上燕，妾如手中扇。團團清影雙雙伴。秋來腸欲斷，秋來腸欲斷。　黄昏淚眼，青山隔岸。但咫尺如天遠。病來只謝傍人勸。龍華三會願，龍華三會願①。

【箋注】

①「龍華」句，《荊楚歲時記》：「四月八日，諸寺設齋，以五色香水浴佛，共作龍華會。」徐陵《孝穆集箋注》卷五《東陽雙林寺傅大士碑》：「雖三會濟濟，華林之道未孚；千尺巖巖，穰佉之化猶遠。」注：「《賢愚經》：彌勒出家學道，成最正覺三會，説法，得蒙度者，悉我遺法，種福衆生，皆得在彼三會之中。」黄庭堅《山谷集》別集卷七《青城山方廣院求化疏》：「粥飯之供，蔭覆十

方。凡爲當來，龍華三會。聽法之人，隨喜結緣。」《能改齋漫録》卷一七《馮相三願詞》條：「南唐宰相馮延巳有樂府一章，名《長命女》，云：『春日宴，緑酒一杯歌一遍，再拜陳三願。一願郎君千歲，二願妾身長健，三願如同梁上燕，歲歲長相見。』」

憶王孫

秋江送別，集古句〔一〕

登山臨水送將歸，悲莫悲兮生別離①。不用登臨怨落暉②。昔人非，惟有年年秋雁飛③。

【校】

〔一〕題，廣信書院本闕，四卷本乙集作「集句」，此從《六十名家詞》本。

【箋注】

①「登山」二句，《楚辭·九辯》：「悲哉秋之爲氣也，蕭瑟兮草木摇落而變衰。憭慄兮若在遠行，登山臨水兮送將歸。」同書《九歌·少司命》：「悲莫悲兮生別離，樂莫樂兮新相知。」

②「不用」句，杜牧《九日齊安登高》詩：「但將酩酊酬佳節，不用登臨怨落暉。」

③「昔人」二句，蘇軾《陌上花三首》詩：「陌上花開蝴蝶飛，江山猶是昔人非。」李嶠《汾陰行》：「不見只今汾水上，惟有年年秋雁飛。」

念奴嬌

瓢泉酒酣，和東坡韻〔一〕①

倘來軒冕②，問還是，今古人間何物？舊日重城愁萬里，風月而今堅壁。藥籠功名，酒壚身世，可惜蒙頭雪③。浩歌一曲，坐中人物三傑〔二〕。　休歎黄菊凋零〔三〕，孤標應也④，有梅花爭發④。醉裏重揩西望眼，惟有孤鴻明滅⑤。萬事從教〔四〕，浮雲來去，枉了衝冠髮⑥。故人何在？長庚應伴殘月〔五〕⑦。

【校】

〔一〕題，四卷本乙集作「用東坡赤壁韻」，此從廣信書院本。

〔二〕「三」，四卷本作「之」。

〔三〕「休」，四卷本作「堪」。

〔四〕「萬」，四卷本作「世」。

〔五〕「庚」，四卷本作「歌」。

【箋注】

①題，東坡韻，指蘇軾《念奴嬌・赤壁懷古》詞（大江東去闋）。稼軒步東坡此調詞凡三首，據次首《和洪莘之通判丹桂詞》，知爲紹熙元年或二年秋間所作。吴則虞先生以爲紹熙二年起福建提刑所作，似有其理。蓋稼軒紹熙二年有閩憲之命，而三年春間方始赴任。而右詞蓋傳聞起廢之後所作，故首句以「倘來軒冕」爲起始。然稼軒所和雖東坡赤壁舊韻，却非關懷古，乃自抒胸臆，頗多升沉知遇之感也。

②倘來軒冕，《莊子・繕性》：「古之所謂得志者，非軒冕之謂也，謂其無以益其樂而已矣。今之所謂得志者，軒冕之謂也。軒冕在身，非性命也，物之倘來寄也。寄之，其來不可圉，其去不可止，故不爲軒冕肆志，不爲窮約趨俗，其樂彼與此同，故無憂而已矣。」張九齡《南還湘水言懷》詩：「歸去田園老，倘來軒冕輕。」

③「藥籠」三句，藥籠功名，《舊唐書》卷一〇二《元行沖傳》：「元行沖，河南人，後魏常山王素連之後也。……舉進士，累轉通事舍人。納言狄仁傑甚重之，行沖性不阿順，多進規誡。嘗謂仁傑曰：『下之事上，亦猶蓄聚以自資也。譬貴家儲積，則脯腊膎胰以供滋膳，參术芝桂以防痾疾。伏想門下賓客，堪充旨味者多，願以小人備一藥物。』仁傑笑而謂人曰：『此吾藥籠中物，何可

一日無也？』」酒壚身世，《史記》卷一一七《司馬相如列傳》：「相如與俱之臨邛，盡賣其車騎，買一酒舍酤酒，而令文君當壚。相如身自著犢鼻褌，與保庸雜作，滌器於市中。」《世説新語·傷逝》：「王濬沖爲尚書令，著公服，乘軺車，經黄公酒壚下過，顧謂後車客：『吾昔與嵇叔夜、阮嗣宗共酣飲於此壚，竹林之遊，亦預其末。自嵇生夭、阮公亡以來，便爲時所羈紲，今日視此雖近，邈若山河。』」司馬相如經歷，與稼軒不合，其或用嵇、阮、王共遊典故乎？蔡松年《念奴嬌·田唐卿九江人人品高勝落筆不凡……作〈念奴嬌〉以寄之》詞：「藥籠功名，酒壚身世，不得文章力。」蒙頭雪，蘇軾《行宿泗間見徐州張天驥次舊韻》詩：「更欲河邊幾來往，衹今霜雪已蒙頭。」《王子立去歲送子由北歸往返百舍今又相逢贛上戲用舊韻作詩留别》詩：「聞道年來丹伏火，不愁老去雪蒙頭。」

④「休歎」三句，李廌《秋菊》詩：「孤標雖獨步，呈秀此何遲。」吕南公《伏覩教場後庭新移梅樹輒賦小詩呈獻内翰太中》詩：「田地縱然非舊壤，冰霜猶可見孤標。」

⑤「醉里」二句，西望眼，韓愈《奉和虢州劉給事使君三堂新題二十一詠·西山》詩：「新月迎宵掛，晴雲到晚留。爲遮西望眼，終是嬾回頭。」孤鴻明滅，朱敦儒《好事近·漁父》詞：「晚來風定釣絲閑，上下是新月。千里水天一色，看孤鴻明滅。」

⑥「萬事」三句，從教，憑任。衝冠髮，《史記》卷八一《廉頗藺相如列傳》：「相如奉璧西入秦，秦王坐章臺見相如。相如奉璧奏秦王，秦王大喜，傳以示美人及左右，左右皆呼萬歲。相如視秦王

無意償趙城，乃前曰：『璧有瑕，請指示王。』王授璧，相如因持璧却立，倚柱怒，髮上衝冠。」

⑦「長庚」句，《詩·小雅·大東》：「東有啓明，西有長庚。」韓愈《東方半明》詩：「東方半明大星没，獨有太白配殘月。」蘇軾《送張軒民寺丞赴省試》詩：「人競春蘭笑秋菊，天教明月伴長庚。」

又

再用前韻，和洪莘之通判丹桂詞〔一〕①

道人元是，道家風，來作煙霞中物②。翠幰裁犀遮不定③，紅透玲瓏油壁。借得春工，惹將秋露，薰做江梅雪。我評花譜，便應推此爲傑。　憔悴何處芳枝，十郎手種，看明年花發④。坐斷虛空香色界〔二〕，不怕西風起滅⑤。别駕風流⑥，多情更要，簪滿常娥髮〔三〕。等閑折盡，玉斧重倩修月⑦。

【校】

〔一〕題，四卷本乙集作「用前韻和丹桂」，此從廣信書院本。《六十名家詞》本無「前」字。

〔二〕「坐斷」，四卷本「斷」作「對」，《六十名家詞》本「坐」作「生」。

〔三〕「常」，四卷本作「姮」，《六十名家詞》本作「嫦」。

【箋注】

①題，前韻，指同調詞《瓢泉酒酣和東坡韻》詞（倘來軒冕闋）。洪莘之名梓，洪邁之長子。洪邁《容齋四筆》卷一四《劉夢得謝上表》條有「劉夢得數表……邁長子梓常稱誦之語。」《夷堅支景》卷五《呂德卿夢》條：「呂德卿自贛州石城宰滿秩赴調，夢人持榜子來謁曰：『前信州通判洪朝奉。』其字廣長二寸許，蓋其大兒也。前此無一面之雅，叙次但云：『以家君於門下託契，故願識面。今亦將相與周旋矣。』覺而熟念不能測。時大兒已除倅福州，既還鄉里，後數月，被受甲寅覃霈遷秩之命。告中乃載云：『洪梓等五人擬官如右。』遂同轉朝散郎，始憶前夢。」同志支丁卷七《信州鹿鳴燕》條：「紹熙三年秋，信州解試，揭榜畢，當作鹿鳴燕以享隨計之士。……明日市中大火，延燒民舍數百間，自午至中夜乃止。……遂罷此燕，但致錢酒以贐行。時大兒通判州事，張振之監贍軍酒庫。」甲寅即紹熙五年，是年七月，光宗禪位寧宗。寧宗即位之後，有大赦、百官進秩一級、賞諸軍等詔命，見《宋史》卷三七《寧宗紀》一。所謂「甲寅覃霈遷秩之命」即指此而言，洪莘之由朝奉郎遷朝散郎，即所謂進秩一級也。因知其信州通判任滿，當在紹熙四年。右詞和其所作丹桂詞，最早當在紹熙二年秋，蓋三年春稼軒已赴福建提刑任，無緣再和其詞矣。

②「道人」三句，道家風，丹桂即紅木犀，丹桂之道家風氣，見本書卷九《聲聲慢·嘲紅木犀余兒時嘗入京師禁中凝碧池因書當時所見》詞（開元盛日闋）箋注。煙霞物，《五燈會元》卷八《泉州招

慶院省僜浄修禪師》條：「示執坐禪者曰：『大道分明絶點塵，何須長坐始相親。……或遊泉石或闤闠，可謂煙霞物外人。』」邵雍《對花飲》詩：「人言物外有煙霞，物外煙霞豈足誇。」

③「翠幰」句，盧照鄰《長安古意》詩：「隱隱朱城臨玉道，遥遥翠幰没金堤。」幰，車幃。右詞指花幕。裁犀，當指花幕之紋飾。王安中《觀僧舍山茶》詩：「緑裁犀甲層層葉，紅染猩唇豔豔花。」

④「十郎」二句，十郎手種，《宋朝事實類苑》卷一一《竇尚書》條：「竇儀，開寶中爲翰林學士。……儀弟儼、侃、偁、僖並舉進士。父禹鈞，范陽人，爲左諫議大夫致仕，諸子皆成名。士風家法，爲時之表焉。馮道贈禹鈞詩云：『燕山竇十郎，教子有義方。靈椿一株老，丹桂五枝芳。』人多傳誦。」朱弁《曲洧舊聞》卷八：「政和以後，花石綱寖盛。晁伯宇有詩云：『森森月裏栽丹桂，歷歷天邊種白榆。雖未乘槎上霄漢，會須沉網取珊瑚。』人多傳誦。伯宇名載之，少作《閔吾盧賦》，魯直以示東坡，曰：『此晁家十郎，作年未二十也。』東坡答云：『此賦信奇麗，信是家多異材耶？』」明年花發，紹熙三年秋爲解試之年，本卷《瑞鶴仙》詞題「爲壽上饒倅洪莘之，時攝郡事，且將赴漕舉」，是則洪氏雖已爲通判，然猶欲經科舉取得功名，故有意於明年參加漕試，稼軒右詞作於紹熙二年秋，遂有看明年丹桂花發語也。

⑤「坐斷」二句，坐斷，猶言占據。起滅，《弘明集》卷五釋慧遠《明報應論》：「假於異物，託爲同體。生若遺塵，起滅一化。」餘參本書卷二《丙寅九月二十八日作明年將告老》詩箋注。

⑥「別駕」三句，別駕風流，別駕乃漢官，即宋代之通判。蘇軾《與梁左藏會飲傅國博家》詩：「風流別駕貴公子，欲把笙歌暖鋒鏑。」秦觀《次韻裴秀才上太守向公二首》詩：「使君英妙開蓮幕，別駕風流出粉闈。」簪滿常娥髪，謂簪滿桂花也。

⑦「玉斧」句，見本書卷六《滿江紅·中秋寄遠》詞（快上西樓闋）箋注。

瑞鶴仙

壽上饒倅洪莘之，時攝郡事，且將赴漕舉〔一〕①

黄金堆到斗。怎得似長年，畫堂勸酒②？蛾眉最明秀。向水沉煙裏，兩行紅袖，笙歌擱就〔二〕③。争説道明年時候。被姮娥做了慇懃〔三〕，仙桂一枝入手④。　知否？風流別駕，近日人呼文章太守⑤。天長地久，歲歲上，迺翁壽⑥。記從來人道，相門出相，金印纍纍儘有⑦。但直須周公拜前，魯公拜後⑧。

【校】

〔一〕題，四卷本乙集、《中興絶妙詞選》卷三作「上洪倅壽」，此從廣信書院本。

〔二〕「擱」，廣信書院本原作「擁」，此據四卷本、《中興絶妙詞選》改。

〔三〕「姮」，《中興絶妙詞選》、《詩淵》四六三二頁作「常」。

【箋注】

①題，洪莘之以通判攝郡守事，當在紹熙二年二月以後。《宋會要輯稿・職官》六一之五六：「紹熙二年正月十五日，詔知秀州章沖與知信州張稜兩易。」然不知何種原因，章沖並未到信州就任守臣，其或被論，或奉祠，總之，此後即有王自中繼知信州之事。至本年七月，稼軒已爲知信州王自中賦壽詞，可知其到任必在此年秋前。是則洪莘之攝郡守一事，必在章沖罷免之後至王自中接任之前，亦即此年春夏之數月内。詳可參此後《清平樂》詞箋注。

②「黄金」三句，黄金堆到斗，蘇軾《遊靈隱寺得來詩復用前韻》詩：「君不見錢塘湖錢王壯觀今已無，屋堆黄金斗量珠。」畫堂勸酒，鄭獬《贈朱省郎》詩：「置酒畫堂晚，勸我白玉杯。」《漢書》卷一〇《成帝紀》：「生甲觀畫堂。」注：「宮殿中通有綵畫之堂室。」

③「向水」三句，水沉，香也。兩行紅袖，元稹《遭風二十韻》詩：「唤上驛亭還酩酊，兩行紅袖拂樽罍。」《本事詩》載杜牧在洛陽會上，吟詩道：「忽發狂言驚滿座，兩行紅粉一時迴。」一本紅粉作紅袖。撋就，邵雍《首尾吟一百三十五首》詩：「花枝好處安詳折，酒盞滿時撋就持。」黄庭堅《歸田樂引》詞：「是人驚怪，冤我忒撋就。」撋就，貼近温柔也。

④「被姮」二句，《晉書》卷五二《郤詵傳》：「累遷雍州刺史。武帝於東堂會送，問詵曰：『卿自以

爲何如？』誂對曰：『臣舉賢良，對策爲天下第一，猶桂林之一枝，崑山之片玉。』帝笑，侍中奏免誂官，帝曰：『吾與之戲耳，不足怪也。』」按：晉以桂林一枝自況，至唐，遂以擢桂謂爲登第。做了，做完。

⑤「知否」三句，風流別駕，已見。文章太守，歐陽修《朝中措・平山堂》詞：「文章太守，揮毫萬字，一飲千鍾。」

⑥「天長」三句，天長地久，《後漢書》卷八九《張衡傳》：「天長地久歲不留，俟河之清祇懷憂。」洒翁，謂洪邁。

⑦「相門」二句，相門出相，《史記》卷七五《孟嘗君列傳》：「文曰：『君用事相齊，至今三王矣，齊不加廣而君私家富累萬金，門下不見一賢者。文聞將門必有將，相門必有相。』」《鐵圍山叢談》卷三：「魯公久位鼎臺，厭機務勞，自政和後，蓋數悔歎，亦患才難，網羅者未盡善。常曰：『相門出相，我閱人多矣，罔敢不力？』」魯公，即蔡京也。洪莘之伯父洪适，曾於乾道元年十二月拜尚書右僕射同平章門下事，故有「相門出相」語。金印纍纍，《漢書》卷九三《佞幸・石顯傳》：「顯與中書僕射牢梁、少府五鹿充宗結爲黨友，諸附倚者皆得寵位。民歌之曰：『牢邪石邪？五鹿客邪？印何纍纍，綬若若邪？』言其兼官據執也。」

⑧「但直」二句，《公羊傳・文公十三年》：「傳世室者何？周公稱大廟，魯公稱世室，羣公稱宮。……周公何以稱大廟於魯？封魯公以爲周公也。周公拜乎前，魯拜乎後。」注：「魯公，

周公子伯禽。」按：《史記》卷三三《魯周公世家》：「封周公旦於少昊之虚曲阜，是爲魯公。周公不就封，留佐武王。……卒相成王，而使其子伯禽代，就封於魯。」

清平樂

壽信守王道夫〔一〕①

此身長健，還却功名願。枉讀平生三萬卷②，滿酌金杯聽勸。　男兒玉帶金魚，能消幾許詩書③？料得今宵醉也，兩行紅袖争扶④。

【校】

〔一〕題，四卷本乙集作「壽道夫」，此從廣信書院本。

【箋注】

①題，信守王道夫，名自中。《宋史》卷三九〇《王自中傳》：「王自中字道甫，温州平陽人。少負奇氣，自立崖岸，繇是忤世。乾道四年議遣歸正人，自中伏麗正門争論。……坐斥徽州，放還，淳熙中登進士第。主舒州懷寧簿、嚴州分水令。樞密使王藺薦，召對，帝壯其言，將改秩爲藉田

令，又俾舉所知，且嚮用矣，以諫疏罷。……通判郢州，道除知光化軍，改信州。丁内艱，服闋還朝，光宗即位，迎謂曰：『朕得卿名於壽皇，留爲郎可乎？』言者不置，主管沖佑觀，起知邵州、興化軍，命下而自中已病，慶元五年八月卒，年六十。」按：王自中，陳傅良《止齋集》卷五〇有《王道甫壙志》，葉適《水心集》卷二四有《陳同甫王道甫墓志銘》，魏了翁《鶴山大全集》卷七六有《宋故藉田令知信州王公墓志銘》。《王公墓志銘》載：「紹熙二年入見，光宗皇帝云：『聞卿有忠直之譽。』又問：『常時作郡，來當爲何官？』欲留之。公謝曰：『朝列有不相樂者。』帝曰：『朕嗣位之日，壽皇言卿可用，令朕記取。』公固辭，翌日，帝謂宰執曰：『王自中以母老，再三不肯留，近郡孰闕守？』以常、信對，遂差知信州。爲政簡静，知大體，六邑多逋負，公爲寬補解之緡，嚴當上之數，皆感激思奮，課更以最。期年被命奏事，丁太安人憂。」據知王自中守信當在紹熙二年。增訂本《陳亮集》卷三九載陳亮《三部樂》詞，題爲「七月二十六日壽王道甫」。據知王自中生日在七月，稼軒本年七月既爲自中作壽，則其到信守任上，必在此前，應在是年夏秋之間也。

②「枉讀」句，陳師道《寄送定州蘇尚書》詩：「枉讀平生三萬卷，貂蟬當復自兜鍪。」

③「男兒」二句，玉帶金魚，韓愈《示兒》詩：「開門問誰來，無非卿大夫。不知官高卑，玉帶懸金魚。」消，消受，謂得詩書之力也。

④「料得」二句，元稹《遭風二十韻》詩：「唤上驛亭還酩酊，兩行紅袖拂樽罍。」杜牧《寄杜子二首》

詩：「不識長楊事北胡，且教紅袖醉來扶。」

一落索

信守王道夫席上，用趙達夫賦金林檎韻①

錦帳如雲高處，不知重數。夜深銀燭淚成行，算都把心期付②。　莫待燕飛泥污，問花花訴。不知花定有情無？似却怕新詞妒。

【箋注】

①題，金林檎，《格致鏡原》卷七六《林檎》條：「《廣志》：『林檎似赤柰子，亦名黑檎，一名來禽，言味甘熟，來衆禽也，北人呼爲頻婆果。』劉楨《京口記》：『南國多林檎。』……李時珍《本草》：『其類有金林檎、紅林檎、水林檎、蜜林檎、黑林檎，皆以色味得名，紺珠：俗名花紅，大者名沙果。』」周必大有詩，題爲：「八月十八日，與客小集賞嵓桂，而紅梅、海棠、金林檎盛開。明日江西美賦四絶句，走筆次韻。」按：《吴郡志》卷三〇亦載：「金林檎以花爲貴。……今所在園亭皆有此花，雖已多而其貴重自若，亦須至八九月始熟，是時已無夏果，人家亦以飣盤。」據知金林檎開花在八月。紹熙二年八月趙達夫已在汀州郡守任上，右詞之用其韻，殆其近所寄詞者也。

②「夜深」二句，夜深銀燭，和凝《宮詞》百首：「金殿夜深銀燭晃，宮嬪來奏月重輪。」心期，心中期待也。

金菊對芙蓉　重陽①

遠水生光，遥山聳翠，霽煙深鎖梧桐②。正零瀼玉露③，淡蕩金風。東籬菊有黄花吐，對映水幾簇芙蓉④？重陽佳致，可堪此景，酒釅花濃！　追念景物無窮。歎年少胸襟〔一〕，忒煞英雄⑤。把黄英紅萼，甚物堪同。除非腰佩黄金印，座中擁紅粉嬌容。此時方稱情懷，盡拼一飲千鍾⑥。

【校】

〔一〕「年少」，《草堂詩餘》卷四原作「少年」，萬樹《詞律》卷一六載康與之同調詞後有注：「『正金風』以下，與後『上秦樓』以下，同稼軒。於『把枕前囑付』句，作『歎年少胸襟』，平仄全異，想不拘。」據改。

【箋注】

①題，以下二題，見《草堂詩餘》卷四，以廣信書院本及四卷本未收，作年無考，故附於帶湖家居詞

之末。

②「遠水」三句，柳永《訴衷情近》詞：「雨晴氣爽，竚立江樓望處。澄明遠水生光，重疊暮山聳翠。遥認斷橋幽徑，隱隱漁村，向晚孤煙起。」

③「正零」句，《詩·鄭風·野有蔓草》：「野有蔓草，零露瀼瀼。」瀼瀼，盛貌。秦觀《滿庭芳》詞：「紅蓼花繁，黄蘆葉亂，夜深玉露初零。」

④「東籬」二句，張先《訴衷情》詞：「數枝金菊對芙蓉，零落意忡忡。」《禮記·月令》：「季秋之月，……鴻雁來賓，爵入大水爲蛤，鞠有黄華。」

⑤特煞，特别。《朱子語類》卷二三《論語》：「陳少南要廢《魯頌》，忒煞輕率。」

⑥一飲千鍾，歐陽修《朝中措·平山堂》詞：「文章太守，揮毫萬字，一飲千鍾。」秦觀《望海潮》詞：「最好揮毫萬字，一飲拚千鍾。」

賀新郎 吉席①

瑞氣籠清曉。捲珠簾次第笙歌，一時齊鬧〔一〕。無限神仙離蓬島，鳳駕鸞車初到②。見擁箇仙娥窈窕。玉珮玎璫風縹緲，望嬌姿一似垂楊裊〔二〕。天上有，世間少。　劉郎正是當年少。更那堪天教付與，最多才貌③。玉樹瓊枝相映耀④，誰與安排忒好。有多少風流歡笑，直待來春成名了。馬如龍緑綬欺芳草⑤。同富貴，又偕老。

【校】

〔一〕「鬧」，《草堂詩餘》卷四原作「奏」，此據《曲譜》卷八引此詞改。

〔二〕「望」，《詞譜》卷三六引此詞作「正」，此從《草堂詩餘》。

【箋注】

①題，吉席，《太平廣記》卷三五三《何四郎》條引《玉堂閑話》：「是故將相之第，幼女方擇良匹，賓慕英賢，可就吉席。」劉塤《謁金門》詞小序：「臨汝有歌者稍慧，咸淳中，嘗與吟朋醉其樓，對予唱《賀新郎》詞，至『劉郎正是當年少，更好堪天教付與，許多才調』之句，笑謂予曰：『古曲名，今日恰好使得。』予因以此意作小詞題壁，明日遂行。後二年再訪之，壁間醉墨尚存，而人已他適矣。然舊詞多有見之者，姑録於此。」詞見《水雲詩餘》。可知稼軒此詞流傳一時。

②「無限」二句，無限神仙，顧況《送李秀才遊嵩山》詩：「嵩山石壁掛飛流，無限神仙在上頭。」鳳駕鸞車，蘇軾《蘇幕遮・詠選仙圖》詞：「整金盆，輪玉笋，鳳駕鸞車，誰敢争先進。」

③「劉郎」三句，劉郎才貌，劉郎有才，爲宋人多用。梅堯臣《和劉原甫省中新菊》詩：「劉郎才筆豪，移榻吟在傍。」黄裳《懷古堂有感》詩：「彭老真筌無處問，劉郎才思有誰同。」天教付與，周紫芝《次韻沈季鄉題醉山堂》詩：「地勝豈無神物護，天教付與老翁閑。」

④「玉樹」句，李煜《破陣子》詞：「鳳闕龍樓連霄漢，玉樹瓊枝作煙蘿，幾曾識干戈？」柳永《蝶戀花》詞：「玉樹瓊枝，迤邐相偎傍。」

⑤「馬如」句，此謂進士及第情景。《錢塘遺事》卷一〇《擇日唱第》條載：「賜進士袍笏，……往往皆不暇脱白襴，而便就加緑袍於其上。……唱第既出，至大門外，人備車馬以須。……狀元榜眼探花，須與上馬，蓋臨安自備馬以待之也。」

生查子

有覓詞者，爲賦〔一〕①

去年燕子來，繡户深深處〔二〕。花徑得泥歸〔三〕，都把琴書污②。今年燕子來，誰聽呢喃語？不見捲簾人，一陣黄昏雨。

【校】

〔一〕題，四卷本丙集闕，此從廣信書院本。

〔二〕「繡户」，四卷本作「簾幕」。

〔三〕「花」，四卷本作「香」。

【箋注】

①題，以下同調詞四首，作年無考，姑次於帶湖諸作之後。

②「去年」四句，杜甫《絶句漫興九首》詩：「熟知茅齋絶低小，江上燕子故來頻。銜泥點污琴書内，更接飛蟲打著人。」

又

獨遊西巖〔一〕①

青山招不來，偃蹇誰憐汝②？歲晚太寒生，唤我溪邊住③。山頭明月來，本在天高處〔二〕。夜夜入清溪，聽讀《離騷》去。

【校】

〔一〕題，四卷本丙集闕，此從廣信書院本。

〔二〕「天高」，四卷本作「高高」。

【箋注】

①題，〔乾隆〕《上饒縣志》卷二《山川》：「西巖在縣南六十里永樂鄉，巖石拔起，空洞如屋，小石螺懸石屋上。四時滴水，味甘冷，有石鐘，相傳昔懸巖上，今墮地。宋洪駒父題詩石壁，今滅没不可讀。」按：今西巖位於上饒縣南鐵山鄉，爲石灰巖溶洞，碧溪經此北流。

②「青山」二句，蘇軾《越州張中舍壽樂堂》詩：「青山偃蹇如高人，常時不肯入官府。」

③「歲晚」二句，太寒生，生字舊釋爲語助詞，當爲甚、很之類副詞，如寒得很之類。溪邊，即碧溪邊也。

又

獨遊西巖〔一〕

青山非不佳，未解留儂住①。赤腳踏層冰〔二〕②，爲愛清溪故〔三〕。朝來山鳥啼，勸上山高處。我意不關渠〔四〕③，自在尋詩去〔五〕。

【校】

〔一〕題，四卷本丙集闕，此從廣信書院本。

〔二〕「層冰」，四卷本作「滄浪」。

〔三〕「清」，廣信書院本原作「青」，此從四卷本改。

〔四〕「我」，廣信書院本原作「裁」，此從四卷本改。

〔五〕「在尋詩」，四卷本作「要尋蘭」。

【箋注】

①「青山」二句，非不佳，《晉書》卷六五《王珉傳》：「珉字季琰，少有才藝，善行書，名出珣右。時人爲之語曰：『法護非不佳，僧彌難爲兄。』僧彌，珉小字也。」留儂住，李德裕《登崖州城作》詩：「獨上高樓望帝京，鳥飛猶是半年程。青山似欲留人住，百匝千遭繞郡城。」未解，未能也。

②「赤腳」句，杜甫《早秋苦熱堆案相仍》詩：「南望青松架短壑，安得赤腳踏層冰。」

③不關渠，唐宋人俗語，不關他事也。杜甫《戲作俳諧體遣悶二首》詩：「治生且耕鑿，只有不關渠。」黄庭堅《送薛樂道知鄖鄉》詩：「鄖鄉縣古民少訟，但問自己不關渠。」

又

重葉梅①

百花頭上開②，冰雪寒中見。霜月定相知，先識春風面③。主人情意深，不管江妃怨④。折我最繁枝，還許冰壺薦⑤。

【箋注】

①題，范成大《范村梅譜》：「重葉梅花頭甚豐，葉重數層，盛開如小白蓮，梅中之奇品。花房獨出而結實多雙，尤爲瓌異。極梅之變化，工無餘巧矣。」《姑蘇志》卷一四：「重葉梅葉重數層，花房獨出，盛開如小蓮花，梅中之奇品也，結實多雙，尤爲瓌異。」按：右詞僅見於《永樂大典》卷三八一〇梅字韻，諸書所不載。故附次於同調諸詞之後。

②「百花」句，孔平仲《談苑》卷二：「王曾在青州爲舉人時，或令賦梅花詩。曾詩云：『而今未説和羹用，且向百花頭上開。』識者已許曾必狀元及第，仕宦至宰相。」

③「先識」句，杜甫《詠懷古跡五首》詩：「畫圖省識春風面，環珮空歸月夜魂。」

④「主人」二句，曹鄴《梅妃傳》：「梅妃姓江氏，莆田人。……開元中，高力士使閩粤，妃笄矣。見

其少麗，選歸侍明皇，大見寵幸。……性喜梅，所居闌檻，悉植數株。上榜曰梅亭。梅開賦賞，至夜分尚顧戀花下，不能去。上以其所好，戲名曰梅妃。……會太真楊氏入侍，寵愛日奪，上無疏意，而二人相疾，避路而行。……太真忌而智，妃性柔緩，亡以勝。後竟爲楊氏遷於上陽東宫。……妃以千金壽高力士，求詞人，擬司馬相如爲《長門賦》，欲邀上意。力士方奉太真，且畏其勢，報曰：『無人解賦。』妃乃自作《樓東賦》。……上在花萼樓，會夷使至，命封珍珠一斛，密賜妃，妃不受，以詩付使者曰：『爲我進御前也。』曰：『柳葉雙眉久不描，殘妝和淚污紅綃。長門自是無梳洗，何必珍珠慰寂寥。』」

⑤「折我」二句，折我最繁枝，蘇軾《再和楊公濟梅花十絶》詩：「湖面初驚片片飛，尊前吹折最繁枝。」冰壺，王昌齡《芙蓉樓送辛漸二首》詩：「洛陽親友如相問，一片冰心在玉壺。」